# 美しい家

新野剛志

講談社

もくじ

第一章　スパイ学校の子供達　7
第二章　殺人の記憶　155
第三章　ハーレムの親子　308
第四章　黄金の里　371
解説　村上貴史　472

# 美しい家

# 第一章　スパイ学校の子供達

## 1

　昼に蓄えられた熱が、まだ地面から足を伝って感じられた。適度に風はあるものの、肌を覆う汗を乾かすほどではない。

　中谷洋は集中力が切れたのを感じ、歩道に落としていた視線を上げた。

　街灯に照らしだされた旧道が、一直線に延びている。学生はもう夏休みに入っているはずだが、午前二時に近づき、ひとの姿はない。ぺたぺたと鳴る、中谷のビーチサンダルの音以外、取り立てて物音は聞こえなかった。

　中谷は集中力を取り戻そうと大きく息を吸った。突如、前方の暗がりを突き破るようにして、自転車が姿を見せた。ライトも点けずに歩道をこちらに向かってくる。白いTシャツを着た、太めの女がまたがっていた。

深夜のパートの帰りだろうか。自転車のかごにハンドバッグを入れている。Tシャツの下の肉を揺らしながら、立ちこぎでスピードを上げる。近づいてきてもスピードを緩(ゆる)めなかった。中谷は足を止め、シャッターが閉まった店舗のほうに寄った。

女は中谷よりいくらか年上だろう。五十がらみの疲れた顔をしていた。通り過ぎざま、怒りを湛(たた)えた目で睨(にら)まれたが、それはどうでもいい。女の両の鼻の穴から、血が流れでていた。どす黒い血の色に慄然(りつぜん)となった。

中谷は足を止めたまま、汗でTシャツが張りついた女の背中を目で追った。

歩きだしても集中力は戻らない。ずっと同じ言葉が頭に張りついている。

夫婦で同じシャンプーを使うべからず。

週刊誌のセックスレス夫婦特集に寄稿を頼まれ、その内容を散歩しながら考えていた。依頼してきた編集者は、何か精神的なアドバイスを求めているようだったが、中谷の頭に浮かぶのはテクニカルなものばかり。「夫婦で同じシャンプーを使うべからず」は、その中でも悪くないものだ。それを切り口に、夫婦の心構えにもっていければと思うのだが、なかなか先に進まなかった。

中谷は離婚していて、現在独身。そんな自分に夫婦生活のアドバイスを求めるのが間違っている。もっとも編集者がなぜ、自分に依頼してきたかは察しがつく。数年前にセックスレス夫婦を主人公とした小説を書き、そこそこの評判となったのを編集者は思いだしたのだろう。

　ブロック敷きの歩道に視線を落として考える。店が閉まり、ひとけの絶えた街は気が散るものがなく、机を前に黙考するより集中力が高まるもので、散歩は煮詰まったときにもちいる手軽な最終手段。本当に何も浮かばないときは、仕事場から出たり入ったりを繰り返した。

　夜はまだ長い。締め切りは今日の正午だった。

　サンダルの音を聞きながら、ゆっくりと歩いた。しだいに言葉が湧(わ)いてくる。家族の中での個の自立と尊重、というもっともらしい結が浮かんだ。「夫婦で同じシャンプーを使うべからず」からその結にいたる道筋を考えるのはさほど難しそうではない。あと三十分ほど歩こうかと考えながら、中谷はふと顔を上げた。

　レンガ色のビルの陰から若い男がふたり姿を現した。その隣にあるコンビニエンス・ストアからでてきたところのようだ。ふたりとも仲良くレジ袋を提(さ)げている。

「あの女、やれそう」

「弁当食ったら、もう一度くるか。カズ君に車もってこさせようぜ」

　すれ違いざま、ふたりの会話が聞こえた。

　タンクトップに短パン姿の男ふたり。その会話がなかったら、ゲイのカップルだと思ったかもしれない。ひとりは発達した三角筋にトライバル柄のタトゥーを入れていた。もうひとりは背中に蜘蛛のタトゥー。暴力臭が漂った。レンガ色のビルを通り過ぎ、コンビニの前にでて、中谷は思わず足を止めた。マンションの一階を占めるコンビニは、車が駐車できるほどではないが、奥まっている。分別のゴミ箱が並べられたそのスペースに、女がひとり座り込んでいた。ビールの空き缶に周りを取り囲まれている女。中谷の気を引いたのは、そのスカートだ。踝まで隠れそうなほど長いスカートは夏らしく薄い生地。夜の闇に溶け込んでしまいそうなほど濃いブルーだった。スカートの上は無地の黒いTシャツ。真ん中分けの長い髪も黒。無造作なウェーブが癖毛っぽく、うつむけた顔を覆っている。夜を打ち消そうとするように、煌々と灯るコンビニの明りが外を照らしていたが、そこだけ夜の闇が居座っているようだった。

　中谷は三十年前の夏の夜を思いだしていた。

　ブルーのスカートが翻る。夜の闇に溶けていく女の後ろ姿――。

　座り込んだ女が、手にした缶を口に運ぶ。顎が上がり、覆っていた髪がサイドに流れて、女の顔を露にする。

　年は二十代前半。顔は整っているものの、化粧っけがない上、眉が太く、地味な感じがした。

喉を（のど）ゴクゴクと波打つように動かしながら、女は中谷のほうに目を向けた。この時間に、見知らぬ男から不躾な（ぶしつけ）視線を受けているのに、嫌悪（けんお）を示すことなく、不思議そうな目で見つめ返す。先ほどの男たちにも、そんな目を向けたのだろうか。あのふたりが話題にしていたのは、この女のことだろう。

中谷は女から目をそらした。歩きだしたが、数歩進んでまた足を止めた。女のほうに顔を向けると、まだこちらを見ていた。

「なあ、こんなところで酒を飲むのはいかんよ。もう遅いし、うちに帰ったほうがいいぞ」

普段使うことのない、年寄りじみた口調になった。

女は何も答えず笑みを浮かべる。酔っ（よ）ぱらいらしい眠たげな笑みだ。

「いいか、公共の場所で酒を飲むのは禁じられている。どこかへ移動しないと、警察がやってくるぞ」

女の周りに散らばる空き缶に、呆れた（あき）視線を向けながら、ぶっきらぼうに言う。普段の口調にだいぶ近づいた。

女はアハッと大きく口を開けて笑った。

「それってアメリカの話でしょ。ハリウッド映画のホームレスが、紙袋に瓶（びん）を入れて酒を飲むのはだからだよ、ってうんちくが続く話。日本にそんな決まりあるわけない、ない」

女は大きくビールを呷った。

こんな時間に外で飲んだくれている女は、世の中のことなど何も知らない、と考えるのは偏見ではないだろう。いずれにしても、中谷の目論見は外れた。返す言葉が浮かばず、女から視線を外し、さっきの男たちが歩いていったほうを見る。ふたりの姿が目に入らないことで、中谷は踏ん切りをつけた。

「とにかく、早くうちに帰ったほうがいい」

それだけ言うと、歩きだした。

「ちょっと、待ってよ」

調子はずれの声が追いかけてきた。中谷は足を止め、振り返る。

「ねえ、あなたの家、ここから近いの？」

「十分弱ぐらいだけど……」

家ではなくて、仕事場ではあるが。

「じゃあ、トイレ貸して。さっきから、いきたくてしかたがないんですよ」

「トイレならコンビニにあるだろう」

「あたし、ああいうトイレ苦手。誰がどう使っているかわからないでしょ」

そんなことを言いだしたら、自分の家のトイレ以外は使えなくなるだろうに。

「男のひとり暮らしだから、うちのトイレも、あまり綺麗じゃない」

「それでもいい、我慢する」

女は口をへの字に曲げ、諦め顔で頷いた。誰もきていいとは言っていないのに、ビールをぐいと空けると立ち上がる。さあ早く案内しろと言わんばかりに、眉をひそめて中谷を睨む。

「深夜に知らない男の部屋についていくのは、危険だと思わないのか」

深夜に知らない女を部屋に連れていくのは危険だ、とまでは思わないが、中谷にとって拒否感を感じることではあった。

女はまた、アハッと笑い、「男？」と小ばかにするように語尾を上げた。

おっさんは男の範疇には入らないと、あからさまに告げていた。中谷はそれにむっとするより、論点がずれてしまったことを憂慮した。相手がおっさんであることは、夜の危険を軽減する目安になりはしないのに。

酔っぱらいだからしかたがないのかもしれない。が、女の危機意識のなさに焦りのような、不快な感情がにじみでた。

中谷は歩きだした。気怠い女のサンダルの音がついてくる。

後ろを振り返った。夜に溶けてしまいそうなブルーのスカートが揺れていた。

中谷の仕事部屋は京王線調布駅の南側を新宿方向に進んだ住宅街のなかにあった。女を拾ってしまったのは北側で、営業を終えている京王線を渡ってマンションの密集地帯を目指した。

女と自己紹介をし合う気はなかった。何か適当に呼び名を決めてくれと言ったら、女は「じゃあ、あたしはノンたん」と言って、大口を開けて笑った。

いやがらせで言っているのなら、なかなか機転が利く。羞恥心やら品性やらが鈍麻する深夜であっても、あまり口にしたくない呼び名だ。

俺はおっさんでいいと中谷は申告した。女は、ははっと乾いた笑い声を上げ、「よろしく、おっさん」と素直に従った。

大きなマンションに挟まれた、小さなモルタルアパートに、中谷の仕事部屋はあった。昭和の終わりに建てられたアパートは、それなりに傷みも目立つが、家賃の割には広々としたワンルームタイプで、見栄さえ張らなければ、作家の仕事場としてなんの不都合もなかった。

二階にある部屋のドアを開けてやると、〝ノンたん〟は革のサンダルを後ろに蹴散らすように脱いで、部屋に上がった。「ほんとに、汚っ」とひとこと吐き捨て、トイレに駆け込む。

散歩にでただけだから部屋の電気は点けっぱなしだった。中谷は部屋に上がり、やはり開けっぱなしだった窓を閉め、冷房のスイッチを入れた。窓に背を向けるように、回転椅子に腰を下ろし、デスクのパソコンに向かった。一文字も打たれていないワープロソフトが起動している。とりあえず、「夫婦で同じシャンプーを使うべからず」と打って、アプリケーションを閉じた。

水を流す音が盛大に響いた。駆け込んだ勢いのまま、女はトイレからでてきた。深夜であることなど気にもせず、どすどすと足音をたてて進む。床に散らばった雑誌を足で押しのけ、スペースを作ってそこに腰を下ろす。なぜだか憤然とした様子だ。

「なんなの、この部屋。トイレは臭いし、床は埃っぽいし。虫とかでてきそうで気持ち悪い」

「すまなかったね。この部屋は、ひとをもてなすようにできていない。公衆トイレみたいなもんさ。用をたしたら長居は無用だ」

中谷は明るく言ったが、内心は穏やかではない。女の傍若無人ぶりに腹は立つものの、怒りより恐怖に近い感情が中谷の心を占めた。部屋を乗っ取られてしまうような恐怖。女をただの酔っぱらいだと思っていたが、そうではないのかもしれない。この女はもともといかれている。

「ねえ、なんかはくものない？　トレパンとか短パンとか」

暗に帰れと言った中谷の言葉を無視して、そう言った。中谷の恐怖はさらに広がる。一度入ったら、なかなかでていかない女。強く帰れと言うと、逆上して何をしでかすかわからない、攻撃性の強い女。以前にそういう女に出くわしたことがある。

「ここは仕事場として使ってる部屋なんだ。だから、着替えは置いていない」

「なんの仕事」女は興味なさそうに訊ねる。

「やくざな商売」と、中谷はいつもどおりはぐらかした。

女は本棚を見ていた。

本来二段重ねの本棚を、一段ずつ横に並べて置いていた。そうすれば天板にも、ものを置くことができる。出版社から送られてきた本や小説誌が乱雑に積まれていた。最近はそれだけでは足りず、床からも本のタワーが伸びていた。

「出版関係でしょ」

言い当てられたのは、さほど意外ではなかった。女は視線を滑らせ、一渡り本棚を眺めると、中谷のほうに顔を向けた。

「朝までここにいていい？」

女は窺うような目をしていた。声のトーンもいくぶん柔らかくなった。

「帰るところがないのか」

「まさか。ただ、もう電車がないから」

あんなところで飲んでいるから、この周辺に住んでいるのだと思っていた。終電に乗り遅れたなら、コンビニの前で缶ビールなど開けずに、漫画喫茶にでもいけばよかったのだ。

中谷はおかしな女だと片付けた。なぜあそこで？　と訊ねようとは思わなかった。

「始発が出るまでならいい」

「もちろん、それまでで充分」

いまの季節、あと二時間もすれば夜が明け始める。この女のスカートの色より空が明るくなったら、帰ってもらう。

「仕事していていいですよ。あたしは横にならせてもらう」

女はそう言うと、壁に立てかけてあった、アウトドア用のマットを勝手に床に広げ始めた。中谷が仮眠するときに使うマットだ。

ひとの部屋にきて、よくもこれだけ勝手に振る舞えるものだと呆れる。しかし、勝手に振る舞えるだけの勘所（かんどころ）みたいなものを、この女は押さえていた。おかしな女だが、ばかではないようだ。

「おっさんは、あたしと寝たいと思ってる？」

マットに横になるとすぐ、彼女は訊（き）いた。それは誘うような言葉ではなく、おやじをからかうような、からっとした言い方だった。

「思っていないよ」

中谷は正直な気持ちを言った。

もう、女なら誰とでも、という年ではないし、この女と関係をもってしまったら、あとあと面倒なことになる気がした。両隣の住人に素性を知られているから、この部屋ではしたくないというのもある。

要は、あれこれデメリットが浮かぶほど、激しい情動が湧かないだけだった。

女は目を閉じると、無邪気ともいえる笑みを浮かべた。どういう意味でそうしたのか、スカートをたくし上げ、細い脛を覗かせた。蛍光灯の明りを真上から受けた脛は青白く、ビニール人形のように艶っぽかった。中谷は女から視線をそらした。

回転椅子の座面を下げ、バックレストをリクライニングにした。ワープロソフトを開き、一行目に「夫婦で同じシャンプーを使うべからず」と打たれた画面を見つめる。その先を考えながら、眠くなったら寝てしまおうと考えていた。どうせ、ひとがいては集中できない。早朝から始めればどうにか間に合うだろう。

「あたしが関わるひと、みんな死んでいく」

天井の明りを消し、デスクライトだけにしてしばらくすると、女は言った。

舞台女優のようによく通る声。目は閉じたままだった。

「死なない人間というのは、まずいないよ」

慰めるつもりも、気持ちを逆撫でするつもりもなく、ただ彼女の芝居がかった言い方に合わせただけだった。

「ふたりとも自殺だった」

薄暗い仕事場に、彼女の声がぽつんと響いた。みんなというのはふたりだけ？　というつっこみを飲み込んだら、返す言葉を見失った。中谷は同情するように頷いてみたものの、女は腹の上で手を組み、目をつむったままだった。

「最初は彼だった。家を訪ねたら、首を吊っていた。次は、友達と電話で話してるときに、死ぬって言われた。探しにいったけど間に合わなかった。二回ともあたしが第一発見者だった」

彼女は、いつもふたりのそばにいたのに力になれなかったことを悔いた。また死なれるのが怖いから、もうひとと深く関わることができない気がするとも言った。

感情の噴出を抑えるように平板な語り口。やはり、芝居がかっていると感じたが、そうしなければ語ることができないのかもしれないとも思った。なぜ出会ったばかりの自分にいきなり話しだしたのか不思議ではあるものの、彼女の言葉を疑っているわけでもなかった。

かつて新聞社の記者をしていたころ、ひとの話を聞くときは、まず疑ってかかるようにしていた。そのほうが、精度の高い記事が書けるし、最終的には語り手の心情もより深く理解できると思っていた。

作家になってからは、話は話として、まるごと受け止めるようになった。ひとが語ることは物語なのだから、それが真実であるかどうか、まずは問わない。聞き手である自分の心を動かすものがあるかないか、想像力を刺激する話であるかどうかが重要だった。仮に真実でないとあとでわかったら、それもひとつの物語になる。

彼女の話に心を動かされた点はふたつ。彼女が死体に直に接したという点と、知り合ったばかりの人間の部屋にきて言いたいことを言ってるくせに、ひとと深く関わることができないと口にした点だ。

女は亡くしたふたりについて多くを語ったが、中谷はうとうとしてしまって半分以上を聞き逃した。途中、デスクライトを消してしまったのがまずかったのだろう。ふっと覚醒したとき、「この先も、ふたりの息絶えた姿は頭から離れないと思う。いつも頭の隅にその姿を浮かべたまま生きていかなければならない」と彼女は言った。それがあたしへの罰です、と続けて語りそうな悲痛な諦めが声に漂った。

中谷はうとうとした罪滅ぼしに、何か声をかけてやろうと思った。

「子供のころの楽しかった思い出を忘れないようにしたほうがいい。人生の楽しい思い出の半分は、最初の十五年くらいに詰まっているものなんだ」

覚醒したばかりの割には言葉になっていた。ただ、彼女の心を軽くすることができるかどうかは、甚だ怪しい。

暗がりのなか、床のほうでひとの動く気配。影が盛り上がるのがわかった。

「あたし、子供のころの記憶がぼんやりしてるんですよ」

声に明るさが戻った気がした。よりはっきりと中谷の耳に届く。

「きっと信じてもらえないと思いますけど、子供のころ、あたしスパイ学校に入れられてたんです。子供たちを集めて、スパイを養成する学校。そんなものが日本にあるなんて信じられないでしょうけど、本当なんです」

中谷はデスクライトに手を伸ばし、スイッチをひねった。

デスクの正面に女の姿が浮かびあがった。マットの上に正座する彼女は、突然の明りに顔をしかめ手を前にかざす。

尋問を受ける女スパイ。

中谷の想像力が刺激された。

2

「記憶がぼんやりしているのに、スパイ学校にいたことがわかるの?」

「ええ。小学校に入る前の記憶はほとんどないんですよ。でもスパイ学校にいたことはわかってる。そこが殺人や盗みのテクニックを教えるところだったっていうのも」

彼女の顔にはうっすらと笑みが浮かんでいた。それはからかうようなものではなく、どうせわかってもらえないと、自嘲するようなものだった。

「それは、あとから植え付けられた記憶とかじゃないのかな」

「その可能性もあるとは思うけど、あたしの感覚としては、そういう学校にいたってことは、知識として小さいころからあったような気がする」

女は落ち着いた声でそう答えた。

「幼いころの記憶って、みんなそんな風にぼんやりしてるものだとずっと思ってた。幼稚園のころの話とかは、親から聞かされて知ってるだけなんだろうって。でも、小学校の高学年になったあたりから、四歳のときに初めてディズニーランドにいったとか、五歳の誕生日に自転車を買ってもらったとか、具体的な記憶をみんなもっているんだとわかってきて、自分のぼんやりした記憶は普通じゃないんだと認識するようになった」

「ぼんやりした記憶っていうんだから、何かしら記憶はあるわけ」

マットの上に体育座りをした女は、膝の上に顎をのせてこちらを見た。ライトの明りが目に入ったか、眩しそうに目を細めた。

「女のひとがそこからあたしを助けだしてくれた記憶があるんですよ。顔ははっきりしないけど、おばさんという感じの年齢だった。あたしを抱きかかえて連れだしてくれた」

黒っぽい服を着た女が、幼い少女を抱きかかえて森の中を駆け抜けていくシーンを、中谷は思わず頭に浮かべた。

完全にスパイ映画だ。この日本でそんなことはあり得ない。

作家として、ひとが物語る話をまるごと受け止めるようにしてきたが、彼女が語るスパイ学校の話はどうにも受け止められなかった。真実かどうかを問うてしまう。それはあまりに物語だった。疑ってかかる以前の問題で、真実ではないのが前提となるような話だ。にもかかわらず、嘘（うそ）だと切り捨てられないのは、やはり、あまりに物語だから。からかっている風もなく、そんな話を赤の他人の自分にする理由がわからなかった。彼女の語り口調は真剣だった。自分でもなぜそんな記憶があるのか不思議に思っている節も見受けられる。

話が本当なら面白い、という感覚もないではないが、それよりも、あり得ないものをあるかもしれないと思わせる、言葉の力を恐ろしく感じる。

女は長い髪に両手をかきいれ、サイドに流した。整ってはいるが地味な顔。ネイティブアメリカンを思わせる顔立ちだなと、ふと思った。

「もうひとつ覚えていることがある」女はそう言うと、無邪気ともいえる笑みを見せた。「スパイ学校の窓からロケットが見えた。建造中のロケット。完成して早く打ち上げるところを見てみたいと楽しみにしてた」

「日本でロケットを打ち上げる場所は、どこにあるか知ってる？」

もう質問などする必要はないと思っているのに口からでてしまった。

「知ってますよ、種子島でしょ。そんなところに住んでいた感覚はないけど、本物のロケットを見た記憶があるんだから、しかたないでしょ」

種子島の他に、大隅半島にも発射場があるが、どちらも海に面した広大な施設で、家屋の窓からロケットが見えるとは思えない。施設内にスパイ学校があったなら話としては面白いが。

「信じてくれるとは思っていない。あたしだってどう考えたらいいかわからなくなることがある。でも、そういう記憶が確かにあるんだから、信じるしかないの」

中谷は何も口にせず、ただおざなりに頷いた。女は腕で膝を抱え、ふーっと息を吐きだした。

「あたし、伯父さんと伯母さんに育てられたの。女のひとに助けだされたあと、どういう経過があったのか記憶にないけど、気づいたら伯父伯母に育てられていた。伯父は母親の兄だというけど、本当かどうかはわからない。あたしをずっと監視してるのかもしれない」

冷房は消していた。寒いわけでもないのに、彼女は膝をきつく抱えた。

「本当ならこんな話したらやばいよね。あたし、なんで殺されないんだろ」

女の言葉から、ある考えが浮かんだ。まさかと思いながら、中谷は口を開いた。

「まさか、自殺したふたりにもこの話をして、それで——」

「まさか、そんな。話してないわよ。こんな話できるわけないじゃない」

じゃあなんで知り合ったばかりの男に聞かせるのだ。そう思いはしたが、中谷は訊ねなかった。もうこの話は終わっている。ロケットの話がでた時点で見切りをつけた。最後の質問は本当によけいだったと思う。

女は黙り込んだ。何か考えるような顔をして、本棚を見ていた。

「消すよ」

中谷はデスクライトのスイッチをつまみ、声をかけた。

女が顔を向けた。何か問いかけるような目で中谷を見た。知性の感じられる目だ。

中谷は小さく首を振った。スイッチをひねり、ライトを消した。


目が醒めたとき、外はすっかり明るくなっていた。

七時。締め切りまであと五時間と確認し、眠気を瞬時に飛ばした。

バックレストから背中を離し、腰を伸ばした。床に目をやると、女の姿は目に入らなかった。

中谷はトイレに向かい、ノックをしてからドアを開けた。空だ。玄関を見ると、女のサンダルは消えていた。

寝ている間に帰ったようだ。最後は手を煩わせることなく、綺麗に消えてくれた。

中谷はデスクに戻り、パソコンのスイッチを押した。

昨晩の女の話を反芻してみる気はなかった。夜が明け、女が消えてしまえばどうでもいいことだった。あの女が嘘をついているか、間違った記憶を植えつけられてしまっただけ。いや、たとえあれが本当だったとしても、自分には関係のないことだ。殺人許可証をもった日本国の諜報員がそのへんをうろついていても、何かが変わるわけではない。確実に締め切りはやってくる。

中谷は風呂場へいき、洗面台で顔を洗った。タオルで水を拭き取り、鏡の自分を睨みつける。

さあ、仕事だ。

ふと、鏡の横の棚に目を留めた。歯ブラシ立てに使っているグリーンのマグカップを手に取った。

普段、中谷が使っている青い柄の歯ブラシしか入っていなかった。もう一本入れてあったのになくなっている。まさか、あの女が使ったのだろうか。

中谷は、洗い場、バスタブを見回した。何も落ちていない。

部屋に戻りゴミ箱を見た。床や本棚の上も当たってみたが、歯ブラシはなかった。

中谷は憤然と玄関へ向かった。ビーチサンダルをつっかけ外にでた。

階段を下りてあたりを探した。嫌がらせのつもりで歯ブラシをもちだしたのだとしても、あんなものを家までもち帰らないはずだ。そのへんに捨てていったのではと目を凝らしたが、落ちているのは空き缶や煙草の吸い殻ぐらいなもの。ピンクの柄の歯ブラシは目に入らなかった。

中谷は駅まで駆けていった。女を捕まえられればと改札の前まできたが、会うことはなかった。財布をもってきていなかったから、ここで終わりだ。

まだ気温はたいして上がっていないのに、汗だくだった。汗を吸い込んだTシャツは重たくなり、伸びきった襟をさらに引っぱった。

勤勉な通勤客は礼儀正しく、うらぶれた風体の男に目を向けず、改札を抜けていく。中谷は彼らを見習い、仕事に戻ることにした。いっさい周りのことなど気にせず仕事に励むのだ。

あの歯ブラシがなくなったからといって、いますぐ何かが起こるわけではない。このあとだって、なんの影響もない可能性のほうが高い。

どう自分に言い聞かせても、気は晴れなかった。駅をでた中谷は、歯ブラシを探しながらゆっくりとアパートに戻った。

夫婦で同じシャンプーを使うべからず。

その先を書きだしたのは、締め切りの十二時を回ってからだった。

## 3

「もしかして中谷さん、その女性とやってしまったんですか」

小島英介（こじまえいすけ）の大きな顔が近づいてきて、僅（わず）かに温度が上がった。

頭から水をかけてやりたいなと考えたのは、ある意味愛情からだ。本人がいちばん暑苦しい思いをしているのだろうから。

「小島君、かりにもきみは編集者なんだから、『やった』以外の表現を考えようよ。昼間だし、うちの近所の喫茶店だし」

「昼間とか近所とかの理由で表現がぶれるのは作家としていかがなものかと。――で、美人なんでしょ。したんですか」

答えないのは罪だと言わんばかりに、強い調子で訊いてくる。

「本当に何もしてない。俺は、してたら最初から話さないタイプ。いいかげん、担当作家の性格を見極めようよ」

「そうかな。僕みたいに、やったやらないにこだわるタイプじゃないから、やってても知らん顔でそのひとのこと話題にしそうな気がしますけど」

口にだして認めはしないが、当たってるな、と中谷は思った。

ぽっちゃり体型で、いつもへらへらと笑っている小島は、鈍そうに見えて案外鋭いところがある。それでなくては、文芸の編集者などやってはいられないだろう。

小島は、丹文社文芸出版部の担当編集者だ。とはいえまだ一度も仕事をしたことはない。中谷は連載でも書き下ろしでも、もう四年、小説を書いていなかった。エッセイや書評などの雑文を書き、預金を取り崩し、元のかみさんに養育費を待ってもらって、どうにか生活を成り立たせている。

現在ほとんどの出版社は、中谷に担当編集者をつけていなかった。四年も書かない作家にかまう余裕は、いまの出版業界にありはしない。そんななか、小島だけは定期的に会いにやってくる。

今日は、近くまできたからと突然電話をかけてきた。暑いさなか、めったに見ないスーツ姿なのは、このあとお堅い作家に会うためらしく、その前にうらぶれた作家とくだらない話でもして緊張を解そうと考えたのかもしれない。担当について二年、一回り以上年が離れたこの編集者と、肩の凝らない付き合いができるようになっている。そんなことよりも作品を書いてくれたほうがありがたいんですけど、と小島は言うだろうが。

「それにしても、スパイ学校に入っていたっていうのは、すごいですね。すさまじいと言ってもいい。僕は、宇宙人に誘拐(ゆうかい)されたってひとに、ふたり会ったことがあるけど、そこまでいくと、苦笑いするしかないですもんね。スパイ学校はいい。ぎりぎりリアリティーあるし、せつない感じがしてぐっときます」

小島は小首を傾(かし)げ、胸の前でぎゅっと拳(こぶし)を握った。

「小島君、この話信じるの」

「本人に会ってないんでなんとも言えませんが、嘘と決めつけることはないんじゃないですか。何より本当だったら、面白いじゃないですか。日本に、子供のときからスパイを養成する学校があるなんて」

「ロケットだぞ。学校の窓から建造中のロケットが見えたなんて、あり得ない話だ」

「子供の記憶だから、何か勘違いしてるのかもしれないですよ」

「だったら、スパイ学校の記憶がすべて勘違いだと考えたほうが早くないか」

小島は咎(とが)めるような目をしてアイスコーヒーをすすると、ひとりで店を切り盛りする店主におかわりを注文した。

中谷の仕事部屋からほど近い、住宅街のなかにあるこのカフェは、近所の主婦が集団でやってくるとき以外はがらがらで、中谷は仕事中の気分転換によく利用する。

「もしかしたら、日本じゃないのかも」小島は閃きましたとアピールするように、人差し指をこちらに突きつけた。

「最初にロケットのことを聞いたとき、『星の街』を思い浮かべたんですよ。ロシアにある、宇宙飛行士の訓練施設が集まったところ、——知ってますよね。宇宙飛行士だけじゃなくて、その家族も住んでいて、学校やレストランなんかもあるひとつの街。そういうところに、スパイ学校もあるんじゃないかって。実際、『星の街』にはないでしょうけど、どこか外国の軍事施設にあって、ミサイルを作っているところを見たのかもしれない」

中谷はカップに手を伸ばし、コーヒーに口をつけた。小島は勝ち誇ったように、口を横に引いて笑った。

「彼女は、女のひとに助けだされたって言ってたよ。そんな軍事施設から連れだすなんて無理だろ」

店主がアイスコーヒーのおかわりをもってきた。小島は店主に愛想笑いを見せ、中谷に顔を向けた。眉尻を下げ、困った表情を作る。

「軍事施設はともかく、外国の諜報機関の学校というのはいい線だと思いませんか。日本に潜入させるため教育していた。中谷さん、このへんで手を打ちませんか」

そこまでして入手したい情報がこの日本にあるだろうか、と中谷は疑問に思ったが、言わないでおいた。そんな疑問に目をつむるなら、確かに日本の機関のスパイ学校と考えるより、あり得そうな気はした。

「ねえ中谷さん、この話、小説にしましょうよ。作家と編集者が、これだけ議論できるんだから、かなりの謎を含んでるってことですよ。いろいろ話を膨らませられそうで、いい題材だと思います」

「スパイ小説か」

中谷の小説はミステリーに分類されるものが多いが、どこにでもいそうな人物が主人公の人間ドラマで、派手な舞台設定や謎解き中心の小説には馴染みがなかった。

「別にスパイ小説じゃなくてもいいんです。かつてスパイ学校に入れられていた女に出会ったって事実をモチーフにして、あとは女の話が嘘でも本当でもかまわないから、中谷さんが書きたいように膨らませてください。謎を収束させながら、人間ドラマを展開していく。中谷さんらしい、いい小説になりそうですよ。読んでみたいな」

「なるほどね」と中谷は頷いた。

「考えておくよ」

小島は「ありがとうございます」と大袈裟に頭を下げた。

これはいつもの儀式みたいなもの。

小島は時々小説になりそうなネタを中谷に提案する。いつも中谷は「考えておくよ」と答えるが、書いたためしはなかった。

今度こそはと、小島は期待してくれているのだろうか。中谷もそんな期待を、まだ自分にもっていた。

小島は脱いでいたスーツの上着に袖を通した。スーツには不似合いなナイロンのメッセンジャーバッグを小脇に抱え、勘定書に手を伸ばす。

三時半。次へ移動するのにいい時間なのだろう。編集者として、ちょうど格好もついた。

「中谷さん、その女性とは連絡つかないんですかね」

「名前も聞いていないからな——。それに小島君のタイプじゃないと思うけど」

「そういうんじゃないですよ。小説にするかは置いておいて、僕も直接話を聞いてみたいと思って。彼女、伯父さん夫婦に育てられたんですよね。いったい両親はどうしたのか、そのへんをつけば、もっといろいろわかりそうな気がする。彼女の戸籍を見てみたいなあ」

文芸出版部にくる前、週刊誌の記者をしていた小島は、昔の血が騒ぐのかもしれない。

「逆に聞きたいんだけど、そういう、名前もわからない人間を捜す方法はある？」

週刊誌の記者ならひと捜しも仕事のうちだったろう。

小島は腰を上げながら、顔をしかめた。

「いやー、そこまで情報が少ないと厳しいですね。会話の内容から、辿っていくしかないでしょう。運がよければ会える。中谷さんも、彼女に会いたいんですか」

立ち上がった中谷はそれには答えず、ドアへと向かった。

あの女にもう一度会いたいと思っていた。スパイ学校の話はどうでもよく、ただ、部屋からもっていったものをどうしたか訊きたい。

ピンク色の歯ブラシをまだ諦めきれなかった。

4

十六時五十七分到着予定のやまびこ59号は、時間どおり郡山駅に到着した。

駅に降り立った工藤友幸は、意外に暑いので驚いた。東北は寒いところというイメージがあったから、夏でも涼しいのだろうと漠然と考えていた。東京より北へは、小学生のとき町内会のバス旅行で、日光に一度いったことがあるきりだった。

旅は好きで、目的地も決めずにふらっと鈍行列車に乗ってでかけたりする。そのとき向かうのはたいてい南だった。小田原に住んでいたから、東京を目指して北へ向かうこともあったが、それ以外はまず南。子供のころチャリンコで遠乗りするときからで、湘南ではなく、海岸線を南に突っ走り、伊豆に向かうことのほうが多かった。

なぜ南へ向かうのか、深く考えたことはない。たぶん南の暖かなイメージに関係しているのだろう。あるいは、太陽のイメージ。どこかへ向かっていくなら、暖かくて太陽が輝いているほうがいいに決まっている。寒い北国は、向かっていくのではなく逃れていく場所のような気がした。

友幸は駅をでて、街の様子を窺った。初めて見る東北の街の印象は悪くなかった。駅前の広場は公園並みに広く、綺麗に整備されている。木も植えられており、まだ残っている日を受け、緑が鮮やかだった。

駅の脇には飛び抜けて高いビルが一本立っていた。それ以外は、ホテルや証券会社が立ち並ぶ、通りの向こう側にも、さほど高い建物はない。殺風景といえないこともないが、そのぶん空が広く、開放感があった。たぶん、日が暮れてしまうと、また印象は違ってくるだろう。それを考え、まだ日がある時間の列車を選んでやってきた。

友幸はナイロンのスポーツバッグを肩に担ぎ上げ、駅を離れた。

駅前の通りに交差する、賑やかな目抜き通りを見つけてぶらついた。本屋を探したけれど、見つからなかった。地図で目的の店の場所を確認するつもりだったが、訊いてしまったほうが早い。ビジネスホテルに入り、フロントマンに住所を伝えると、すぐに見つけて教えてくれた。

ホテルをでて、駅前の表通りを進んだ。証券会社の前を通り、駐車場の角を曲がる。表通りからちょっとそれただけで、寂しくなった。飲み屋や風俗っぽい店がぽつんぽつんとあるだけ。住所は郡山市駅前二丁目。友幸が目指す店もそこにある。最初にその住所を見たとき、おばちゃん、すごいところに店をもったなと思った。町名からして、駅の近くであることは間違いないのだから。しかも新幹線が停車するような大きな駅の近く。実際にきてみたら、想像とは大きな落差があった。

店は六時開店らしく、あと三十分は開かない。もう少し時間を潰（つぶ）してから訪ねようと思っていたが、すぐ近くらしいのでとりあえずいってみることにした。角を右に曲がり、さらに目抜き通りから離れるように進むと、あたりは寂（さび）れていった。コンクリートのビルが減り、古びたモルタル造の店舗兼住宅が増えた。人通りもない。このあたりは、すっかり日が暮れてからきたほうがよかったのかなと、友幸は後悔した。

やはりモルタル造の店舗兼住宅の前にビール会社の社名入り看板が置かれていた。メモと突き合わせて見たがちょっと違う。看板は「丸萬（まるまん）」、メモは「丸すみ」。メモは母親に電話で聞いて友幸が書いたものだった。きっと「萬」の文字が読めなくて、適当にごまかして言ったのだろう。

丸萬は間口の狭い小料理屋風。壁面も窓ガラスも薄汚れていて、常連以外は入りにくい雰囲気があった。そのためか、あるいは開店前だからか、引き戸が全開になっていた。縄のれんが店の内側に垂れ下がっている。

友幸は開いた戸からなかを覗いた。カウンターの他に、テーブル席がふたつある。チェックのエプロンをつけた女が、テーブルの下をほうきで掃いていた。

店のなかに体を半分入れた。染みついた煮込みの臭いが鼻についた。

「滝川のおばちゃん」友幸は声をかけた。

女は屈めていた腰を伸ばし、こちらに顔を向けた。眉間に皺を寄せ、目を凝らして見る。

「ごめんね、誰だったっけ」

記憶にあるより低い声で女は言った。

わからないのも無理はない。最後に会ったとき、友幸はまだ小学生だったのだ。

友幸もここへくるまで、滝川雅代の顔がわかるとは思っていなかった。二十年のときの変化ははかりしれないし、何より当時の記憶が不鮮明だったのだ。けれど、会ってみたらすっかり思いだした。それほど雅代は当時の面影を残していた。でんと据わった丸い鼻、意志の強そうな切れ長の目、笑顔の似合う大きな口、痩せもせず、太りもせず、かつてのバランスのまま並んでいた。

「おばちゃん、工藤友幸だよ。工藤美幸の息子の」

それでもまだ眉をひそめていたが、突然目を大きく丸め、口を開いた。

「ああ、美幸ちゃんの――」雅代は声を上げると、喘ぐように息を吸った。

「泣き虫のトモちゃんが、こんなに大きくなったとは驚きだ」

雅代はほうきをもったまま、こちらに向かってきた。友幸も店のなかに入った。

「やっぱりお母さんに似てる。なかなかイケメンじゃない。いくつになったの」

友幸は二十八だと答えた。

「おばちゃんは変わらない。すぐにわかった」

「そうかね。もう五十五歳よ。孫がいても不思議じゃない年なんだから、自分でも驚くよ」

若く見えるわけではないが、Tシャツにエプロン姿の雅代は締まった体型で、はつらつとした印象だ。

子供のころ叱(しか)られもしたが、よく遊んでくれた雅代の現在の姿は、友幸にとってなんとなく喜ばしいものだった。

「誰だい。お客さん？」

奥のほうから男がでてきた。白髪(しらが)頭の男は細身で、神経質そうな目をこちらに向けていた。

「このひと、あたしの昔の友達の息子さんなの。近くにきたからって、わざわざ訪ねてきてくれたのよ」雅代は振り返り、早口に言った。

「だったら立ち話なんてしてないで、座ってもらえ。なんか作るよ」

男はにこりともしないが、言葉から温かみが伝わってきた。

「いえ、いいのよ。あまり時間がないんだって」

「そうなのか」

「もう帰るって言うから、あたしそのへんまで送ってくる」

友幸はそれを聞きながら、顔を引きつらせた。

こちらを向いた雅代は、表情のない顔で頷きかけると、開いている戸口から外へでた。友幸はあとに従った。

「美幸ちゃんは元気？」

雅代はゆっくり足を運びながら訊ねた。

「元気だ」と答えた友幸は、まだ顔を強ばらせていた。

てっきり自分は歓迎されているのだと思っていた。ただ懐かしいと思う以上の繋がりが自分たちにはあるのだと信じていたのに、大きな考え違いだったようだ。

空から色が降ってきたように、街全体が青っぽく染まり始めていた。早く真っ暗になればいいと願いながら、友幸は足を速めた。

「何か用があったの？」

前にでた友幸に、雅代が訊ねた。

「教授がいまどこにいるか知ってたら、教えてもらおうと思って」

「教授?」

それは誰、と問いたげな声のトーンに驚き、友幸は振り返った。

「ああ、そうだったね。あなたたちから見たら、教授なんだっけね、あのひと」

懐かしむわけでもない、乾いた声だった。

「知ってる? どこにいるか」

「残念だけど、まったくわからない」

「じゃあ、知ってそうなひとを誰か紹介してくれないかな。うちの母親があの当時のひとたちのなかで連絡先を知ってたの、滝川のおばちゃんだけなんだ」

「教授の居場所がわかったらどうするの」

表通りに続く道の角まできて雅代は足を止めた。

「もちろん会いにいくんだよ」

「会ってどうするの」

このひとにそれを話しても、きっと理解してくれないだろう。友幸は「会いたいだけ。懐かしくなってさ」と適当に答えた。

「サコタチエさんって覚えてる? あたしたちのなかでいちばん年長だったひと」

友幸は首を捻(ひね)った。かつて行動を共にしたひとたちで、顔と名前が一致するのはわずかしかいなかった。

「チエさん、いまは川崎のほうにいるらしい。正確な住所とかは調べないとわからないから、携帯電話に連絡する。番号教えてくれる？」

エプロンのポケットから携帯を取りだして言った。

「俺、携帯もってないんだ」

雅代は眉間に皺を寄せ、不思議そうな顔をした。

「困ったわね」と腕を組み、しばらくしてふーっと溜息をついた。

「じゃあ、一時間くらいしたら店の前まできてくれる。それまでに調べておくから」

友幸はありがとうとおざなりに礼を言った。

「それを聞いたら、もうこないでくれる。教授とも他のみんなとも、本当に連絡とってないから」

わかったと友幸が答えると、雅代は引き返そうと足を踏みだした。

「あのさあ」友幸は呼び止めた。

「お金貸してくれないかな。二、三万円でいいんだ」

「わかった」と雅代は考える間を置かずに答えた。「お店にきたときに渡す。それ、返さなくていいから」

雅代は強ばる笑みを浮かべてから、背を向けた。

やはり、真っ暗になってからくるべきだった。友幸はそう考えたけれど、教訓にはならない。

もう二度と北の街にくることはないだろう。

## 5

小島と会った日の夜、中谷は女と出会ったコンビニを訪ねた。

あれから三日たっているので、女が散らかしたビールの空き缶はすっかり片づいていた。もちろん女の姿もない。軽い徒労感を覚えながら店のなかに入った。

先日よりも少し早い時間だったが、客の姿はなかった。レジも空っぽで、雑誌の入れ替えに精をだす、若い店員がひとりいるきりだ。

中谷は店内をぶらぶらした。スナック菓子の棚を、目も向けずに通り過ぎ、マーガリンやショートニングをたっぷり使用しているであろうパン類の棚に、嫌悪の目を向け、ガラスドアの冷蔵庫の前、缶コーヒーの棚の前で足を止めた。

あまりコンビニを利用しない中谷にとって、缶コーヒーの種類の多さはちょっとした驚きだった。朝専用などというニッチな商品まである。しかし、ざっと見渡して、再び驚きを感じた。これだけ商品があるのに、中谷のコーヒーの飲み方である、ミルク入り砂糖抜きがないのだ。ブラックはある。無糖のミルク入りという商品もあったが、手に取り、原材料表示を見ると、甘味料が入っていた。

　ミルク入り砂糖抜きという飲み方は少数派なのだろうか。中谷は他の棚に移動するのも面倒に思い、ブラックの缶に手を伸ばした。いらぬ敗北感を抱えて、レジに向かった。

「すみません」と声を上げると、店員が駆けてきた。きつい冷房がかかっていても、汗臭さを感じる、小太りだが活動的な印象のある若者だった。

　商品のバーコードをスキャンし、腹を突きだすようにして「百二十円になります」と告げる様は、自分よりおっさんぽく見えた。中谷はもっていた小銭をカウンターに置き、店員に訊ねた。

「三日前なんだけど、いまぐらいの時間に、店の前で女の子がビールを飲んでいたのを覚えてないかな」

　もみあげが長い短髪の店員は、つっと眉を上げたが表情を変えない。目も合わせなかった。代金をレジにしまいながら、「三日前は休みだったんすよ」と口元に愛想の笑みを浮かべた。

　若いのになかなかの客あしらいだ。

「休みならわからないよな。しかたない」

　店に立っていたとしても、彼女の素性を知っている可能性は限りなく低い。期待していなかった中谷は、あっさり見切りをつけた。シールだけ貼った缶を手に取り、レジを離れようとしたとき、店員が意外なことを言った。

「その女の子の近くに、花束とか置いてませんでしたか」

「花束？」

ビールの空き缶が並んでいたのはすぐ思い出せる。しかし、花束など……。

「なかったと思うけど……。なんで？」

「花束はなくても、やっぱそうじゃないかな。夜中に女の子が酒をひとりで飲んでるなんて、そんなにないから」

突きでた腹の前で手を組んだ店員は、ひとり納得したように頷いた。

「半月ほど前、このマンションの屋上から飛び降り自殺したひとがいるんですよ。ちょうどいまくらいの時間かな、店の前におっこちてきたらしくて。その日もたまたま休みだったから見ないですんだんですけど」

内容とは裏腹に、残念そうな響きが、若者の言葉から聞き取れた。

「じゃあ、飛び降りたひとの知り合いが、花束をもってここへきていたのか」

「ええ、昼もきてたみたいですけど、律儀に死んだこの時間に花を供えにくるひと、自殺があった当初、けっこういましたよ。そのあとうちで酒を買って、店の前で飲む連中もいましたから、お客さんが言うその女の子も、同じなんじゃないかな」

まず間違いない。彼女は、深く関わったふたりを自殺で亡くしたと言っていた。付き合っていた彼は首を吊ったという話だから、たぶん友達のほうだろう。

「亡くなったのはこの近所のひと？」

「いや、……どうなんだろう。近くに住んでいたかどうかわからないすけど、富士見病院の患者だったようすね。まだ若い女の子だったって」

「富士見病院っていうのは？」

店員は驚いたように目を広げ、中谷のラフな服装を盗み見るように視線を下げた。

「甲州街道の向こうに、明東大学の付属病院があるじゃないですか。知らないすか」

中谷の生活圏は狭い。家も仕事場もある調布駅の南側にすっぽり収まる。駅の北側、しかも繁華街の北限にあたる国道の向こう側は、十年この地に住んでいても、中谷にとって未知の世界だ。

中谷が首を捻ると、店員は少し腰を屈め、顔を近づけた。

「その病院、精神科なんすよ」若い店員はこれまでと変わらぬ声音で言った。努めてそうしているような感じはあった。

「きっと花束を供えにきてたの、その患者仲間だと思うな」

「患者同士って、そんな仲がいいものなのか」

どんな病院にせよ、何人も花を供えにやってくるほど、患者同士、横の繋がりが強いとは思えなかった。

「あそこの病院って、社会復帰のためのリハビリの施設があるらしくて、患者仲間で楽しくわいわいやっているみたいですよ」

「よく知ってるね、そんなこと」

「この界隈のひとなら、けっこう知ってんじゃないすか。その施設の帰りに駅前の喫茶店とかに集まっているの、よく見かけるから。かなりうるさいっすよ」

「じゃあ、その店にいけば会えるのか」

コントロールがきかず、勢いよく飛びだした声が尖った。若い店員は体を僅かに引いた。

「……そりゃあ、しょっちゅういるから、いけば患者を見れますけどね」

店員の勘違いを正すことは、もちろんしなかった。「お疲れさん、飲んでくれ」と、若い店員にブラックの缶コーヒーを握らせ、中谷は店をでた。

広い店内は、冷房が強めに効いていた。

入ってきたばかりの中谷には心地いいが、長居をすれば凍えそうな感じはする。

中谷はカウンターでブレンドコーヒーを注文し、カップをトレイにのせて、壁際の席に向かった。

調布駅北口からすぐのところにあるコーヒーショップは、八割方席が埋まっていた。午後四時を過ぎてもいっこうに収まらない、暴力的な陽差しから逃れてきたかのように、気怠い空気が店内に漂っていた。

店全体を見渡せる壁際の中央付近に空きを見つけて腰を下ろした。隣に座る少女が、夕食に流しそうめんが食べたいと、メールを打つ母親に繰り返しせがんでいた。中谷は笑みを浮かべてコーヒーにミルクを入れる。かきまぜながら、店内をざっと眺め回した。

客はやや老人が多いものの、スーツのサラリーマンや主婦、学生風など、各層が偏りなく入っていた。そんななか、昨晩コンビニの店員から聞いた、富士見病院の患者らしき客は、簡単に見分けがついた。

右手奥に、大声がやけに耳につくグループがいた。男三人に女ふたりの五人組。主に大声をだしているのは若い男ふたりで、ひとりは呂律も怪しく、ともにハイテンションだった。もうひとりの男は五十絡みで、背を丸め、煙草とストローを交互にくわえる。ときおり会話に反応を見せ、笑みを浮かべるのだけれど、表情筋が強ばっているのか、ゆっくりと笑みは現れた。

女ふたりは、中谷に背を向けて座っていたので年齢は不詳。ひとりは、さほど大きくないものの、子供みたいな甲高い声で喋った。チナツちゃんという看護師に彼氏ができたかどうかが話題の中心であると、聞いているうちにわかった。

　五人組は楽しそうだった。仲間でわいわいやっていると言った、コンビニの店員の言葉どおりだ。ただ、その言葉から、通院する患者仲間みんなが一塊（ひとかたまり）になって談笑しているようなイメージをもったが、そうではないと気づいた。

　入り口のほうで、ふたり横に並んで座り、会話もなく無表情な顔でアイスコーヒーを飲んでいるのも富士見病院の患者だろう。中谷の正面のカウンター席で、カウンターに突っ伏している女性もたぶんそうだ。カウンター席からL字形に奥に延びる禁煙席にもひとりいた。携帯電話を食い入るように見つめる太めの若者が、腹に響く笑い声をさかんに上げていた。

　中谷はしばらく、それぞれを窺ってから立ち上がった。まず右手奥に進み、五人組の男たちの背後に回り込んで、ふたりの女を正面から見た。体型や髪形から違うとは思ったが、やはり先日の女とは別人だった。確認を終えると、中谷は奥の禁煙エリアに入っていった。相変わらず携帯画面を食い入るように見つめる若者の横に立った。美少女アニメのキャラクターのようなものが横からちらっと見えた。別に笑うものでもないのに、若者は鼓膜（こまく）が痺（しび）れるくらいの大声で笑う。ふいに気づいたというように、笑い声を飲み込み顔を上げた。

　銀縁眼鏡（ぎんぶちめがね）の奥の細い目が中谷を見つめる。目つきはあまりよくなかった。けれど、口が大きく、上唇が突きでていて、ひな鳥を思わせるにくめない容貌ではあった。顔は大きいだけで太っている印象はないが、体にはたっぷり肉がついている。

そう思ってみると、富士見病院の患者だと当たりをつけた者たちの多くは、太めの体型であることに気づいた。精神を患っているというと、痩せていて神経質そうなひとを思い浮かべがちだが、そういうものでもないようだ。

中谷は、こんにちはと頭を下げた。

「富士見病院の患者さんでしょ。ちょっと教えてもらいたいことがあるんだけど、座ってもいいかな」

若者は少し間を置いただけで、何を知りたいか訊ねることもなく、「いいよー」と答えた。

意外ではあったけれど、なんの不満もない。中谷はいったん席に戻り、トレイをもって、若者の席に移った。

携帯電話をテーブルに置いた若者は、足を組み、手を膝に置いていた。どこか気取った感じに見えるのは、体型のせいだろうか。

「じゃまして悪いね」

「いいですよ、どうせ暇潰しだから」若者は目尻を下げ、笑みを浮かべた。

「僕の母親、そんなに暇なら、ヤスユキ君、ちゃんと就職しなさいって、本気で言うんだから。笑っちゃうでしょ」

喋（しゃべ）っても声は大きかったが、そのあとに続いた笑い声はひときわ大きく、頭に響いた。

「お母さんは、就職活動って言いたかったのかもしれない。それなら誰でもできるから」

中谷の指摘に若者は、笑い声を引っ込め、「ああ」と反応した。つまらなそうな顔をしていたが、しばらくするとくすくすと笑い声を漏（も）らし始める。

「僕に何を聞きたいんですか」

「実はね、ひと探しをしてるんだ。きみと同じ病院に通っているかもしれないから、協力をお願いしたい」

中谷はあの女の容貌を説明し、富士見病院の患者が自殺したというコンビニの前で会ったこと、そのとき死を悼（いた）むように酒を空け、酔っぱらっていたことを説明した。

「どうかな。そんな女性に、心当たりある？」

若者は扇（あお）ぐように、横縞（よこしま）のポロシャツをぱたぱた引っぱっていた。その動きを止めると、今度は襟元からシャツのなかに手を突っ込む。背中をかきながら言った。

「たぶん、原（はら）ちゃんだな」

「それが、僕が会った女性の名なんだね」

襟元から手を抜いた若者は、爪に溜まった垢をかきだしながら頷く。

「原亜樹ちゃん。自殺したユリユリと仲がよかったし、さっき言ってた外見にもだいたいあてはまるから。ただ、年齢は二十六歳。二十代前半に見えるけど」

自殺という言葉に、周囲の視線が集まる。そんな視線を気に留める様子もなく、若者はぐふふと咳き込むように笑いだした。

「インディアンを思わせるところがある、っていうのがよかったな。確かに原ちゃん、かわいい顔してるけど、ワイルドなところあるからね。僕のつぼにはまった。美少女インディアンキャラって、ありですね」

「本当に彼女で間違いないのかな。写真とかもってない？」

「写真撮らせてくれなかったからな……。でも、服に覚えがあるから間違いないですよ。黒いTシャツに紺のロングスカートって、確かに前にも着てた」

中谷は夜に溶け込んでしまいそうな濃いブルーのスカートを頭に浮かべた。原亜樹という名を得ても、まだあの女にはふっと現れたり消えたりするような非現実感があった。

「インディアンキャラならミニスカートのほうがいいのに」と、大きな顔を小刻みに振り、独り言のように呟いた。

「彼女は今日きてなかったのかな。連絡は取れる？」

デニムのマイクロミニでもいいですかね、とアドバイスを求めてくる若者を無視して中谷は訊ねた。

「原ちゃん、ここしばらくきてないな。ユリユリが自殺したころから。携帯の番号もメアドも教えてくれなかったから、僕は連絡できませんよ」

「あまり連絡先を教え合ったりはしないものなのかい」

「そんなことないですよ。たいていは交換する。ただ、警戒して、仲のいいひとにしか教えないのもいる。いたずら電話とかかけるやつ、けっこういるから」

「じゃあ、きみは警戒されたわけだ」

若者の細い目が僅かに広がり、表情が固まった。ひな鳥というより蛙(かえる)の口に似ているな、と思い改めて見ていた口が、ぱっくり開く。これまで以上に音圧の高い笑い声が、「ははは」と吐きだされた。正面から浴びた中谷は、音に捕らわれ、一瞬金縛(かなしば)りにでもあったような感覚を覚えた。

視線が集まるのを感じた。周りでこちらを見ていないのは、患者仲間ぐらいだ。彼にとって笑いは、楽しさを表現するだけのものではないのかもしれない、と中谷はふと思った。

「ひどいな。僕はイタ電なんてしないですよ」

すべてを吐きだし終えて、若者は言った。

「そういうつもりで言ったんじゃないよ。警戒されるひとがいるなら、携帯番号を交換するような仲のいいひともいたはずだ。原さんと仲のよかったひとを紹介してくれないかな」

「うーん……、いちばん仲がいいのはサトミさんかな。あのひともここのところきてないからな」

「サトミさんからも、警戒されてる？　携帯番号は知らない？」

そう言って笑いかけると、若者はテーブルに置いてあった携帯電話を手にして開いた。中谷に顔を向け、にやりと不気味ともいえる笑みを見せた。

「ナカヤさん、原ちゃんを探しているのは、小説を書くことと関係してるんですか」

中谷は、驚いて目を丸くした。自己紹介などしていないのに。

「きみ、僕のこと知っていたのか。ちなみに、僕の字はナカタニって読むんだけど」

「ああ、そうなんですか。僕はずっと、ナカヤ・ヨウだと思ってた」

「気にしなくていい。よくある間違いだ」

中谷自身、名前の読みがはっきりしない同業者が何人かいる。

「『夜の森』って本、読んだことありますよ。あれ、最後つまんなかった。もっと、ひとが死ぬかと思ったんだけど」

いったいどういう反応を期待して、面と向かってつまらないと言うのか知らないが、珍しいことでもなかった。自作について議論する気などなく、あなたに合わなくて残念だといつもどおり適当にかわした。

「僕の顔なんてよく知っていたね」

「たまたま何かで写真を見て覚えてたんです」

確かに雑誌や新聞などに顔がでることはあるが、そう多くはないし、一度見たら忘れられない顔でもないから意外だった。

「とにかく、僕が原さんに会いたいと思っているのは、きみが考えているとおり。会ったときに不思議なことを言ってたんで、もう少し話を聞いてみたくなったんだ。小説にするかは、わからないけどね」

ほとんど嘘だが、歯ブラシを取り返したいと言うよりはもっともらしい。細い目の若者は頷くと、ボタン操作して携帯を発信させた。

「だめだな、でませんね」

しばらく耳に当てていたが、中谷に顔を向けて言った。

「サトミさんにも警戒されてるのかな」

「そんなことないです」

大きな声で抗議するが、どことなくうれしそうだった。

「しばらくしたら、もう一度かけてみてくれる。それまで原さんってどんな子か少し聞かせてくれるかな」

いいよ、と軽く請け合う若者に、中谷はさっそく質問をした。

「原さんって、虚言癖ある？」

若者は組んでいた太い足を下ろし、大儀そうにもう一方の足に組み替えた。膝に手を置いたら、やはり気取って見える。この若者には似合わない気取った佇まいは、どこか微笑ましくて中谷は気に入っていた。

「虚言癖っていうか、誇大妄想で自分を実際以上によく言ってしまうひとは多いですよ。でもそれは、統合失調症の症状だから、原ちゃんにはあてはまらないな。彼女は鬱で通ってたから。実際、自分をよく言うこともないし、嘘っ、て驚くような話もしなかった」

「スパイの話とか聞いたことない？」

「なんですか、それ」

「聞いてないならいい」

やっぱり警戒されている、と言ってやろうかと思ったが、若者が体を少し斜めにし、そう言われるのを予期してかまえている感じがあったので、やめにした。

「彼女は鬱病だったのか」

「そうですよ。うちのリハビリセンターって、統合失調症がメインだけど、鬱のひとも覚醒剤中毒のひともいる。原ちゃんは、鬱で自殺未遂したことがあるみたい。鬱でセンターに通うひとは、だいたいそうだけど」

「ひとの病気のことを赤の他人にべらべら喋るのはよくないぞ」

若者は大きな口をぱっくり開け、勢いよく息を吸い込んだ。

「ナカヤさんが訊くから話したんじゃないですか、ひどいな」

「声があまりにも大きいからさ。それに僕は、ナカタニだ」

「声が大きいのはしょうがない。これも、病気のせいだから。僕は、統合失調症なんです」

自分の病名も声をひそめることなく、堂々と言った。自慢しているような響きすら窺えた。中谷は拍手をする代わりに、大きく頷いた。

「原さんとは、よく話をする?」

「まあ、普通に話しますよ。一緒にトランプをやったり卓球をやったりするし、それこそ、ここでお茶しながら何度も話してる」

「トランプや卓球というのはリハビリ?」

「それで病気がよくなるわけじゃないですけどね」若者は「ははっ」と大きな声を響かせた。「僕たちが通っているリハビリセンターって、昼間行き場がない患者たちの溜まり場みたいなもんで、通うことに意義があったりする。規則正しい生活を送り、ひきこもりになるのを防ぎ、ひととコミュニケーションをとって、仲間と励まし合う。それが社会復帰に繋がるだろう、という考えだから、特別な治療プログラムが用意されているわけじゃないんですよ」

「みんな仲良くやってるんだ」

適当に言った言葉だが、思った以上に空々しく響いた。

「お金貸したら戻ってこないし、陰でひどいこと言うひともいますよ」

若者は楽しそうに笑った。

「でも、仲良くやってるな。みんな似たような問題を抱えてるから、互いを理解しやすいし、気を遣わなくていいからすごく楽。僕なんて、居心地いいから、もう二年も通ってる。ほんとだったら、作業所とかに移ってるころなんだけど」

「今日はなんでひとりなの」

若者は、驚いたように眉を上げた。大きい顔を横に向け、離れて座る五人組に目をやる。

「ひとりじゃないですよ、みんなと一緒にきたから。僕は煙草を吸わないんで、ここに座ってるだけ」

若者はそう言うと、「タケさん」と大声で叫んだ。

「煙草吸い過ぎだよ」

五人組のうち五十絡みの男がこちらに顔を向け、もわーっと煙草の煙を吐きだしながら手を振った。若者は手を振り返すと中谷に顔を戻す。もう話は終わりのようだ。

声が大きいから話をしようと思えばできるだろうが、一緒にいると言うには距離がありすぎる。だいたい、禁煙席でも、もう少し仲間に近い席が空いているのに。

それでも仲間と一緒にいる感覚が、この若者にはあるのだろう。たぶん、散らばって座る他の仲間も同じだ。同じ空間に病院仲間がいるだけで安心できる。それだけ、疎外感が強いということなのかもしれない。

「邪魔して悪かったね。ひとりだと思ったから」

若者は「どうせ暇を潰しているだけだから」と、顔の前で大袈裟に手を振った。

「そろそろサトミさんの携帯にかけてもらおうか。それが終わったら、もういくよ」

中谷は腕時計を見ながら言った。

若者はもちろん寂しそうな顔など見せることなく、テーブルの上の携帯電話に手を伸ばした。

## 6

夏の陽は粘り腰で、六時半を回ってもまだ空に明るさが残っていた。

時間からいっても、銀座の夜と呼ぶにはほど遠く、夏休みの子供連れが大手を振って歩いていた。

　中谷はすずらん通りを進み、みゆき通りを過ぎたあたりで目的のカフェを見つけた。

　店名に「カフェ」と付くだけで、実際はただのコーヒーショップだった。屈曲したパイプフレームの椅子と、化粧板がところどころ剝がれた合板のテーブルが並ぶ、味気ない店。客層も、まだ一日を終えられないサラリーマンと、出勤前のホステスがメインで、やはり味気なかった。

　入り口でウェイターに待ち合わせだと告げた中谷は、きょろきょろ見回しながら足を進めた。奥の壁際に、手帳を開いて考え込む、白いパンツスーツの女を見つけてそちらに向かった。

　中谷がテーブルの前に立つと、ようやく女は顔を上げる。考え事を邪魔されたとでも言いたげに、深い皺が眉間に残っていた。

「なんだか、銀座で会う意味がないような店だな。味も素っ気もない」

　中谷は挨拶代わりに、店の感想を述べた。

「店をどうこう言う前に、自分の格好を鏡で見なさい」文子は大袈裟に目を丸くして言った。

「ぺたぺたサンダルの音が近づいてくるから、あなたじゃなければいいと思ってたのに……。銀座にビーサンでくる神経が、あたしにはわかりません」

「いちおう家に戻って、Tシャツからポロシャツに着替えてきたんだけどな」

すっかり気勢をそがれた中谷は、言い訳するように言った。

「わざわざ着替えに戻る手間かけて、なんで足下はビーサンのまま？　ますます意味がわからない」

文子はこれみよがしの溜息をついた。

吉岡文子は三年前に別れた、中谷の元妻だった。現在船橋にある実家で娘と暮らしている。文子も働きにでているが、裕福な両親の下、中谷に比べたら、物心ともに余裕のある生活を送っているはずだ。

「あなたがまともに会社勤めをしていたことがあるなんて、いまの姿からは誰も想像できないでしょうね」

オーダーを訊いたウェイトレスがいってしまうと、文子は言った。

「ビーチサンダルひとつで、そこまで責めるお前の気持ちが俺にはわからない」

「ビーサンだけじゃないでしょ。無精髭に裾をまくり上げたジーパン。そんな格好で平気で銀座の街を歩けてしまう、四十五歳の男の行く末を心配しているの」

「ジーンズの裾をロールアップするのは、昨今の流行りらしい」

「流行りでやってるわけじゃないでしょ。微妙な違いは、誰が見てもわかります」

確かに、暑いからまくり上げてみただけだった。中谷は足を組み、裾から覗く足首を強調した。

「あなたの周りで注意してくれるひとなんていないんだから、自分自身がひと目を気にしなくなったら、生活は乱れていくだけ。いちおう、世間に名前と顔を売って生活してるんだから、普通のひとより気にしてもよさそうなものなんだけど」

名前も顔もさほど売れていないのだから、それは無理な話だった。

そういえばと、自分の顔を知っている人間に今日出会ったのを思いだした。富士見病院に通うあの若者のおかげで、サトミさんと連絡がついた。明日会えることになったのは、中谷が作家であることを若者が売り込んでくれたからだった。名は売れてなくても、作家の肩書きがパスポート代わりになることがたまにある。

「あなたがどうなろうとあたしはかまわないけど、いちおう佳奈の父親なんだから、しっかりしてもらわないと」

「どうした、仕事がうまくいってないのか」

「なんでそんな話になるのよ」

文子はむきになったように口を尖らせた。口の脇のほうれい線が目立たなくなるからか、その表情をすると二、三歳若返って見えた。離婚して働き始めてから、すでに

二、三歳若く見えるようになっていたので、ひとつ年下だがまだ三十代に見えないこともなかった。
文子は吉岡家の家業である木工家具の会社を手伝っている。文子に何ができるのかわからないが、楽しそうに働いているのはたまに会うだけでもわかった。

「なんだか、かりかりしてるし、急に会いたいと連絡してくるのも珍しいから……」

「あなた、作家失格。全然、ひとの心がよめていない。あたしが、あなたに仕事の相談なんてするわけないでしょ」

確かにそうだ。それは離婚する前からで、自分のことを夫に相談しようなどとはまず考えない。専業主婦ではあったが、やけに自立した女だった。だから中谷の行動にもあまり口だしすることはない。家族のなかでの個の自立と尊重を体現していた。

「はい、これ」

これ以上がみがみ言われたくなくて、もっていた紙袋を差しだした。

「なに？　いつもの？」

受け取ると、文子はなかをちらっと覗いた。

「最近、幡ヶ谷(はたや)においしい店を見つけたんだ。今日、くる前に、わざわざ途中下車して買ってきた」

中谷は恩着せがましく言った。

「ありがとう。楽しみ。あなたのチョイス、ほんと、外れがないもの。この間のもおいしかったわよ。——でも、四十半ばになってパンに目覚める男っていうのも、なんだかね。ひとりで食べてる姿を想像すると、侘びしくも思えるし」

まだ言うか。

「文句があるなら、返してくれ」

「これはありがたくいただいておきます」

文子は首を傾げて、紙袋を隣の席に置いた。

「で、話っていうのはなんなんだい」

「もちろん佳奈のことよ。あの子しばらく学校休んでるの」

「いま、夏休みだろ。休んでて当然じゃないか」

ひとり娘の佳奈は十四歳。地元の公立中学に通っている。

「夏休み前からってことです」

文子は背筋を伸ばして真剣に怒った顔をする。自分の言い方が悪いとは考えないらしい。

中谷はやってきたウェイトレスから直接グラスを受け取り、そのままアイスティーをすすった。

「夏休みの三週間ぐらい前から休みがちで、期末テストもほとんど受けなかった。終業式もでないで、夏休みに入ったのよ」

「いじめか？」とありきたりな原因に飛びついてみたが、文子は首を横に振った。

「あたしも最初はそう思ったけど、担任と話しても、いじめられている形跡はないと言うし、本人に訊いても否定する。ただ学校にいきたくないと言うばかりでよくわからないの。無理矢理いかせても帰ってきちゃうし」

「最初は何かきっかけがあったのかもしれないが、あとは惰性とも考えられるよ。いったんずる休みをすると、恥ずかしさやなんやかやで、ずるずるといきがちだ。夏休みでほとぼりを冷ませば、二学期からいくようになるかもしれない」

「あたしもそう思って、これまであなたにも言わなかったけど、夏休みに入っても家からほとんどでないし、二学期に期待するだけじゃなく、いまのうちに何か手を打っておいたほうがいいかもと思って電話したの」

文子は元来楽天的な女だ。中谷が作家デビューしたあと、新聞社を辞めると言いだしたとき、生計が成り立つ保証などないのに、あっさり認めてくれた。しかしいまは、戸惑いや憂慮が表情に表れていた。

「佳奈に会って、話を聞いてみてくれない？　佳奈とあなたは似たもの親子だし、ああ見えて作家である父親を尊敬もしている。あなたにならいまの心境を話すかもしれない」

「佳奈が俺に似ているとは思わないけど」

　文子は佳奈が本好きだから似ていると言っているだけだろう。少年時代の中谷は本などまったく読まなかった。小学校、中学校は野球に明け暮れ、高校、大学はラグビーだった。大学三年のときにアキレス腱を断裂し、競技から離れなければならなくなったころから、ようやく本を手にするようになった。

　親子だから似ているところもあるだろうが、静かな佳奈と中谷では、大きなくくりで似たもの親子とは呼べない。

　文子は、わかってないとでも言いたげに鼻で笑った。

「なんでもいいけど、佳奈に会ってちょうだい。たまには父親の務めを果たしてね」

　中谷は、「わかったよ」と答えるしかない。

　ここのところ、養育費の支払いは滞りがち。生活に余裕のある文子はうるさいことを言わずに待ってくれるが、中谷はそれなりに負い目を感じていた。

「外に連れだしたほうがいいのか」

「いくかどうかわからないけど、誘ってみて。あたしが伝えるんじゃなく、あなたが直接電話してね」

　文子の無表情な顔は意地悪く見えたが、億劫に感じた中谷の目にそう映っただけかもしれない。「わかったよ」と再び口にした。

「あなた、あまり心配じゃないの」

文子は白いコーヒーカップに口をつけ、そう言った。

責めるような響きは聞き取れなかったので、中谷は「そうだな」と正直に答えた。

「学校にはいったほうがいいと思う。悩みがあるならそれが解消すればいいとは願うさ。だけど、血相を変えて心配するほどではないと思ってる」

「高校受験まであと一年ちょっと。こんな状態が続いたら、色々支障がでてくる。受験に失敗して人生が変わってしまうかもしれないわよ」

やはり責めるようなものはない。議論をふっかけ、楽しんでいるようだった。

「高校受験に失敗しても、まだチャンスはいくらでもありそうだけど、人生が変わってしまう可能性もあるだろうな。ただ、それでも人生を続けていくことは確実にできる。だったらまだいいさ」

「あなた、子供の人生に対して望むこと、低すぎない」

やはり離れて暮らすからかしら、などとぶつぶつ言いながら、コーヒーカップを手に取った。

中谷があまり心配しない理由は単純だった。心に何を抱えていようと佳奈が家に閉じこもっている限り、中谷は動じない。これが、学校にいかず、夜、出歩いているとなったら、中谷はいてもたってもいられないだろう。

佳奈が生まれる前、中谷は娘をもつことへの恐れを文子に語ったことがある。いつか夜の街に溶けて消えてしまう気がして怖くなるのだと。ほとんど強迫神経症であることを自覚しながら、打ち明けた。だから文子は、中谷の現在の心境に薄々気づいているかもしれない。家に閉じこもっているならひとまず安心。少なくとも、人生を続けることだけはできるのだから。

「いま、何か小説書いてるの」

カップについた口紅を指で拭いながら、文子は訊ねた。

「まだ書き始めてはいない」

まるで書き始める寸前までいっているような言い回しをしたのは、作家の条件反射であり、元夫の見栄であり、父親の意地だった。

「佳奈がね、家にあったあなたの本を読んじゃったみたい」

子供には刺激が強いからと、文子が佳奈に中谷の小説を読ませないようにしているのは知っていた。

「感想を訊いたら、エロかったって」

文子は今日初めて笑った。

中谷は小さく頷いた。

「あとね、最後が中途半端だなんて生意気も言ってた。もっと、ひとが死ぬかと思ったら、あっけなかったって。自分はそういう結末を望むわけじゃないけど、普通の読者はフラストレーションが溜まるでしょって」

「それは、『夜の森』を読んだ感想か」

「ああ、それ。そう言ってた」

中谷は思わず苦笑いした。佳奈の感想は、富士見病院のあの若者と一緒だった。しかし、あのときと違って、あなたに合わなくて残念だ、と心より思っている。自分自身でも意外だった。

「夏痩せかしら。あなた少し痩せたでしょ」

「どうした、急に。なんだか、じいさんばあさんにでもなったようだ」

「はぐらかさないでよ、ちゃんと食べてないんでしょ」

中谷は言い訳する必要を感じず、ただ口の端(はし)を曲げた。

「さっきも言ったけど、生活は乱れだしたらどんどん崩れていく。あなたに、きちんとした生活をしろとは言わないけど、全体的にある程度の質を保たないと、ひとつの乱れに引きずられてずるずるいっちゃうから。佳奈の父親だからじゃなくて、あなた自身のために、しっかりして」

ある程度の質というのは曖昧(あいまい)だと思ったが、反論はしなかった。

「煙草はほとんど吸わなくなってるし、酒もほどほどだ、何も問題ないよ。——なあ、お前に説教されてる俺は、佳奈に何か言う資格があるのか」

中谷は鼻の下を伸ばし、アメリカの前大統領みたいなアホ面をして笑いかけた。文子は怒ったように眉をひそめた。

「あなた、まさか、まだ夜の街で、女の子を拾ってきたりしてないわよね」

中谷は不自然な間を置いて、ようやく「まさか」と口にした。

嘘を補強しようと「本当だよ」と続けたが、遅かった。

二回続けて頷いた文子は、元夫の嘘を見抜いている。

7

奥の窓際にいた三十代前半の男が立ち上がり、「中谷さん」と声をかけてきた。その瞬間中谷は、騙されたと思った。

「サトミさんですね」と訊ねると、男は「ええ」と答え、軽く頭を下げた。

「もしかして、女だと思いました？」

口を大きく横に開き、香港スターのような爽やかだが妖しげな笑みを見せた。窓から差し込む午後の陽差しを受け、肌の滑らかさが際だった。中谷は顔をしかめて言った。

「ええ。サトミさんとしか聞いていなかったものですから」

女だとはひとことも言わなかったから、単に言い忘れただけだとも考えられるが、たぶん、会って驚くだろうと、あの若者はからかい半分ではっきり伝えなかったのだろう。

男は里見龍太郎と名乗った。ハンサムではないが、知的で整った顔をしていた。背は中谷と同じくらいで、百八十センチ近くある。細身の体にフィットしたブルー系のマドラスチェックのシャツが涼やかだった。丈の短いパンツは乾燥機にかけすぎてそうなったわけではないだろう。革のスリッポンを素足に履き、足首が見えている。椅子に腰を下ろし、足を組むとさらに足首は目立つ。革紐を編んだアンクレットが巻きついていた。

昨日コーヒーショップで見た富士見病院の仲間たちと、質感が違っていた。彼らは一様に、どこか崩れた感じが見られたが、外見上、里見には見当たらない。

里見が待ち合わせに指定した、駒沢公園にほど近いカフェに、里見のスタイルはとてもマッチしていた。もっとも、里見がこの近所に住んでいることを考えると、気取りすぎに感じる。昨日の文子の言葉で反省したわけではないが、中谷はサンダルをやめ、履き古したコンバースを履いてきていた。服は昨日と同じポロシャツとジーンズ。足首の見え具合なら中谷も負けていなかった。

挨拶をすませ、里見が中谷の仕事を大袈裟に褒めたりするうち、日に焼けたウェイターが中谷のコーヒーを運んできた。ウェイターが去ると里見は訊ねた。

「それで僕は、原さんについて何を話せばいいんでしょう」

「いいえ、僕は、原さんに連絡を取っていただきたいだけなんです。里見さんは彼女と仲がいいと聞いたものだから」

「それは、困りました。彼女とは連絡が取れなくなっているんです。一週間ほど前に話したとき、いたずら電話が多くて困っているようなことを言ってましたから、それで電源を切っているのかもしれない」

「彼女の住まいは——」と訊ねようとしたら、「彼女の住所は知りませんよ」と里見に遮られた。

「八王子あたりに暮らしていることは知っていますが、はっきりとした住所は——。もし知っていたとしても、彼女の許可なく教えることはできませんが」

「八王子っていうのは、伯父さんの家？　彼女、伯父さん夫婦に育てられたと聞いたけど」

「よくご存じですね。いま、彼女は一人暮らしですけど、伯父さんの家からそう遠くないところにアパートがあるそうです」

　つまりどちらも八王子あたりにあるということだ。

せいぜい話せるのはそこまで。里見は話を打ち切るように目を伏せ、泡立つ透明の液体が注がれたグラスに口をつけた。

「差し支えなかったら、いま彼女の携帯にかけてみてもらえませんか、念のため」

里見は整えられた眉をつっと上げ、「わかりました」とポケットに手を入れた。取りだした携帯の画面がちらっと見えた。待ち受けは犬の写真、フレンチブルドッグだった。里見は画面を隠すように顔の前にもってきてボタン操作をした。耳に当てる。

「やはり、電源が入っていないですね」

すぐにそう言うと、耳から離した。

本当に原亜樹にかけたのか確認しようがないが、とくに疑う理由はなかった。

「あとは、中谷さんが連絡取りたがっているとメールを打っておくぐらいしかできません。彼女はそれを見て僕に連絡をくれるかもしれない」

中谷はお願いしますと言って、自分の携帯番号を教えた。

「里見さんは、どうして原さんと仲がいいんでしょうね」

「さあ、どうしてでしょう」

里見は不意に眠気でも差したのか、目を閉じ、指で瞼を押さえた。首を後ろに反らしてから、目を開けた。

「たぶん、互いの病気が似たようなものだから、話しやすかったんじゃないかな」

「原さんは、鬱病だと聞きました。自殺未遂をしたことがあるとも」

「ヨリナガ君、そんなことまで話したのか」

里見は呆れたように言った。

ヨリナガは昨日の若者。里見に電話をかけたとき、そんな名を名乗っていた。

「僕からは、彼女の病気については話せません。一般的に言ってもべらべら話すことではないですし、職業上、患者の病状を他人に明かすのは躊躇われます」

「職業上というと、里見さんは、お医者さん？」

「ええ。聞いていませんでしたか」

中谷は、頭が混乱した。自分はずっと勘違いしていたのか。

「里見さんは患者ではなく、あの病院の先生なんですか」

「いえ違います」里見は首を振りながら、楽しそうに笑った。「僕はあそこの患者です。ただ、職業が医師だというだけです。現在、休職中ですが」

「お医者さんがあそこに通うんですか」

里見は悟りを開いた坊さんのような顔で、ゆっくりかぶりを振った。

「医者も人間ですから、どんな病気にだってなります」

中谷はそういう意味で言ったのではなく、医者があのリハビリセンターに通い、他の患者とトランプに興じたり卓球をしたりする姿が想像できなかったのだ。

「昨日、話を聞いたヨリナガさんは、みんな仲良くやっていると言いましたが、里見さんも仲良くやってますか」

「最初は戸惑いましたよ、もちろん」

グラスを手にした里見は、透明な液体を喉を鳴らして流し込んだ。

「医者が患者として患者のなかに入っていくのですから、こちらも向こうもどう接したらいいかわからない。しかも、色々な経歴のひとが集まっているんです。ＩＴ企業の社員もいれば、土木作業員や教師、ミュージシャン、暴力団員までいる。たいてい『元』がつきますけどね」

それに、精神疾患だけでなく覚醒剤中毒の患者もいる。この気取った格好をした医者が、医者の立場でなく、仲間としてそんな患者とどう接しているのか、見てみたいと思った。

「でも一週間ぐらいかな、意外にすんなりとけ込みました。あそこに通っていると、他に行き場はないと気づかされるんです。友人や仕事仲間はいますが、会うとどうしても無理をして疲れてしまう。ですが、あそこにいると無理をする必要はなく、とても楽なものだから、自分の居場所に思えてくる。自然に仲間意識も芽生えるんです」

ぼんやりと正面を見ていた里見は、不意に中谷の視線を捉えた。

「不思議ですか？」

「いえ、先生の説明でよく理解できましたよ」

リハビリセンターの人間関係は、依存性があるから仲間意識が芽生えるのだと理解した。

「原さんも、みんなと仲良くやってましたか」

「彼女は案外強い女性です。クールに付き合う人間を選別していました。もっとも彼女も選別されていましたが」

里見はグラスを空け、カラカラと氷の音を立てながら、日焼けしたウェイターにお代わりを頼んだ。

「時々みんなでカラオケにいったりするんですけど、彼女は夜が深まるにつれ、目が輝いてくるんです。なかなか帰ろうとしない。そんなことが続いて、原さんとカラオケにいかなくなったひともけっこういます」

「それでも仲がよかった先生は、最後まで付き合った」

里見はしばらく中谷をぼんやり見つめ、にこりと笑った。

「彼女と男女の関係はありませんよ」

「もちろんないと思います。わかってますよ」

探るような目をしてから、里見は飲み物を待つように店の奥に顔を向けた。

「彼女、夜が好きだと言ってたな。誰もいない深夜の街路を歩いていると、街を支配したような気になるって」

「夜が好き」

中谷は思わず呟いた。原亜樹の、濃いブルーのスカートが頭に浮かぶ。いや、違った。浮かんだのは、三十年前の夏に見たブルーのプリーツスカートだった。

「原さんは、なんで夜の街を支配したいんだろう」

「僕には、わかりません」

里見は大きく口を開けてから、欠伸（あくび）をかみ殺した。中谷は顔をしかめ、別の質問をした。

「原さんは幼児期の記憶があまりないというのはご存じですか」

「ええ、彼女から聞いたことがあります」

「先生は、どういうことだと思いますか」

「さあ、僕の専門外のことですから。ただ、一般的な知識で言うと、何かショックなできごとがあったり、トラウマがあって、記憶を無意識に封印している、ということになるのかな」

「じゃあ、スパイの話も聞いてますね」

里見は眉間に皺を寄せ、目を瞬（しばた）いた。「なんですか、スパイって」

「いや、聞いてないならいいんです。気にしないでください」

里見は怪訝な顔をしたが、静かな店内を足音もたてずにウェイターがやってきたので、里見の意識はそちらに向かった。

おかしい。里見はスパイ学校の話を知らなかった。

幼児期の記憶が曖昧だという話は、スパイ学校の作り話を補強するためのもので、ふたつはセットのはずだ。なのに里見には、幼児期の記憶の話だけして、スパイ学校のことは話していない。もしかしたら、原は本当に幼児期の記憶が曖昧なのかもしれない。その事実に基づいてスパイ学校の作り話を考えたのだろうか。

あり得ないことではないが、違うような気がした。しかし、そうなると、幼児期の記憶が曖昧なことも、スパイ学校にいたことも、本当である可能性が高まってしまう。小島が喜びそうな話だが、中谷としては受け入れがたい。

グラスがコースターの上に丁寧に置かれた。里見は礼を言って、ウェイターを見送った。

「ありがとうございました。話はこれぐらいで。もし原さんから連絡があったら、よろしくお願いします」

里見は「わかりました」と大儀そうに頷いた。

「そうだ先生、自殺した患者さんとは仲がよかったんですか」中谷は立ち上がりかけて訊ねた。

「僕はそれほどでもないですが、亡くなったのは本当にショックでした。石橋さんという、まだ二十代前半の女性で、センターでは原さんといちばん仲がよかったかもしれない」

「石橋さんの遺体を発見したのが、原さんだとか――」

里見はしばらく考えるような間を置いて「ええ」と答えた。

「当然ながら、原さんはものすごいショックを受けていた。だから、連絡とれないのは、ちょっと心配なんです。彼女は芯が強い分、折れるときは、ポッキリいっきに折れてしまいそうで」

里見は携帯を取りだし画面を確認すると、ポケットに戻した。

「僕は、そろそろセンターを卒業して社会復帰です。そうなると原さん、気の許せる仲間がほとんどいなくなってしまう。センターでのリハビリは長引くかもしれないな。もちろん、友人として、僕は今後も彼女の相談にのったりするつもりですけど」

「先生はもう卒業なんですか」

中谷の意外そうな言い方に、里見は眉をひそめた。

「もうすっかりいいから。元の職場とそろそろ復帰の打ち合わせをしないといけないな」

里見は椅子にゆったりともたれかかり、独り言のように言った。

中谷は立ち上がった。礼を言って、テーブルの伝票を取り上げたが、里見は何も言わなかった。

伝票を表にすると、中谷が頼んだホットコーヒーが一、里見が頼んだモヒートが二となっていた。

里見が今日飲んだのはそれだけじゃないだろう。最初に挨拶したときから、顔をしかめたくなるほど、息はアルコール臭かった。

中谷はレジに進みながら振り返った。

逆光で黒ずんで見える里見は、背を丸めてカクテルをすすっていた。組んだ足を、盛んに上下に振る。

足首のアンクレットが暴れもがくように揺れていた。

8

里見と別れたあと、中谷は東急田園都市線(とうきゅうでんえんとし)で三軒茶屋(さんげんぢゃや)にでた。世田谷(せたがや)線に乗り換えをしようと駅に向かっているとき、携帯電話が着信を知らせた。

尻(しり)のポケットからふたつ折りの携帯を抜き取り、不器用な手つきで開いた。画面を確認すると丹文社の小島からだった。通話ボタンを押すと、もったいつけるように、ゆっくりと耳へもっていく。

「中谷さん、僕、すごいものを見つけちゃったかもしれない」

中谷がでたとたん、小島の興奮した声が耳に飛び込んだ。

「もしかしたら日本にも、本当にスパイ学校はあるのかもしれないですよ」

「なるほどね」と中谷は言い、小島に携帯電話を返した。

受け取った小島は、携帯画面に映しだされる、PCサイトの掲示板に視線を落とし、すぐに中谷に顔を向ける。不満顔だった。

「ここに書かれているのは原亜樹が言ったこととほとんど一緒でしょ。彼女の言葉が真実である可能性が増したのは、間違いないですよね」

「確かに、そうは言えるかもな」

中谷は熱のこもらない声で言うと、コーヒーカップに手を伸ばした。

「この書き込みをしたひと自体、半信半疑といった感じで、嘘っぽくないですしね」

「それも、確かにね。——だけど、同じ話だとするにはちょっと弱い、かな」

小島はおどけた風に顔をしかめ、頭を後ろに反らせた。やっぱり言われてしまった、という感じ。本人もわかっていたようだ。

電話のあと、三軒茶屋から品川に向かった。これから福岡に出張だという小島と、品川駅構内で落ち合った。駅ナカショッピングエリアにあるカフェの前で待っていた小島が、電話で話したときの興奮を収めていたのは、満席でカフェに入れなかったせいばかりではないだろう。

書き込みは、巨大掲示板の「ニホンの情報機関について語ろう」というスレッドのなかにあった。中学生のとき、自分は子供のころスパイ養成学校に入れられていたと打ち明けてくれた友人がいるという、第三者による書き込みで、彼は小さいころの記憶がぼんやりしていること、もしかしたら親は本当の親ではなく自分を監視するためにいるのではないかと語ったことなど、確かに原亜樹の話と似通っていた。

ただ、それぐらいなら、作り話でも一致する可能性はある。窓から建造中のロケットが見えた話など、具体的なことまで一致するなら、本当にスパイ学校は実在したのかと考えてみる気にもなるのだが。

「小島君、こういうのは都市伝説みたいなものかもしれないよ。案外、若いひとの間では、友達の友達が実は子供のころに――、なんて広く語られているのかもね」

「そんなことないですよ。都市伝説だったら、ネット上でもっと語られているはずです。けっこう時間をかけて調べましたけど、子供のころにスパイ学校に入っていたって話、これしか見つかりませんでしたから」

「暇なんだね」と言ってやったら、小島は思いだしたように腕時計に目をやった。中谷はカップを手にし、薄いコーヒーに口をつけた。

カフェを諦め、駅構内のファストフード店に入ったがそこも満席で、中谷と小島はスタンドテーブルを挟み、立ったまま話をしていた。

窓越しに、向いの書店が見えた。ショッピングエリアもあり、まるでひとつの街にも思えるが、通路をいきかうひとたちの歩調は、世界のどの街角でもあり得ない早さだ。見ているだけで急かされるような気分になる。

すごいものを見つけたように言う小島に煽られたとはいえ、急ぐことでもないのに、なんでこんなところまで話を聞きにきたのだろう。中谷は帰りの電車のラッシュを思い、小さく溜息をついた。

「でも、このスパイ学校に入っていたという彼、特定できるかもしれませんね。子供を誘拐して捕まったとあるから、調べればわかるかもしれない」小島はアイスコーヒーをいっきに飲み干し、そう言った。

書き込みは、件の友達が子供を連れ回して最近逮捕されたという補足情報で締め括られていた。昨年の三月の書き込みだから、割と最近の事件ということになる。

「それがもし本当ならね」

中谷はそう言いはしたが、書き込みそのものを疑っているわけではなかった。

ことさらスパイ学校の実在を強調することもなく、むしろ、のちに誘拐をするようなおかしな人間であることを補足して、話の信憑性を自ら毀損している。話題作りのための書き込みとは思えず、友人がスパイ学校の話をしたことも、誘拐で逮捕されたことも、実際にあった話ではあるような気がした。

「僕は、こう見えてもしつこい質なんです。壁にぶつかるまで、調べ続けますから」

書かない作家にこれだけ関わるのだから、しつこいのは充分わかっていた。

「だったら、八王子にあるという原亜樹の住まいも探してくれないかな」

中谷はカップを口に運びながら、さりげなく言った。空になったグラスをしつこくストローですすっていた小島は、カタンと音を立て、テーブルに置いた。

「なんだかんだ言っても、彼女のことが気になるんでしょ。中谷さんもなかなか執念深い。やっぱり作家は、編集者以上に執念深くなければ嘘ですよ」

小島は口を横に引き、嬉しそうに笑った。

「伯父さんの家も近所なんですよね。まずはそっちから探したほうがいいかもしれない」

腰に手を当て背を反らし、思案気な顔をする小島を見ながら、中谷は自分の執念深さというものを考えた。

原亜樹に会いたいと思っている。ピンクの歯ブラシを取り返したいだけでなく、無性に会いたいという自分でもよくわからない衝動がいまは強かった。たぶん里見から聞いた話——夜が好きだと言った原の言葉が影響している。

　そんな気持ちが執念の表れであるのは間違いないのだろうが、小島は勘違いしている。中谷が執着しているのは原亜樹ではない。歯ブラシを取り返したい思いも、原に無性に会いたい衝動も、夜の街に溶けて消えてしまった姉への執着からだ。

　あれは高校一年の夏だった。

　三つ年上の姉は会社の同僚と夜遊びにでかけた。翌朝警察からかかってきた電話で、姉が男たちに車で連れ去られたことを知った。

　それっきり。犯人は捕まらなかった。姉の行方もわからないまま、三十年が過ぎた。

9

「どうだ、すげーひとの多さだろ」

　工藤友幸は、渋谷駅前のスクランブル交差点へ進みながらそう言った。

　午後五時。どんどんひとが増えていく時間帯かもしれない。

　歩行者信号が点滅を始め、手のなかにあった子供の手をぎゅっと握った。足を早めようとしたが、こちらのほう――駅に向かう群衆が押し寄せて思うに任せない。友幸は諦め、次の青信号を待つことにした。

「お前、スクランブル交差点を渡ったことあるか。まっすぐ歩けやしないし、けっこう渡るの難しいんだぞ」

少年が日に焼けた顔を向けた。緊張しているのか、むくれたように口をへの字に曲げている。「あるよ」と小さな声で答えた。つまんないガキだなと思いながらも、友幸は大きく頷きかけてやった。

友幸が初めてスクランブル交差点を――この渋谷の混沌(こんとん)を渡ったのは、中学二年のとき。はっきりと覚えていた。

夏の終わりに家出をした友幸は渋谷にやってきた。若者の街と言われる渋谷にいけば、とりあえず自分の身の置き場があるような気がして、二度と戻らないと家をでたときから、目的地として頭に浮かんでいた。

渋谷の駅に到着して大人の多さに面食(めんく)らった。まだ夏休みであるのに、若者より圧倒的に多い。大学生でさえ若者ではなく大人に見える年頃だったせいもあるが、友幸と同世代となると女の子ばかりで、ましてや友幸のようにひとり駅に降り立つ少年など皆無(かいむ)だから、心細ささえ感じた。それでも、センター街にいけば風景は変わる。路上に座り込んでしまえば、やがてそこが自分の居場所になると信じて駅をでた。

駅前の広場のひとだかりが、スクランブル交差点の信号待ちをしているだけだと気づくのに、しばらくかかった。信号が青に変わり、群衆の後ろのほうから交差点に入っていった。

スムーズに進めたのは最初だけで、向こう側から渡ってくる歩行者に前を遮られた。右に左によけ、足を止め、なかなかうまく進めない。向こうはこちらにまったく目を向けず、ずんずん突き進んでくる。自分は周りをきょろきょろ見るからいけないんだと、友幸はまっすぐセンター街のほうを見て、力強く歩を進めた。横からひとがぶつかってきた。何も言わずにそのままいってしまう。友幸も進む。後ろから、前に踏みだそうとした足を引っかけられた。体がつんのめる。バランスを崩した友幸は、地面に膝をつき、転んでしまった。

ポケットに入れていた小銭が飛びだし、アスファルトに散らばった。友幸は恥ずかしさに顔を火照(ほて)らせながら、膝をついたまま小銭を拾い始めた。歩行者は綺麗に友幸をよけていく。

少し離れたところに百円玉が落ちていた。友幸は拾い上げようと手を伸ばす。目の前に、にゅっと足が伸びてきた。

「痛っ！」友幸は声を上げた。

百円玉を摑(つか)んだ友幸の手をスニーカーが踏みつけにした。友幸の声に、足が止まった。

見上げると、友幸と同い年ぐらいに見える少年だった。仲間ふたりが少し先で止まった。

「おお、悪い」

ダボッとしたジーンズを腰ばきにした少年が言った。友幸は手をさすりながら、謝罪を受け入れた印に小さく頷いた。

「何やってんだ、こんなとこで」

少年は顔を歪め、ばかにしたような笑みを作った。

「へんなやつ」と口にした仲間はへらへら笑いながら歩きだした。少年も笑い声を上げ、仲間のあとを追った。

あのころの友幸はキレやすく、相手が強そうだろうと、人数が多かろうと、キレてしまえば見境なく向かっていったものだが、そのときは妙に気が沈み、激しい感情は湧かなかった。立ち上がった友幸は、百円玉をポケットにしまい、まだ地面に小銭が落ちているのもかまわず、まっすぐセンター街に足を向けた。

センター街には所在なげにたむろする若者が大勢いた。地面に座り込む者も。友幸はマクドナルドを過ぎて、人通りが緩やかになったあたりの道端に腰を下ろした。

座り込む友幸に目を向ける者はいなかった。これならいくらでも座っていられそうだった。そういう意味では自分の居場所といえなくもなかったが、ひとりで座り込むだけなら他でもできる。家でもできた。結局地べたに腰を下ろしていたのは一時間にも満たなかった。友幸はセンター街を賑やかなほうに引き返し、自分が入り込めそうな余地がないことを再度確認して渋谷を離れた。その夜遅くには、家に戻った。

あのとき手を踏みつけにした少年に向かっていったら何かが違ったかもしれない。あるいは、あと数時間地べたに座り込んでいたら。結局、家出をする覚悟も勇気もなかったということだ。その後家をでたのは、高校を卒業し就職してからだった。

正面の車道の信号が黄色に変わった。歩行者信号が青に変わるのを見越して、少年の手を引き、じりじり前に詰めていく。しかし、青に変わったのは交差する車道のほうだった。間違えたのは自分だけではなかったけれど、ばつの悪さを感じた友幸は、ちらっと少年に目をやる。小粒の黒い瞳が最初からこちらを窺っていた。

「俺、帰る」

日に焼けた少年、玲雄がはっきりとした声で言った。

「帰るって、家に帰るのか」

うんと玲雄は頷く。

「せっかく家出してきたのに、一日やそこらで帰ってどうすんだよ」

玲雄とは昨日知り合ったばかりだ。一昨日、雅代から迫田千枝の住所を聞いた友幸は、郡山を離れ宇都宮で一泊した。翌日市内を見て回り、夜の九時過ぎ、宇都宮を発とうと駅に向かう途中、ひとりの少年の姿が目に留まった。駅に続く空中デッキの暗がりに、ひとりうずくまるように座り込む少年は、どう見てもまだ小学生だった。声をかけてみると、家出中だとわかった。いく当てもないと言うので、友幸はしばらく面倒をみてやるつもりで東京に連れてきた。

くる電車のなかで玲雄は、親なんて死んじゃえばいいと言っていた。そりゃあそうだろうと友幸は思った。レオなんておかしな名前をつける親は、ろくなもんじゃないはずだ。

「東京見物だって、たいしてしてないだろ」

「そんなのいい。なんか、帰りたくなった」

ふて腐れ気味の表情にはむっとくる。まだガキだからと気持ちを抑え、その場にしゃがみ込んで、玲雄に視線を合わせた。

「なあ、俺と一緒にいれば、面白い話も聞けて案外楽しいぞ」

玲雄は興味をそそられたように、眉を上げ、目を丸めた。

「実はな、俺はお前ぐらいの年になるまで、スパイ養成学校にいたんだ。そのときの話を聞かせてやるよ」

「なんなの、スパイヨウセイ学校って」

「スパイになるための、いろんな技術を学ぶ学校さ。こっそりものを盗んだり、あとはな、ひとを殺したりする技術さ」

友幸はにやりと少年に笑いかけた。

玲雄はまた目を丸めた。口を開いた。

「バッカじゃない」

少年の顔に笑みが広がった。

「スパイ学校なんて嘘だよ。日本にひとを殺したりするスパイがいるわけないじゃん。子供だってそんなの信じないよ」

友幸は顔を強ばらせた。

「ガキは、なんにもわかっちゃいない。IQが高い子供ばかり集めた、スパイ養成学校っていうのは本当にあったんだよ」

俺はあそこにいたんだ。それは本当なんだ。友幸は立ち上がり、子供を見下ろした。

「嘘くさっ。そんなのあるわけないじゃん」

玲雄は鼻の頭に皺を寄せ、ばかにしたような笑みを見せた。その表情は、かつてこの交差点で手を踏みつけにした少年を思いださせた。

「なめんじゃねえ、このガキ」友幸は激した声を上げ、玲雄の腰のあたりを蹴りつけた。小さな体は簡単に地面に倒れた。

「お前なんて、とっととどこへでもいけ」

のろのろと起き上がる少年の背中に浴びせかけた。

立ち上がった玲雄は、表情のない顔でちらっと友幸を窺う。ゆっくり歩きだした。

友幸は見送る気などなく少年の背中から視線を外す。交差点のほうに向き直ろうとして、ふと気づいた。周囲の視線が友幸に向かってきていた。咎めるような目、嫌悪の目。それぞれを見返していたら、すぐに視線は消えた。ちょうど歩行者信号が青に変わったのだ。それ以上の関心事が、このあたりにいる人間にあるわけがなかった。

いっせいに動きだした群衆とともに、友幸も車道に向かう。が、ふと気になって足を止め、玲雄が歩み去った駅のほうに目を向けた。

人混みのなか、玲雄の姿を奇跡的に一発で目に捉えた。小さな背中が駅前の交番に駆け込んでいく。

友幸は蔑(さげす)むように鼻で笑った。警察に頼るなんて、まったく甘ったれたガキだ。親がゲームを買ってくれないぐらいで家出するようなやつは、その程度のものだろう。

確かに自分が家出をしたときも、あっさり家に戻っている。その弱さは認めよう。けれど、あのくらいの年のころ、自分はあのガキには耐えきれないような重い荷物を背負っていたし、心には硬い芯のようなものがあったはずだ。足下を見ていた友幸はふと肩に重苦しさを感じ、大きく息を吸い、吐きだした。

俺は玲雄の年のころ、すでにひとひとりを殺している。

10

京王八王子駅から二十分歩いた。

容赦ない陽に炙られ、体から水分をしぼり取られるのを感じた中谷は、途中コンビニに寄って冷房にあたり、水分補給にと試しにブラックの缶コーヒーを買ってみた。鉛筆の芯みたいな味のコーヒーを飲みながら再び歩いた。ちょうど飲み終わったころに原拓郎の家に着いた。

比較的古い家が建ち並ぶ住宅街のなかでも、原亜樹の伯父の家は古いほうだろう。こぢんまりとしたモルタル造の建物で、玄関の紫に近い茶色の木製ドアが古さの証だった。

呼び鈴を押そうとして、手のなかにある空の缶に気づいた。もって入るのは間抜けだろうと思い、門の横に置いた。帰りにもって帰れば問題ない。

中谷は呼び鈴を押した。

品川駅で会ってから四日後の昨日、小島から連絡があった。古い電話帳を当たり、ひとつひとつ原名義の番号にかけるという初歩的なやりかたで、伯父の住所を探りだしたそうだ。

電話で小島は原の伯母と話をした。出版社の社員であることを明かした上で、担当する作家が亜樹にインタビューしたいから連絡を取って欲しいと頼んだが、感触はよくなかったらしい。亜樹に話はしてみると言いつつも、最近なかなか連絡が取れないからとしきりに口にしたそうだ。ふたりで押しかけてみましょうかと小島はもちかけたが、中谷は小島のスケジュールが空くのを待たずにひとりでやってきた。アポイントは取っていない。

インターフォンにでた伯母はやはり協力的ではなかった。第一声こそ快活で感じがよかったものの、昨日出版社から紹介があった作家であることを告げると、とたんに声のトーンが落ちた。亜樹とは連絡が取れてませんから、時間がありませんからと、追い払うのに必死な様子だったが、中谷も粘った。友人が自殺したコンビニの前で出会ったことを話し、玄関先でかまわないので、一分でもいいからと、説得するうち伯母のほうが折れた。

玄関先ではなく、ダイニングルームに通された。普段から客間としても使うのだろう。木目が綺麗に現れた無垢板(むくいた)のダイニングテーブルは、この家の何より立派なものに思えた。テレビとふたり掛けソファーが置かれた続き部屋の狭い居間は、雑然としていて家族の寛ぎのスペースといった感じだ。亜樹の伯母は居間とを仕切る引き戸を閉めてから、中谷の向いに腰を下ろした。

中谷は名刺がわりに途中で買ってきた文庫本を渡した。伯母は礼儀正しく表紙を眺め、ぺらぺらとページをめくる。本を閉じテーブルに置くと、「立派な本ですね」と小声で言った。「ありがとうございます」と頭を下げた中谷は、無理な褒め言葉を絞りださせてしまったことに心苦しさを感じた。

「今日は主人は仕事でおりません。いるときに訪ねてくだされればまだよかったんですけど……」

伯母は浮かない顔で言った。

亜樹は旦那の妹の娘。話をするなら旦那のほうがいいと考えるのは当然だが、それにしても、中谷の訪問にかまえすぎているような気がする。五十絡みの年齢と思われる伯母は、スポーツでもやっているのか日に焼けて活発な感じ。普段の話し方はもっとはきはきしているだろうに。

「亜樹さんとは連絡が取れないんですか」

「ええ。あの子、携帯電話の電源をときどき切っちゃうんですよ」

「最後に会ったのはいつですか」

一瞬考えるように目をそらし、答えた。

「三日前です」

「三日前？　連絡が取れないいんじゃ……」

「その前から携帯電話にはでませんけど、三日前にふらっとやってきて、夕飯を食べていきましたよ」

「そうですか」と息を吐きだしながら言った。

中谷は気抜けした。

里見も連絡が取れなくなっていると言っていたし、中谷は行方がわからなくなっているようなイメージをもっていた。

「それじゃあ、彼女のアパートにいけば会えるかもしれないんですね。近くに住んでいるそうですけど」

伯母は「ええ、まあ」と視線をテーブルに落として言った。

「だったら亜樹さんのアパートに案内してくれませんか」

「いえ、それは。やっぱり連絡を取って、あの子に聞いてからでないと」

「でも、携帯が通じないんですよね」

中谷の嫌味な言い方に、一瞬むっとした表情を見せ、口を開いた。

「それに、この間きたとき、忙しく動き回っているようなこと言ってたから、きっといませんよ。お友達が亡くなって、その関係で色々やることがあるんだとか」

「亡くなった友達というのは、自殺した石橋さんですね」

「ええ。石橋さんのうちにもよくいっているようです。お母さんを励ましてあげているんだって。娘さんが亡くなって落ち込んでいるようです」

当たり前ですよね、と伯母は自嘲するように付け加えた。

里見は、友人の自殺で亜樹がポッキリ折れてしまうのではないかと心配していたが、ひとを励ます余裕があるなら大丈夫だろう。

「とにかく、いってみるだけいってみませんか。もしいなければ、僕も諦めますので」

亜樹が不在でも部屋から歯ブラシさえ見つかればよかった。近所に住んでいる伯母だから、合い鍵をもっているような気がした。

「近くといっても、駅の向こうでけっこう時間がかかります。やっぱり、連絡が取れてからじゃないといきません」

テーブルの上で手を組み、目を伏せて言った。何を言われても、気を変えることはないという頑なさが窺えた。

怪しげな作家から姪を遠ざけたいのは、亜樹の病気への影響を憂慮しているからかもしれない。が、それだけではないような気がした。この伯母は自分を恐れているように思える。いったいそれはなぜか。

「わかりました。今日は諦めます」中谷は、伯母が顔を上げるのを待って言った。「そのかわり、亜樹さんと連絡が取れたら、僕が会いたがっていると必ず伝えてください。お願いします」

伯母は唇をすぼめ、しぶしぶといった感じで頷いた。

「中谷さんは、亜樹から何を聞きたいんですか」

「昨日、小島から話があったと思いますが、亜樹さんの体験を聞きたいんです」

「体験？」

「大切なひとを自殺で亡くされている。その心情を聞かせてもらえればと思って」

「それだけですか」

伯母は何かを読み取ろうとするように、眉をひそめじっとこちらを見る。

「そんな目で見ないでください」

中谷が笑って言うと、亜樹の伯母は目を見開き、表情を隠すようにうつむいた。

「それだけですよ。それとも、何か他に訊くべきことがあるのですか」

「ないです」顔を上げ、きっぱり否定する。「ただ、他にはないかと思ったから訊いただけです」

いったいこのひとは、何を恐れているのだ。

突然やってきた人間を伯母は家に招き入れた。自分が粘ったからもあろうが、それだけではないと中谷は悟った。伯母は中谷が亜樹のどこに興味をもっているのか知りたかったのだろう。何かを恐れながらも、——いや、恐れるが故に家に上げたのだ。

「細かいことで言えば、他にも訊きたいことはあります」中谷は声音を抑えて、静かに言った。「でもそれは、亜樹さんじゃなくても答えられることかな。原さんに訊ねてもいいですか」

ふーっと息を吐きだした伯母は、ちょっと投げやりな感じで、いいですけどと言った。

「亜樹さんは病気になる前は、どんな仕事をされてたんですか」

「二年前まで書店に勤めてました。最初は休職扱いだったから、正式に退職したのは、もっとあとですけど」

「それじゃあ、僕もお世話になってたんですね」

仕事場にきたとき、亜樹が書棚を眺めていたのはそういうことかと合点がいった。

「家をでたのは就職してからですか」

「そうです、就職してしばらくしてから。私たちは、あの子がずっとここで暮らしていてもかまわなかったんですけど、あの子のほうが気をつかったんです」

「失礼ですが、原さんのところは、お子さんは？」

「うちは子供はいないんです。いまは主人とふたりだけ。だから私たち夫婦にとっては、本当の子供とかわらないんですけどね」

伯母は視線を外し、遠い目をする。

「ですけど、なんなんでしょう」

そう訊いて欲しそうな気がしたから訊ねてみた。

「あの子は頭がいいんです。感受性が強いというか……。ほんの子供のころから、気をつかってた。ここは自分のうちじゃないって自覚して、私たちに迷惑かけないように遠慮するんですよ。だから、自分のうちだと思っていいのよ、私たちを親だと思ってって何度も言い聞かせた。すると今度は、私たちを喜ばせようと、本当の子供のように振る舞うんです。私たちもどうしたらいいかわからなくてね。とにかく愛情を示すしかないとやってきたんですけど、いまでも心を開いているとは言い難いですね」

それは亜樹が、原夫妻を本当の伯父、伯母とは考えていないから。元スパイ学校の生徒の監視役。中谷はそう考え、まさかと頭のなかで否定した。

「よく、姪を育てるのは大変だったでしょと言われるけれど、そういう意味では、大して苦労はなかったですよ。私たちを困らせるようなことはいっさいなかったですから」

寂しげに言う伯母に、贅沢な悩みだと言いたくなった。ただ、羨ましいとは思わない。

「亜樹さんの親御さんは、どうされたんですか。どういう経緯で亜樹さんを育てることに？」

「父親は亜樹が生まれてすぐ、妻子を捨ててでていったんです。母親、主人の妹もその後子供を捨てていなくなった。それで小学校に上がる前、私たちが引き取ったんです」

「結果的に苦労はなかったにしても、引き取ろうと決めるのには、ずいぶん勇気がいったんじゃないですか」

「そりゃあ、あのころはまだ若くて、自分たちの子供も諦めていませんでしたし、姪とはいえ、そんなに会ってなかったから、なつくかどうかもわからなかったし。私にとっては大決断でした。まあ、主人に引きずられたところが大きいですかね」

「引き取られる前、亜樹さんはお母さんとどこで暮らしていたんですか」

テーブルに手をのせ、少し前屈みになっていた伯母は、えっと驚いた顔をして体を後ろにひいた。

「それは……、色々ですよ」

伯母は上目遣いで中谷を見、目を伏せる。すぐに視線を戻し、今度は挑むように中谷の目を直視した。

「東京とか、地方とか色々」

「さっき、幼いころの亜樹さんとはあまり会っていなかったって言いましたよね。東京にいてもあまり会わなかったんですか」

「東京にいたのはちょっとの間なんですよ。だから、そんなに会わなくても不思議じゃないんです」

伯母の言い方はまるで喧嘩腰だった。確かに中谷の言い方も詰問口調で苛立たせるようなものだったかもしれないが、それにしても——。

「色々なところに移り住んだというのは仕事の関係ですか。彼女のお母さんは何をしてたんですか」

「あまりいい職業じゃないので言いたくありません。もういいですか。そろそろ買い物にでかけますので」

「長々とすみません。もう帰りますんで」と言って、中谷は立ち上がる。

「ありがとうございます。最後にいい話が聞けました」

中谷は嫌味な言い方をして笑いかけた。

伯母の顔にははっきりと、怯えの表情が浮かんでいた。

伯父夫婦に引き取られるまで、亜樹はどこにいたか、何をしていたか。この伯母が秘密にしておきたかったのはやはりそこだった。

足を前に伸ばし、背を後ろに倒すと、スピードにのって体は前へ前へ、緩やかに上昇する。

# 11

思いの外、高く上がらず、すぐに落下を始める。僅かながら、空(くう)を切る風が気持ちよかった。

コンパクトに足を折り畳むが、長い友幸の足はどうしても地面をこすり、減速してしまう。鎖(くさり)の長さが調節できればいいんだよな、とぼやきながら友幸はまた足を伸ばす。せめてさっきよりは高くと、ぴんと足を伸ばし、思い切り背を倒す。ブランコは弧(こ)を描きながら前へ飛びだした。

蒸し暑い部屋のなかにいるよりはましだろうと、友幸は市営団地の向いにある公園にやってきた。まだ日は高いところにあるのに子供はひとりも遊んでいなかった。熱中症を恐れた親が、外に遊びにいかせないせいだろう。

友幸が子供のころ、熱中症なんて言葉はなじみがなかった。だから、炎天下でも外で遊んでいたし、熱中症で倒れる子供もいなかった。言葉があるからいけないんだな。短絡的(たんらくてき)すぎるとは思いながらも、友幸は真剣に考える。

援助交際もリストカットも、名前が付かなければそんなに広がらなかったに違いない。孤独も貧困もいじめも、言葉がなくなればやがて消えてしまうかもしれない。家族はどうだろう。消えるのだろうか。

ブランコが後ろに落下する。見上げた空に団地が覆い被さっていくように見えた。

「トモちゃん」と嗄れた声が呼んだ。

声のほうを見ると、迫田のばあさんがこちらへ早足でやってくる。薄い綿素材のワンピースの下で、突きでた下腹が上下左右、暴れるように揺れていた。

友幸は足を伸ばし、体の全面で風を受けた。鎖から手を離し、ブランコから宙へ飛びだす。とんと地面に着地した。

滝川雅代に教えてもらった住所を頼りに、迫田千枝を訪ねたのは三日前の夕方だった。

千枝は友幸のことを覚えており、二十年ぶりの再会を喜んでくれた。教授に会いたいのだと打ち明けると、だったらあたしが手伝ってやるとも言ってくれた。

友幸は迫田千枝のことをあまり覚えていなかった。雅代のときのように、再会して昔の姿が突然目に浮かぶようなこともなかった。千枝はなんとなく怖いひとという印象があって、あまり近づかなかったからなのだろう。ただひとつはっきりしているのは、昔はそんなに腹はでていなかったということ。

る。千枝は全体的に太っているわけでもないのに、下っ腹だけが肉づきよく突きでてい
少し若く見えたら妊婦と間違えられるかもしれない。白髪頭をひっつめにし、六十二歳の実年齢より老けているから問題ないが、もう
訪ねた晩、夕飯をご馳走になった。粗末なものだが、久し振りの手料理だった。用
事がすむまで泊まっていけばいいというので、友幸はその日以来、千枝が一人暮らし
をする川崎の市営団地に厄介になっている。雅代にもらった金も含めて、所持金はあ
と四万円ほどだったから助かるものの、狭い部屋は冷房もなく蒸し暑いし、買い物に
いけ、風呂を洗え、腰をもめと、千枝は案外こき使う。そのうち、夜の相手をしろと
言われるのではないかと、友幸は密かに恐れていた。千枝はばあさんのくせに艶っぽ
いところがある。まあ、そうなったら、あの突きでた腹に何を溜め込んでいるのか暴
いてやろうと、気楽に考えるようにしていた。

友幸はブランコの柵を飛び越え、やってきた千枝の前に立った。小柄な千枝の顔
は、友幸の胸の高さにあった。千枝は友幸を見上げ、軽く息を切らしながら言った。

「わかったよ、おっちゃんの居場所が」

「ほんとに？」

友幸は目を丸め、首を突きだした。こんなに早く見つかるとは思わなかった。

「お慶がね、偶然最近見つけたんだって」

お慶こと真島慶子も、かつて行動をともにした女のひとりだった。

「おっちゃん、すっかり変わってたって。と言っても、お慶も直接おっちゃんに会ったわけじゃないそうだけど」

おっちゃんじゃなくて教授だろ。友幸は心のなかでそう思った。

おっちゃんという呼び方は垢抜けしなくて気に入らない。自分にとってはあくまで教授だった。いつもなら、そう言って改めさせるが、いまはしない。それほど興奮していた。

「トモちゃんも驚くよ。あのひとがいま何をやってるか聞いたらさ」

千枝は「ひひっ」と、抜けた歯の隙間から品のない音を響かせた。

12

井の頭線久我山駅の改札をでると、通り雨にでも降られたのかと思うくらい汗まみれの男が立っていた。

見ているだけで暑苦しく、近寄りたくないと思ったがそうもいかない。中谷は片手を上げ、小島に近づいていった。

「すまないね。遅くなりました」

「外で待ってるんじゃないかと思い、探してしまいました」

無駄にも思えるが、小島はハンカチで額の汗を押さえていた。ブルーのボタンダウンシャツは、胸から上と背中一面が汗染みで濃い色に変色していた。

「作家もたまには編集者以上に忙しいときがあるんだよ。エッセイの連載が二本、締め切り間近でね」

「もしかして、急な待ち合わせで怒ってるんですか」

「怒ってはいないですよ」

中谷は無表情で答えた。

原亜樹の病院仲間、自殺した石橋百合恵の家を訪ねてみましょうと小島から電話があったのは昨晩のことだ。

週刊誌の編集部にいる後輩に、最近調布で自殺した女性の住所を調べさせたら、すぐにわかったそうだ。締め切りが近いから、少し先にしてくれと頼むと、小島は明日じゃなければ僕は空いていない、ひとりででもいきますからと譲らなかった。たぶん先日、亜樹の家に抜け駆けして訪ねた仕返しなのだろう。

二日前、亜樹の家から戻ってきて、小島にそのことを報告したら悔しがった。そして興奮していた。やはり亜樹の幼児期には秘密があったのかと。自分が一緒だったらもっと突っ込めたのに、やはり戸籍を調べてみたいなと、受話器を遠ざけたくなるような声を響かせた。

戸籍を調べるのは無駄だろうと中谷は思っている。あれは本当の伯母だ。姪についてて語るとき、そこはかとない愛情を言葉の端々に感じた。中谷を恐れ、どこに暮らしていたかを隠そうとしたのは、姪を守りたかったからだろう。

亜樹が色々なところで暮らしたというのは、本当のような気がする。言い訳を用意しておらず、とっさにうまい言葉がでずに本当のことを言ってしまったのではないだろうか。各地を転々として、秘密にしておきたい生活とはどんなものだろう。あれからよく考えるが、何も浮かばず、スパイ学校という言葉が頭にちらつき始めて思考を止めるのがパターンになっていた。

「忙しいのによくきましたね」と駅舎をでてすぐ、小島は嫌味なことを言う。

自分でも、無理してなんできたのかよくわからない。石橋の家を訪ねるのは、亜樹の立ち寄り先を念のため当たり、あわよくば亜樹の住所を聞きだせないかという程度の用向きだった。

「失礼がないよう、コンビニでも入ってそのシャツを乾かしていくか」

小島の嫌味を無視して言った。通りを渡ってすぐのところにコンビニが見えた。

「乾かしても、着くまでの間にまたおんなじようになっちゃいますから」と小島はしごく納得のいく答えを返した。ふたりで黙って歩いた。

石橋の家は駅から歩いて十分弱のところにあった。閑静な住宅街で、古くからある豪壮な屋敷やモダンな邸宅などが散見された。石橋の家は特別大きくもない三軒並んだ建て売り住宅のひとつだが、それでも裕福な家庭であるのは間違いない。

塀も何もないカーポートを通り、玄関の前に立った。インターフォンを押した小島が女性の声に応えて、「丹文社の小島です」と言った。

今回はアポイントをとっていた。娘が自殺した家庭にいきなり押しかけるのは気が引けた。記者時代であれば、中谷も小島も躊躇わなかっただろうが。

小島は例によって、中谷が原亜樹の取材をしていて、その一環で仲のよかった石橋さんの話も聞きたい云々、と適当な話をしたらしい。娘を亡くしてまだ日も浅いのに、母親は快く訪問を承諾してくれたそうだ。

玄関のドアが開き、女性が姿を見せた。中谷よりいくらか年が上だろう女性は、華やかな笑みを見せ、「百合恵の母です」と軽く頭を傾げた。

百合恵の母親は美人というよりかわいらしい感じのひとだった。フレンチスリーブの白いブラウスに、ベージュのハイウエストのスカートを合わせている。いかにも裕福な奥様風の服装が似合う華やかさもあった。

母親はふたりを家に招き入れた。リビングに案内する間に、「中谷さんの小説を以前に拝読しました」とにっこり微笑んだ。若いビジネスマンの恋の駆け引きが現代的で面白かったと言うのだが、たぶん中谷違いの別の作家だろう。中谷は素知らぬ顔で礼を言った。

リビングに入り、小島は名刺を渡し挨拶した。中谷は名刺代わりの文庫本を渡す。上品な母親を驚かさないように、「恋愛小説ではないのですが」と一応断りを入れた。

「あとで、サインをいただけますか」

もちろんですと答えると、百合恵の母親は少女みたいに本を胸に当てて喜んだ。勧められるまま、小島と並んでソファーに腰を下ろした。母親が飲み物の用意をしてきますとアコーディオンカーテンの向こうに姿を消したところで、小島と顔を見合わせた。

子供を亡くしたばかりの親にしては異常に明るい。

近親者の死でも、親や兄弟の場合は立ち直りも早く、明るく振る舞うひとも多いが、子供を亡くした親は、そうしなければならないという義務感でやっているのでは、と疑いたくなるくらい、みな一様に悲しみを表にする。何も事情を知らないセールスマンに対してなら普通に接することもあるだろうが、当の娘に関わる話をしにきた者にはあり得ない、と記者時代の経験から中谷は知っていた。

「あまりに悲しくて、おかしくなったんですかね」小島が渋い顔で言った。

「そうかもしれない」

あるいは、血の繋がりがない親子とも考えられた。だとしたら、あまりに素直で、それも怖い気がする。

戻ってきた母親は、冷たい緑茶を振る舞った。茶碗は涼しげな透明ガラスで、茶托がわりに紬のコースターを置いた。非の打ち所がないくらい夏らしいコーディネイトだ。

この陽当たりのよいリビングもうまくコーディネイトされていた。チェックのソファーにメイプル材のセンターテーブル。白いチェストにブルーのプリザーブドフラワー、キリムのラグ。好きなものを集めただけのような気もするが、それで調和が取れているのは珍しい。たぶん、この家全体がそうなのだろう。

ただ、どこかバランスが崩れている気がする。部屋を見回しても、その感覚がどこからくるのかわからない。気のせいだろうか。

百合恵の母親が木製のスツールに腰を下ろした。中谷と小島は頭を下げる。さっそく小島が口を開いた。

「最近、亜樹さんはいらっしゃいましたか」

「ええ、四、五日前だったかしら。私のことを心配して、ここのところよくきてくれるんです。優しい子です、彼女は」

異常な明るさではないけれど、笑みを絶やさなかった。

「次はいつくるとは、言っていませんでしたか」

「近々またくるとは言っていましたが、はっきりとは――。私はたいてい家にいるので、亜樹ちゃんいつも、突然やってくるんですよ」

突然現れて、消える。やはり亜樹はそういうイメージだ。

「石橋さん、すみません。実は亜樹さんと連絡が取れなくなっていて、困っているんです」中谷は眉尻を下げて言った。

「できましたら、彼女の住所を教えていただけないでしょうか」

「そうですよね。あの子、携帯の電源切っていることが多いですから。いいですよ、葉書か何かお見せします」母親はあっさりそう言った。

「あとでもよろしいですか」

もちろんですと、中谷と小島で声を揃えた。

この訪問の目的を早くも達成してしまった。

「あの、お話の前に、百合恵にお線香を上げてやってもらえますか」

母親の言葉に、中谷は「あっ」と小さく声を上げた。

気が利かない男ふたり。とはいえ責められるべきは、小島のほうだ。冠婚葬祭のプロであるべき編集者を、中谷は視線で咎めた。

母親は立ち上がり、アコーディオンカーテンを引き開けた。その向こうはダイニングキッチンだった。新聞や雑誌が無造作に置かれ、リビングに比べて生活感があるが、やはりそこも調和が取れていた。

母親のあとについてダイニングに入っていった。中谷は視界のなかに違和感を覚えた。どこかバランスが崩れているように感じた先ほどの感覚と似ている。

ああ、とすぐにその正体がわかった。母親が向かう先、壁際の白いキャビネットの上に仏壇が載っていた。白木でできたモダンな感じのする仏壇ではあっても、ダイニングに置くと違和感がある。

どこかバランスが崩れていると感じたのはこれのことだったのか。見るとそんな気がしてくるのだが、見えないものに何かを感じることができるはずはない。不思議な感覚だった。

「ダイニングに仏壇なんておかしいでしょう。立ったままで拝むのもどうかと思うんですけど、うちには和室がないものですから」母親は蠟燭(ろうそく)に火を灯しながら言った。

「でも、百合恵はこのダイニングが好きでしたから」

明るい声ではあったけれど、抑えた悲しみが初めて伝わってきた。

母親がお願いしますと、脇に退いた。小島がお先にどうぞと手を差しだす。

中谷は線香に火を点け、香炉(こうろ)に立てた。手を合わせ、位牌(いはい)に目をやり、その隣の小さな写真立てに視線を移す。笑顔の女性の写真。目をつむろうとして、いまいちど写真をよく見る。中谷は目を見開いた。

背筋を走る寒気。息を大きく吸い、どうにか声を上げるのは抑えた。

目を閉じることができなかった。中谷は石橋百合恵の写真に目を据えたまま、ちょこっとだけ頭を下げ、小島に場所を譲った。

まだ寒気を感じる。かなり強めの冷房を入れていることに、初めて気づいた。

小島の背中の汗染みは、すっかり乾いていた。丸まっていた背中がすっと伸びた。小島がこちらを向いた。

「さあ、帰ろうか」中谷は小島の肩に手を置いた。

小島は、えっと驚いた顔をする。「まだ――」と口にする小島の肩を、ぎゅっと強く摑んだ。

「すみません、急に用事を思いだしたものですから」

母親のほうを向き、頭を下げた。中谷は目を合わせなかった。

「あら、まだ亜樹ちゃんの住所をお伝えしてないですよ」

妙に明るく、甲高い声だった。

「いいんです、もうそれは」

「でも、中谷さん――」

抗議の声を上げる小島を無視して、中谷は再び頭を下げた。「今日は、百合恵さんと対面できて嬉しかったです」

ありがとうございますと、母親も丁寧に頭を下げた。

「さあ、いこう。間に合わなくなるぞ」

小島の腕を軽く叩き、廊下へ向かった。

今日はローファーを履いてきたからよかった。紐靴だったら結べなかったかもしれない。玄関で手間取ることなく靴を履く。百合恵の母親とは目を合わせず挨拶し、家をでた。

中谷はカーポートを早足で進んだ。道路にでてもそのままの勢いで駅に向かう。

「中谷さん、いったいどうしたんですか」

駆け足で小島が追いついた。中谷は無言で目をやり、歩き続ける。

「ほんとに、おかしいですよ。なんか、顔色も悪いし」

心配げな小島の顔から視線を外し、中谷は歩くことに集中した。石橋家から五十メートルほど離れたところで、ようやく口を開いた。

「仏壇のなかに入っていた写真を見たか」

「ええ、百合恵さんの写真ですよね。そんなによくは見てないですけど」

中谷はふつふつと噴きだす、小島の額の汗を見ていた。

「あの写真に写っていたの、原亜樹なんだ」

小島は惚けた顔で、こちらを向いた。「どういうことです」

「いや、あの写真は百合恵だ。俺がコンビニで拾ったのが、石橋百合恵なんだ。写真の百合恵は、間違いなく俺が会った女だった」

「そんな……」小島はこぼれ落ちそうなほど目を剝いた。「だって百合恵さんは、もうそのとき死んでいたんですよ」

あの女と出会ったその場所で死んだのだ。

「あの女を原亜樹と考えたのは、病院仲間がそう言ったからだ。俺から聞いた特徴だけで判断しているから、間違ってても不思議じゃない」

「もう……、やめてください。鳥肌立ってきちゃいましたよ」

「俺なんて、ずっとそうだよ」

作家の理性なんて案外もろいものだ。日本にスパイ学校なんてあり得ない。ましてや、幽霊や死者が甦ることなんてあるはずないのに、写真一枚で理性が揺らいでいる。あの女が幽霊だと信じ込んでいるわけではない。ただ、どう考えたらいいのか、さっぱりわからなかった。

「八王子にいこう。原の家にいって、写真を見せてもらうんだ」

小島は何も口にせず、ただこくりと頷いた。

閑静な住宅街を足早に進んでいく。百合恵の家をでてから小島以外、ひとの姿を見なかった。ただの偶然か、この暑さのせいだろうとわかっていたが、なんだか不気味に感じていたので、前方から若い女が歩いてきたときは妙にほっとした。更紗（サラサ）のようなエスニックのロングスカートをはいた女は、中谷たちと同じくらい早足で道の反対側をやってくる。

ほっとしたらそれ以上の関心はなく、中谷は目を向けずにいたが、通り過ぎるとき、こちらを見ている気がして女のほうに顔を向けた。

女の顔が正面に向き直るのがわかった。黒いロングヘアーが揺れていた。

中谷はそのまま二、三メートル進み、立ち止まった。

「どうかしましたか」

小島がこちらを振り向き、足を止めた。

中谷は何かに導かれるように、ゆっくりと後ろを振り返る。

――いた。女も立ち止まっていた。

背中の中ほどまである長い髪。ちらっと背後を窺うように、頭が揺れた。すぐに踵（かかと）で回転し、体ごとこちらに向き直った。

女の顔には最初から笑みがあった。先ほど写真で見たのと、そっくり同じ笑顔。

石橋百合恵だった。あるいは、原亜樹。

百合恵の口が横に大きく開いた。顎が上がる。

体が揺れだした。腹を押さえ、まるで苦悶するように声を絞りだす。けたたましい笑い声が、静かな住宅街に響き渡った。

13

京急蒲田駅からＪＲ蒲田駅方向に五分ほど歩いた。寂れた通りに目当てのすばるビルを見つけ、友幸は道順が書かれたメモをジーンズのポケットにねじこんだ。

茶色いタイル張りの古ぼけたビルは、一階が不動産屋で、その横に二階へ上がる階段が口を開けている。壁面には、上に向いた矢印とともに「貸し会議室」と書かれたプラスチックプレートがあり、その下に「和気あい愛健康セミナー」と太字で印字された紙が貼り付けてあった。

昨日、セミナーの主催者に電話で問い合わせたとき、すばるホールで開催すると言っていたので、もう少し立派なところを想像したが、たぶんそう思わせる意図で、勝手に「ホール」などとつけて呼んだのだろう。ビルの案内板を見ても「二階　会議室」とあるだけで、ホールの文字は見当たらない。五階建てのビルは三階に介護サービスの事務所が入り、それより上は個人の住宅になっているようだ。

狭い階段は折り返すことなく真っ直ぐ二階に延びていた。上がっていくと二階にひとの気配を感じた。

「こんにちは」と二階に辿り着いた友幸を迎えたのは、黒いパンツスーツを着た若い女だった。開いたドアロの横に立つ女の前には、「受付」と書かれた小さな机が置かれている。

ギャルっぽいメイクとかっちりした服装のアンバランスさが、いかがわしくも映る女は、戸惑いの表情を見せ、「セミナーの参加者さまですか」と訊いてきた。友幸は頷きながら不安を覚えた。

セミナーの参加は予約の必要がなく、無料だと聞いていたが、違ったのだろうか。

「なんか、まずいですか」

そう訊ねる友幸に、受付の女は慌てて首を振った。「いえ、いえ、全然大丈夫です」甘い香料にバターを混ぜ合わせたような、ねっとり重たい香水の匂いが漂った。以前金で買った女をふいに思いだした友幸は、ばつの悪さを覚えた。

女は、「こちらにお名前さまと住所をお書きください」と机の上を指し示す。友幸は、へたな愛想笑いを浮かべる女を一瞥し、紙に名前を書いた。住所は適当に埋めた。

チラシを二枚渡され、開いたドアから会議室に入った。学校の教室を一回りくらい小さくした部屋をざっと見渡して、受付の女が見せた戸惑いの表情の意味を理解した。

ずらっと並んだパイプ椅子は、半分以上が参加者で埋まっていた。三十人くらいはいるだろうか。そのほとんどが高齢者で、若くても、せいぜい四十代と見られる主婦がちらほらいる程度だった。

前方に置かれた長机の脇に、黒いスーツを着た友幸と同年代の男が立っているが、それはセミナーのスタッフだろう。やはり若い参加者が珍しいのか、にこやかな表情を浮かべながらも、友幸をじろじろと見つめる。

友幸は、入ってすぐ――いちばん後方の席に腰を下ろした。前に座る老女がちらっとこちらを窺い、軽く会釈をする。友幸はそれに応えず、先ほどもらったチラシに視線を落とした。

カラフルな一枚は、このセミナーを告知するチラシで、「誰でも元気に百歳まで生きられる」とか、「三十年の研究でわかった、長寿の秘訣」とか、老人が多いのも頷ける謳い文句が並んでいた。もう一枚はモノクロで、セミナーを主催する団体、「健康愛気の研究会」と、会が販売する健康関連の商品を紹介していた。

友幸が真っ先に目を留めたのは、研究会の創始者、天道陽之介の写真だ。両方のチラシに載っている。

長い白髪をオールバックにし、見開いた目からは威圧するような視線が向かってくる。古めかしい宗教家や武道家を意識しているのだろうが、むくんだような丸顔が台なしにしていた。むくんだ肌に艶がある分、若く見えるが、七十前後の年齢だろう。

これが、教授のいまの姿なのだろうか。

友幸はじっと写真を見つめたが、違うともそうだとも断定できなかった。

真島慶子が見たのもこの写真らしい。今回のセミナーではないが、街で配られていたチラシを受け取り、そこにすっかり年をとった教授の顔を見つけた。「名前は違うけど、間違いなくおっちゃんだよ」と、迫田千枝が電話をかけたとき、興奮した声で話したそうだ。

確かに名前はどうでもいい。天道陽之介なんて名前が本名であるとは思えない。しかし、肝心の顔が、友幸にはぴんとこなかった。かつての教授はほっそりしていて、いつも——怒るときでさえも目が笑っていた。ただ、当時、大人で、付き合いも深かった真島慶子がこの写真から教授の面影を見いだしたというのだから、期待がないわけではなかった。

それに、「嘘くさい健康食品を言葉巧みに売りつけるなんて、おっちゃんがやりそうなことだよ」と迫田のばあさんが言っていた。

あの教授が、こんな胡散臭い商売をするなんて、それも友幸にはぴんとこないことだけれど、あのばあさんが言うのなら——、と思えないこともなかった。迫田千枝は、見かけによらず鋭いところがある。

「トモちゃん、あんた刑務所帰りなんだろ」

今日、セミナーに出かけるとき、千枝が突然そう言った。

友幸は一瞬驚いたものの、すぐに気を取り直し、そうだよとあっさり認めた。

「坊主頭が伸びきったような、その髪はまだいいとして、若いのに、朝早くに起きて、いきなり綺麗に布団を畳み始めるのは、出所してまだ日が浅い証拠だよ。携帯もたずにスポーツバッグひとつで旅をしてるのも、なんだかね……」

なかなか鋭い推理だった。服役経験者の知り合いがいるのかもしれない。あるいは本人が経験者か。

千枝は「あんたのことだから、どうせたいした事件をおこしたわけじゃないんだろ」と言った。褒めているのか、けなしているのかよくわからない言い方が友幸にはおかしかった。ともあれ、つまらないことで捕まったのは間違いなく、ああと頷いた。ただ、少年を誘拐したなどと本当のことを言うと勘違いされそうだったので、「喧嘩して相手をけがさせただけ」と嘘をついた。

千枝は納得したようで、妙に嬉しそうに頷いていた。

友幸は、天道陽之介の写真から視線を引き離し、プロフィールを読んだ。

合気道や太極拳の修練を積んだ天道は、その経験から気と健康の関係に興味をもち、研究を始めた。それが三十年前で、現在の研究会へと発展したのだとある。聞いたこともない出版社から発刊された著書がずらっと列挙されてあった。

　このプロフィールが本当なら、二十年前、友幸たちと一緒にいた教授とは別人ということになる。あの生活が、気の研究の一環であるというなら別だが……。

　友幸はその可能性を探ろうと、二十年前を振り返ってみようとした矢先、気をそがれた。前方の若い男が机の前に移動し、声を張り上げた。

「そろそろ時間ですので、セミナーを始めたいと思います」

　ざわついていた場内が静まりかえった。男は笑みを浮かべ、胸の前で手を組んだ。

「今日は、お集まりいただきありがとうございます。――それにしても、おじいちゃん、おばあちゃん、お元気そうですね。どうやっても、百歳までは死にそうもない」

　男はにこやかに、前の方の参加者を覗き込むようにして言った。

　それを受けて老人たちが、「そんなことないわよ」とか「そのとおり。殺されても死なないよ」とか、無邪気に声を上げる。くすくす笑う声が混じった。

「百歳まで生きたいひと、手を上げてください」

　はーいと、いまどき子供でも見られない素直さで、多くの老人が手を上げた。友幸の前に座る老女も、左手を口に当て、控えめに右手を上げた。

「みなさんやる気があっていいですね。いまの超高齢化時代、長生きすることはそれほど難しくありません。けれど、死ぬまで元気に暮らすのは簡単ではないのです。元気なお年寄りが増え、高齢化社会になったと言いますが、そうではないんですね。ただ、医療の発達で死ななくなっただけ、病気に苦しみながら長生きし続けるお年寄りが、増えただけなんです」

男の顔から笑みが消えた。戻ってきていたざわめきがさっと引いた。溜息のようなものが友幸の耳に届いた。

「ご安心ください。今日きていただいたみなさんには、誰の手も煩わせることなく、死ぬまで元気に暮らせる秘訣をお教えしたいと思います。——今日は当会の創始者である、天道陽之介がみなさんに直接話をしたいと、特別に足を運んで参りました。どうぞ、拍手でお迎えください」

男は一際声を張り上げて言うと、手を伸ばして後方を指し示した。前方の参加者たちがさっと顔を振り向ける。友幸も入ってきたドアのほうに顔を向けた。

白いスーツを身に纏った小柄な男が立っていた。長い白髪をオールバックにしているのは写真と同じ。天道陽之介が口を引き結び、厳めしい表情で入ってきた。

老人たちの熱烈な拍手を浴びながら、天道はゆっくりと前方へ進んでいく。友幸はその後ろ姿を見つめ、大きく溜息をついた。

違った。この男は教授ではない。記憶にある教授は、もっと背が高かった。いくら年をとったからといって、そこまで縮んでしまうはずはない。

友幸はどこかから空気が抜けていくような感覚を覚え、背筋を丸めた。男の背中から視線を外し、首を垂れた。

「みなさん、今日はよくおいでくださいました」

女？

気が抜けるような甲高い声に、友幸は思わず顔を上げた。厳めしい顔をした天道が、若いスタッフと入れ替わるように、机の前に立っていた。

「今日まで、よく生きてこられましたね。だいぶお疲れになったでしょう」

眉を寄せ細めた目は、威嚇するようで、やはり武道家を思わせる。しかし声はまるでどこかのおばちゃんのようだった。

「だけど、もう大丈夫ですよ。私の言うことをよーく聞いて実行すれば、生まれ変わったように楽になる。見違えるように元気になりますから」

天道はそう言うと、聴衆を見渡した。ゆっくりと左右に振る首がふいに止まると、威嚇するようだった目が緩んだ。

いっそう細めた目は弓形になり、慈愛に満ちた笑みが現れた。

友幸は前の椅子の背もたれを摑み、体を前に乗りだした。

「やあ、本当によくがんばってきた。みなさん、抱きしめてあげたいな。もう大丈夫、明日から、楽になりますよ」

天道は大きく腕を広げた。正面に座っていた老婆が、吸い寄せられるように椅子から腰を浮かす。天道はその体を腕で包み込んだ。

「もうがんばらなくていいですよ。楽になりますから」

天道は、次々に老人を抱きしめていった。よくがんばった、もう大丈夫、と声をかけながら、背中をさする。肩を叩く。

なんとも、ばからしい光景だった。最前列に座る何人かは、きっとサクラだ、と友幸は冷静に判断できていた。なのに気づくと、友幸の腰は椅子から浮いていた。

自分も仲間に加わりたかった。よくがんばったと抱きしめてもらいたかった。

弓形の笑った目。天道が見せたあの目は、友幸の記憶にある教授の目と同じだった。

「よくやった、坊主」とあの目で褒めてくれた。「いいかげんにしろよ」と叱ったし、「殺せ」と命令もした。

見つけた。岩田元彦にやっと出会えた。

# 14

うつむいていた顔が上がった。顔に降りかかった長い髪のすきまから、女の目がこちらを覗く。目が合ったとたん、女はぶっと吹きだし、肩を揺らして笑った。

「もう、それ、やめてくれないかな」

椅子にもたれた小島が、ふくれ面で懇願した。

「あたしだって、笑いたくて笑ってるわけじゃないですけど。なんか、ふたりの顔を見ると想像しちゃって……」

笑いをかみ殺すようにして、またうつむいた。ストローでグラスの氷を、ざくざくとかき混ぜる。

「いくらでも想像してくれ。ばかにしてかまわない。その代わり、質問には正直に答えてくれ」中谷は抑えた声で言った。

「きみは、本当に原亜樹で間違いないんだな」

女はうつむいたまま吹きだした。

「作家って、想像力はあるんでしょうけど、もしかして頭は悪い？」

小島が「ちょっと」と言って、丸テーブルに乗りだした。

「すみません」小島の抗議の目など気にした様子もなく、女は半笑いで言った。「百合恵ちゃんは亡くなりました。私は幽霊ではありません。ゆえに、私は石橋百合恵ではありません」

三段論法などを使わずとも、それはわかっている。小島が後輩の記者に調べさせて、あの家にいったのだから、百合恵が自殺したのは間違いない事実で、この女が百合恵ではあり得ないと、頭の整理はもうできていた。

ただ、おかしなことをするこの女が、本当に原亜樹であるかまだ確証はなく、これ以上の混乱を避けるため、中谷は確かめておきたかった。

「ものごころがついたころから、みんなあたしを原亜樹と呼んでますが、その程度じゃ、あたしを原亜樹とは認めませんか。いちおう、住民票も原亜樹になってますけど」

それを証明しようというのか、亜樹は斜めがけにした革のポシェットから健康保険証を取りだし、正面に座る中谷のほうに見せた。

「写真がないから、なんの証明にもならない？」

「いや、もういいよ。納得した」保険証から原亜樹の文字を読み取った中谷は、そう答えた。

「ねえねえ、百合恵さんのお母さんって、本物？」小島が訊ねた。

「もちろん本当のお母さんのためです。今回のいたずら、お母さんのために計画したんですよ」

小島のほうを向いた亜樹は、顔に張りついていた笑みを消し、静かに言った。

「百合恵ちゃんのお母さん、いつも明るくて、冗談言ったり、ちょっとしたいたずらしてみたり、とてもかわいいひとなんです。明るすぎていらつくことがあると、百合恵ちゃんがこぼすくらい。でも、百合恵ちゃんが亡くなって以来、ずっと塞ぎ込んでた。だから、気分転換にいいかなと思って、提案してみたんですよ。何が目的か、自殺した子の家に図々しく訪ねてくる作家と編集者を、ひっかけてやろうって」

亜樹は片方の口の端を上げ、にやりとした。

みんな、亜樹と連絡がとれないと口にしたが、里見医師も、百合恵の母親も、中谷が亜樹に接触しようとしていることを電話で伝えていたそうだ。

「おかげさまで、いたずらをしかけている間、お母さん、少し元気を取り戻していた。さっき、おふたりが家をでたあとあたしに電話をかけてきて、青ざめていたけど、大丈夫かしらって、すごく満足そうだった。娘が死んだのに不謹慎だとか、思わないでください。きっと、お母さんの茶目っ気が戻って、百合恵ちゃんも喜んでいるはず」

中谷も小島もむすっとした顔で頷いた。

作家も編集者も、それを不謹慎だと思うような道徳観は捨てている。いたずらの対象が自分たちでなかったら、きっと一緒に笑ってやっただろう。

亜樹がテーブルに手をつき、頭を下げた。やけにきびきびした動作はおどけている風だったが、中谷は謝罪として受け入れた。

背もたれに体を戻した亜樹は、顔の前で手を振りながら、二回咳をした。「なんか煙い」と低い声で、嫌味たらしく言う。

隣の席から煙草の煙が流れてきていたようだ。

三人は久我山の駅前にあるコーヒーショップにいた。禁煙席に空きがなかったからとはいえ、自ら選んで喫煙席に座っているのに、煙草の煙に文句を言うのはいかがなものか。気ままな女だ、と中谷は思った。

隣のサラリーマン風は亜樹の言葉が耳に入ったらしく、居心地悪そうに、指に煙草を挟んでいた。

「伯母さんと、話はしたか？　連絡がとれないと言ってたぞ」

「うちにもきたんですか」

亜樹は口をぽかんと開け、呆れたような表情をした。

「いきましたよ」

お前が歯ブラシをもっていくからだ。

中谷は大きく息をつき、ふいに昂ぶった感情を鎮めた。

「とにかく心配してたぞ。連絡してあげたほうがいい」

「ほんとに心配してました？　ここのところ、あたしにしては珍しく、アパートにいないことが多かったけど」

確かに、心配させたのは自分が訪ねていったからか。普段から毎日顔を合わせていたわけでもないのに、それでも伯母が姪のことで思い煩っていたのは間違いなく、中谷は「本当だ」と口にした。

「亜樹さんはアパートを空けて、いったい何をしてたんですか。差し支えなかったら教えてください」

中谷とは興味のありどころが違う小島が、そんなことを訊ねた。

亜樹は小島に目を向け、眉根を寄せた。あなたに何か関係あるの、と問いかけているように見えた。

元記者の小島はそんな目に動じることもなく、お月様を思わせる笑みを浮かべ続けていた。それに応じるように、亜樹も笑みを浮かべる。ひどく冷たい笑みだった。

「あたし、百合恵ちゃんのために、復讐してたんです。昔、彼女をいじめたひとたちを見つけだして、ひとりずつ殺して歩いてた」

ひゅっと強く息を吸う音が隣から聞こえた。

中谷はぶるっと小さく震えた。

それは話の内容ではなく、頭に浮かんだイメージ——手を血に染め、闇夜をさまよう亜樹の姿がもたらした震えだった。

「それ、嘘だよね」

小島は背もたれに背中をぴったりくっつけて声を発した。

「もちろん嘘ですよ」亜樹は真顔でさらりと言った。「殺したりはしていない。見つけだして、百合恵ちゃんが自殺したことを伝えて歩いただけ」

腕組みをした亜樹は、背中を丸めて体を前後に揺らし始めた。

「百合恵ちゃん、中学のとき、ひどいいじめを受けていた。それが自殺の直接の原因じゃないだろうけど、いじめから立ち直れずに心を病んでしまったのは間違いないことで、もしそれがなければ自殺することはなかった。だから、伝えてやりたかった。あんたたちがしたことが、こういう結果を招いたんだって。あたしが見た、百合恵ちゃんの最期の姿がどんなだったか教えてやりたかった」

寒さに耐えるように肩をすくめ、亜樹は体を前後に揺らし続けた。

「親と暮らしている子が多かったけど、結婚して子供がいる子もいた。どこいっても歓迎されるわけないし、追い返されそうにもなったけど、とにかく力ずくでも聞かせた。親の前だろうと、子供の前だろうとかまわず、百合恵ちゃんの体から、どれだけ血が流れたか、目を見開いて、どれほど恐怖に顔を歪めて死んでいったかをわからせてやった。――あたしがしていたのは、そういうこと。何か参考になりました？」

亜樹は体を揺らすのをやめ、小島に目を向けた。

「ええ、ありがとう。大変でしたね」

小島は元週刊誌の記者らしく、共感を示す言葉を口にした。そうやって取材対象から言葉を引き出すのが連中の手だ。

「それで、きみの気持ちはすっきりしたのかい」中谷は訊ねた。

亜樹は小島からゆっくり中谷に視線を移した。「作家っていやなこと訊くんですね」

作家だからじゃない、元新聞記者だからだ。中谷は口を歪め、苦笑いを浮かべた。新聞記者は取材対象に正論をぶつけてみたり、偉そうに説教じみたことまで平気で言う。それで真実に切り込めると思っている。事件現場でいちばん嫌われるのは新聞記者と相場は決まっている。記事になったあとは、週刊誌の記者に逆転されることが多いが。

亜樹は、ふーっと溜息をついてから口を開いた。「百合恵ちゃんのためとか言いながら、確かにあたし、自分の気持ちをすっきりさせたかったんだと思う」

中谷はミルク入りのコーヒーを口に含み、小さく頷いた。

「結局、すっきりはしたのかな。夜、眠れるようになったから」

「そう。いい結果がついてきたなら何よりだ」

中谷は心からそう思った。

実行して心が穏やかに収まる復讐なんて、めったにあるものではない。

「たぶん今日は、もっとすっきり眠れると思う」

亜樹は思いだしたように笑い始めた。背中を丸め、腹を抱える。周りの客がこちらに目を向けるほどの声だった。

中谷は口にもっていったカップを止め、ふっと声にだして笑った。

小島が中谷のほうに顔を向けた。場に合わせるように笑みを浮かべながら、意味ありげな視線を送ってくる。亜樹が笑いやむと、まちかまえていたように口を開いた。

「亜樹さんはゆかいなひとですね。よくいたずらとかするんですか。あれでしょ――先日、中谷さんに告白したスパイ学校の話も、からかっただけなんでしょ」

訊かなければ気がすまない質（たち）だなと、横で聞いていて中谷は思った。訊くまでもないことだろうに。

「話したんですね」

亜樹が中谷を見た。中谷はなんのやましさも感じずに頷いた。

「それはそうですよね。だから、一緒にきてるんですもんね。頭のおかしな女と出会ったら、真っ先に編集者に話しちゃいますよね」

「いやいや、そういうことではないんですよ。中谷さんは、真剣に受け止めて――」

「確かに、からかう気持ちはありました」

亜樹は、慌てて釈明する小島の言葉を遮るように言った。

「じゃあやっぱり、あれは作り話なの」

やっぱりと言いながら、小島の顔には落胆が見えた。

「作り話じゃないですよ」

「だって、からかったって――」

「あの話をすれば、ひとがどういう反応をするかわかっているから、からかい半分だったんです。別に信じてもらう必要はないから、いいですけど、話したことは全部本当のこと。少なくとも、あたしの記憶にはある」

小島が勢いよくこちらに顔を向けた。勝ち誇ったような表情を浮かべているが、中谷にはその気持ちがよくわからない。振り出しに戻っただけのような気がする。

「本当に、本当なんだね」中谷は訊ねた。

亜樹は反応を見せず、じっと中谷を見つめる。目に怒りの色は見えず、裏切られたとでもいうような、もの悲しい落胆が、そこはかとなく漂っていた。

「ねえ、なんであの夜、俺にあの話をしたんだ。親切にもトイレを貸してやった恩人を、からかってみようと思ったんだい」

「作家に話したら、どう反応するか試してみたくなったから」

中谷は思わず目を見開いた。「あのとき、俺が作家だって、わかっていたのか」

てっきり、里見や百合恵の母親から聞いたのだと思っていた。

「部屋に小説誌が色々置いてあったでしょ。あんなの業界のひとしか読まないだろうから。それと本棚を見たら、だいたいの本はジャンルも著者もばらばらに並んでいるのに、中谷洋の本だけ出版順に固まって並べてあったから、きっと本人なんだろうなって」

「そうか、本屋に勤めていたんだったな。なかなかみごとな推理だよ」

業界に熱烈な中谷洋のファンがいるとは、考えが及ばなかったらしい。

「作家なら、あたしの記憶に何か解釈をつけてくれるんじゃないかって、ちょっと期待してた」

またさっきと同じような目、遊びにいく約束を破られた子供が見せるような目をしていた。

「まさに僕たちがしようとしているのはそれですよ」

いつの間にか腕まくりをした小島が、言葉に過剰な熱を込めて言った。

「もう一度話をしてくれませんか。僕もお手伝いさせていただきますから」

亜樹は小島に目をやり、中谷に視線を戻す。

作家と編集者は一心同体だとアピールしようというのか、小島がこちらに体を寄せてきた。

「この小島君はなかなか優秀な編集者だ。きっと作家なんかより、ずっと説得力のある解釈をしてくれるよ」

「そんな。中谷さんも一緒に考えるんですよ」

「もちろんだよ」

真剣な声で答えた中谷に、小島は驚きの目を向けた。

中谷は亜樹に訊ねた。

「先日の話だと、具体的な記憶は、女のひとに助けだされたこととロケットを組み立てているのを見たことだけだったけど、他に場所とかひとの記憶はないのかい」

「どこにいたかはわからない。でも東京じゃないところだとは思う。具体的な像は浮かばないけど、色々なひとと一緒に暮らしていた気がする」

亜樹は言ったあと、大きく息をついた。細い指を髪に差し入れ、苛立たしげにもしゃもしゃとかき上げた。

中谷はスパイ学校が実在するかはともかく、亜樹にそういう記憶があるのは本当かもしれない、と思い始めていた。伯母が何かを隠しているのも、そのことと関係しているのだろう。

そんな記憶がなぜ亜樹に植え付けられたか、あるいは、記憶が真実かどうかも、中谷にとってはどうでもよかった。問題は亜樹がそれを真実かもしれないと考えていること。亜樹は、伯父夫婦が本物かどうかを疑うばかりでなく、自分が原亜樹かどうかも疑いながら生きてきたのではないか。だとしたら、親がわからないとか、国籍がないとか以上のアイデンティティー・クライシスを抱えていることになる。その心中を思うと胸が痛む。同時に、作家として、いやらしい興味が溢れだす。

「亜樹さん、ロケットの話を聞かせてくれませんか」小島が横から言った。

「建造中のロケットを見た記憶があるんですよね。そのシーンに自分が映り込んでいたりしませんか」

「自分が映り込んで？　なんです、それ」亜樹は怒ったように顔をしかめた。

「ロケットを見ている自分の姿が、記憶のなかの映像にでてきていないかなと思って」

「だとしたらどういうことになるんだ」

小島が何を解明しようとしているのかわからず、中谷は訊ねた。

「本来記憶の映像は、目で見たものだから自分はでてきませんが、幼年期の記憶には案外自分の姿まで入りこんでたりする。たぶん、何度か思い返しているうちに刻まれた記憶だからなんだと思います。僕も、幼稚園のころの記憶だと、けっこう自分が動き回ってる」

中谷は、保育園のころ友達とチョコを万引きした記憶を頭に甦らせ、なるほどと小島に頷きかけた。

「だから、自分が見ている姿まで映っているなら、それは本当の記憶である可能性が高いのかなと思ったんですけどね」

小島はそう言って亜樹のほうに首を突きだした。

「自分の姿はでてこない」亜樹は首を横に振った。

「窓から、ロケットが見えるだけ」

小島は丸顔の特質を最大限に活用し、優しく頷きかけた。「大丈夫。映り込んでいないからといって、本当の記憶じゃないということではないですから」

古い記憶を思い返すのはストレスになるのか、亜樹はふーっと長い溜息をつき、アイスティーに口をつけた。

「それじゃあ、記憶のなかのロケットをできるだけ細かく描写してもらえますか。色や形を」

小島はあくまでロケットにこだわる。まだ外国の軍事施設説にしがみついているのだろうか。

「細かくっていっても、遠くから見てる感じだから、外観しかわかりませんよ」

髪に差し入れた指を細かく動かしながら、面倒臭そうな顔をした。

「とにかく、よく見る普通のロケット。色は白で、発射前だから上を向いてる。下に羽がついているし、上のほうに操縦席の窓がある——みんな同じでしょ」

「ちょっと待って！」

突然の小島の大声に、亜樹は目を剥いた。中谷も似たような表情をしたが、小島の声に驚いたわけではない。

小島と顔を見合わせた中谷は、ゆっくり亜樹に顔を向けた。

「きみが見たというのは、スペースシャトルなんだね」

羽があって操縦席の窓がある。それはいわゆるロケットではない。

「ああ、そうか。そういう言い方もするのか。どっちでもあまりかわらないでしょ」

中谷は小さくかぶりを振った。

ロケットとスペースシャトルでは、頭に浮かべるものがまったく違う。しかし、しかたがないのかもしれない。彼女たちの世代では、ロケットといえばスペースシャトル。アポロやソユーズの打ち上げなど見たことがないだろう。

「スペースシャトルだと、何かまずいんですか」

「いや、まずくないよ」

中谷はそう言って小島に目を向けた。小島は渋い顔で何か考えている様子だった。

スペースシャトルはアメリカ合衆国のものだし、打ち上げ場所は秘密基地でもなんでもない。そんなところにスパイ学校があるわけはなく、小島の説は完全に否定される。

「あり得ないですね」

小島は溜息がこぼれるような声で言った。

窓から見たというシチュエーションそのものがあり得ない。実際には体験していない記憶が、どういうわけか植え付けられたということか。

中谷はカップを口にもっていき、冷めたコーヒーをする。亜樹が見たという、発射台に載ったスペースシャトルの姿を思い浮かべていた。白い機体に黒い先端部分。腹部に取り付けられた燃料タンクにロケットブースター。何度も映像で見て、きっと誰もが頭に描けるものだろう。

いや、と中谷は古い記憶が甦った。自分は映像だけでなく、生でその姿を見たことがある。しかも、亜樹が語ったのと同じく、建造中の風景だった。

ソーサーに戻したカップが大きな音をたてた。小島と亜樹が怪訝な目をして見た。

「亜樹さん、きみは二十六歳だよね」

「そうですけど」

小学校に上がる前の記憶だから、亜樹が見たとしたら二十年ほど前ということになる。中谷があれを見たのも、そのころだ。

「彼女は本当にスペースシャトルを見たのかもしれない」

隣の小島のほうを向いて言った。

小島は大きく二回頷いた。もしかしたら小島も、その可能性に気づいたのかもしれない。

「なんなんですか。見たかもしれないって、あたし見たんです。そういう記憶があるんだから」

本当に見たのか、あれを。

窓から見たとしたら、高いマンションか、あるいは山の上のほうにある家にいたことになる。

小さな亜樹が窓から〝ロケット〟を眺めている姿を思い浮かべていた。山の斜面に立つ家が、自然と頭に映像となって現れる。

中谷は背筋がぞくっとした。記憶にある現実の家と想像の家が重なった。あれもちょうど二十年前ではなかったか。記憶のなかの家が鮮明になってきた。当時、支局の記者として関わった、事件の現場となった家。山の中腹に立つあの家からも、スペースシャトルが見えたのではないか。

亜樹はあそこにいたのか。

「どうしました」急に立ち上がった中谷に、小島が声をかけた。

「スペースシャトルを見たかどうかなんてどうでもいいんだ。もしかしたら、きみの記憶がなんなのか、すべてはっきりするかもしれない」

亜樹は息を詰めた顔で中谷を見上げた。怯えのようなものが窺えた。

「スパイ学校に入れられていたという記憶よりは、悪くないものだと思う」

本当にそうだろうか。中谷は確信がもてなかった。

「いったいなんなんです」

小島が好奇心剝きだしに訊ねる。当たり前の反応だとはわかるが、微かに苛立ちを感じた。

「はっきりしてからじゃないと、話せない。調べてみるんで、俺は先に帰る」

「だったら、僕たちも。途中まで一緒に――」

「一緒にでてもいいが、俺はすぐにタクシーを捕まえて家に帰るよ」

早く帰って、当時の取材メモに目を通したい。ひとりになって考えたくもあった。

「亜樹さん、小島君にきみの連絡先を教えておいてくれるか。きみの記憶が明らかになったら、連絡するから」

頷いた亜樹の顔には、はっきりとした怯えが浮かんでいた。

「あの、僕にも連絡ください」

そう言う小島に頷きかけ、テーブルを離れようとした中谷は、思いついて足を止めた。「亜樹さん、あの日、俺の部屋からもっていったものはどうした」

「……ああ、あれ」考える間を置いて、亜樹は言った。

「すみません。ちょっとしたいたずらのつもりで、もっていったんですけど、ばからしくなって、コンビニのゴミ箱に捨てちゃいました」

「捨てたのか」

「ええ。まさか大事なものってことはないですよね、あの歯ブラシ」

中谷は経過した日数を考え、どうやっても取り戻せないことを理解した。

「ああ、大事なものではない。ただ訊いてみただけだ」

穏やかな声をだせたと思う。心のなかも平静だった。自分でも不思議なくらい簡単に諦めがついていた。

どうやっても消えないから執着なのではなく、自分ではコントロールがきかないから執着なのだろうと、不可解な自分の心のぶれを納得させた。

「歯ブラシってなんですか」と好奇心を示す小島に、「きみは知らなくていい」と冷たく答えた。

## 15

「どうだ、なかなかいいオフィスだろ」

神田駅にほど近い、老朽化したビルの二階にある部屋は、明るく整然としていて、確かに悪い印象はなかった。十人ほどいるスタッフの多くはパソコンに向かっており、静かだった。不在のデスクはほとんどないから、本当に小規模で運営されているようだ。

「去年、葛西のほうから引っ越してきたばかりだ。住所が都心に近いほうが、信用されやすいだろ。それが目的だから、建物なんてどうでもいいんだ」

教授の説明に頷きながら、友幸はオフィスの奥に足を進めた。デスクの脇を通るとき、スタッフは軽く会釈する程度で、会長に対して大袈裟な挨拶はなかった。

「ここが俺の部屋だ」

部屋の奥、ふたつ並んだドアのひとつを開けながら、教授は言った。

健康愛気の研究会会長室も質素なもので、普通の事務デスクと会社のロビーにあるような簡素な応接セットがあるだけだった。

「座っててくれ」と言って教授は部屋をでていく。すぐにペットボトルの水を二本もって戻ってきた。

「これはもともとアルカリイオン水なんだ。体にいいらしいぞ」

教授は弓形の目に茶目っ気のある光を宿し、友幸にボトルを渡した。自分もキャップを開け、顎を上げてぐびぐび飲んだ。

「愛気の水」と表示されたボトルをしばらく眺め、友幸もキャップを開けた。

その水が研究会の主力商品だった。飲むことで気を送るのと同じ効果が得られ、半年飲み続けると細胞内の水分がすべて入れ替わり、劇的な変化が現れると、先ほどのセミナーで「天道陽之介」は力説した。

セミナー終了後、多くの年寄りがこの水を買った。二リットル入りペットボトル十二本で一ヵ月分が最小単位。送料込みで九千八百円だった。

かなりの暴利なのだろうけれど、この手の怪しい健康関連の商売にしては高くないと友幸は感じた。年寄りの小遣いでも充分にまかなえる範囲の金額だ。だから無理に売りつけるようなことをしなくても買っていったのだろう。

「元気に暮らしてたか。みんなばらばらになっちまったから、どうしてるかなと時々考えてはいたんだ」

白いスーツの上着を脱ぎ、友幸の向いの席に座った。

すっかり姿は変わってしまったが、こうやって向い合って座ると昔を思いだす。スパイ養成学校の教授と生徒。スーツ姿の分、すててこ姿が多かった当時より教授らしく見える。

見つからずに万引きする方法や万が一見つかったときの対処方法、新聞や週刊誌の記者をまく方法を教授は伝授してくれた。いまではそれがスパイとはなんの関係もないことだとわかっているが、あの当時は学校を卒業してスパイになるのだと真剣に考えていた。スパイになって教授の役に立ちたい。友幸は教授に褒められるのが何より嬉しかった。

「友幸君、仕事はしてるのかい」

高めの声が、優しげに響く。セミナーのときほど女性っぽくはなく、かつて聞いた声に近いものだった。

「いまは、何もやってないです」

「それじゃあ、何か紹介してやろうか。ここの仕事でもいいが、真っ当な仕事とは言えないからな。なんか考えておいてやるよ」

仕事なんていらない、それよりも……。まだ言うタイミングではない、と気持ちを抑えた。教授の現在の状況をもう少し知った上でないと。友幸はとりあえず、「ありがとうございます」と礼を言った。

「教授はなんでこんな仕事をしてるんですか」

「なあ、その教授っていうのはやめてくれないかな」

教授は顔中に皺を寄せ、苦笑いをした。

「子供のころウルトラマンごっこして遊んだ父親を、大きくなってもウルトラマンって呼ぶようなもんだぞ。ここじゃ、会長とか天道さんとか呼ばれてるが、友幸君にはしっくりこないだろうから、岩田さんでいいよ。教授はやめてくれ」

まだおっちゃんのほうがしっくりくると思ったが、逆らいはしなかった。

「岩田さん、この仕事好きなんですか」

「仕事に好きも嫌いもないよ。食うためには稼がなけりゃならない」

顔から笑みが消え、声が高くなった。

「まあ、あこぎな商売だが、ある程度の節度をもってやってるつもりさ。年寄りから金を搾り取るようなまねはしてないし、無理に売りつけもしない。ちょっと効能を大袈裟には謳うが、ちゃんと体にいいものを取り扱っている」

教授はペットボトルに口をつけ、「これを飲むようになって加齢臭がしなくなった」と笑って見せた。

「こういう商売を長続きさせるこつは、目立たないことさ。会社を大きくしようなんて考えたらおしまいだ。無理に売りつけ、派手な宣伝をうてば、絶対どこかから叩かれるもんだ。自分が食えるだけ稼げればいいはずなのに、なんでみんな際限なく手を広げようとするのか俺にはわからないねえ」

　友幸にももちろんわからない。これまで、必要以上の金を、欲しいと思ったことなど一度もなかった。

「まあ、目立ったらおしまい、というのは二十年前の教訓だな。あれがなかったら、俺もいけいけで、拡大路線を突っ走っていたかもしれない」

　二十年前、自分たちに何が起きているのか、まだ小さかった友幸にはわからなかった。母親に訊いても教えてはくれず、はっきりと理解したのは、割と最近のこと。ネットで過去の事件について書かれた記事を読んで知ったのだ。だから教授が何を言っているのか、友幸には理解できた。

　ドアが開き、「会長」と言いながら男が入ってきた。友幸と同年代くらいの若者で、ポロシャツにジーパンというラフな格好だった。

「村瀬(むらせ)さんがいらっしゃってますよ」

　眼鏡をかけた真面目(まじめ)そうな男だが、緊張感のない、くだけた話し方だった。

「来客中だ。あとにしてくれ」

　教授がぴしゃりと言うと、男は「失礼しました」と頭を下げてでていった。

「そういうことで、俺は仕事に熱心というわけでもない。もう六十半ばのじいさんだから、仕事は大方若いものに任せて、半分引退してもいいと思ってるんだ。暴走しないように目だけは光らせようとは思うけどな」

教授は背もたれにぐったりもたれるように座っていたが、表情を含めた全体的な佇まいに、くたびれた感じはなかった。体力的にも精神的にも、余裕が覗けた。

「引退したら何をするつもりです」

「別に、何って特別なことをするつもりはない。酒飲んだりパチンコしたりしてのんびりするさ。たまには旅行にいったりな」

自分が聞きたかった言葉が飛びだし、友幸は胸を弾(はず)ませた。前屈みになり、勢い込んで言った。「教授、またみんなで旅にでましょうよ」

「だから教授って言うのはやめてくれよ」

「教授でいいじゃないですか。またみんなを導いてくださいよ。一緒に生活しながら旅をしましょう」

「みんなって、昔の面子(メンツ)でか」

「もちろんそう。あのときみたいに、旅をしながら新しいひとを加えたっていいですけど」

教授はどういうわけか、痛みでも走ったみたいに顔を歪めた。

「無理だろ。あれから二十年もたってる。みんなそれぞれの生活があるだろうから」

「いきたいひとだけ集まればいいんですよ。いま俺、迫田さんと一緒にいると言ったでしょ。迫田さんは教授がいくなら、また旅にでてもいいって言ってましたよ」

「そう簡単にはいかんだろ。俺だって、すぐに引退するわけじゃないし」

「どうせ引退するつもりなら、すぐだって同じですよ」

「勝手なこと言うな」

教授は半笑いで呆れたような顔をした。明確に意思を伝えるように、大きく首を横に振った。

「俺、覚えてますよ。教授がみんなに、黄金の里を探しにいこうって言ったの。子供ながらに、じーんときた。心が安まる、幸せになれる場所があるんだって知って、それだけでなんだかほっとした。結局中途半端で終わっちゃったじゃないですか。だから、もう一度探しにいきましょうよ。教授が導いてくんないと、見つけらんないし」

教授は腕を組んだ。どうしようか考えているのか、完全に拒絶しているのか、無言で目を閉じている。

「教授は何もしなくていいんです。またみんなで働くし、言ってくれれば、俺はなんだってやる。そう、俺は子供のころと変わってないですよ。教授の命令ならなんでも従う。覚えてるでしょ」

教授の目が、くわっと大きく開いた。セミナーで見せたような、威圧感のある目。

――いや、違うか。何か怯えのようなものが見える。

すぐに教授は、また目を閉じた。腕を組んだまま静かに息をしている。

友幸は教授の言葉をまった。

ふいに教授の肩が大きく動いた。大量の息が吐きだされ、目が開く。腕組みを解いた教授は、背筋を伸ばして言った。

「友幸君がそこまで言うのなら、みんなでまた一緒に生活をしてもいいだろう。だけどな、ひとつ条件がある」


段ボール箱を開いた。いちばん上にのったミッフィーのプラスチック皿を見て、すぐにふたを閉めた。

娘の佳奈が赤ん坊だったころに使っていたものを収めた箱のようだ。十年前に調布の家に引っ越してきて以来、一度も開けていなかった箱。中谷は押し入れから引っ張りだし、さらに奥に頭を突っ込んだ。

積んである箱を下ろし、開けてみる。今度はミッキーだ。

アルバムが詰まった箱、ビデオが収まった箱。すぐにふたを閉じて押し入れから引っ張りだしていく。いつの間にか部屋のなかは薄暗くなってきていたが、立ち上がるのも面倒で、照明を点けていなかった。残りの箱は少なくなってきている。あるとしたらここしかないと思うのだが確信はなく、押し入れの前をバリケードのように囲む箱の山を見ると徒労感を覚えた。

残りふたつになった。上に積まれた箱を下ろし、ふたを開けようとして気を変えた。もともと下にあったほうを手前に引きずりだし、ふたを開けた。手帳が乱雑に投げ込まれてあった。下のほうに大学ノートも見える。中谷は勢いよく箱を押し入れから引っ張りだした。

上のほうにある手帳をごっそり取りだし、床に置いた。大学ノートを数冊鷲摑(わしづか)みにしてもち上げる。

これだ。約十年に及ぶ記者時代の取材ノートだった。

小説を書く上で何かの役に立つと考えたわけではないが、捨てられずに引っ越しのときもそのままもってきている。たぶん全部揃っているはずだ。

表紙には取材した年と、その年の何冊目かがわかるよう番号がふってある。あれは一九九〇年の四月の事件だったと、あらかじめネットで確認してあった。中谷はノートの表紙を見ていった。

ノートは年代順に収めておらず、なかなかでてこない。一九九〇年の三を見つけたが、十一月から始まっていた。

箱の脇に三本のノートのタワーができたとき、一九九〇年の一を見つけた。中谷はしゃがみ込んだまま、ページが破れそうな勢いでめくっていく。すぐに後ろから探したほうが早いと気づき、裏に返した。

ぺらぺらとめくるうち、花畑ハーレムの記述が見られるようになった。中谷はスピードを落とし、書き込みに目を通していった。

あれは入社三年目、北九州支局にいたころの事件だ。警察が家宅捜索に入る二ヵ月前から取材を始めているから、けっこうな分量がある。

結局取材を始めたところまできても、何も見つからなかった。終わりのほうに戻り、もう一度目を凝らす。部屋はかなり暗くなっていたが、まだ字は読める。ノートが消えてなくなるわけではないのだから、明りを点けじっくり探せばいいのに、妙に気が急いていた。

数行飛ばした気がして、上の行に視線を戻す。一行一行ゆっくり視線を横に滑らせているとき、子供という文字が次の行にあるのが目に入った。

保護された子供。次の行にはそう書いてあった。その下を見ると、名前がみっつ並んでいた。女の子の名前はひとつだけ。

あった。

中谷はその名前を人差し指で押さえた。

原亜樹と横棒がかなり斜めに傾いたくせ字――まさに自分の筆跡で書かれてあった。

心臓の鼓動がいつの間にか早まっていた。

それは名前を見つけた興奮からではないだろう。二十年も前からこの名前がここに刻まれていたことへの、恐れにも似た感慨からだった。

これで原亜樹の記憶がなんなのか、おそらくすべて説明できるはずだ。

あの子はスパイ学校の生徒ではない。花畑ハーレムの子供だった。

# 第二章　殺人の記憶

## 1

「へえー、おっちゃん、全員の名前を覚えていたのかい。驚きだね」

迫田千枝は、座卓に置かれたメモを見ながら目を丸めた。

「さすが教授と呼ばれるだけのことはあるわ」

千枝の皮肉っぽい言い方に、友幸は眉をひそめた。

「覚えていなかったあたしが、ぼけてるってことなのかね」

友幸を除いた子供ふたりを含めて十人。覚えていても不思議ではないが、下の名前までですべて漢字で書けるのはたいしたものなのかもしれない。

「きっと、みんなのことを、ときどき思い返していたのさ」

「それにしちゃ、なんの音沙汰(おとさた)もなかったけどね」

とくに恨(うら)みつらみを言う風ではなく、千枝は立てた膝に顎をのせるようにして、名前の書かれたメモをじっと見ていた。

「お慶と雅代とは連絡取れてるから、あと七人を探せばいいんだね」

「俺の母親も探す必要はない」

「そりゃあそうだね」

千枝は欠損のある前歯を覗かせ、乾いた笑い声を上げた。

「あと、途中で脱落したひとも探さなくていいって」

「ああ、坂内美奈子(さかうちみなこ)と原澄江(はらすみえ)だね。横にバッテンがついてるのはそういうことか」

友幸は無言で頷き、座卓の上の握(にぎ)り寿司(ずし)に手を伸ばした。

別れ際、「坊主、小遣いだ」と、教授から一万円札を渡された。その金を使い、スーパーでパック詰めの寿司を買って帰ってきた。「酒はないのかい。気が利かないね」と千枝はぼやきながらも、友幸以上の食欲で、あっという間に十カンを平らげた。まだ残っている友幸の寿司を時折盗み見るのはやめて欲しいが、明日も買ってきてやろうかと友幸は思っていた。

「昇(のぼる)のところにもバッテンがついているけど、どうしてだい」

「それも探さなくていいってさ」

友幸は口のなかのものを飲み込んで言った。

「昇は事故か何かで死んだらしい。だからいいって」

「おっちゃんがそう言ったのかい」

「ああそうだよ」

事故か何かで死んだ。教授はまさにそういう言い方をした。

「なんかおかしいよね。誰とも連絡をとっていないおっちゃんが、なんで昇の消息を知ってるんだい」

教授から話を聞いたとき友幸はなんとも思わなかったが、言われてみれば確かに不思議ではある。なかなか鋭いばあさんだ。

「昇はあのあと施設に保護されたから、そこからおっちゃんのところに連絡がいったのかね」

いやそんな連絡はしないか、と千枝は自ら(みずか)の言葉を否定した。

坂内昇は、途中で集団生活から離脱し、どこかに消えた坂内美奈子の子供だった。だから、集団生活を解消し、みんなばらばらになったあと、昇は児童福祉施設に保護された。

「もしかしたら、週刊誌に載ったのかもしれない。古い事件の関係者がその後どうしているかを追った記事で、俺たちの何人かの消息を知ったと教授は言ってたから」

「なるほどね。あたしのところにも何度か記者がやってきたよ」

千枝は妙に嬉しそうに、にやりとした。

「だけど、そういう記事をあたしも読んだけど、昇のことを書いたものなんてあったかね」

「まあ、いいよ。とにかく、探さなくていいって言うんだから」

「そうだね。残りは三人だけ。案外簡単にみつかるかもしれない」

刀根(とね)恵(めぐみ)と高野(たかの)智子(ともこ)と原澄江の娘、亜樹を探しださなければならない。いまのところなんの手がかりもなく、そう簡単にいくだろうかと友幸は懐疑(かいぎ)的だった。しかし、簡単にいこうがいくまいが、なんとしてもやり遂(と)げなければならない。

教授がだした条件はそれだった。また集まって暮らすに当たり、二十年前の仲間たち全員に会い、参加するかどうかの確認をとるように言われた。それが仲間への礼儀だし、教授のけじめだそうだ。

とくにみんなが参加する必要はなく、意思の確認がとれたら教授は友幸とともに旅にでると約束してくれた。

滝川雅代の確認はすでにすんでいる。二度と会いにこないでくれと言うのだから、参加する意思がないのは明白だ。

母親にも確認する必要はないだろう。教授に会いにいくと言ってもなんの反応も示さなかったし、そもそも母親があの男から離れられるわけがなかった。

母親が十七年連れ添う男。友幸の義父。酔っぱらいのクズ。

母親が、和菓子屋に勤める男と再婚したのは友幸が小学校五年のときだった。結婚から一年もたたないうちに、男は母親と友幸に激しい暴力を振るうようになった。六年生になったとき友幸は、この家から一緒に逃げようと母親に懇願した。しかし母親は諦めたような笑みを浮かべて首を横に振っただけでなく、逃げようと友幸が言ったことを男に話してしまった。以降、友幸に対する男の暴力は激しさを増した。

ばかな女だった。中学のとき家出を試みたのも、高校を卒業して家をでたのも、男から逃げたくもあったが、ばかな母親を見ていたくないという気持ちのほうが強かった。家中に響き渡る夫婦の営みの声が聞こえた翌朝、母親の満ち足りた顔を見ると、友幸は腹立たしさのあまり泣きだしたくなったものだ。

迫田千枝の意思はすでに聞いている。教授がいくならついていくと言うし、真島慶子がいくかどうかは、明日訊いてみると言ってくれた。

残りは三人。

「だけど全員に確認がとれたとして、おっちゃん、本当に一緒に旅にでるのかね」

「どうして。なんで、そう思うんだ」

友幸は間髪容れずに声を発した。

千枝は珍しく困ったような表情を浮かべ、口を閉じていた。

「ねえトモちゃん、あんた、ひとつ勘違いしているよ。二十年前、あたしたちは、好きこのんで旅をしていたわけじゃないよ」

ようやく口を開いた千枝は、ゆっくりと語りかけるように言った。

「あれが旅と呼べるかもわかんないけれど、あたしたちは、一ヵ所に定住できるならそれに越したことはなかったんだ。周りが騒がしくなって、仕方なく転々と住む場所を変えざるを得なくなって――」

「わかってるよ」友幸は遮るように言った。「あの当時はわからなかったけど、いまはどういうことだったかはっきりわかってる。でもさ、やむを得ず始めた旅かもしれないけど、途中からはしっかり目的をもっていたのは間違いないだろ。黄金の里を見つけようと、最後は九州までいった。あとちょっとのところまできていた気がする。その旅を完結させようって言うんだ。おかしいことじゃないだろ」

千枝は友幸に目を向けただけで何も言わなかった。

「いいよ、いきたくないんだったら、千枝さんはいかなくて」

「そんなことないよ。おっちゃんがいくならあたしもいくって言ってるじゃないか」

あまり熱のこもらない声に、友幸は苛立ちを募らせた。残り最後になったまぐろの握りを口に放り込み、膝立ちでベランダの窓際に移動した。

カーテンが引かれていない窓際は、網戸から幾分風が入り込み、まだしのぎやすい。友幸は醤油の味しか感じられない寿司を飲み下しながら、まだ青みが残る夜空を見上げた。

千枝と自分の、二十年前の旅に対する思い入れの違いは仕方がない。当時からいい大人だった千枝と、ほんの子供だった自分とでは、受け止め方が違うはずだ。

高校生のとき、ネットであの騒動を調べてまず驚いたのは、みんなで旅をしていたのがほんの二年たらずの間だけだったことだ。友幸の記憶では、永遠に続くような長い旅という感覚があるのに、それがたった二年だなんて信じられなかった。それひとつとってみても、大人と子供の感じ方に大きな差があることがわかる。

昇にもう会うことができないのは残念だった。生きていれば、二十年前の体験をどう感じているか聞いてみたかった。ひとつ年下の昇なら、かなり自分と似通った捉え方をしていたはずだ。

友幸は原亜樹のことを思った。

無口な亜樹は、妹のようにいつも友幸のあとをついて歩いた。あの年代で、二歳離れているとずいぶん幼く感じた。それでも当時、かわいいという感覚はなく、いつもまとわりついて鬱陶しいと感じることが多かった。いま思い返せば、いじらしく、親愛の情が湧き上がる。それは妹に対するような感情ではなく、同志に対するそれに近い。頭に浮かぶのはあくまで小さな女の子で、そんな子供を同志と見ることができるのが不思議だった。

幼かった亜樹は、当時のことをどれだけ覚えているだろうか。またあの生活に戻りたいと思えるだけの記憶が残っていればいいが。

しかし、覚えていてもらっては困ることもある。友幸は急に思いだした。いつもまとわりついていた亜樹。あのときも、友幸のあとについてきた。

2

花畑ハーレムがいつから存在していたか、はっきりしたことはわかっていない。ただ中谷の勤務地、北九州市にやってくる三年前には、少なくともその形ができていたことは確認されている。

元マッサージ師の岩田元彦を中心に共同生活を送る複数の女性たちの集団を花畑ハーレムと呼んだ。これは正式名称ではなく、この集団がマスコミに取り上げられ始めたときに住んでいたのが、東京の足立区花畑だったため、それをもじってどこかの週刊誌が勝手に名付けた。当初は地名どおり「はなはた」と呼ばれていたが、いつの間にか一般的に通りのいい「はなばたけ」と読み替えられるようになり、定着した。

その集団に正式名称はなかった。そんなものをつける必要がなかったからだ。彼らは宗教活動をしていたわけではないし、営利活動も行なっていない。ただ、岩田の下に集まり共同生活をしていただけで、名前をつけ外部にアピールする必要性はなかったのだ。

岩田はマッサージ師をしながら、占いのまねごともしていたらしい。マッサージの客に頼まれれば、サービスで運命鑑定をしていた。ハーレムに集まってきていたのは、その運命鑑定を受けた女性たちで、しばらく自分と一緒に暮らせば幸せになる道が開けるかもしれないという、岩田の言葉を信じてのことだった。集まってきた女性の多くは離婚経験がある低所得者層で、生活の疲れや孤独など、心のすきをうまく岩田に衝かれたのだろう。

マスコミが花畑ハーレムに最初に目を向けたのは、共同生活を送るひとりの女性の父親が、娘が騙されて岩田に食い物にされていると週刊誌に訴えたことからだった。父親は警察にも相談したが、本人の意思で岩田のところで暮らしているようだからと動いてくれず、最後の手段でマスコミの力を借りたようだ。

週刊誌は、男ひとりに複数の女性という生活形態が間違いなく読者の反響を呼ぶと考えたのだろう。岩田を糾弾する形でハーレムの生活実態を毎号紹介した。反響は大きく、他のメディアもそれに続いたが、岩田が説得したのか、発端となった娘が実家に戻り、花畑ハーレムの話題は沈静化する。しかし、それで終わりではなかった。

ほどなくして、以前花畑ハーレムで暮らしていた女が、覚醒剤所持の容疑で逮捕された。逮捕の時点では別の男と暮らしていたのだから、それだけではハーレムとはなんの関係もないことのはずだが、マスコミがそんなおいしいネタを放っておくはずはない。捕まった女は岩田の側近だったとか、女は以前にも薬物使用で逮捕歴があり、ハーレムにいたときも使用していた可能性が高いとか、なんとか花畑ハーレムと結びつけて報道した。そのうち、以前ハーレムで暮らしていたという女で、ハーレムのなかで薬物らしきものを使用しているのを見たとか、薬物を使って性的な儀式を行なっていたとか、証言する者がでてきて、花畑ハーレムへのバッシングは前回以上にヒートアップした。

花畑ハーレムの出入りは案外自由だったようだ。だからハーレムから抜けた者も多く、次から次へとマスコミに証言する者が現れた。岩田の怪しい過去や淫らなハーレム生活、虚実入り乱れた情報が茶の間を賑わせた。花畑にあった岩田のハーレム、古い木造平屋の借家には、連日マスコミが押し寄せた。何度かカメラの前に立った岩田は、敵意剝きだしで質問を浴びせるマスコミに対して、冷静かつ丁寧な受け答えをした。まるで自分たちのほうが悪者に見られかねないその態度に、マスコミはますます怒りをつのらせた。岩田は話がうまかったが、それ以上のカリスマ性は感じられず、なんでこんな男が、と世の男性に妬みに近い感情を湧き上がらせた。エキセントリックで胡散臭くも感じられる甲高い声も災いして、茶の間で見ている視聴者の多くは有罪判決を下した。この男は何か悪いことをしている。世間の声に後押しされ、マスコミの取材攻勢がやむことはなかった。

その間、大手新聞各社は静観していた。薬物疑惑などは噂の域をでていなかったし、警察が動く気配もまだなかったからだ。

八月のお盆休みのころ、花畑ハーレムの一団は、花畑の借家から突然姿を消した。家主にも何も告げず、家財道具も半分ぐらい残しての出奔だった。

このとき岩田に同行したのは、女七人、子供ふたり。マスコミが騒ぎだしてから何人か離れていったのでそれだけだった。

マスコミが岩田たちの居所を突き止めたのは、それから十日ほどたったころだ。静岡県浜松市の住宅街に移り住んでいた花畑ハーレムを、マスコミは取り囲んだ。岩田たちはそこで四ヵ月暮らしてまた姿をくらました。

次に移り住んだのは岐阜県岐阜市。郊外にある小高い山の中腹にハーレムをかまえた。東京から離れているという地理的なものか、お茶の間が花畑ハーレムにあきてきたからか、ここに移り住んでから、取材に訪れるマスコミは徐々に減っていったようだ。そこが安住の地とハーレムの面々は考えていたかもしれないが、そうはいかなかった。岐阜に暮らし始めて五ヵ月目、元ハーレムの住人からふたり目の逮捕者がで

た。またもや覚醒剤所持の容疑だった。やはりハーレムでは違法薬物が蔓延している
のではないか。マスコミは山の中の花畑ハーレムを取り囲んだ。

　結局、花畑ハーレムは四回引っ越しをした。次が山口県徳山市で四ヵ月ほどの滞在。そして、東京をでてから一年六ヵ月、大勢のマスコミを引き連れ、中谷が勤務する福岡県北九州市にやってくる。

　徳山にいる間に、取材合戦に各新聞社も参戦していた。警察が動き始めるという情報をキャッチしていたのだ。

　花畑ハーレムの人員は十人と、東京をでたときと変わらないが、浜松で親子ふたりが新たに加わり、岐阜で女ふたりが離脱していたので、顔ぶれに変化はあった。

　関門海峡を渡った花畑ハーレムが北九州に姿を現したのは、一九九〇年の二月。若松区にある小高い山の斜面に立つ、うち捨てられたような古い木造住宅が、最後のハーレムとなった。見下ろせば、運河と見まごう細長い洞海湾が、鈍色の水を湛えていた。その向こうには、当時開業準備を進めていたテーマパーク、スペースワールドがあった。

「ねえ、結局、花畑ハーレムの目的ってなんだったの」

　黙って中谷の話を聞いていた原亜樹が、むすっとした顔のまま訊ねた。

「最初に言っただろ。宗教団体ではないし、何か活動するために集まったわけではな

い。だから目的って言われてもね——。薬物疑惑を除けば、ただ一緒に暮らすだけに見えた。女たちは、幸せが巡ってくるのを信じて、岩田のそばにいたかったのかもしれない。あるいは、ひとりで生きるよりみんなと一緒のほうが心強いと思ったのかもしれない。岩田は、女たちが働いてくれるから、自分は楽ができていいと感じていたはずだ」

ハーレムの女たちは働き者だし、機動力もあった。マスコミに気づかれないように、誰かが次の居住候補地にいき、住む物件を探し、働けそうな仕事の目星までつけていたようだ。バブル景気に沸く時代だったからでもあるだろうが、女たちは居を移すと、すぐに仕事を見つけてきて働きだすのだ。岩田は働かなかったが、まったく何もしなかったわけでもなく、日中女たちが出払う間、子供たちの面倒を見ていた。

「でも、その程度の目的だったら、マスコミに追いかけられて暮らすデメリットのほうが大きくない？　途中で解散しそうなものだけど」

「さあ、どうだろう」

中谷はあいまいに首を傾げた。

「一緒に暮らすうち、いろんな感情が芽生えるものだ。家族といるような一体感があったとしたら、そう簡単に解散できるものじゃない。まあ、外部にはわからない目的があった可能性も否定できないけど」

中谷を見つめる亜樹の目に、大人に説教された若者が見せるような、反抗的な色が一瞬浮かんだ。

「とにかく、花畑ハーレムは俺が勤務する北九州にやってきたんだ」

主な取材は徳山時代に編成された、大阪本社の専従班が行なった。支局員の中谷は、周辺取材をしたり、携帯電話が普及していなかった時代の連絡要員として応援に回った。山の斜面に立つハーレムに何度も足を運んだ。

「警察が家宅捜索に入ったのは北九州にきてから二ヵ月後、四月三日の早朝だった。俺も応援でその現場にいた。家のなかは岩田を除いたら女子供ばかりだから、婦人警察官の数が多かった」

離れた席からやかましい声が聞こえた。目を向けると、学生風の男たちが手を打ち鳴らして笑っていた。

亜樹とは調布駅前のコーヒーショップで落ち合った。リハビリセンターに通う患者たちの溜まり場の店だ。

午後一時過ぎ。まだ時間が早いのか、患者たちの姿は見えなかった。

「わかる？　婦人警官がたくさんいたんだ」

若者たちのばか笑いに気をとられていた亜樹に言った。

「きみは女のひとに助けられたと言ってたよね。おばさんぽいひとに抱きかかえられてスパイ学校から助けだされたって。それは、婦人警官だったんだ。家宅捜索のときの記憶が残っていたんだろう」

視線を正面に戻した亜樹は微かに頷いた。全体的に亜樹の反応は薄かった。

きみがいたのは花畑ハーレムだと突然言われても、現実感はわかないだろう。言葉の響きから言えば、スパイ学校のほうが、まだリアリティーがあるかもしれない。

「もうひとつの記憶、建造中のロケットというのは、スペースワールドの展示物だったんだ」

あの当時、取材で何度もそこを訪れ、スペースシャトルを見ている。見慣れた風景で、あの山のハーレムから見えたか記憶が定かではないが、遮蔽物(しゃへいぶつ)となるような高い建物がある町ではなかったから、まず見えたはずだ。

「スペースワールドは、宇宙がテーマのアミューズメントパークで、実物大のスペースシャトルが屋外展示されているんだ。開業がまさに一九九〇年の四月だから、きみはちょうど展示物の組み立て作業を見ることができたんだ」

好況が続くいい時代の開業で、町はその話題でもちきりだった。中谷も開業前から何度も足を運び、記事を書いた。当時の町の華やいだ空気は、いまも強く印象に残っている。それにくらべて、あれほど大騒ぎしたのに、花畑ハーレムのほうは印象が薄い。

「ねえ、中谷さん」

亜樹の声は窺うような感じだった。

「中谷さんは、そこであたしの姿を見ましたか」

視線をテーブルに落として言った。

「見ていないと思う。女性たちと岩田は見かけたけど、子供は見た記憶がないんだ」

亜樹は頷いて、そのまま顔を伏せる。ほどなくして顔を上げたとき、中谷は先回りして口を開いた。

「きみのお母さんも見ていない」

亜樹は驚いたように眉を上げた。

「亜樹さん、さっき、岐阜で女性がふたりハーレムを離れたって言ったよね。そのうちのひとりが、きみのお母さんなんだ」

亜樹は表情を変えずに中谷を見ていた。目が合っているようで、どこかずれているような感じがした。

「そう。そんな気はしてた」

母親が亜樹を捨てたことは伯父から聞いていたはずだ。それでもスパイ学校の記憶がある亜樹は、伯父の話を完全に信じていたわけではないだろう。

亜樹がオレンジジュースに手を伸ばした。中谷もコーヒーカップを手にし、意味もなく店内を見回す。

岐阜でハーレムから姿を消したもうひとりの女も、子供をハーレムに置き去りにした。浜松から子連れで同行するようになった女だった。

結局、この女ふたりの行動が、警察に、捜査に着手するチャンスを与えた。

警察が狙っていた本筋は、覚せい剤取締法違反だった。同容疑で捕まったふたり目の元ハーレムの女は、ハーレムで薬物らしきものを使用しているのを見たと週刊誌に語った人物で、警察の取り調べでも同じようなことを供述したらしい。しかし、「らしきもの」だけでは、動くことはできず、そこで例によって、別件での捜索令状を取った。未成年者誘拐と子弟就学義務違反だった。

母親に置き去りにされた子供ふたりは、本来児童相談所に預けるべきもので、保護者の同意を得ずに連れ回したのは未成年者誘拐にあたる。また三人の子供のうちひとりが、旅を続けるうちに就学年齢に達していたが、学校に通わせていなかった。

花畑ハーレムの大人たちは、全員警察署に同行を求められ、署で事情聴取を受けた。翌日には、岩田ひとりが未成年者誘拐容疑で逮捕された。送検され事情聴取は続けられたが、数日後には処分保留で釈放されることになった。

あれだけ大騒ぎしたのに結局何もでなかった。せめて別件容疑で起訴にもちこめれば、警察の面子も保たれたのだが、それもかなわなかった。

マスコミは岩田が釈放されたことを小さく伝えただけで、さっさとこの件に幕を引いた。自分たちが打ち上げた花火が不発に終わろうと、なんの責任もとらないし、痛みも感じない。あのころはまだそういう時代だった。

置き去りにされた子供ふたりは児童相談所に保護された。もうひとりの子供と母親はすぐに実家に戻っていった。他の女たちは、ひとりが山を下りただけで、四人は岩田の帰りを待った。

しかし、釈放されたあと、岩田はすぐに姿を消した。福岡県の出身なので、たぶん知人のところにでも身を寄せたのだろう。結局、岩田が戻ることはなく、残った女たちもふた月過ぎるころには借家を退去した。花畑ハーレムは完全に形をなくした。

聞いているかどうか確信がなかったが、中谷は事の顚末(てんまつ)を話した。頰杖(ほおづえ)をついた亜樹は、退屈そうにストローでグラスのなかをぐるぐるかき回していた。

腹に響くような笑い声が聞こえた。振り向いて見ると、カウンターの角を曲がって、太目の男がこちらに――禁煙席のほうにやってきた。サイズのあっていないTシャツは腹のあたりが伸びきって、描かれた黒いアルファベットの文字が、ワカメみたいに見えた。

振り向いた中谷に目を留めて、男は「ああ」と声を上げた。

先日、ここで亜樹のことを教えてくれた患者仲間――ヨリナガヤスユキだった。

ヨリナガは中谷から視線を離し、細い目を見開いた。

「あれー、原ちゃん、ひさしぶりじゃないの」

感激を表わすように、抑揚のついた大声だった。

亜樹はヨリナガのほうを見もせず、空手チョップでも繰りだすように、いきなり大きく腕を振った。ヨリナガの表情がくもった。口をすぼめるようにして閉じると、とぼとぼ歩きだした。

ヨリナガは、今日はひとりではなかった。ピンク色のデイパックを背負った、小柄な中年女性を後ろに従えている。中谷たちのテーブルを無言で通り過ぎ、禁煙席のいちばん奥に座った。

「ちょっと、めんどくさい子なんで」

そう言った亜樹は、子供の話をする親みたいな、柔らかい笑みを浮かべた。つられて中谷も口元を緩めた。

「ねえ中谷さん、そのハーレムは、しばらくしたら、また復活したんでしょ」

「いや、そんな話は聞いてないよ」

その後、「あの事件に関わったひとは今――」みたいな週刊誌の特集で、花畑ハーレムを取り上げたものを何度か見たが、岩田の所在はつかめず、女性たちは普通に生活しており、ハーレムが復活した様子はなさそうだった。

「おかしいじゃない。だってさっき中谷さんは、家族のような一体感があるなら離れられない、って言ったでしょ。結局後ろ暗いところは何もなかったんだから、ほとぼりが冷めたらまた集まるはずじゃない。家族だったらそうするはずでしょ」

亜樹は早口にまくしたてた。

「人間はそう理屈どおりに動くもんじゃない。それぞれに、色々事情があったりして――」

「だったら最初から、家族のような一体感とか口にしないでよ」

遮るように言った亜樹の声が周囲に響いた。奥で賑やかに喋り始めていたヨリナがの声がやんだ。

「何をむきになってるんだ。どうした？」

そっぽを向いた亜樹は、何も答えなかった。

亜樹の心情はなんとなく想像がついたが、中谷は深く考えはしなかった。それより、亜樹の言った言葉が頭に引っかかっていた。

おかしい。ほとぼりが冷めたらまた集まるはず。亜樹は、言葉尻を捕え、感情的になって言っただけだろうが、確かにそうかもしれないと、いまさらながら中谷にも思えた。

女たちからしたら、岩田の行方が知れないので集まりようがなかったというのはあるかもしれない。しかし、自分は働かず、女たちが稼いできてくれるような、おいしい生活を味わった岩田が、なぜ再び集合をかけなかったかが不思議だった。新たに一からハーレムを作ることも可能だったろうが、そんな話も聞こえてこない。

何か集まれない事情でもあったのだろうか。そう考えると、釈放されてすぐに姿を消したことも、何かしら深い事情があったのでは、と思えてくる。

「中谷さん、帰ってくれませんか」

突然亜樹が低い声で言った。

ちらっとこちらに顔を向けたが、またすぐにそっぽを向いた。

「ああ、いいよ。話は以上だ」

まるでここが自分のうちであるかのような言い方がおかしく、中谷は頰を緩めた。

「この話を隠していた伯父さんたちを、悪く思うことはないよな。間違いなく、きみのことを思って隠してたんだよ」

伯母に会ったとき、怯えているような感じだったのは、作家である中谷に対してではない。渡した本の著者紹介を見て、中谷が元新聞記者だと知り、怯えたのだ。きっと亜樹を引き取ってから、新聞や週刊誌の記者が訪ねてきて嫌な思いをしたことがあるのだろう。

亜樹は目だけを向け、小さく頷いた。

中谷は自分のカップをもち、立ち上がった。食器返却棚に向かって歩いているとき、背後から大声が飛んできた。

「原ちゃん、こっちおいでよ」

ヨリナガの声だった。

振り返って見ると、亜樹はヨリナガに背を向けたまま、ブンと腕を振った。

その腕が離れた自分の席まで飛んでくると思ったのか、ヨリナガは避けるように首をすくめた。

3

午後十一時過ぎに仕事場から自宅に戻ってきた。歩いて十五分弱。多摩川(たまがわ)の土手に近く、空は広いが庭は狭い、まずまずの住み心地の家だった。

中谷は着替えもせず、そのままダイニングルームに入った。テーブルに紙袋を置き、庭に面した窓を開けるとキッチンへ向かう。やかんに水を入れ、火にかけた。

ポットに紅茶の葉を入れてしばらく待った。夏は沸騰(ふっとう)するのが早くて助かる。立ち上る熱気に顔をしかめながら、ポットに湯を注ぐ。ポットとティーカップをもって、ダイニングルームに戻った。

カップとポットをテーブルに置くと、中谷は先ほど置いた紙袋を取り上げ、椅子に腰を下ろした。とたん、皿を忘れたことに気づいた。取りに戻るのも面倒臭く、なかからパンを取りだし、紙袋の上にのせた。

クロワッサンとシナモンロールとクリームチーズベーグル。どれも素朴な佇まいだが、凡庸ではなかった。どれから食べようか中谷は考えあぐねた。

今日、亜樹と別れたあと、京王線で調布から四駅離れたつつじヶ丘にいき、さらにバスに乗って五分ほどいった住宅街のなかにあるパン屋で買ってきたものだ。以前から評判は聞いていたが、駅からバスというのがネックでなかなかいけず、ようやく今日、思い立っていってみた。

最近京王線沿線にはよさそうなパン屋が急激に増えている。一度は試しに買ってみようと思っても、なかなか追いつかなかった。

パンはよく買うほうだが、朝食や昼食に食べることはあまりない。夜遅くにと決めていた。仕事場では食べない。家に帰って食べるのが決まりだ。ひとりで食べる決まりはないが、夜遅くに家で、となると必然的にいつもひとりだった。

クロワッサンから食べようと決めて、中谷はカップに紅茶を注いだ。

まずは紅茶で口を湿らせてと、カップに手を伸ばす。携帯電話の着信音が鳴り始めて、反射的に手を引っ込めた。誰からの電話だか、なんとなく想像がついた。尻のポケットから取りだして開く。着信表示を見ると、やはり文子からだった。

　溜息を漏らしたのは、早くパンが食べたいからではない。中谷はボタンを押し、

「はい」と電話にでた。

「あなた、いまどこにいるの」

　文子はいつもそれを訊く。要は仕事中かどうか確認している。

「うちにいるよ。パンを食べるところだった」

「へえー。また、おいしいパン屋、見つけた？」

「いま、それを確認するところだった」

「じゃあ、いま急いで確認して、教えてください」

　早くも本性を現し、冷たい声で言った。文子が不機嫌であろうことはわかっていた。

「パンは慌てて食べるものじゃない」

「娘の心のケアも、慌ててするものじゃないとか言うわけ。あなた、佳奈に電話してないでしょ」

　やはりその件だ。

「すまない、色々と忙しかったんだ」

「忙しくても電話くらいかけられるでしょ。早くしないと、二学期が始まっちゃう」

「まだ八月に入ったばかりだろ。当の子供たちだって、心に余裕がある時期だ」

「それ以上口答えしたら、電話を切るから」

そうしてくれたら助かるものの、口答えする度胸があるわけでもない。

「わかったよ。とにかく、佳奈には電話するから」

「明日してよ。絶対よ」

必死な声を聞いて中谷は、「わかった」と小さく答えた。


ＪＲ海浜幕張（かいひんまくはり）駅の改札をでると、待ち合わせの若者がけっこうな数いた。もうすぐ、正午。強い陽差しを避け、みな構内に留（とど）まっているのだろう。

待ち合わせの時間に遅れていた中谷は、佳奈の姿を探した。

佳奈と同年齢くらいの女の子も多い。子供っぽいビビッドカラーのミニスカートが目立った。仲間と楽しそうに話しているのを見ると、娘が不憫（ふびん）に思えた。待ち合わせの相手が父親じゃ……。

佳奈の姿はすぐに見つかった。中谷が気づくのを待っていたのか、こちらを見つめ柱の横に、ぽつんと立っていた。

ベージュのショートパンツにちょうちん袖のカットソー。小学生が着てもおかしくない子供っぽい格好だと思うが、案外四十代ぐらいの主婦も同じような服装をしていたりする。

中学二年生の佳奈は、父親似の顔立ちをしていた。頬骨が高く顎がしっかりしている。男顔とも言えるが、将来は凜とした美しさのある女性になると期待していた。年の割には大人びて見え、今日の服装だと年齢不詳の子供だった。

「見つけるの早かっただろ」

動かない娘の下に足を運び、中谷は言った。

佳奈は、うんと首を振った。

「くるのは遅かったな。ごめんな、待たせて」

佳奈はまたうんとやった。

最初はたいていこんな感じ。久し振りに会った父親への照れから、あまり口を開かない。そのうち慣れてくると、はしゃいで見せたり、普段文子に対するのと変わらない態度で接してくる。しかしそれも、過去のものなのかもしれない。前回会った四月のときは、ずっと無口のままだった。たまたまそのとき、機嫌が悪かっただけならいいが、父親にとって受難の時期に入った可能性もある。女の子はある時期から父親を毛嫌いするようになる。佳奈が生まれたとき、娘をもつ先輩がたから、さんざん脅かされた。

ただ、文子に言われて昨日携帯に電話をかけたとき、中谷の誘いを拒否しなかった。もともと家に引き籠もっていた佳奈が、父親を毛嫌いしているなら、誘いにのるはずがない。もっとも、引き籠もっていた佳奈が、離れて暮らす父親の誘いに簡単にのるのも、不思議といえば不思議ではあった。

南口をでて、タイル貼りの駅前広場を左手に進んだ。すぐに見えてくるのはアウトレットのショッピングセンターだ。

「入ってみるか。何か買ってやるぞ」と訊ねたら、「ううん、いいです」と返ってきた。丁寧な言葉遣いに、めったに会わない父親は、いささか傷つく。

「本当に公園でいいのか」

昨日電話で、どこかいきたいところがないかと訊ねたら、普通の公園とかでいいと佳奈は答えた。ただし地元船橋はやだというので、中谷が幕張を選んだ。

「公園でいいです」

「じゃあ、飲み物だけ買っていこう」

なかに入るとコーヒーショップがあった。中谷はカフェラテ、佳奈はアイス抹茶ラテをテイクアウトした。

アウトレットをでて道を一本渡ると幕張海浜公園だった。広大な芝生の広場があるが、それも公園のごく一部でしかないらしい。友人が近くに住んでいるので佳奈が小学生のころ一度連れてきたことはあっても、全く全貌がつかめないほど巨大な公園だった。

「ひとまず、どこかに腰かけようか」

広大な広場には、夏休みだというのにひとの姿がほとんどなかった。陽差しが強すぎるからだろう。散策道に木陰(こかげ)になったベンチを見つけ、ふたりで腰を下ろした。

「昼ご飯、食べてきてないだろ」

佳奈は頷いた。

無理に話題を探すより、食べ物で口を塞いで、心が解れるまでの時間稼ぎをしたほうがいいだろう。中谷はずっともっていた、派手な色の大きなビニール袋をベンチにのせた。

「パンを買ってきたんだ。ここで食べよう」

袋の口を開いて佳奈に見せた。

何がおかしいのか、佳奈はぷっと吹きだした。

「お母さんに聞いた。最近お父さんがパンにこってるって」

「確かに、よく買うけどな。だけど、パンが好きなのは、子供のころからだぞ」

本当はケーキが好きだった。子供ならたいていそうだろうが、毎日でも食べたいと思っていた。しかし、中谷の家は貧しく、ケーキを食べられるのはせいぜい年に一、二回。とても満足できない中谷は、時折ケーキ屋の前に座り込み、ストライキを起こした。中谷が小学二年のころ、不憫に感じた三歳年上の姉が、小遣いをはたいてクリームパンを買ってきてくれた。それは、スーパーで売っているような、甘ったるいだけの安ものではなく、バニラの味がするちゃんとしたカスタードクリームが入ったパンだった。ケーキではなかったけれど、中谷は満足した。それから、ごくたまに——それでもケーキよりは高い頻度で、姉がパンを買ってきてくれた。やはりケーキは食べたかった。けれどケーキの半分以下の値段で買えるパンは、手軽に幸せを感じられる食べ物として中谷のなかで大きな位置を占めた。

大人になってもそれは変わらない。子供のころ食べられなかった分、いまもケーキは好きだった。けれど、二個も三個も食べられるものではないし、大人の舌を満足させるケーキとなると、けっこういい値段だったりする。手軽に幸せを感じるならやはりパンだ。おいしい店が増えている昨今、中谷はパンに尊敬の念すら抱いていた。

正面を向いた佳奈は膝に手を置き、猫背気味に背を丸めていた。その横顔に笑みが現れた。

「お母さん、お父さんがオトメンになっちゃったって笑ってた」

「なんだ、オトメンって」

佳奈は振り向き、えっと驚いた顔をした。

「乙女が好むようなものが好きな男子を、オトメンて言うの。知らないんだ」

「最近の流行り言葉だろ。そんなのは知らない」

「最近というほどじゃないけど」

小ばかにしたような響きが、中谷の心を和ませた。

「なんにしても、お父さんが流行にのってると思ってくれたなら嬉しいよ」

中谷はロールアップしたジーンズを強調するように、足を組んだ。今日は数年前に買ったドライビングシューズを素足に履いている。

「さあ、食べよう。好きなのをとっていいぞ」

佳奈はじっくり選んで、黄色みがかったかぼちゃパンをとった。ひとくち食べると、「おいしー」と声を漏らした。

「そうだろ。最近お父さんがいちばん気に入ってる店だ。仙川の住宅街のなかにあるんだけど、けっこう人気で、休日だと開店前から並んだりする」

「へえー、仙川にそんなパン屋さんがあるんだ」

中谷は黒豆パンを取ってかじりついた。小麦の香ばしさと黒豆の抑えた甘さが口のなかに広がる。やはり幸せな味だ。けれど、けっして手軽なものだとは思えなかった。

ふたりでパンを三つずつ食べた。それでも残ったので、文子への土産として佳奈にもたせることにした。

「ねえ、お父さん。お母さんに、学校休んでるって聞いたんでしょ」

ビニール袋を脇に置いて、佳奈は言った。

「お母さん、佳奈のことを心配して、お父さんに連絡してきたんだ。会って話を聞いてみてくれと頼まれた」

佳奈は腿（もも）の下に手を入れ、顔がうつむくくらい背を丸めた。

「どうして、学校にいかないか教えてくれるか。無理にとは言わない。だけど、何かを話したいから今日きたんだろ」

「話したくないけど、誰かに話さなきゃと思ってた。でも誰に言ったらいいかわかんなくて」

大人びた顔にいっぱしの苦悩が見えた。

子供の世界の苦悩。大人の尺度では測れない。そんなことで――、とけっして口にしてはいけない。子供はそれを恐れて口を閉ざす。

「そういうのはお父さんに話せばいい。毎日顔を合わせるわけじゃないし、お母さんに話が筒抜けというわけでもない」

佳奈はがくっとうなだれるように首を振った。

「クラスに北見（きたみ）レイちゃんって子がいるの」

佳奈は言葉を切ると、こちらを向いた。中谷は何も言わず、頷いた。

「レイちゃんとは仲がよくて、ふたりとも友達少ないから、クラスではいつもふたりでいる。テレビの話や漫画の話をよくする。あとは、家族の話もした」

佳奈の学校での姿が鮮明に見えた。それは父親ではなく、作家の想像力だった。

「五月の連休が終わって少したってからだった。レイちゃんが言ったの。ふたりでお互いの親を殺そうって。あたしが佳奈のお母さんを殺すから、あなたはあたしの両親を殺すの手伝ってって」

中谷は大きく息を吸い込んだ。

充分大人の尺度でも測れる話だった。

4

北見レイは勉強ができる子のようだ。両親は娘から見てとても厳しく、勉強の邪魔になるからと、パソコンや漫画を取り上げようとするらしい。レイは佳奈に、親が鬱陶しいと頻繁(ひんぱん)に漏らしていた。

佳奈も、漫画なんて読まないでファッションや男の子に興味をもったら、と言う母親が鬱陶しいとレイに話したことがあるそうだ。

どちらもよく聞くような話で、それだけでは特別悪い親子関係とは感じられない。

レイから親殺しの誘いを受けたとき、佳奈は嘘でしょと本気にしなかった。レイもごまかすように笑ってその後何も言わなかった。しかし、六月の終わりのある日、レイがやるでしょ、といきなり切りだしたそうだ。夏休みの最初には殺そう。そうすれば、長い夏休みをずっと自由に遊べると、真剣な目をして言った。

佳奈はもちろん、そんな計画に乗る気はなかったが、はっきり断れなかった。クラスで唯一（ゆいいつ）の友達を失いたくなかったのだそうだ。

それからレイは毎日その話をした。着々と計画を立てていた。どうしたらいいかわからなくなった佳奈は、学校を休むことにした。レイはひとりでは計画を実行しそうもないし、他に友達もいないから、休んでやり過ごせば何も問題は起きないだろうと考えた。夏休みに入っても、レイに会わないように、外にでるのは控えていた。

「お前のとった行動は正しいよ。それでよかったんだ。ただ、もう少し早く、誰かに相談してもよかったな」

顔を上げた佳奈は、胸のつかえが取れたようなさっぱりした顔をしていた。

「先生に話したらとんでもなく、大きなことになりそうだし、お母さんに話しても、現実を受け止められないような気がしたから」

佳奈と文子はタイプの違う母娘（おやこ）だった。実際に文子が受け止められないとは思わないが、佳奈が自分たちの現実を母親が理解しないと考えるのはよくわかった。

「佳奈、クラスから話をする友達がいなくなっても平気か」

佳奈は驚いたように、目を広げた。

「二学期、三学期、休み時間ひとりでも耐えられるか」

佳奈は口をすぼめてうつむいてしまった。

「お父さんは、学校の先生と話したり、向こうの親と話したり、何か働きかける気はない。やるのは、お前だ。お前にできることは、ふたつ。ひとつは、はっきりやらないと彼女に伝える。たとえ友情が壊れても」

佳奈はまだうつむいていた。ひとりになるのが、どうしてそんなに怖いのか中谷にはわからない。

「もうひとつは、親を殺すことの無意味さを、彼女に理解させて、思い留まらせる。彼女がしっかり理解したなら、友情は壊れないかもしれない」

佳奈は顔を上げた。一年ほど前までよく見せた、子供らしい顔をして頷いた。

中谷は少し偉そうな顔をして、重々しく頷き返した。

「実際、自由に遊びたいからという理由で親を殺すのは、全く理にかなっていないんだ」

中谷は立ち上がり、まるで講義でもするように話しだした。

たとえうまく殺すことができたとしても、身辺が騒がしくなり、とても自由に遊べるものではない。家で殺すつもりだろうが、鑑識作業や現場保存のため、家から離れなければならない。親戚に預けられるか、児童相談所に入れられるか、いずれにしてもつまらない夏休みが待っている。長期的にみても、親戚の家か児童福祉施設で暮らすことになり、かなり窮屈で不快な生活が予想される。たとえ財産があっても後見人がついて自由には使えず、それこそ好きな漫画も満足に買うことはできないだろう。

「そう伝えるんだ。頭のいい子なら、そういう具体的な話をすれば、はっきり現実が見えるだろう。いま以上に窮屈な生活が待っていると理解すれば思い留まるはずだ」

佳奈は中谷を見上げ、迷いなく頷いた。

「もしそれでも、彼女が思い留まらないなら、お父さんに替わってくれ。お父さんは頭のイカレタ作家で、殺しの計画にアドバイスしたがってるとでも言うんだ。彼女の計画に論理的にダメだししてあげるよ」

「ここで、いま電話するの？」

「そうだ。早いに越したことはない」

佳奈は口を引き結び躊躇いの表情を見せた。

「さあ、携帯をだして、まずかけてみよう」

促されて佳奈は、斜めがけにしたポシェットから携帯電話を取りだした。ボタンを操作して、メモリーから北見レイの番号を呼びだしたようだ。発信ボタンに親指をのせたとき、佳奈がこちらを見上げた。

「お父さん、あたし、レイちゃんがもちかけたのが交換殺人でよかったと思ってる。もし一緒に自殺しようって誘われたら、断らなかったかもしれない」

話すうち、佳奈の目は伏し目がちになっていた。携帯を耳に当て、顔を下に向けた。

「佳奈」

小さな声で呼びかけたが、佳奈は応えなかった。

もし誘われたら、というだけの話。断らない可能性があったというだけ。佳奈は自殺したいと思っているわけではない。現に、このことを自分に話してくれた。それは、本気で死のうなどと考えていない証拠だ。

中谷は恐怖に駆(か)られて、思考力をフル回転させた。

たぶん、自分の考察は正しい。けれど、恐怖を払拭(ふっしょく)させるにはいたらない。膝が微かに震えた。佳奈のつむじがぼんやりと目に映る。

佳奈の声が耳に入っていた。

何かおかしいと、無意識から意識へ思考が浮かびあがってきた。

佳奈は敬語を使っている。確かいま、「中学の同級生です」と口にした。

いったい、誰と喋っている。

「はい。……はい」と二回頷き、「わかりました」と言うと、佳奈が中谷を見上げた。

「レイちゃんのお父さん。近くにいるなら、親御さんに替わって欲しいって」

送話口を押さえて、携帯電話を差しだす。

中谷はどういうことかと眉をひそめた。佳奈は首を傾げて応える。

中谷は携帯を受け取り、耳に当てた。

「替わりました。吉岡佳奈の父です」

中谷はそう言いながらベンチを離れていった。何かまずいことが起きている。

「北見レイの父親です。実は、……レイが昨晩亡くなりました」

中谷は足を止めた。

「自ら命を絶ちました。……学校から連絡があると思いますが、佳奈さんにはお父さんからお伝えください」

「わかりました。なんとも、かける言葉も浮かばないのですが、お悔やみ申し上げます」

「ありがとうございます」

静かな父親の声の背後に嗚咽が聞き取れた。足が勝手に動いていた。中谷は佳奈のいるベンチに向かう。

「お父さん、レイちゃんどうしたの。何があったの」

佳奈は不安げな顔で、近づく中谷に訊ねた。

中谷は何も答えず、佳奈の前に立った。腰を屈め、細い佳奈の手首を摑んだ。

「帰ろう。うちまで送っていく」

中谷は腕を引いた。

「ねえ、教えて。レイちゃんどうしたの」

「とにかく、帰ろう。あとで話すから」

「お父さん、腕が痛い」

そう言われても、緩める方法がわからない。この手を放すわけにはいかなかった。

5

京王井の頭線の改札をでて、JR渋谷駅に通じる通路を進んだ。

午後四時過ぎ。まだ帰宅ラッシュ前にもかかわらず、ひとの流れは錯綜(さくそう)していた。友幸は前を横切るひとを意識せず、早足で真っ直ぐ歩く。

階段を上がりJRの改札に向かった。大きなショッピングバッグを両手に提げ、休み休み上る老女が前を塞ぐ。友幸自身手伝ってやろうとは思わないが、目も向けず、その存在にすら気がついていない連中に腹立ちを覚えた。それは自分勝手な正義感ではなく、なんの気の咎めも感じずにいられる人間への妬みに近い感情だった。

友幸は老女を抜き去り、階段を上がりきった。ひとの流れを横切り、券売機へ向かおうとしたとき、背後から肩を摑まれた。友幸は驚き慌てて振り返った。

「やっぱり工藤君か」

友幸と同年代の男だった。眼鏡の奥の目が笑っていた。

頰がこけた、気弱そうな顔に見覚えがあった。浜松で一緒だったやつかとすぐに記憶を探り当てた。

「よお」と、友幸は口のなかで籠もった声を発した。秋川という名前を思いだしたが、口にはしなかった。

「こんなところで会えるなんて――。二年ぶりぐらいだよね」

友幸は頷きもせず、デイパックを背負った痩せぎすの男を見ていた。

秋川とは浜松にある自動車のライトを組立てる工場で、派遣社員として一緒に働いた。友幸は高校を卒業してから、神奈川県内の金型メーカーに就職したが、四年勤めたところで倒産した。その後勤めた浜松の工場では、三年が経過するときにいわゆる派遣切りに遭い、職を失った。秋川も同じで、一緒に工場の寮から放りだされた仲だった。とはいえ特別仲がよかったわけではなく、あまり口をきいたこともない男が見せる、懐かしそうな笑顔が友幸には不思議に思えた。

「元気そうでよかった。いま、働いてるの」

「いや、特には」

ひとつ年上の秋川は、工場に勤めていたころは誰にでも敬語を使うタイプだった。いまの馴(な)れ馴れしい口の利き方は、違和感があるばかりでなく、癇(かん)に障(さわ)った。

「そうだよね、相変わらず厳しいもんね」秋川は目を伏せ、少しわざとらしくも見える渋面(じゅうめん)を作った。

「僕はさ、来月から長野(ながの)にいくんだ。そこで一年間、農業の研修を受ける。お金は小遣い程度しかでないけど、食事と住むところは提供してもらえてさ、希望すれば研修後、本格的な就農も可能なんだ」

歩行者に肩をぶつけられた。友幸は、何も言わずに立ち去るサラリーマンの背中を睨みつけた。友幸たちは、階段へ向かうひとの流れのど真ん中にいた。そんなことも気にせず、目を輝かせて話す秋川に苛立ちを募らせた。

「ねえ、工藤君もどう。農業の研修を受けてみない。僕と一緒にはもう無理だけど、随時募集しているから、紹介するよ」

片手を腰に当て、もう一方の手でしきりに髪を触る。以前も話すときはこんな感じだったと思いだした。馴れ馴れしくなっても、目は合わせない。それも前と一緒だ。

「どう、興味ある」

「ないよ」

秋川はがくっと首を横に倒す。反っ歯ぎみの歯を見せ、おどけた顔をした。

農業にしても、この男にしても、まったく興味がわかなかった。金は必要だから仕事はしなければならない。しかし、いまは女たちを探すことで頭がいっぱいで、他のことを考える余裕がなかった。

今日は、雑誌のバックナンバーが揃う図書館が世田谷にあるというので、いってみた。「花畑ハーレム」をキーワードに検索し、その語を含む記事が掲載された雑誌を、新しいものから借りて閲覧した。

教授や千枝が見たという、その後のハーレムの女たちを追った記事は見つかった。しかし、友幸が知りたかった三人の女たちの消息はわからずじまい。自分の母親が記事にでてきて苦い思いを味わっただけだった。

わかっているのは女たちの名前だけ。それだけでどうやって探せばいいのか、友幸は途方に暮れながら図書館をあとにした。

「でも、仕事は早く見つけないとまずいよ。僕の経験から言うんだけどさ」

今度は秋川の背中のデイパックに歩行者の肩がぶつかり、秋川はよろけた。それでも秋川は気にした風もなく、話し続ける。

「働く気はあるんだよね。だったら僕が相談にのるよ。大した力もないけど、ひとを紹介したりはできるし。僕も色々あって、色んなひとの世話になって、ようやくここまで漕ぎ着けたんだ。だから、今度は僕がひとの助けになれればと思ってさ」

これから研修を受けようという男が、いったいどこに漕ぎ着けたのか。馴れ馴れしい笑顔をひとに向けられるようになったのが、この男の到達点なのだろうか。

「なんか宗教でも入った？」

友幸が訊ねると、秋川は薄い眉を上げた。ははっと笑い声を漏らした。

「違うよ。僕が世話になったのはＮＰＯのひと。若者の失業問題とかに取り組むひとたちで、色々相談にのってもらった。ホームレスになりかけていたところを救ってくれたんだ。──ねえ、携帯の番号を教えてくれる？」

「もってないよ」

秋川は何かを納得したように、大きく二回頷いた。デイパックを肩から外すと、ノートを取りだし、しゃがみ込んだ。

「じゃあこれ渡しておく。僕の携帯番号」

立ち上がった秋川は、数字の書かれたノートの切れ端を差しだした。

どうしてＮＰＯのではなく自分の番号を教えるのだ。へんなやつだと考えていたら、秋川に腕を取られ、メモを握らされた。友幸はしかたなくポケットにしまった。

「その気になったら連絡して。やっぱり仲間がいたほうがいいと思うんだ。ひとりで悶々（もんもん）と考えていても何も進まない。ＮＰＯの事務所にいくと、同じような境遇の連中がけっこういてね、自分だけじゃないんだって、励まされる。農業研修も同じ村に三人で入るんだけど、みんないいやつらで、励まし合いながら一年間なんとかやっていけそうな気がするんだ」

秋川はポロシャツの袖から伸びる細い腕を組み、男っぽく語った。

僕はきみの仲間。他にも仲間はたくさんいる。この男はそう語っているのだと理解し、友幸の苛立ちは最高潮に達した。

この男は、国際なんとか、という仰々（ぎょうぎょう）しい名前の——たぶん三流なのだろうが、大学を卒業している。実家は確か、岐阜あたりの農家だったはずだ。家に帰ればいくらでも農業ができるはずなのに農業研修を受けるというのは、ただ家に帰りたくないから。部活動をやる感覚とそう違いはないだろう。

帰ろうと思えば帰る家がある。そんなやつは仲間でもなんでもなかった。きっと、励まし合う仲間たちも同じようなやつらに違いない。

「いつか生活が安定したらさ、僕もＮＰＯとかそういう活動をしてみようと思うんだ。僕たちの世代ってさ、なんかババつかまされた感じじゃない。社会のことが少し見えるようになった年頃から、景気の悪い話ばかり聞かされて、社会にでてみたら、まともに生活もできないような状況でさ。だから社会に戦いを挑むっていうんでもないけど、自分たちの手で変えていかなきゃと思うんだ。せめて、僕たちが子供だったころの、安定した時代を取り戻せたらなと思う」

秋川は友幸と目を合わせると、照れたように笑った。

「勝手にやればいい。お前の好きな世の中にすればいいじゃないか」

友幸は鼻で笑った。この男の鈍感さは怒りを通り越し、笑いの種にしかならない。

「僕の好きな世の中じゃないよ。みんなにとっていい世の中を望んでいる。もちろん工藤君にとってもだよ。僕たち、同じ世代の仲間じゃないか」

真剣な顔で言う秋川の頬を、友幸は平手ではたいた。軽くやっただけだったが、眼鏡が飛んだ。

秋川は叩かれたことより、眼鏡が消えたことに何より驚いたのかもしれない。腰を屈めてあたりをきょろきょろと窺った。床に落ちた眼鏡のほうへ腕を伸ばす。友幸は足を踏みだした。

秋川の手よりも先に友幸の足が眼鏡を捉えた。黒いメタルの眼鏡は、友幸の靴底の下でぐにゃりと、あっけなく変形した。「あっ」と女の悲鳴のような声。友幸は鼻から息を抜いて笑った。

どうせ何も見えていないのだから、眼鏡なんてあってもなくても同じだ。

友幸はそのままもう一方の足を踏みだし、歩き始めた。券売機にはいかず、向かってくるひとの流れをかきわけるようにして、その場を離れた。

6

船橋から調布に戻ってきたのは十時過ぎだった。

中谷は仕事場にいき、パソコンを立ち上げた。とくに早急に片づけなければならない仕事はなく、椅子にもたれてデスクトップのアイコンをぼんやり眺める。ワープロソフトのアイコンをクリックした。現れた白っぽい画面をまたぼんやり眺める。

仕事モードに切り替え、娘のことを頭から閉め出そうという試みは、うまくいかなかった。こんな日ぐらい、とことん考えてやればいいとも思うが、それにしても、これまで考えすぎた。佳奈のことを想うと死の影がもれなくついてくる。その後ろには、夜の街に溶けて消えた姉の影がちらついていた。

佳奈には船橋の家に戻ってから、北見レイの死について話をした。家に着くまでに仕事中の文子と連絡を取り、家に戻っているよう伝えてあった。

話を聞いた佳奈は、ただ茫然としていた。言葉もでず、涙が流れだしたのは五分もたってからだった。その間、文子は佳奈の肩を抱いていた。中谷は娘に声をかけ続けた。自殺の原因はいまのところわからない。いま、お前がそれを考えるのは意味がないことだ、と念仏のように繰り返した。

　文子が付添い、佳奈は自分の部屋に上がった。ベッドに横にならせて戻ってきた文子に、公園で佳奈から聞いた話を伝えた。

　文子はすぐには口を開かず、聞いた話を頭で咀嚼(そしゃく)しているようだった。佳奈の予想に反し、母親はしっかりと現実を受け止めることができていた。ただそれは、北見レイの自殺という、より大きな衝撃があったからなのかもしれない。

　レイの交換殺人の話は、学校の担任を通じてレイの親に伝える。佳奈の自殺願望については、しばらくは本人に問い質(ただ)したりせず、注意深く様子を窺うということにした。レイの自殺による生徒の動揺を考慮し、たぶん学校でカウンセラーをつけてくれるはずだから、そのときカウンセラーに相談するのがいいだろうと考えた。もちろん、それまで親にできることがないわけではない。中谷も可能な限り会いにくるつもりだと文子に伝えた。

　あの年頃の女の子は、友達と自殺したりするようなシチュエーションをロマンチックに考えがちだから、あまり深刻に考えないほうがいいかもしれないと文子は言った。そう自分に言い聞かせて落着こうとしていたところもあるだろうが、何より元夫のただならぬ動揺を見抜き、気遣(きづか)ってくれたようだ。

　中谷は八時過ぎまで船橋の家にいた。佳奈は夕飯も食べず、部屋からでてくることはなかった。家をでるとき、結局佳奈は学校の休み時間をひとりですごすことになるのだと気づき、心の重しをいくらか上乗せした。

飲食業界誌に連載しているコラムをワープロに打ち込み始めた。夏に食べると美味な島原名物の甘味、寒ざらしについて考えをまとめることもせずに書きだしたが、十行で指が止まってしまった。急ぐ仕事でもないと、一応保存してアプリケーションを閉じた。パソコンを終了させようとしたとき、デスクに置いてあった携帯電話の着信音が鳴った。文子からだろうと考えながら手を伸ばした。

画面を開いて見ると、着信表示は「サトミ」となっていた。原亜樹の患者仲間、里見医師からだ。中谷はなんの用だと訝りながらも、通話ボタンを押した。

「中谷さん、いま何してました」

いきなりそう言ったのは、女の声だった。すぐに亜樹だとわかった。

「仕事中だ。悪いが、とくに緊急の用がないんだったら切るよ」

亜樹の喋りかたは最初に会ったときと似た感じ。たぶん酔っている。騒がしい男たちの声が亜樹の背後に聞こえていた。

「なんか無茶苦茶冷たい言い方」

「言い方は冷たくない。内容が冷たいだけだ」

一昨日花畑ハーレムの話を伝えたことで、亜樹との縁は切れたと中谷は認識していた。部屋からもちだした歯ブラシが返ってくることはないし、スパイ学校の記憶の謎は解けている。昨日、小島にも花畑ハーレムの話をしてやった。スパイとはなんの関係もなかったが、有名な事件との関わりに、好奇心旺盛な編集者は興奮し満足していた。小島もこれ以上彼女から何かを訊きだそうとはしないだろう。

「とくに用はないですよ。ただ、中谷さんにお礼が言いたかっただけ」

「気を遣わなくていいよ」

携帯から鼻で笑うような嫌な音が聞こえた。

「中谷さんにあたしの子供のころの話をきいたおかげで、忘れていた記憶が少し戻ったんですよ」

亜樹は酔っぱらいらしく、ねばっこい口調だった。

「あたし子供のとき、ひとを殺してる。女のひとを殺した。おかげさまで、その記憶が戻ったんです」

夏休みの午後十一時。渋谷の街には、夜に溶けてしまいそうな娘たちが、そのへんの道端にごろごろ落ちていた。

中谷はそんな娘たちにいちいち憂慮の目を向けることなく、渋谷のセンター街を急ぎ足で進んでいく。中谷にとって、コンビニの前で拾った亜樹と渋谷の娘たちの間に、特別な差はなかった。ただ、街の風景にしか見えないほど数が多いというだけの違いが、中谷の強迫観念を麻痺(まひ)させる。

　夜の街に沈みかけている女が単独であれば、必ず姉を想起し、強迫観念に駆られて声をかけるというものでもなかった。かといって、何が自分の感覚を刺激し声をかけさせるのか中谷自身でもよくわからない。もしかしたら、女の何かではなく、自分の心理状態によって違ってくる可能性もあった。

　中谷は頻繁に女を拾ってくるわけではなかった。亜樹を含めて四人。亜樹の前に声をかけたのは三年前。中谷ははっきり覚えていた。

あれもやはり、調布の町でだった。午前二時を回り、仕事場から自宅に帰ろうと住宅街を歩いていたとき、マンションの階段に座り込む、地味な灰色のコートを着た女の姿が目に入った。膝に額をつけ寝ている感じだった。茶色がかった長い髪が足下まで垂れていた。

　中谷が声をかけたのは、強迫観念というより親切心からだった。春というにはまだ早い、夜の冷え込みが厳しい三月の初めで、放っておいたら風邪(かぜ)をひくだけではすまないのではと思えた。

　中谷の呼びかけに、女の顔が上がった。頬がこけた痩せた女だった。年は二十代後半くらいに見えた。顔を上げた女は、中谷の顔を見るとにやりと笑った。中谷は最初から不気味なものを女に感じていた。

　こんなところで寝ていたら風邪をひくから帰りなさいと中谷は言った。女は帰るところはない、家出してきたのだと答えた。女は家出という言葉がしっくりこない年齢に見えたが、聞けばまだ二十歳だと言う。外見上、家出生活の荒み(すさ)は窺えなかった。ただ、時折小便臭さが鼻を衝いた。金もないし、いくところもないという女を、中谷は夜が明けるまで仕事場で休ませることにした。

　中谷の部屋に入ると女は、勝手に冷蔵庫を開けて食べ物がないことへの不満を口にした。中谷はむっとしたものの、どうせ三、四時間のことだと言葉を飲み込んだ。女は勝手にシャワーを浴び、勝手に冷蔵庫のビールを飲んだ。下着姿でうろうろされるのはいくらなんでも許容範囲を超え、服を着ろとたしなめた。女は、尻が隠れる、丈の長いセーターでどうにか下着を隠した。

　中谷はパソコンに向かった。プロの集中力で女の存在を半ば消すことができた。五時を過ぎ、電車が走る音が聞こえるようになって、中谷は女に、帰るように言った。財布にあった札全部、三千円を差しだして。

　それまで膝を抱えて大人しくしていた女は、目を丸くした。「冗談でしょ。三千円で帰れって言うの。五万円払いなさいよ」と顔を歪めて笑った。下着姿を見せて、一晩いてやったんだからそれぐらい払うのが当然だという趣旨のことを、声を裏返らせて主張した。いま金がないなら、銀行が開くまで待つからおろしてこいと最後は命令口調だった。

その状況にあえて相場を設ければ、一、二万がせいぜいだろう。五万円というのは法外で思いつき以上のものには思えなかった。女の見た目はあくまで地味で、このようなことに慣れていそうにない。それだけに女の言葉はいちいち不気味だった。

あとから思えば、五万円を払ってすむならそのほうが面倒がなくてよかったのだ。しかし、あのときはどんな計算も働かせる余裕がなかった。中谷は払う理由はないとつっぱねた。女は払わないならここに居座り続けると、長い舌をべーっと見せた。中谷は引きずりだそうと女の腕を摑む。女は腕を振り払い、「殺される、助けてー」と金切り声で叫んだ。

中谷は女を残して部屋をでることにした。「戻ってくるまでに消えていろ。そのとき、まだいたら警察に電話する」と強い口調で言った。が、女はばかにしたような笑みを見せた。まるで中谷の心のなかを見透かしているようだった。

中谷は怯えていた。まともな精神構造ではなさそうなこの女を、自分はどうやっても振り切れないのではないか。追いだしたところで部屋がわかっているのだから、何度でも押しかけてきて、つきまとい続けるのではないか。そんな恐怖から逃れるため、中谷は自分の部屋からの退却を決めた。

自宅に戻り中谷は眠った。六時過ぎに布団に入り、起きたのは十一時。文子に叩き起こされたのだ。文子は中谷が寝ている間に仕事場の掃除をしようとアパートの部屋に合い鍵を使って入り、そこで見知らぬ女を見つけた。女を叩きだし、その興奮を収めぬまま家に戻ってきた。

結局、中谷が文子と別れた原因はそれだった。中谷は女を部屋に入れた理由を説明したし、姉の事件がトラウマになり以前にも危うい女に声をかけたことがあることを初めて妻に告白した。文子は中谷の言葉を信じたし、中谷の心情に一定の理解を示した。しかし、文子は潔癖性のところがあり、若い女を夜中に部屋に入れたこと自体がどうにも許せなかったようだ。その場は収まったものの関係はぎくしゃくし続け、どちらからともなく離婚を口にするようになった。その年の終わりに、正式に離婚の手続きをとった。

自分は同じ過ち(あやま)を繰り返しているのだろうか。中谷はセンター街を進みながら考えた。亜樹に関わり続ければ、あのときと同じく、何か大切なものを失うのではないかと、ふと思えた。なんの根拠があるわけでもなく、大切なものといって浮かぶものもなかったが、何しにこんなところまできたんだという自分の行動への疑問が、そんな思いを強くする。

センター街から井ノ頭通りにでて、交番のある分岐点を左に入った。しばらく進むと、人通りが極端に減り、明りも乏しくなった。スプレー缶で書き付けたグラフィティが似合うといえば似合う、薄汚れた建物が目につく。さらに寂しい路地に入り込み、中谷はワタヌキビルを探した。

亜樹と電話で話したあと、里見医師がでた。亜樹と飲んでいるが、中谷と話したがっているのできていただけないかと、すまなそうに言った。どうも今日の亜樹は大荒れのようだ。

断ってもよかったのだが、里見には先日亜樹の話をしてもらった義理があった。

緑色の豆電球に飾られた階段口のある建物がワタヌキビルだった。夜の闇でも傷みが目立つコンクリートのビルは、昼間見たら廃屋と勘違いしそうな佇まいだった。表にダーツバーや囲碁クラブの看板がでているが、里見が言っていた「フォー」というバーの看板は見当たらず、中谷は躊躇いがちに足を踏み入れた。

四階まで階段で上がると、塗装の剝げた金属製のドアに「4」と書かれたプラスチックプレートが貼られていた。中谷はようやく安心して、ドアを開いた。

このビルの内部に抱える店とは思えない、落着いた雰囲気の正統派バーだった。奥に延びるカウンターは白木の無垢で、それなりに金もかかっていそうだ。しかし、中谷の目に飛び込んだ光景は、そんな普通のバーでめったに見ることのないおかしなものだった。

カウンターとテーブルの間の狭いスペースで三人の男が歌っていた。世界に一つだけの花、と声を揃える男たちは横にステップを踏み、一応は踊っている。しかし、ジーンズをカットオフした短パン姿の男が、人差し指を立ててノリノリで踊っているだけで、あとのふたりは疲れた顔でリズムも乱れがちだ。そのうちのひとりが、里見医師だった。

亜樹はカウンターに背を向け、スツールに胡座をかいて男たちのパフォーマンスを眺めていた。膝頭に片方の手を置き、肩を怒らせる様は、高村光雲の『老猿』を思いださせた。店にいるのはその四人だけ。カウンターのなかにひとの姿はなかった。

「もう、やる気ないんだったら帰ってよ」

亜樹の鋭い声が飛んだ。

やる気のないふたりの顔に笑顔が浮かぶ。しかし里見の笑顔は、亜樹の指示によるものではなさそうだ。入ってきた中谷に気づいて顔を向けた。浮かんだ苦笑いは、「もう、ずっとこんな調子ですよ」と言いたげだった。

中谷は軽く会釈をしてから、助け船をだしてやった。

「お楽しみ中にすみません」

中谷が声をかけると、歌声がやんだ。亜樹が顔を向けた。いまにも言いがかりをつけてきそうな、細めた目で見る。

「お店のひとはいないのかな。酒を飲みにきたんだけど」

「ああ、僕です」

短パンの若い男が手を上げた。「お酒を提供するのが僕のお仕事」と明るく言いながらカウンターに逃げ込んだ。ノリノリに見えても、楽しんでいたわけではないようだ。中谷は生ビールを注文した。

「すみませんね。こんな時間にきていただいて」

中谷は里見に頷きかけながら、亜樹の隣のスツールに腰を下ろした。里見はひとつ席を空けて、亜樹の向こうに座った。里見の連れらしい小太りの男がその隣にいく。淡いブルーの麻のシャツが洒落(しゃれ)ていた。髪が薄くなっているが、中谷よりもだいぶ若そうだ。

「何しにきたの」

足を下ろした亜樹が、カウンターに向き直った。

グレナデン・シロップが底に沈んだカクテルが半分ほど減っていた。

「女王様のご機嫌伺(うかが)いにきたんだ。だけど俺は歌わないよ」

「じゃあ、踊るだけでいいわよ」

くすっと、里見の連れが笑った。

ミュートをつけたトランペットの音がすーっと入ってきた。バーテンダーが、下げていたBGMの音量を上げたようだ。

「荒れてるな。それとも、昔ひとを殺したと知って、自分には何か特別な力があると勘違いしてるのか」

亜樹はカウンターを拳で叩き、怒りの目を向けてきた。

「あたしの気持ちなんてわかるわけない」

「よく考えてみろ。きみはまだ小学生にもなっていなかったんだ。そんな子供がひとを殺すわけがない。スパイ学校のときと同じ。間違った記憶がでてきただけだ」

バーテンダーが中谷の前にグラスを置いた。中谷はグラスに口をつけた。

「わかってない。子供だから、殺意をもって殺したんじゃない。殺せっていう男のひとの声が聞こえる。その言葉に従って、あたしは倒れているひとに何かを投げつけたんだと思う。たぶん女のひとに。そういうやりかただったら、小さい子供でも殺すことはありうるでしょ」

酔っぱらいらしい、ゆっくりとした話し方。その割には、内容は明瞭だった。

「それは、殺人じゃない。殺意もないし、何をしているかもわからずやらされただけなんだから、子供ということを抜きに考えても罪にはならない」

「法律や、言葉の定義の問題でしょ。あたしにとっては殺人。たとえ誰も責めなくても、あたしの気持ちは軽くならない」

　中谷は大きくかぶりを振った。

「だから、そもそも、そんなことはやってないんだ。記憶の間違いだ」

「スパイ学校の記憶が違っていたからって、どうして今度のもそうだと言い切れるんですか」

「スパイ学校と同じで、あり得ないからだよ」

　中谷が言うと、亜樹はすぐに口を開こうとする。中谷は「ちょっと待ってくれ」と、亜樹を制した。これでは堂々巡りだ。

「じゃあ、本当にきみが殺したとしよう。それは、殺人事件になる。だけど、ハーレムの周囲でそんな事件はおこっていないはずだよ」

「警察が気づかなかっただけでしょ。ハーレムでは途中、ふたりの人間が消えている」亜樹は中谷のほうを見て言った。

　言葉よりも、小刻みに揺れる暗い瞳が多くを語った。

　中谷は目を見開いた。

「まさか、きみ、そんなこと考えているのか」

　亜樹は顔を背（そむ）けるように正面を向いた。亜樹がずっとグラスを掴んでいたことに中谷は気づいた。まるでスツールから滑り落ちないよう、つかまっている感じだった。

「なんで自分をいためつけようとするんだ。自分の母親を殺したかもしれないなんて、考えるもんじゃない」

連れと話をしていて、こちらの話を聞いているのかどうかわからなかった里見がちらっと顔を向けた。

「別にあたしだって考えたくない」

けれど考えてしまう。それは無理もないことだろう。

放浪生活をしていた間、花畑ハーレムからふたりの女が消えている。亜樹の母親ともうひとりの母親。亜樹がひとを殺したと仮定すれば、当然そこに目がいく。

「さっき、殺せと男が命令したと言ったね。それは岩田だと考えているのか」

「わからないけど、あそこには他に男のひとはいなかったんでしょ」

あの生活のなかで、亜樹が他の男と接触をもつ可能性があるか中谷は考えてみた。ありえるのは、記者ぐらいのもので、殺せと命じるはずはなかった。

岩田が殺人に関わっていたとしたら、腑に落ちることがひとつある。

警察の捜索を受けハーレムが解散となったあと、なぜ岩田が再集合をかけなかったか不思議に思ったが、殺人を犯しているなら、再び世間の注目を浴びないよう、警察に目をつけられないよう、集団生活は慎まなければならなかったからと説明がつく。

警察から釈放されたあと、ハーレムに戻らず姿を消したのも同様だ。

しかし、それはあくまで仮定の話だ。小学生にもならない子供がひとを殺したとは、ましてや母親を殺したとは信じられない。信じたくなかった。

「やめよう。頭のなかで、あれこれ考えたってしかたがない。俺が調べてみる。きみの記憶がなんなのか、もう一回探ってみよう」

中谷はグラスに手を伸ばし、口に運んだ。溜息が漏れるのをそれで防いだ。また同じことをやるはめになった。口からグラスを離すと、苦笑いが漏れた。

「あたしだって考えたくない。だけど、殺せって声が聞こえる。倒れてる女のひとが見える。記憶が、あたしはひとを殺したと叫んでるんですよ。どうにかしてください、お願いします」

亜樹は酔っぱらいらしい緩慢な動きで頭を下げた。髪の毛がすっかり顔を覆った。

「もう歌、終わった？」

深夜のバーではあり得ない大声が突然響いた。

驚いて目を向けると、店の奥にあるドアが開いていた。そこから亜樹の患者仲間、ヨリナガヤスユキが顔を覗かせていた。

亜樹がばさっと手で髪をかきあげ、そちらを振り向いた。

「終わってないよ。こっちに戻るならなんか歌え。いやなら、ずっとトイレに隠れてれば」

「勘弁してください。僕、歌はだめなんだから。閉所恐怖症の気もあるから、トイレもそろそろ限界」

ヨリナガは窺うような足取りでやってくると、許可を待つように亜樹のスツールの脇で立ち止まった。

「じゃあ、お尻見せてよ。ヨリナガのお尻、ぷりんとしてかわいいっぽいから」

「いやあ……、ふたりっきりならいいけど、先生たちがいる前じゃ、ちょっと」

「きみのお尻には、誰も興味ないよ」里見は「失礼な」と、おどけた調子で続けた。

中谷は少し驚き、里見を見た。その横顔に、笑みが浮かんでいた。

「大人しくしていろ」中谷は亜樹に目を向け言った。「他のお客さんが、いつ入ってくるかわからないだろ。お店のひとも迷惑してる」

「いいの、この店は。どうせ他に客なんてこないんだから」

バーテンダーに目をやると、苦笑いを浮かべ頷いた。

「この店、里見先生がオーナーなんですよ。自分たち専用のバー。客なんてきて欲しくないんだよね」

「そうなんですか」

こちらに顔を向けた里見は、首を横に振った。

「僕ひとりじゃないんですよ。仲間内で静かに飲める場所が欲しくて、友達四人で始めたんです。別に、一見さんお断りじゃないですけど、こんなところですから、ふらりと入ってくるお客さんはほとんどいなくて」

「ゲイ四人で始めたバー。だから集まるのは男ばかり」亜樹が皮肉るように言った。

「里見先生、バリバリのゲイだから。ゲイならなんか芸やって見せてって言ったのが、さっきのやつだけど、全然芸がないんで驚いた」

「おい、いいかげんにしろよ」

中谷はたしなめるように言ったが、里見が「いいんですよ」とのんびりした口調で間に入った。里見の連れもバーテンダーも気にした風はない。自分たちの砦のなかにいるからだろうか。気まずく思っているのは自分だけのようだ。

とはいえ、最初に会ったときから、里見がゲイであることは察しがついていた。シンプルで隙のない洒落た服装、フレンチブルドッグの携帯待ち受け画面、ウェイターを見つめる視線。それらからなんとなく感じ取った。

「僕はとばっちりだ。ゲイじゃないのに芸やれなんて。おっかしいでしょうよ」

いつの間にかスツールに腰かけているヨリナガが言った。

「ヨリナガ君、ゲイだから芸やれって言うのだっておかしいんだよ」

里見は諭すように言った。

「世の中なんて不条理なことばかりなの。それをいちいち疑問に思っていたら、アッタマおかしくなる」

亜樹が激した口調で言うと、突然ねじでも飛んだように里見が大声で笑いだした。

一息、笑いで吐きだした里見は、顔を皺だらけにしてこちらを向いた。

「僕たち、みんなそういうタイプじゃないか」

里見はまた大笑いしだした。

亜樹の肩が揺れ始めた、と思ったら、大きな口を開けて笑い声を吐きだした。ヨリナガも続いた。

BGMをかき消すくらいの大声が、深夜のバーに響いた。

誰も腰を上げないので、一時少し前、中谷は先に帰るとスツールを下りた。

すでに帰る電車は終わっているから、慌てることもなかったが、いる必要もない。

亜樹は相変わらず絡み続けていたが、中谷に矛先を向けることはほとんどなかった。

結局、亜樹は仲間に甘えているだけのようだ。お代はいらないというオーナーの言葉に甘えて、中谷は金を置かずに店をあとにした。

ワタヌキビルをでたとき、階段を下りてくる音が聞こえた。戻って見上げてみると、亜樹が定まらぬ足取りで、一歩一歩下りてくる。

「待って。あたしも帰る」

緑の電飾を潜り、ビルをでた亜樹は、急いでもいないのに息を切らしていた。ひとがいない路地を進み、文化村通りへ向かった。そこまでであれば、タクシーが捕まるはずだ。

「どうするんだ。タクシーで八王子まで帰るんだったら、調布まででは送ってく。そこまではタクシー代もつよ」

文化村通りと井ノ頭通りを結ぶ道にでると、タクシーが列をなしていた。どれも屋根の上のランプは消灯している。乗車中だ。

「ねえ、このままホテルいきませんか」

酔っぱらいの浮ついた声ではなかった。

中谷は振り返った。亜樹は上目遣いで窺うような表情をしていた。

「なんで」

「セックスしたいから」

「なんでしたいんだ」

亜樹は表情を硬くし、足を止めた。中谷も止まった。

「今日はそういう気分なんです。したくなる日があるんです」

「ひとを殺したかもしれないと悩んでいたんじゃないのか」

だからこそ、なのかもしれないが、亜樹の心情を考えるよりも、言葉を途切れさせないことが中谷にとって重要だった。

「いまは自分を殺したいと思ってます」亜樹は宣言するように言った。

「……俺と寝ることは、自分を殺すことになるのか」

それほど気持ち悪いおやじということか。亜樹にどう思われようとかまわないはずだが、カウンターパンチを食らったように、衝撃が強かった。

「あたしも、ゲイなんです。本当は女にしか興味がないから」

「そういうことか」

亜樹の答えにほっとしたりはしなかった。またひとつ亜樹の生きづらさを知り、言葉が続かなくなった。

亜樹はうつむきかけた顔を上げた。笑みが浮かんでいた。

「そんな痛ましげな顔しないでくださいよ。嘘なんですから」

中谷は一度息を飲み込み、ふっと溜息をついた。怒りはしない。質の悪い悪戯はこの女の専売特許だ。

「セックスするのにこんな面倒臭い会話したの初めて。――もういい。そのへんで声をかけて、相手を探す」

亜樹はそう言うと早足で歩きだした。本人の意思とは関係なしに蛇行している。

中谷は追った。すぐに追いつき腕を掴んだ。

「放して、痛い」

亜樹は振り払おうとしたが、中谷はしっかり摑んでいた。そのまま腕を引き、歩きだした。酔っぱらっている女を歩かせるのはたやすかった。

文化村通りにでて、歩道の端に立ち、やってくるタクシーに手を上げた。

「どこいくんですか」

「俺の部屋にいく。そこで、きみの望みをかなえてやるよ」

「嘘。部屋に連れ込んで、何もしないつもりでしょ」

まだ半分酔っぱらっている様子だが、頭はしっかり働いているようだ。

中谷は、精いっぱい好色な表情を浮かべ、首を横に振った。

7

友幸は朝の早い時間に川崎の団地をでて浅草までいったものの、結局午前中のうちに、川崎に近い平和島まで戻ることになった。

時間も電車賃も無駄にしたが、友幸はまったく気にしていなかった。平和島の駅をでて、いったいどっちへ進めばいいかわからなかったし、そもそも目的地の住所もはっきりしなかったが、それも気にならない。とにかく、刀根恵がこの町のどこかに暮らしているのは間違いないのだから。

刀根恵の情報をもたらしたのは友幸の母親だった。世田谷の図書館で何も情報が得られなかった日の翌日、友幸は小田原にいる母親に電話をかけた。抜けたところのある母親だから、再度訊ねれば何か思いだすかもしれないと考えたのだ。たぶん、三人に絞って訊いたのがよかったのだろう。母親はすぐに、刀根の実家が浅草にある老舗のそば屋であることを思いだした。

友幸は蒲田の図書館までいき、東京の電話帳で浅草界隈にあるそば屋を調べ、片っ端から電話をかけた。その結果、西浅草にある松見屋が刀根恵の実家だとわかった。彼女は別の場所で暮らしているらしいが、電話にでた彼女の兄に、住所や電話番号など、電話では軽々しく教えられないと突っぱねられてしまった。そこで今日、友幸は松見屋を直接訪ねてみた。

松見屋は浅草の繁華街から離れた住宅と商店が混在する路地にあった。老舗というより、ただ古いだけのどこにでもありそうなそば屋だった。店の主人である兄に、友幸は正直に花畑ハーレムで一緒だった者で、恵さんと話がしたいだけだと伝えた。兄はその話をどう思ったわけでもなく、ただ友幸の相手をするのが面倒に感じたからだろう、住所も電話番号も手元にないからと、刀根恵が住むアパート名と平和島駅近くの小学校の裏手にあるというヒントだけ教えてくれた。

友幸は駅で、いちばん近くにある小学校へのいき方を教えてもらい、早速向かった。

入新井（いりあらい）第五小学校は駅から五分で近いと言えたが、裏手というのはどこをさすのか、実際にきてみると容易には特定できなかった。小学校の周りをぐるっと回ってみても、刀根恵が住む岩木荘（いわきそう）が見つからず、歩いているひとに片っ端から訊いてみた。ようやくわかるひとが見つかり教えてもらった場所は、小学校の塀から百メートルは離れており、裏手と呼ぶ範囲を超えていた。それでも友幸は意気揚々と、うだるような暑さのなか、岩木荘に向かっていった。

古いアパートが比較的多い住宅街をきょろきょろしながら歩いていると、岩木荘と外壁に大きく書かれた建物が見えてきた。木造モルタル造のアパートは、遠目からでもはっきりと古さがわかるくらいに、外壁がくすんでいた。

岩木荘に目を据えていたせいだろう、隣にある駐車場からでてきた車にひかれそうになった。荷台に銀色の焼却炉のようなものを積んだ小型トラックは、足を止めた友幸をかすめるように進み、蹴飛（けと）ばしてやる暇も与えずに、スピードを上げて、いってしまった。

普段だったら、走って追いかけたかもしれない。友幸は岩木荘に目を戻し、一段高くなった敷地に入っていった。

　刀根恵が住む一〇二号室の呼び鈴を二回押しても反応はなく、壊れている可能性を考え、ドアを三回叩いた。錠を開けるような音が聞こえた。ドアが開いたのは、隣の部屋だった。

「お隣さんなら、ついさっきでかけたよ」金髪がかった白髪の婆さんが、顔を覗かせ言った。「焼き芋屋みたいな車、見なかったかい」

「焼却炉みたいなやつだろ。あれが、この部屋のひとの車？」

　頷く婆さんに礼を言い、友幸は駆けだした。

　駅前のマクドナルドで時間を潰し、三時ごろ岩木荘に戻ってみたが、まだ帰っていなかった。またくる電車賃ももったいないから、今日中に会うつもりだった。

　友幸は不案内な住宅街のなかを散歩し、時間を潰した。特別見るものがない普通の街でも、友幸は案外楽しめる。子供のころから自転車で遠出したり、大人になってからは電車で見知らぬ街にいったり、とにかく知らない場所であるなら退屈することはなかった。

　適当に歩いているうちに、広い国道にでた。商店があるわけでもない、マンションが立ち並ぶだけの国道沿いを歩くのが、いちばん味気なかった。適当なところで、住宅街に入ろうと考えながら歩道を進んだ。

背後からすーっと抜いていった車を目の端で捉えていた。とくに何かが気になったわけではなく、たまたまそちらへ目が向いた。ぼんやり捉えていたものを、はっきり認識して、友幸は目を丸めた。先ほど、駐車場からでてきたあの車だった。

荷台に載った銀色の焼却炉のようなものは、B級映画に出てくる、博士お手製のタイムマシンといった感じだった。上に突きでた煙突からは、薄い煙が漂いでていた。

小型トラックはゆっくりと遠ざかり、やがて完全に停止した。赤信号に捕まった。

友幸はガードレールの切れ間から車道にでて、走った。

小型トラックに追いついた。助手席側から車内を覗いて驚いた。助手席に座っていたのは、顔の長い老人だったのだ。運転席を見ると、女性だった。四十代後半くらいに見える外見で、刀根恵の年齢と一致する。

助手席の老人が怪訝な顔でこちらを見た。友幸は軽くサイドウィンドウを叩いた。

窓が下りる。何か用かと訊ねる老人を無視して友幸は言った。

「刀根恵さんですか」

運転席の女がさっと顔を向けた。日に焼けた顔はごつごつとした印象だ。友幸はほとんど恵の記憶はなかった。

「そうだけど、あんただれ」

「二十年前、おっちゃんと一緒に暮らしたひとりです。工藤友幸、工藤美幸の息子です」

ああ、と口を開き、「なんの用」と訊いた。

「話したいことがあるんです。時間、もらえませんか」

後ろでクラクションが鳴った。信号に目をやると青。前方の車はいなくなってい

た。

「この道を真っ直ぐいくと、右手に倉庫街がある。そこのどこかに路駐しているから

探して」

恵はそう言うと顔を正面に向けた。車はすぐに動きだす。煙突からの煙よりも多く

のガスをまきちらし、唸るようなエンジン音を響かせてスピードを上げていった。

友幸はそのまま国道沿いを歩いた。二十分ほどいくと、道幅の広い、倉庫が立ち並

ぶ一画が現れた。恵は探せと言ったが、倉庫街に入ってすぐの路肩に小型トラックが

止まっていた。恵は車の傍らに立ち、煙草をふかしていた。背は高くないが、がっち

りした体型だった。

友幸はあらためて挨拶した。恵は友幸を覚えているようだが、二十年ぶりの再会に

感激を表わすこともなく、淡々と友幸の言葉に応えるだけだった。あの郡山の雅代で

さえ、最初は再会を喜んでいたのに。

車の影が落ちる歩道にふたりで座りこんだ。友幸は最近岩田と会い、ふたたび旅に

でる前に、全員に声をかけなければならないのだと伝えた。

「あたしは、いかないよ。いまさらいくわけない」

「どうして――。刀根さんは、最後まで北九州のうちに残り、教授の帰りを待ったんでしょ。言ってみれば、二十年ぶりに教授が戻ってきたんだ。あのときの途中で終わった旅が再開できるんだから、こんなうれしいことはないじゃないですか。いきましょうよ」

刀根恵がいかなくても、とにかく全員に声をかけさえすれば教授は一緒に旅にでる約束をした。それでもできるだけ多くに参加してもらいたかった。真島慶子も千枝が誘ってくれたが、腰痛があるからいかないと返事がきているし、いまのところ参加は三人だけ。あまりに寂しい。

「二十年ぶりに戻ってこられてもね」恵は皮肉な笑みを浮かべた。「あのときは他にいくところがなかったから、最後までいただけ。いまは旦那もいるし、まったく魅力を感じないね」

恵は短くなった煙草を路上に投げ捨てた。

「逆にさ、なんであんたはいきたいんだ」

「教授が言ってた、黄金の里にいってみたいんだ。あのとき、もう少しで辿りつけるはずだった場所を見てみたい。心が安まる場所、心が洗われる場所だよ」

恵がこちらを見ていた。幅の広い顔。ソバージュがかったパーマをかけ、顔がいっそう大きく見える。鋭い目つきをしていて、女子プロレスラーを思わせた。

「あんた、いくつ」

「二十八」

「それにしちゃ子供だね。黄金の里なんて、信じんだからさ。あんなの、おっちゃんのでまかせに決まってるじゃないか。マスコミに追われて転々としなけりゃならない生活のなかで、みんなの士気を上げるために、そんなことを言いだしたんだ」

「何言ってんの。教授がでまかせ言うはずないだろ。そんな信じてないなら、なんで最後までついてきたんだ」

「だから、他にいくところがなかったんだ。あそこはけっこう居心地がよかった。みんなひとりじゃやっていけないけど、補い合って、うまく生活をなり立たせていた。まあ、女だらけだから、いいことばっかりじゃなく、醜い争いみたいなこともあったけど、それでも、ひとりよりずっとよかったんだ」

恵は話しながら、踵で後ろのタイヤを蹴っていた。車体が揺れるくらい力強かった。

「おっちゃんは詐欺師みたいなもん。あたしは最初から信じたことはなかった」

「おい、それ以上言うなよ。言ったら、俺、本気で怒る」

友幸は立ち上がった。陽差しが眩しく、顔をしかめた。

「言わないよ。別に、あんたがどういう人生を歩もうと、あたしの知ったことじゃないから」

恵も立ち上がり、腰に手を当て言った。

「ねえ、あなた、炉の温度を見てくださいな」

大声を張り上げた恵は、タイヤを思い切り蹴った。

車のドアが開き、恵の旦那がでてきた。顔の長いじいさんは、案外小男だった。片足を引きずるように歩き、炉についたメーターをチェックし、バルブの調整をしているようだ。

「これって、いったいなんなんだ」友幸は訊ねた。

「これは移動式の焼却炉。いま、犬を焼いてるところ」

「犬を？　焼いてどうすんの」

訊いた瞬間、やめておけばよかったと感じた。

「食べるに決まってるだろ。このへんじゃ、よく食べるよ」

そういうような答えが返ってくる気がしたのだ。友幸は息を止め、顔を歪めた。

「あんた、ほんとに子供だね。ひとの言葉を信じすぎんだよ。嘘に決まってるだろ。死んだ犬を火葬しているだけ。ペットの火葬があたしたちの仕事さ」

友幸はほっと息をつきながら火葬車を見た。ペットを焼くだけにしては大きいような気がした。

「いい旅になればいいね。まあせいぜい、がんばんな」

恵のはなむけの言葉は皮肉っぽかった。

やはり、年齢が離れているから、二十年前のあの生活に対する見方が、自分とは全然ちがっていた。結局みんなそうなのだろう。

友幸は残りのふたりのうち、原亜樹探しに全力をあげようと決めた。年が近い彼女なら、きっと考えも似ているはずだ。

「ねえ、あんた、焼き上がり見ていく。うちの旦那ほどうまく焼けるひとは、業界でもなかなかいないんだよ」

恵の声が少し女っぽくなった。

友幸は大きく首を振った。さっそく亜樹探しにとりかかるつもりだった。足を踏みだしたが、一応礼を言っておこうと振り返った。恵がこちらを見ていた。

「あんた、いま礼を言おうとしたでしょ。礼儀は必要だよ」

恵は腕を組み、にやりとした。

「ご褒美(ほうび)じゃないけど、いいことを教えてやるよ。あんた、高野智子と原亜樹を探してるんだろ。高野はわからないけど、原亜樹の居場所は、わかるかもしれない」

8

午後一時を過ぎて腹（はら）の空（す）き具合はピークに達した。

近場のカフェでランチをかき込むことも考えたが、あと一時間もあれば原稿は完成する。原稿を送ってから、ゆっくり食事をとろうと中谷は我慢することにした。

現在とりかかっているのは三年続く週刊誌の連載コラム。中谷がかつて勤めていた新聞社が発行する週刊誌で、中谷の収入の柱になっていた。

最近、若者たちの間でよく使われる「〇〇してもらっていいですか」という言い回しを紹介し、そこから若者の他人との微妙な距離のとりかたを論証して、やっぱり今どきの若者はと、いかにも読者層が好みそうなコラムにするべく、書き進めていた。

以前は、想定読者のオヤジうけを考え、自分の意見と異なることを書くこともあったが、最近では自分の素（す）の意見とオヤジうけしそうな内容とに、ほとんど差がなくなってきている。

最後のまとめに迷い、キーボードにのせた指が止まった。忘れていた空腹感を再び意識しながら、中谷はパソコンの画面をじっと見つめた。

キンコンと古めかしいドアの呼び鈴が、けたたましく鳴り響いた。中谷はパソコンから顔を上げ、「はい」とドアに向かって大声をだした。

連絡もなく訪ねてくる知り合いはない。郵便か宅配かセールスのいずれかだろう。中谷は「はい、はい」と言いながらドアに向かった。何も返答がないことから、セールスのたぐいであろうと判断した。

ドアのスコープを覗くとネクタイ姿の男。やはりセールスマンか。中谷は顔の幅より少し広くドアを開け、「はい、なんでしょう」と口にした。

男がドアの隙間のほうに移動して、姿を見せた。中谷と同年代と見られる男は、眼鏡の奥の目を細めた。眉間に寄った神経質そうな皺に違和感を覚えたとき、男は意外な言葉を口にした。

「こちらは、中谷洋さんのお宅ですか」

手を前に組んでいるが、かしこまった感じではない。少し甲高い声に緊張感が漂っていた。ただの物売りではない。中谷はそう確信し、心を構えた。

「ここは、私の仕事場ですが」

細身の男は何かに気づいたように、はっと口を開け、大きく頷いた。

「そうでしたか。お仕事中に押しかけましてすみません。わたくし、北見保(たもつ)と申します。――北見レイの父です」

男は言うと、軽く頭を下げながら目を伏せた。

「……ああ、先日はお電話で――」

なぜ佳奈の同級生の父兄がここに。あの北見レイの父親が――。中谷は驚き、訝しみながら言葉を続けた。

「この度は本当にお悔やみ申し上げます。レイさんは、うちの佳奈とも仲良くしていただいていたと聞きますので、本当に残念でなりません」

悔やみの言葉というものは、なぜもっと情感をもって響いてくれないのか。中谷はいつもながら残念に思った。

「昨日、葬儀を終えましたが、いまだにあの子がこの世にいないという実感が湧きません。どう心を収めたらいいのか見当もつかないのです」

北見は途方に暮れた顔を見せつけるように、中谷と正面から視線を合わせた。中谷はへたな相づちは打たずに、ただ頷いた。

「どこか、お店で話しませんか。ここは仕事場なものですから、座ってゆっくり話もできませんので」

「長々と話す気もありませんので、ここでけっこうです」

最初からそんな気はしていたが、レイの父親はこちらにあまりいい感情をもっていないようだ。

中谷は、「せめてなかへお入りください」とドアを大きく開く。北見は窺うような目をしてなかに入ってきた。作家の仕事場が物珍しいというような目ではなく、胡散臭いものを見るような目つきが少し不快であり、不思議でもあった。

「家内も私も、本当に心が折れてしまいそうなんですよ」北見は唐突に言った。「ですから、へんな言いがかりをつけるのはやめてもらえませんか」

口調は案外平静なものだった。視線にはしっかりと怒りがこもっていた。

「もしかしたら、中川（なかがわ）先生からもうお聞きになりましたか」

「ええ、聞きました。うちの子が交換殺人を提案したなんて、まったくばからしい。言いたくはないですけど、こういうときにそんなたちの悪い冗談みたいなことを言う、あなたがたの常識を疑います」

北見は細い人差し指を向け、蔑むように目を細める。元々感じのいい人物ではなさそうだが、中谷は特に怒りを感じなかった。娘を失ったばかりの父親に対してそれくらいの同情は寄せている。それより、学校に対する不信感のほうが強かった。

一昨日の深夜、原亜樹をこの部屋に連れてきた。性欲の処理についてあれこれ願望を語る女を酒で酔い潰し、頭が痛いからもっと寝ていたいと不平を言うのもかまわず叩き起こして、午前の内に駅まで送っていった。その足で中谷は船橋へ向かった。レイの自殺についての緊急父母会に文子と出席し、終了後、担任の中川に佳奈から聞いた交換殺人について打ち明けた。校長や教頭、学年主任なども交えて同じ話を繰り返し、その際、レイの両親にはタイミングを見て伝えてくださいと言い添えている。亡くなって幾日もたたないこの時期に伝えるのは、ショックの度合いが大きい。適切とは思えなかった。学校としては、両親がどう受け止めるかよりも、あとから隠していたと言われるのが怖くてさっさと伝えたのだろう。

「レイさんの自殺の原因解明に役立つのではと思い先生に話したのですが、もしかしたらただの冗談であった可能性もありますし、北見さんが信じないのであれば、私たちはもう何も、誰にも言いません。すみません、差し出がましいことをしたのかもしれません」

中谷は丁寧に頭を下げた。膝の下までチノパンの裾をまくり上げている不作法を、気にしなければいいがと、中谷は思った。

頭を上げて、ふと北見のワイシャツの不自然な皺が目に留まった。

「中谷さんは、あくまで善意でその話をしたと言うんですか」

「もちろんです。悪意などまったくありません」

ああ、と中谷は気づいた。シャツの皺はボタンのかけちがいでできたものだった。髪の毛はきっちり分け目ができているのに、ボタンはかけちがえている。

「あなたはレイとどういう関係なんですか。何かあるから、それを隠そうとあんなことを言いだしたんではないですか」

「関係と言われても、私はレイさんとは会ったこともありませんよ。先日の電話のとき、初めて娘から名前を聞いたぐらいです」

北見は眉をひそめ、探るような目つきで睨めつける。娘を自殺で亡くした父親の想像力がどう働くものか、中谷には想像できない。

「なんで私がここへきたか、不思議ではないんですか」

「それは不思議に思っていましたが……」

「娘は遺書のようなものを遺していなかったので、何か理由を知る手掛りになるものはないか、娘の部屋を調べてみました。すると、英語のノートの隅に、あなたの名前とここの住所が書かれた走り書きが見つかったんです。それで私はここへやってきた。あなたが教えたんじゃないですか」

北見はいくらか前屈みで、中谷を見上げてくる。肩に力が入り、いまにも飛びかかってきそうな感じがあった。中谷は大きく首を横に振った。

「もし私から聞いたなら、私の名前なんて書かないはずですよ。学校で使うノートに書かれているのだから、レイさんの級友である佳奈が教えたのでは、とまずは考えませんか。その可能性を除外する何かを北見さんはご存じなんですか」

北見は目を大きく開いただけで何も言わなかった。

「私が教えていないのだから、まず間違いなく、佳奈が教えたのでしょう」

「なぜ」

中谷の言葉に被せるように訊いた。

「私の本を読んで、作者に感想を伝えたくなったのかもしれない。ご存じないかもしれないが、私は作家をやっているんです」

「知っています」

たぶん知っているだろうと思っていた。そして、作家に対していい印象をもっていないだろうとも。

「以前にも佳奈の友達から感想文が送られてきたことがあります。きっとそういうことだったんだと思いますよ」説得力をもたせようと、中谷は適当なことを言った。

「そうですか」

力の抜けた声だった。それでも北見は問いかけるような目を向けてくる。

「今度佳奈に、どういうことだったのか訊いてみます。わかったら連絡しますので」

「ああ……、ありがとうございます。お願いします」

北見の顔から肩から、力が抜けていくのがわかった。

北見に連絡するつもりなどなかった。早く帰って欲しくて言っただけ。

なぜレイにここの住所を教えたか、佳奈に訊ねてみる気もない。その答えを耳にする勇気が、中谷にはなかった。

「お邪魔しました」と北見はぞんざいに頭を下げた。きたときの勢いはなく、肩を落としてドアに向かう。

憐れな父親だと思う。しかし、自分もそう変わらないのだと中谷は知っている。

交換殺人の対象として指名された父親。

北見レイにこの仕事場の住所を教えたのは、そういうことだったのだろう。

佳奈は父親を殺して欲しいと望んでいた。

## 9

遠い道程だった。

八王子の駅から二十分ほど歩いた程度だが、友幸はそう感じた。足取りは重くなっているし、降り注ぐ陽差しがいっそう重くのしかかる。

少し熱っぽかった。昨日は冷房のきいた図書館にずっといたから、風邪をひいてしまったのかもしれない。洟をすすった友幸は、八王子市元横山町の番地標示とメモを突き合わせながら、住宅街を進んでいく。

昨日、刀根恵から、原亜樹の居場所について心当たりを教えてもらった。恵は北九州を去るとき、施設に預けられた子供たちがどうなったか気になり、施設に電話をして訊いてみた。施設の職員が教えてくれたところによると、原亜樹は八王子に住む伯父夫妻に引き取られていったそうだ。友幸は蒲田にある図書館に移動し、電話帳に載っている八王子市に住む原姓の家を調べて片っ端から電話をかけていった。

結果はどれも空振りだった。夜中までかけて、すべての家人と話ができたが、原亜樹には辿りつけなかった。

ただ一軒、おかしな対応をした家があった。亜樹さんをお願いしますと言ったら、どちら様でしょうと訊かれ、小学校の同級生の山本だと答えると、うちには亜樹という者はおりませんと通話を切られた。いないなら、なぜどちら様と訊ねたのか。

友幸はその家——原拓郎の家を訪ねてみることにした。

古い住居の多い住宅街だった。門に住所を標示している家がわりあい多く、友幸はそれを見ながら原拓郎の家に近づいていった。

キーッと猿が叫ぶような音。自転車のブレーキ。

反射的に足を止め、顔を前に向けると、塀の陰からでてきたらしい自転車がすぐ前に止まっていた。それにまたがる若い女がこちらを睨みつける。

友幸は睨まれたら睨み返す性分だ。足を止めたまま、女と視線を合わせた。長い黒髪の女は勝ち気な性分らしく、眉をひそめて視線を強めてくる。ふんとばかにしたような笑みを浮かべると、ハンドルを切り、友幸をよけてペダルを踏み込んだ。

立ち漕ぎで女は通り過ぎていく。

友幸はしつこく、首を巡らし女の背中に怒りの目を向けてから、足を踏みだした。

友幸はすぐに足を止めた。女のほうを振り返る。女は相変わらず立ち漕ぎだった。

暗い色の長いスカートを翻し、遠ざかっていく。

あれが、亜樹なのか。

どうしてだか自分でもわからない。ふと思いついたのだ。意識の下で、記憶にある幼いころの亜樹といまの女の共通点を見つけだしたのだろうか。あの女が亜樹に思えてしかたがなかった。

友幸は歩きだした。角を曲がり、女がでてきた路地に入った。小走りに進みながら、道の両側の家の表札を見ていく。

やはり、あった。角から四軒目の家が原だった。友幸は迷わずインターフォンのボタンを押した。

すぐに女性の声が応答した。たぶん、昨日電話で話した女。友幸は「原亜樹さんにお届けものです」とあらかじめ用意していた嘘を告げた。

「亜樹に届けものですか」

「はい、化粧品会社からです」

「わかりました、いまいきます」

友幸は錆びついた門柱を軽く蹴飛ばした。

「あの、いまさっき自転車ででていったのが亜樹さんですよね」

「ええ、そうですけど」

語尾に不審感がありありと漂ったが、かまいはしなかった。友幸はインターフォンに拳を叩きつけてから駆けだした。

家がわかっているのだから焦ることはない。そう判断はできるもののどうしようもなかった。

くるまでに感じていただるさはどこかへ消えた。友幸は亜樹を探して駅まで走り通した。

10

中谷は書き上げた原稿をメールに添付して送信した。大きく息をついて椅子にもたれた。

最後の五、六行を書くのに一時間もかかってしまった。佳奈のことが頭から離れず、なかなか原稿に集中できなかった。

佳奈とレイの間でどういう遣り取りがあったのか想像するのは難しい。幕張の公園で交換殺人について打ち明けてくれたし、父親のアドバイスに従いレイを説得しようとしたのだから、あの時点で佳奈は計画から降りていたのだとは想像できる。ただ、交換殺人の提案を受けた当初、佳奈が殺す対象として父親を指名したのも間違いないことのように思えた。

レイは、パソコンや漫画を取り上げようとする親を鬱陶しく思っていた。そこから殺意が芽生えるのはありがちでわかりやすい。しかし普段離れて暮らす、めったに会わない父親を殺したいと思った佳奈の心境は、想像すらできない。それほどまでに濃い感情がまだ父親に対して残っていたのが中谷にとっては驚きだった。

佳奈の感情のベースにあるのは両親の離婚だろう。佳奈にとって父親は、家族崩壊を招いた元凶と映っているのかもしれない。父親として、そんな娘の感情としっかり向き合うべきだとはわかる。率直に訊ね、意見を互いにぶつけて、もつれた糸を解していくのが正しいやり方。

しかし、中谷はこのことについて佳奈と正面から話をする勇気はなかった。レイの父親と同じく、理由を別にもとめて現実から逃避できるものならしたい気分だった。

電話が鳴った。

中谷は手軽な逃げ道を見つけて飛びついた。素早く手を伸ばし、デスクの上の子機を摑んだ。

「丹文社の小島でございます」

いつもどおりおどけた小島は、ご用聞きのように言った。

「どうした。また近くまできてるのか」

「いえ、今日は会社から離れられない日でして。ちょっとお時間よろしいですか」

「ちょうど原稿が手から離れたところだ。時間はたっぷりあるよ」

「そんなに長くなる話じゃないんです。また亜樹さん絡みの話なんですけど」

ふーっと溜息をついたのは意識的ではない。母親を殺したかもしれないと考える亜樹の名を聞き、思わずこぼれでた。

調べてみると亜樹には言ったが、まだ何も動いていなかった。小島にもその件は話していない。

「そんないやがらないでくださいよ。もうアキアキしてるかもしれませんけど、聞いてください」

小島は何か冗談でも言ったつもりか、大声で笑った。

「いや、笑うような話ではないんですけどね。花畑ハーレムについて、不穏な噂を耳にしたもので、中谷さんにもお伝えしようと思って」

小島の声は段々と低くなっていった。

「実は、亜樹さんのお母さんなんですけど、途中でハーレムからいなくなったじゃないですか。あれは殺されたんじゃないかと、当時噂があったそうなんですよ」

小島は惚けたように口をぽかんと開け、最大限に驚きを示した。

「彼女、そんなこと言ってたんですか」

「そういう記憶がでてきたそうだ。もちろん、そんな子供がひとを殺したなんて、俺は信じないがな」

中谷はソファーの肘掛け(ひじか)に肘をつき、顎の無精髭を逆撫でしながら口にした。

「だけど当時、実際にそういう噂もあったわけですからねえ……」

小島は二重顎を指で摘みながら思案気な顔をする。ことがことだけに、小島もスパイ学校ほどは気軽に話に飛びつけないようだ。

「まあ、まずはその噂話をじっくり聞いてみよう」

無言で頷いていた小島の背筋が伸びた。足音が聞こえてきて、中谷は背後を振り向いた。

「すみません。お待たせしました」

背の低い男がエレベータホールのほうからやってきた。中谷はソファーから腰を上げ、男を迎えた。

「ども、ども、わざわざおいでいただいて。舟山(ふなやま)です」

丹文社のエントランスロビーに大声が響いた。すでに定時退社時間は過ぎており、打ち合わせなどの姿は他になかった。

以前にパーティーで挨拶したことがあるという舟山と名刺交換をした。

五十代半ばぐらいの舟山はずんぐりとした体型をしていた。白髪混じりの髪はスポーツ刈りに近い短髪だった。スーツを着ていなければ、飲食店の気のいいおやじといった雰囲気の男で、スマートな業界人風が多い、昨今の編集者にはあまりいないタイプだ。小島はどちらかといえば、いまどき珍しい舟山の系譜に属する。

現在新書の編集をしている舟山は、かつて週刊誌の記者をしており、花畑ハーレムの取材を担当したそうだ。小島が連絡してきた噂のでどころは、この舟山だった。

「すみません、入稿が遅れているものがあって、社を離れられないものですから」

ソファーに腰を下ろして舟山が言った。

「こちらこそ、そんなときに無理を言って」

「まあ小島の頼みですから。こいつが新人のころ文庫で一緒だったんですよ。俺を見習って働きなさいと指導しましたけど、まさか見習ってこんなに太るとはな。あのころは、細身の美青年だったのに」

どんと背中を叩かれ、小島は苦笑いを見せた。

「僕の美青年ぶりは、また今度じっくり中谷さんに聞かせてあげてください。それで、この間言ってた、原澄江が殺されてるかもしれないって話、あれをもうちょっと詳しく聞きたいんです」

「詳しく話すほど、内容のある話でもないんですけどね」

舟山は中谷のほうに顔を向け言った。

「ハーレムからふたりの女性が消えてるんですが、どちらも岐阜にいたころのことなんです。先に消えたのが原澄江で、それからほどなくして坂内美奈子がいなくなった。坂内らしい女がハーレムをでるところは記者のひとりが見ているんですが、原がいなくなるところは誰も見ていないんです。それで、もしかしたら、内部で殺されて、埋められでもしたんじゃないかという噂になったんです」

「ですけど、ハーレムの女性たちは、仕事にでたり、買い物にいったり、出入りは自由でしたから、いくらでも気づかれずに姿を消すことはできたんじゃないですかね」

中谷は訊ねた。

「いや、まったくその通りなんですよ」舟山は嗄れた笑い声を聞かせた。

「実は、坂内は岐阜に越してくる直前に浜松でハーレムに合流してるんですが、まだ不慣れだということで、働かずに昼間、岩田とともに子供たちの面倒を見ていたんです。外にでない坂内が誰にも見られず消えていたら、本当におかしいとなったかもしれませんが、原は仕事にでていたので、いくらでもハーレムを離れるチャンスはあったわけです。ただ、取材している側から見ると、ひとりひとり出入りをチェックしてるわけではないですから、いなくなっていてもしばらく気づけない。実は一週間前からいなくなっていたと聞けば、突然ふっと家から消えてしまったような感覚になるもんですから、殺されたんじゃないの、という声もでてくるんです」

「じゃあ、ほんとにただの憶測ということですか」小島が批難めいた口調で言った。

「憶測というより、願望に近いかな」

舟山は言って、また笑い声を響かせた。

「ハーレムが岐阜にいたころ、世間も飽きてきたようで、ハーレムネタは下火だったんですよ。取材陣も四六時中張りついているわけではなく、私なんかも、東京に戻って他の取材もしながら、ときには岐阜にもいくという感じで。それで、他社の記者とハーレム取材で会うと、また盛り上がらないかなとなるわけです。消えた原澄江がもし殺されたんだったら、前以上に盛り上がる。そういう願望を秘めた、記者の間の噂話というだけのことなんです」

小島はなんだそんなことか、という顔をして息をついた。

「じゃあ、もしハーレムでひとを殺してどこかに埋めるとなったら、いちばん都合のいい時期ではあったんですね」中谷は訊ねた。

「まあそういうことになりますね」舟山は苦笑いを浮かべて言った。「取材陣がいないときもありましたし、小高い山のなかで隣家とは離れていましたから」

「中谷さん、本気で……」

小島が怪訝な目をしてこちらを見た。

「ただ訊いてみただけだよ」

舟山が語る噂話は、本人ですら真剣に受け止めておらず、まったく話にならないものだった。ただ、もし亜樹の記憶が本物だった場合、坂内がハーレムをでるところは目撃されているから、殺されたのは亜樹の母親である可能性が高くなる。亜樹の想像が現実に一歩近づく。

「消えたふたりがどこへいったか、調べたりしなかったんですかね」

「読者が興味もちそうなことではないですからね。どこの社も調べなかったと思いますよ」

新聞にしても週刊誌にしてもそういうものだ。

「舟山さんは、原澄江という女性のことを覚えていますか」

「二十年前のことですし、女性がたくさんいたから、個別に覚えているひとはいないですね」

舟山はそう答えたが、思い直したように、「いや」と口にした。

「原自体は覚えていないですけど、原と坂内が似ていたという印象はありますね。顔がそっくりってわけじゃなく、年も近いし、背格好も似てるんで、区別がつきにくかった覚えがあるな」

「じゃあ、でていくところを見たという記者が、間違えた可能性もあるのでは」

「それはない。坂内がでていったのは、原がいなくなったあとですから」

　確かにそうだ。

　亜樹が誰かを殺したにしても母親でなければ、と思ったが、その可能性を刈り取ることはできなかった。

「中谷さんも、新聞社にいたころ、花畑ハーレムの取材をされたそうで」

「北九州の支局で、連絡要員にかりだされただけなんですが」

「じゃあ、ハーレムの最後を見たわけですな。私はその前に異動になりまして、最後は立ち会えなかった」

「立ち会えなくて残念でしたか。それほど意味のある事件ではなかったと思いますが」

　舟山は年長者らしい包容力のある笑みを浮かべて頷いた。

「ずっと追ってきたので、どうせなら最後まで――、という気持ちはあります。確かに最後まで見届けたところで、何も残らない事件だったと、私も思います」

　何も残らなかったのは、事件に意味がなかったからではない。マスコミ側の伝え方がまずかったからに他ならない。

バブルのあの当時、貧困になど誰もまともに目を向けようとしなかった。ハーレムに集まってきたのは、ほとんどが貧困層に属する女たちで、なぜ彼女たちが岩田の下に集まり集団で生活するようになったのか、その背景を掘り下げ報道したなら、花畑ハーレムを世間に伝えた意義は残っただろう。

週刊誌だけでなく、新聞もセンセーショナルな外面ばかりを追いかけ、個々の人間の内面に切り込んでいくような姿勢に欠けていた。それは個々人の記者の問題でもあるが、会社がそういう報道を求めていなかったし、暗いものなど見たくないという社会の要請が何より強かった。当時、しばらく続いたそんな空気が、中谷に新聞記者という職業に見切りをつけさせ、創作活動に向かわせた一因でもあった。

「中谷さん、そろそろ――」

小島がほどよいところで、沈黙に終止符を打った。

「そうだな。――お忙しいところ、ありがとうございました。参考になりました」

「お役に立てたならいいですが」

舟山はひとの好(よ)さそうな笑みを浮かべ、軽く頭を下げた。

「ところで中谷さん」

腰を上げかけた中谷を引き止めるように、舟山が声をかけた。

「もう三十年近く前ですけど、多摩川河川敷ＯＬ暴行拉致事件というのがありましたでしょ。中谷さんは、あの被害者の女性、中谷順子さんと関係がおありになるのですか」

中谷は上げかけた腰を止めたまま、舟山を見つめた。

「確か女性には、ラグビーをやっている弟さんがいたはずで、中谷さんのプロフィールにも、大学時代ラグビーで活躍したとあるものですから、ずっと気になっていまして。私は二十代のときにも週刊誌におりましてね。そのとき、あの事件を担当したんですよ」

中谷は答えられなかった。新聞社の面接のときに話して以来、自らその話を打ち明けたのは文子以外にいなかった。

中谷は失礼と言って歩きだした。静かなロビーにぺたぺたとサンダルの音が響く。外にでると、闇と見間違うくらい、空は濃いブルーに染まっていた。

背後から中谷を呼ぶ小島の声が聞こえた。

11

中谷は埼玉県大宮市の外れにある団地で育った。両親は中谷が赤ん坊のころに離婚していて、母親と姉の三人暮らしだった。

　母は自衛隊の駐屯地近くでスナックを経営していたが、子供ふたりを養っていくのがせいいっぱいで、いつも生活は苦しく、金がない金がないとこぼしていた。ただ、団地暮らしの良さで、周囲の多くが似たような生活環境だから、中谷は貧しさを恥じるようなこともなく育った。

　中谷が辛かったのは、貧しさよりも、母があまり子供にかまわなかったことだ。店が休みの日にどこかへ連れていってもらったことなどほとんどなかった。パチンコをしたり酒を飲んだり、母は自分の好きなことに時間をつかった。貧しいながらも、休日に家族ででかけるよその家族がうらやましかった。

　中谷の救いは、面倒見のいい姉がいたことだ。姉の順子とは三つ年が離れていた。もちろん、母の代わりになりはしないが、子供のころの三歳違いはずいぶん年上に感じるもので、母がいない不安をあまり感じずにすんだ。

　とはいえ、姉は特別しっかりしている子供でもなかった。中谷が風邪を引いて食べたものをもどしたら、どうしたらいいかわからず一緒になって泣いていたし、母親に頼まれて買い物にいくと、いつも何か買い忘れてきた。

　中谷が小学校に上がったころ、姉が突然、夜って怖いと言ったのを覚えている。その前の晩、姉は夜中に目を覚ました。半分開いた襖から母の姿が見えたそうだ。煌々と灯る明りの下、座卓に肘をついて座る母の姿はそれだけで悲しげだったが、見ているうち母が泣いていることに姉は気づいた。誰かに叱られているわけでもないのに、母はひとりで泣いている。きっと夜が母を泣かせているのだと、姉は感じたそうだ。いつも怒ってばかりいる強い母を泣かせる夜は怖い。姉は本気で口にした。そんなおかしなことを言う姉であった。

母が不在であるため、中谷も夜というものを必要以上に意識していた。寂しさと恐怖は周りの友達より強く感じていたと思うが、外にでればやんちゃな子供だった中谷は、それを隠した。友達にそんな素振りを見せなかったし、自分自身でも夜なんてどうってことないと思っている振りをしていた。

中谷が小学校四年生のころだった。ある晩、夜中に目が覚めた。また眠りにつこうと思ったがなかなか寝つけず、起き上がって時計を見たら、午前三時過ぎだった。しいてある布団に母の姿はなく、襖を開けてみたけれど、茶の間にもいなかった。遅くとも二時前には母が帰ってくることを知っていた中谷は、母に何かあったのではと心配になった。

夜は怖くないと思おうとしている中谷は、半ば挑むように、母を捜しに夜の屋外にでてみることにした。

あれは春だった。ひゅるひゅると音をたて、大きなうねりのある生ぬるい風が吹いていた。自分以外誰ひとりいない屋外は、いつもより空間が広い気がした。心細さと開放感を同時に感じながら団地の敷地をとぼとぼと歩いた。恐怖をうまく隠して。

団地の敷地をでてしばらくすると、前から黒い影がやってくるのがわかった。滑らかに進んでくるそれは自転車に乗ったひとだった。初めて見るひとの姿に怯えながらも、母かも知れないと期待が膨らんだ。近くまできて、自転車はスピードを緩めた。中谷の手前で止まった。

自転車に乗っていたのはやはり母だった。中谷の心に喜びが広がる前に、母は「こんなところで何やってるの」と怒りだした。けれど中谷は母の怒りなどなんとも思わなかった。

口の端が切れ、血が垂れていた。中谷は母の口元をじっと見ていた。暗がりに慣れた中谷の目には、そのあたりが痣のように変色しているのも確認できた。

中谷は夜に恐怖を感じた。たぶん誰かに殴られたのだと理解しながらも、自転車で駆け抜ける母を、夜がぼこぼこに痛めつけるイメージが頭に張りつき、現実のことのように感じてしまう。

中谷はそれ以来、夜に対する恐怖を自分に隠せなくなった。そのぶん、昼はやんちゃが過ぎるようになった。昼は外で暴れ回り、夜は姉の側から離れない。そんな状態が中学に上がるまで続いた。

姉が消えてしまったのは、中谷が高校一年のとき。梅雨明け間もない夏だった。

ラグビー部の練習を終えた中谷は、午後六時半に帰宅した。玄関を入ってすぐの台所に姉が立っていた。

窓を開けていても煮炊きの熱が部屋にこもっており、入るなり中谷はバッグを投げ捨て、「暑い」と叫んだ。わかりきったことをわざわざ口にする弟がおかしかったからか、姉は中谷を見て笑った。明りは台所を照らす蛍光灯だけで薄暗かったが、化粧をした姉の顔に汗が浮いているのが見てとれた。

「洋ちゃん、ちょうど夕飯のしたくができたところ。冷めないうちに食べちゃって」

座卓の上に、ラップがかけられた料理がのっていた。焼きそばと卵焼き。姉がすぐにご飯と味噌汁(みそしる)をよそってもってきた。

姉は当時十九歳で、商業高校を卒業し、四月から働き始めたばかりだった。この日は土曜の半ドンで、したくをする時間は充分あっただろうに、夕飯にしてはずいぶん大雑把(おおざっぱ)で珍妙な取り合わせだ。姉は中学に上がる前から母に代わって、夕飯のしたくをするようになっていたが、料理の才能はないらしく、ほめられるのは量の多さぐらいのものだった。

姉は料理ばかりでなく、勉強も運動も得意ではなかった。友達に囲まれ明るく騒ぐような性格でもないから、容姿は並より上でも男子受けはせず、クラスのその他大勢に埋没するタイプだった。実際に学校でどうだったか知らないが、中学、高校に通う姉は決して楽しそうには見えなかった。

ところが、勤めるようになってすぐに変化が見えだした。子供っぽい偏狭な物差しで測られることがなくなった解放感からか、自分で金を稼ぐようになった自信からか、姉に活発さが見えるようになった。学校でのできごとなど話さなかったのに、仕事の話を楽しそうにする。夏前からは、週末の夜に、同僚と遊びにでかけるようになった。

「ねえちゃん、今日もでかけんの」と中谷は訊ねた。姉は、はっと気づいたような顔をし、「急がなくちゃ」と慌てて動き始める。

ブルーのプリーツスカートが大きく翻った。

中谷はそのスカートに見覚えがあった。先日ファミリーセールで買ったもので、定価だとけっこうな値がするものが安く手に入ったと自慢げに言っていた。

姉は大手アパレルメーカーの物流倉庫に勤務していて、その倉庫で社員向けのセールが時々行なわれるらしく、中谷にもTシャツを買ってきてくれたことがあった。服を買ったからでかけたくなるのか、でかけるから服を買うのか、姉の夜遊びは先週に引き続き二週連続だった。

汗をかいたからだろう、姉は自分の部屋に入り、チェックのブラウスから赤いポロシャツに着替えてきた。中谷は姉を目で追った。姉の服装を見ていた。

赤とブルー。どちらも、相手を鮮やかに引き立てることなく、互いをくすませた。赤は乾いた血を思わせた。濃いブルーは夜の闇のよう。料理の献立と一緒で、うまくない組み合わせ。服のセンスもないのかと思ったら、中谷は少し悲しくなった。

姉はでがけにそんな冗談を言った。

「寝てていいからね。ひとりで、寝られる？」

夜が怖くて姉にへばりついていたのは、もう昔のこと。腹立たしさと照れくささで、無視をした。姉がどんな表情を浮かべてでていったか、中谷は見ていない。

姉は帰ってこなかった。夜中に帰宅した母は、年頃だからとさほど気にしなかったようだ。朝になり警察から電話があり、姉が男たちに車で連れ去られたことがわかった。

事件が発覚したのは、姉と一緒にいた同僚がひどいけがをした状態で、多摩川の河川敷で発見されたことからだった。同僚の話によると、新宿のディスコで知り合った男ふたりにドライブに誘われ、車で多摩川までやってきた。散歩をしようと男たちは車を降りた。姉も外にでたが、同僚はなんだか怖くなってきて帰ると言って車内に留まった。男たちは同僚を車から引きずりだし、殴る蹴るの暴行を加えた。姉だけを車に押し込め、同僚を河川敷に放置したまま走り去っていった。

新聞でも大きく取り上げられ、警察は捜査本部を設置して大がかりな捜査を行なった。しかし、男たちが乗っていた車は黒っぽいセダンとしかわからず、ふたりの似顔絵も公開されたが、警察は犯人に辿りつけなかった。姉を見つけることも――。

事件直後、自分がどう感じ、何を思ったか中谷は覚えていない。覚えているのは、子供に無関心だった母が、本気で悲しみ心配しているのに驚いたことぐらいだった。

事件のあと、母は仕事にいかず、部屋で飲んだくれていた。心の整理をつけ、再び店を開けるまでに三ヵ月かかった。中谷の立ち直りはずっと早い。二週間後に始まった部の合宿に参加している。部の顧問や仲間たちは、最初腫れ物にさわるような接し方をしたけれど、中谷はなんら以前と変わらぬ態度でみなと接していたはずだ。

事件から十日もたつと、姉はもう殺されているという空気が世間に漂い始めた。しかし中谷は戻ってくると信じたかった。だから悲しまない。自分が普段通りふるまうことが、姉を取り戻す残された唯一の方法のような気がしていたのだ。

もう戻ってくることはないと諦めたのはいつのころか。たぶん、姉が夜に溶けて消えてしまったイメージをもつようになったころだろう。姉が死を迎えるときの苦痛を想像したくなくて、そんなイメージをもつようになったのだろうと、自己分析はできるが、それがいつのころからかは、はっきりしない。

大学三年のとき、ラグビーの練習中にアキレス腱を断裂した。手術にリハビリ、結局競技生活を断念することになり、ぽっかり空いた時間、中谷は本を読んで過ごした。姉のことも考えた。そのうち、どうして姉は夜の街に溶けて消えてしまったのか、それを知りたくなった。

なぜ男たちは姉を連れていったのか、なぜ姉は男たちの誘いにのったのか、なぜ警察は見つけられなかったのか、そういう具体的なことが知りたかったわけではない。なぜ女は夜の街に向かうのか、ひとりの女が忽然と消えてしまうこの世の中はいったいなんなのか、消してしまう人間とはいったいどんな生き物か。もやもやと湧き上がる疑問。大雑把すぎて摑み所がなく、自分でも何が知りたいのかわからなくなるときがあるが、とにかく姉が消えることになった普遍的な構造のようなものを、どうしても知りたくなった。

中谷が新聞記者になったのは、それがわかるかもしれないと思ったからだ。就職活動のとき警官になることも考えたが、犯罪だけでなく、もっと広汎に社会を見渡せる記者のほうが知る近道になるだろうと新聞社一本に絞って就職活動を行なった。

「でも結局、お姉さんがどうして消えたのか、理解することはできなかったんですね」

ビールから日本酒に切り替えた小島が、杯を口の前で止めて言った。

「普段事件を追っていてね、真実に迫ろうとがむしゃらに多くのひとに取材をかけるうち、真実がぼやけていくことがあるんだ」

「ああ、その感覚わかりますよ」

小島は杯を空け、しみじみと頷いた。

「それと同じで、多くのものを見過ぎた。忙しすぎて、ひとつのことを納得いくまで掘り下げるなんてことはできない。社会の断面、ひとの心の断面を次から次へと見るうち、自分が求めているものがなんだかもよくわからなくなってしまった。それで小説を書くことにしたんだ。自分の想像力で姉に起きたことを理解しようと」

ようこそ、とでも言うように、首を傾げて小島はにっこりと笑った。徳利をもちあげ、まだ使っていない中谷の杯に酒を注いだ。

中谷はビールをちびちびとやっていた。姉の話をしながら悪酔いすれば、心に痛みがきそうでこれまでセーブしていたが、かまうことはない。痛みで他のことが忘れられるなら、そのほうがいい。佳奈のことも、それで気が紛れるかもしれない。

中谷は杯をもちあげ、ひといきで空けた。

「じゃあ、僕が前に言ったことは、当たってたんですね。中谷さんは、家族小説を書こうとしているって」

「ああ、当たってるよ」

小島は先生にほめられた生徒みたいに、本当に嬉しそうに笑った。

二年前、初めて小島が訪ねてきたとき、『夜の森』を読んで感動しました、あれは一種の家族小説ですよね、といきなり言い当てた。

主人公の男は宅配のアダルトビデオを注文した。バイクでやってきたビデオ屋は、中国人の女だった。男は女に惚れてしまい、女を捜して夜の街を彷徨い、いろんな人間に出会う。ついに女の住まいを見つけ、訪ねた男は、そこで女の死体を発見する。それが『夜の森』のあらすじで、ノワールとかハードボイルドの一種と分類され、家族をキーワードに論じた書評は見当たらなかった。

小島は、男は死んだ家族を捜して夜の街を彷徨ったんですよねと言った。がさつに見えて、小説を深く理解している男だった。次に小説を書くときは、この男と一緒に取り組もうと、そのとき中谷は決めた。

「読んだときはわかりませんでしたけど、『夜の森』の主人公は、死者は夜に溶けていると考えているんですよね。夜の街じゃなく、夜のどこかにいると信じて動き回っていたんですね。いまの話でわかりました」

「そこまで読み取る必要はない」

当たってはいるが、それは読者に伝わる必要がない部分。自分の思索のための部分だった。

「ここのところ小説を書かなくなったのは、やはり小説でもお姉さんに起きたことを説明できないと思ったからですか」

小島が中谷の杯に注いだ。中谷は軽く口をつけた。

「五年前、『夜の森』が出版されたとき、サイン会に田窪緑がやってきたんだ」

「誰です、田窪緑って」

「彼女は、事件があったとき姉と一緒にいた同僚だ」

ああ、と小島は大口を開けた。

「サイン会のあと、喫茶店で彼女と話をした。彼女も、姉がどうして消えてしまったか答えを探していると言った。何が起きたかではなく、どういう道理で姉の運命がそこに向かったか知りたいと。俺が求めているものと近かった」

「やはり、遺体も見つからなかったから、何年たっても、みんな心の整理がつかないんですね」

「そんな、誰にでもできるような分析はいらない」

冷たく言うと、小島はすみませんと、首をすくめた。

「俺は彼女に、よかったら僕の小説をこれから読み続けてくださいと言ったんだ。いつか、答えが見つかるかもしれないからと」

田窪はサイン本を手にし、まずはこれから、と思い詰めたような顔、そこから何かを得られることを真剣に望んでいるような顔をして言った。

「それから一年ぐらいして、田窪緑が殺されたという記事を新聞で見つけた。彼女が住んでいる静岡の田んぼで、絞殺体となって発見されたんだ」

表面が乾いた刺身に箸を伸ばしていた小島は、その形のまま固まり、目だけをこちらに向けた。

「犯人はすぐに捕まった。出会い系サイトで知り合ったばかりの男だった」

「彼女は結婚していなかったんですか」

「専業主婦だったよ。子供もいた。見るからに、普通の主婦という感じだった」

ナイロン製の防寒着を着て、毛糸のマフラーを巻き、しきりに「今日は寒い」と言っていたのを思いだす。

「彼女は行動したんだ。姉がどうして消えたか理解しようと、出会い系で男と繋がった」

「そういうことだったんですかね」

「少なくとも俺はそう信じた。そして、彼女の行動と覚悟に、作家として俺は勝てないと感じた」

「それで書くのをやめたんですか」

「やめたわけじゃない。書けないんだ」

田窪は『夜の森』を読んでがっかりしたのかもしれない。これでは答えにはほど遠い、まだまだ時間がかかると考えた。それで、自ら答えを探ろうと夜の街にでた。

次の小説は、せめて彼女に期待を抱かせるようなレベルのものでなければだめだ。彼女の覚悟を越えるような気迫をもって執筆にあたらなければならない。しかし、自分にはまだその準備ができていない、と彼女の死を知った当時、思えたのだ。

「中谷さん、書かなきゃだめですよ。自分が満足できない作品だろうが、作家は書いて書いて書きまくらないと」

小料理屋の狭いテーブルに、箸をぴしゃりと叩きつけ、小島は言った。

「記者の取材とは違うんです。作家がひとつの作品を完成させるには、あらゆる角度から現象や人物を見つめ、掘り下げて、削り取る必要があるわけですよね。それをしているなら、次から次へと書いていっても、書きたいと思う核となるものはぼやけることはない。逆に、輪郭が明確になっていくはずです」

「わかってるさ」

喉が渇く。しかし他に飲むものはなく、中谷は杯を取り、ぐいと喉に流した。

「わかっているなら書きましょうよ。なんなら、同じものを書いたっていい。二回目だから、頭のなかも作品もクリアで、新たな何かが見えるかもしれない。部長がいやな顔をするでしょうけど、僕が許します。『夜の森』を女の視点でもう一回書いてみませんか」

白くてぽっちゃりした顔はいつもと変わりがないが、酔っぱらっているようだ。

「しばらく待ってくれ。そろそろ書き始められると思うんだ」

本気で書けないと思ったのは、田窪が殺されたころの話で、それ以降は、一度のずる休みがずるずるとあとをひいて登校拒否になってしまったようなものだった。

「中谷さんは書かなきゃだめです。書く以外、何も残っていないじゃないですか」

書かなければただの生活破綻者。書かなければただの軽いおやじ。酔っぱらった小島に好き放題言わせ、もう言葉が続かなくなったところで店をでた。

酔っぱらいの言葉だけれど、そう外れてはいなかった。酔っぱらいの言葉だけに、たいして心に刺さりはしない。こたえたのは最初だけ。書く以外何も残っていない。

娘に命を狙われた。その事実だけで、手のなかにあったものはすべて吹き飛んだ。残されているのは、書くことだけ。作家なら、その事実を糧に、いい小説が書けるはずだ。

姉に娘。女たちがいつも小説のネタを提供してくれる。母もいる。姉が消えてから商売に打ち込み、店を三軒もつまでになった女。中谷が社会人四年目のとき、深夜いちばん新しいスナックで、ひっそり息を引きとった母も、小説のモチーフになる。

亜樹はどうだ。

何か書けるだろうが、書きたいと思うほどあの女は自分のなかにまだ入ってきていない。

中谷は調布の駅をでて、酔い覚ましにふらふらと散歩をしていた。酔いから覚めないほうがいいのではないか、という自らの心の忠告は隅に置いておいて、ただ足が向くまま、ぺたぺたと歩いていた。

中谷が足を止めたとき、自分がどこにいるかわかっていなかった。大きなウィンドウから溢れでる、眩(まばゆ)い明りに夜を感じて、足が自然に止まった。

あのコンビニだ。

中谷は視線を下に向けて、ぎゅっと目を閉じた。死んだ人間がいた。濃いブルーのスカートをはいた姉がそこに座っていた。

幻覚を見るほど酔っていたのかと驚きながら、首を強く振って目を開けた。まだいた。しかし、それは幻覚などではなかった。缶ビールを口に当てたまま、じっとこちらを見ていた。濃いブルーの布が胡座をかく足を覆っていた。

「なんか目がやらしいかも」

ぐるりと丸く並んだ空き缶の真ん中に、原亜樹が座っていた。

「何やってるんだ。こんなところで」

「迎えにきてくれるのを待ってた」

子供のように甘えた声だった。

「俺は迎えにきたわけじゃない」

「あたしが待ってたのは、百合恵ちゃん」

中谷は思わず建物の上階を見上げ、亜樹に視線を戻した。

「もうすぐ会えそうな気がする」

中谷はしゃがみこんだ。亜樹の腕を取った。

「いこう。死んだ人間を待っちゃいけない」

「どこいくの」

「どこでもいい。きみのいきたいところへいこう」

「いきたいところなんてない」

中谷は強く腕をひき、無理矢理立たせた。よろけた亜樹を抱き留めた。

「残念だけど、俺たちは生きている。どんなに近くにいても、死者に触れちゃいけないんだ」

中谷は耳元で言った。

「どこかいこう」亜樹が言った。

コンビニで立ち読みをする赤いTシャツの若者がこちらを見ていた。中谷はかまわず、亜樹の体に腕を回し続けた。

「俺の部屋にいこう」

12

ドアが閉まる金属の重たい音が響いた。

壁に手を滑らせ、明りのスイッチをつけた。

足を振ってサンダルを脱ぎ捨て、部屋に上がる。生ぬるい部屋の空気に、シャンプーの香料がふわっと香った。

背中に亜樹の体温を感じた。湿った腕が中谷の体を包む。中谷はその腕をとり、亜樹に向き直った。体を屈め、のしかかるようにして唇を重ねた。

後退した亜樹の体が、壁にぶつかり止まった。互いに自分のなかに取り込もうとするかのように強く吸い合った。荒い呼吸の合間に舌を絡ませる。強く押しつけた下半身に亜樹の手が伸びてきた。

中谷はズボンのボタンを外した。ジッパーを下げ、パンツとズボンをまとめて下ろす。亜樹のスカートをたくし上げた。

そこに夜より深い闇があると思った。いや、その入り口なのだと思った。自ら進んで入っていく愚かしさにおののきつつ、捨て鉢と期待に鼓動が高まり、額の一点が熱くなった。

亜樹の下着を剝ぎ取り、後ろを向かせた。壁に手をつかせ、濃いブルーのスカートを尻の上までめくり上げた。

相手への思いやりなどなかった。亜樹の孤独を埋め合わせてやろうなどと、気色の悪いことは考えていない。ただ、亜樹の気持ちはわかる、と思った。しっかり捕まえていてもらいたいと。するりと滑り落ちていかないよう体に絡みついて欲しいと。

硬くなったものを、亜樹の中心に当てた。導かれるように、ぬるっとなかへ——。襞を押し分け突き進んだ。息を吸い上げる音。痛みを堪えるような、くぐもった声が、中谷の耳を打った。

片手を壁につけ、片手で亜樹の体を支えた。腰を動かすたびに声が上がる。そういう仕組みのひとつの機械にでもなったような、一体感と達成感がじわりと興奮を高めた。腰の動きが早くなる。

ブルーのスカートが揺れていた。魅入られたようにそれを見ていた中谷は、姉を犯しているような気になっていた。その背徳感がいたずらに興奮を煽り、これまで感じたことのない快感の固まりが足の付け根まで上ってきた。額の一点の熱が周囲に広がりぼーっとしてきた。

ふいに壁についた手が汗で滑った。つき直そうと試みたが間に合わず、支えを失い、亜樹もろとも床に崩れ落ちた。離れないよう両腕で亜樹をしっかり抱きしめていた。床に転がったまま、中谷は一心に腰を動かし続けた。

二回目はもう少し穏やかだった。床にキャンプ用のマットを敷き、服を脱いで交わった。それでも、互いの敏感なところを確認することもなく、闇雲に唇を寄せ、手でまさぐり、体をぶつけあった。亜樹のなかに入っているのがわかる。亜樹が入ってくるのもわかった。

踏み入れた闇のなかで、亜樹の孤独を、不安を、怒りを、ただ黙って聞いていた。もし亜樹がこのまま夜に溶けていくのなら、自分も重なったままついていってやろうと思った。そんな覚悟をもちながら、中谷は亜樹のなかで果てた。

夜が白み始めても、まだ互いの性器を弄んでいた。絞ればまだ何かでてくると言わんばかりに、止めどなかった。そのしつこさがどこからくるのか、中谷は自分でもよくわからない。たぶん、亜樹もわからなかっただろう。

踏ん切りをつけさせたのは、子供の声だった。ラジオ体操の帰りなのか、まだ七時になったかならないかの時間なのに、楽しそうにはしゃぐ声が部屋のなかにまで届いた。もう夜が終わっていることをはっきりと知らされた。中谷はとくに名残惜しさを感じることなく、起き上がった。亜樹は眠そうな目を向けただけ。

「シャワーを浴びるか。使ったタオルしかないけど、よかったら使え」

服を身に着けて中谷は言った。

亜樹もマットの上に起き上がっていた。眠そうに目を擦(こす)っている。いつからか、亜樹の酔いが覚めているのを中谷は気づいていた。

「シャワーはいい」

亜樹は長い髪をゴムでまとめて風呂場にいった。顔を洗って戻ってくると、皺だらけになった服をそのまま着た。

「ねえ、新しい歯ブラシなんてないですよね。シャワーより歯を磨きたい」

亜樹はマットの上に横座りして、中谷を見上げた。

回転椅子に座る中谷は苦笑いを浮かべて「ないよ」と答えた。

勝手気ままな感じは、初めてここへきたときと変わらない。一夜をともにした照れや、気まずさは見られなかった。

中谷は寝たことで亜樹への思いに変化が生じてはいたが、それは態度に表れるようなものではない。照れなど感じる感性はもう遥か昔に失い、やはり何も変わることなく亜樹と接した。

「そういえば、この間の歯ブラシってなんだったんですか。捨てたって言ったとき、ショックを受けてた感じだったけど」

「あれは、姉の歯ブラシだったんだ」

亜樹は「ふーん」と素っ気なく言うと、髪をまとめていたゴムを抜いた。指ですき、首を強く振ってまとまった髪をもとどおりふんわりさせた。

「姉は男たちに拉致されて、それっきり行方がわからない。もし遺体がでてきたら、あの歯ブラシでDNA検査をして確認するつもりだったんだ」

「それって、ほんとの話ですか」

亜樹は眉間に皺をよせ、首を突きだして訊ねた。

「もう三十年前の話だ。だから気にすることはない」

母親は姉のものをほとんど捨てなかった。母親が死んでから中谷が整理をし、DNA照合のことを考えヘアブラシなども保管していたが、引っ越しを繰り返すうちにどこかへいってしまった。残った歯ブラシをなくさないよう、いつも目につくところに置いておいた。結局はそれがあだになったのだけれど。

「すみませんでした。ほんとに大事なものだったんですね」

すまなそう、というより、いまだに驚いている感じだった。

「ディスコでナンパされて、その後車で連れていかれた。犯人も捕まらなかった」

昨日から口が軽いなと思う。それで同情を買おうなどという気は毛頭なかった。ただ亜樹には、対等に自分のことを知っていてもらいたかった。

「中谷さんって、家族いるんですか」

「もう誰もいない。兄弟は姉だけだったし、親も死んでいる。かみさんには逃げられたし」

離婚しても縁は切れないと思っていた娘はいるが、心の片隅にある佳奈専用のスペースが昨日以来空っぽだった。そんなことは亜樹にも話すつもりはない。

「それにしては、あまり寂しそうじゃないですね」

「そういう体質だ」

それでよく作家をやっていられる、と亜樹は冗談めかして言ったが、それは作家として大事な資質だと中谷は心のなかで反論した。

亜樹が突然背後を振り返った。玄関のほうでもの音がしたようだが、中谷は気にしなかった。

「話は変わるが、きみのお母さんのことなんだけど」

そう言っただけで、亜樹は体を硬くした。

「昨日、当時、取材に当たった元週刊誌の記者から話を聞いたんだ」

中谷は丹文社の舟山から聞いた話を亜樹にした。

「それじゃあ、あたしが殺したのは、やっぱりお母さん……」

「もしそんな事実があったとしたらの話だ。ハーレムの住人以外だった可能性もあるし」

昨日舟山から話を聞いたときは、不安にさせるだけだから亜樹には話さないつもりでいた。しかし、いまこうして話しているのは、亜樹の心の闇に寄り添う覚悟があるからだ。何が起きたか、なぜそんな記憶がでてきたか、その解明に積極的に関わろうと中谷は思っている。それは必ずしも亜樹のため、というわけではない。

「とにかく、もう少し調べてみよう。要は、きみのお母さんが現在生きていることが確認できればいいんだ。伯父さんに何か知らないか訊いてみてもいい。それがどうしても確認できないなら、岐阜の元ハーレムがあったところを、掘り起こしてみる」

「本気ですか」

できるかどうかはわからないが、半ば本気で言っていた。

元から化粧をほとんどしていない亜樹は、身支度いらずで、八時前には帰ると腰を上げた。

「外で朝飯でも食べるか」

「いいです。いつも朝ご飯食べないから」

亜樹は玄関にいき、革のサンダルをつっかけた。

「見送らなくていいですから。あのおっさんと寝たのかと、じろじろ見られるのいやですから」

「いちいち、そういう見方はしないと思うが」

へらへら笑うおやじを、亜樹は睨んだ。

「あの、あれは、昨日の夜だけのことですので。勘違いしてないとは思いますけど」

「ああ、もちろんわかってるよ」中谷は余裕で頷いた。

それじゃあ、と亜樹は言った。ドアに向かうかと思ったら、手が伸びてきた。中谷の肩に両手をのせ、軽く弾んだ。亜樹の唇が中谷の唇に軽く触れた。

中谷は亜樹の若さを初めて意識した。うろたえて、亜樹を喜ばせる気はなく、若さを愛おしむ目——端からそう見えるかはまったく自信はなかったが——をして、見下ろした。

亜樹は満足げに口の端を曲げた。それじゃあ、ともう一度言い、ドアからでていった。

13

ＪＲ八王子駅のあたりで亜樹を見失った。駅に向かう通勤ラッシュのひとの流れのなかで、ふと集中力をなくした数秒の間に姿が見えなくなった。

友幸はひとの流れにのったまま駅まで進み、北口の階段を駆け上がった。階段を上がりきり改札の前まできても、亜樹の姿は目にはいらない。亜樹の家があるのとは反対側の南口に下りた。

駅前のロータリーを歩く亜樹の後ろ姿を見つけた。すぐに駅前の通りに入り、西へ向かう。友幸は早足で進み、少し距離を縮めた。

家がわかっているから焦ることはない。ただようやく今日、また会うことができたのだから、できるだけ姿を見ていたかった。

しばらく進むと亜樹が足を止めた。すぐに踵を返し、友幸のほうに向かってきた。友幸は焦った。いま声をかけてもいいはずだが、考えがまとまらない。友幸は少し引き返し、脇道にそれた。

後ろを振り返りながらゆっくり歩く。亜樹が通り過ぎるのを目にし、急いで元の道に戻った。再び亜樹のあとをつけ始める。

亜樹はJRの駅に上がり、北口に向けて通路を進んだ。友幸は亜樹がどこに向かっているのか見当がついた。

昨日、亜樹は自転車に乗っていた。それを駐輪場にでもとりにいくのだろう。そのことを友幸はうっかり忘れていたが、それこそ亜樹もだろう。

北口をでて、京王線の駅のほうに戻っていく。ホテルの前を通り過ぎた。少し寂れた一帯に入り、角を曲がるとすぐに駐輪場が現れた。亜樹は三階建ての建物のなかに入っていった。

ここで、あとをつけるのも終わり。友幸は駐輪場の敷地の前で立ち止まった。

自転車のあとを追うのは無理だ。だったらここで声をかけてみようか。でもなあ、と友幸は思う。

亜樹がただ家に帰るだけなら声をかけてもいいが、また南口のほうへでて、どこかへ向かうのであれば、その目的地を知りたかった。何をするか、確認したかった。別に、ひとのあとをつけるのが趣味なのではない。友幸はひとの言葉が信じられなかった。というより、ひとは頻繁に嘘をつくものだと知っている。とくに、自分自身のことについては。だから、そのひとを知るには、本人の話を聞くだけではなく、少し離れたところから無防備な姿を見るのがいちばんだと思っていた。

亜樹は二十年も会っていなかった同志。これから一緒に旅をするかもしれないのだから、多くのことを知っておきたかった。ずっと接していれば、言葉以上にわかることもあるが、そんな時間はないはずだった。

友幸は駐輪場の入り口を通りすぎ、少し北のほうに進み足を止めた。

もし亜樹が家に帰るのなら、こちらへ向かってくるはずだ。そのときは声をかけてみる。もし、またＪＲの駅のほうへ戻るのなら、できるだけあとを追ってみることにした。

二分ほどして亜樹は現れた。自転車を引いて駐輪場の敷地からでてきた。自転車の前輪は友幸がいるのとは反対方向を向いている。

亜樹が後方を、こちらのほうをちらっと窺い、サドルにまたがった。ゆっくりとこぎだし、すぐに駅のほうに角を曲がる。それを見て友幸は駆けだした。

スピードを落として角を曲がった。すぐに足が止まる。

いない。亜樹の姿が消えてしまった。道は駅のロータリーのほうへ真っ直ぐ延びている。駅へ向かったなら、姿がないはずはなかった。

友幸は少しいった先にある、ＪＲの線路方向に延びる脇道へと向かった。そこを曲がったとしか考えられない。

小走りで進み角を曲がった。とたん、友幸の足が止まった。心臓が止まりそうなほど驚く、という体験を久し振りにした。

角からすぐのところに亜樹がいた。自転車を降り、こちらを向いて立っている。

友幸は、自分には選択肢が三つあることはわかったが、咄嗟に選べず、ただその場に佇んだ。それも選択肢のひとつではあった。

「あなた、なんなの」

亜樹が眉間に皺を寄せて言った。

亜樹の容姿はかわいいタイプに入るのだろうが、険しい顔が似合うと思った。

昨日初めて会ったときも、こんな表情をしていた。

「あたしのこと、ずっとつけてきたでしょ」

「ずっとって——」

「駅からずっとつけてるの、わかってんのよ」

亜樹は遮るように言った。

「そんな赤いTシャツ着てたら、目立つに決まってるのに」

確かにと思い、友幸はTシャツを引っぱった。ばかにしたような目を向ける亜樹に、ふっと笑いかけた。亜樹は気味悪げな表情を見せ、体を少し引いた。

「原亜樹さんだよね」落ち着きを取り戻した友幸は、よく通る声で言った。

亜樹の視線が、自分の顔に集中するのが友幸にはわかった。

「覚えてないかもしれないけど、俺ときみは、子供のころ一緒に暮らしてたんだ。岩田さんって男のひとを中心に、きみのお母さんや、俺の母親とか、他に何人かで団体生活をしてた」

亜樹は最初、驚いたように眉を上げ、すぐに目を凝らした。首をつきだし、じっとこちらを見ていたが、またはっと驚いた顔をした。

亜樹は、いつも後ろについて歩いたお兄ちゃんを思いだしたのかもしれない。友幸は亜樹に近づいた。

「大事な話があるんだ」

## 14

相変わらず冷房が効きすぎていて肌寒かった。

リハビリセンターの患者たちが集まる駅前のコーヒーショップは、まだ午前中とあって閑散としていた。だから余計に、寒く感じる。

中谷は腕を手でさすった。なかなか仕事に集中できない。店を移るのもひとつの手だが、頼んだコーヒーがもったいない。

仕事をしにきてるのに本末転倒だ、とはいえない。仕事はもともと金のためだから、コーヒー代を優先して何が悪いか。たぶん、損得勘定でいうと間違っている。

腕組みをし、しかつめらしい顔をして、真っ白なノートを見つめていた。

ふと視線を上げると、通路を挟んだ正面の席に座る男と目が合った。二十代半ばぐらいの男は、ぼーっとこちらを見ていた。

これで二回目。先ほども目が合った。よほど暇なのだろう。男のテーブルの上にあるのはアイスコーヒーのグラスだけ。何をするでもなく、ただ座っている。

男は視線を外し、ストローをくわえた。中谷もノートに視線を落とす。ボールペンを手にした。

住宅ローン、推理作家協会の年会費、子供の養育費。思いつくまま言葉を並べた。そこから話を膨らませられそうなものはないか探ってみる。

私の損得勘定。三日前に小説誌の編集者から依頼のあったエッセイのテーマだ。締め切りまであと二日。きっと、誰か他の作家が書けなくなって、急遽暇そうな作家を探したのだろう。ちょうど亜樹が帰っていったあと、うとうとしていたときに受けてしまった。

確かに暇だからいいのだが、締め切りまで間がなくても原稿料に変わりがないのは割り切れない。中谷は損得勘定をした。

視界の端っこに足が見えた。形の崩れた白いスニーカー。視線を上げた。

先ほど目が合った若者が、テーブルの脇に立っていた。無表情だが、肩に力が入っているのがわかる。因縁でもつけるつもりかと中谷は身構えた。

「何？」

「お仕事中にすいません。……あの、作家の中谷洋さんですよね」

中谷は眉を上げ、垢抜けのしない男をよく見た。

「そうだけど」

「やっぱり――。俺、ファンなんです。ていうか、前に本読んだことがあって」

男は緊張を解いて、笑みを見せた。大袈裟な笑みではなく、安堵を示すような緩い表情は好感がもてた。

「どうもありがとう。何読んでくれたの」

「『夜の森』と、あと、短編集を」

「ああ、『蜂の夢を見た』だね」

「そう、それ。どれも面白かったです。読んでてぞくぞくしました。『夜の森』の主人公のちょっと狂った感じがほんとよくて。あれは死んだ家族を捜してたんですよね。家族が死んだ理由はでてこないけど、もしかしたら、主人公が殺したんじゃないかと考えたら、ますますぞくぞくきた」

中谷は男の顔をまじまじと見た。

「よかったら座らないか」中谷は向いの席を指さした。

「ああ、どうも」と男は遠慮なく腰を下ろした。

「きみは書評とかやってる?」

「……なんですか、ショヒョウって」

「いや、なんでもないよ」

中谷は苦笑いを漏らした。

『夜の森』に対する的確なコメントから、もしや——、と思ったが、確かに書評家にしてはボキャブラリーが少なかった。

「もしかしたら、リハビリセンターに通っているひと？　ヨリナガ君と友達とか」

「すみません、話がよくわかんない」

「いや、こちらこそ失礼」

一般的に知られているわけでもないのに、この店で、自分の顔を知った人間にふたりもでくわした。偶然とは思えず、もしや――と考えたのだ。

短めだが、寝癖で逆立ったようなもっさりした髪。袖のリブが伸びきったポロシャツ。色の褪せたジーンズ。ひきこもり系の作家志望といったところか。

「小説家ってすごいですよね。どうやったら、あんなストーリーが浮かぶんですか」

「ただ長い間、椅子に座っていられるだけさ」

自分の場合、それ以外の秘訣はないと思っていた。

「そうなんですか」とくに驚いた風もなく、言った。「とにかく、『夜の森』の主人公はよかった。何をするかわかんないから、読んでてひやひやするんですよね」

最後はもっとひとが死ぬかと思った、と言いだしそうな気がした。

「でも、そんな男が、家族を忘れられず捜しているとわかったとき、すごく切なくて」男は伏し目がちで言った。

鋭そうには見えないが、本当に小説が読める若者だと思った。外見からわからないのは、小島と同じだ。

顔立ちはシャープで整っているのに、表情がどこかぼんやりしていた。若い俳優に似た顔がいたなと思うが、名前を思い出せない。

「確かに切ないね。さらに、そんな男ですら囚われてしまう、家族というものの不自由さを、男の行動から感じてもらえればうれしい」

「家族なんて必要ないってことですか」

「本当に必要なのか、一度問い直すべきじゃないかってことさ。その答えは、個々に違っていいのだと思う」

男は何か得心したように、さっぱりした顔でしきりに頷いた。

「中谷さんはどういう答えをだしますか」

「そうだな……。いま、ちょっと家族のことで頭を悩ませてる。それが一段落してみないと、答えがだせないかもしれない。また会うことがあったら、そのとき答えるよ」

せいいっぱい誠実に答えたつもりだ。いや、逃げているだけかもしれない。

「主人公が女を求めるのは、家族の代わりなんですかね」

「いや、必ずしもそういうことじゃない。代償として何かを求めるのは、一般的にはよくあることだけどね」

「じゃあ、一般的にいうとどうなんですか。その代わりの何かが家族以上の価値をもつことってあると思いますか」

男の問いかける声が、にわかに熱を帯びた。

「きみは、なかなかいいインタビュアーだね」

「……ああ、すいません。仕事中だったんですよね。邪魔しちゃいましたね」

「いいんだよ」

議論をふっかけられるのは鬱陶しいが、インタビューみたいなものは嫌いではなかった。

「代わりの何かが家族以上の価値をもつか、という質問だけど、答えはノーだ。代わりを求めるっていうことは、家族に囚われ続けている証拠だ。囚われている限り、それ以上の価値を見いだすことはできないよ」

話しながら自分でなるほどと思った。いっぽうで、どうでもいいとも思う。家族の代償が、家族以上の価値をもつ必要などとくにあるわけでもない。

男は整った顔を少し歪ませ、何か考えている様子だった。中谷の視線に気づき、ちょこっと頭を下げた。

「ありがとうございました。本物の作家さんと話ができて、嬉しかったです」

「俺も楽しかったよ」

壊れた家族の埋め合わせに、何かを求める若者。小説のモチーフとしてどうだろうかと中谷は考えていた。少なくとも、壊れた家族をすっぱり消し去るため殺人に走る話よりは、書く気になる。

「きみはこの店によくくるの」

「初めてです。家はこのへんじゃないんで」

男はそう言うと、慌てた様子でつけ足した。「でも、いまは夏休みで、このへんに住む友達の家に泊まってる。だからまた会うかもしれない」

夏休みという年にも見えないが、案外まだ学生なのかもしれない。社会人と考えるよりもそのほうがしっくりくる。

「それじゃあ、どうも」と若者らしくぶっきらぼうに言うと、腰を上げた。自分の席には戻らずそのままエントランスに向かった。

中谷は腕組みをし、ノートに視線を落とした。頭のなかで考えているのは損得勘定ではない。壊れた家族の代わりになるものを探していた。

15

賑やかを通り越して騒音だった。ひとつひとつの音は潰れ、ひとをなぎ倒さんばかりに膨らんだ一塊の音が、店内の空気を揺さぶった。

友幸は大口を開けて笑う女を見ていた。大口だけならまだしも、体を大きく揺すり、しなるような手で拍手を打つのが不快だった。

笑い終わると細長い指で相手をさして、大声でつっこみを入れる。とたん、咳き込むように爆笑し、今度は剝きだしの膝をぱんぱん叩く。そんな繰り返しだ。どうしてそこまでして、楽しさを表明しなければならないのか、友幸には理解できなかった。

どのテーブルにもそんな奴ばかり座っていた。だから、薄暗い洒落たカフェなのに、場末の酒場よりもうるさかった。

「そんなにばかを見つめないほうがいいよ。ばかがうつるから」亜樹が口に運ぼうとしたスプーンを止めて言った。

「それとも綺麗な足に目がいった？」

亜樹はばか笑いする女のほうをちらっと窺い、からかうような表情を浮かべた。

「そんなもん、見るかよ」

友幸は吐き捨てて、ハンバーグを口にした。

相変わらずため口だな、と思う。先日八王子で話をしたときからずっとだ。駅の近くの喫茶店で、自分が何者かを説明した。二歳年上だと知っても、亜樹の言葉遣いは変わらなかった。

もっとも、それほどため口に違和感があるわけでもなかった。一緒に暮らしていたころ、ずいぶん年下に感じたのに、いま話してみると、年の差などあまり感じない。見た目は若くかわいい感じだが、都会で暮らしてきた二十六歳なりの図太さや、したたかさをもっていた。

亜樹のほうは、田舎者(いなかもの)で世慣れていない友幸を下に見ているようだった。さきほどみたいにからかうことが何度かあった。この渋谷のカフェを指定したのは亜樹だが、友幸にとって居心地悪そうな店をわざわざ選んだのではないかと疑っていた。

「あたし、一緒に旅にでてもいいかな、と思ってる」

食後に運ばれてきたドリンクに口をつけたとき、亜樹は言った。

「……ほんとか」

アイスコーヒーが気管に入り、友幸はむせた。

「あたし、昔の記憶があんまりないから、友幸さんみたいな情熱は湧かないけど、この間、話を聞いて、ちょっと心が動いた」

「どのへんに心が動かされたんだ」

亜樹は、名前のよくわからないカクテルに口をつけてから話しだした。

「黄金の里って、どんなものかよくわからないけど、心の安まる私たちだけのための場所があるのなら、いってみたい。その言葉を聞くだけで、なぜか懐かしいような気もするし」

「はっきり覚えてなくても、昔聞いたときの記憶が、頭のどっかにあるんだよ」

亜樹は納得したように何度か頷いた。

「教授にも会ってみたい」

「今度紹介する。実は今日、会ってきてね、亜樹ちゃんが見つかったって話したら、教授も喜んでた。会いたいってさ」

ここへくる前、金を借りに健康愛気の研究会へいってきた。教授はすんなり三万円貸してくれた。亜樹が見つかったと聞き、「よかったな」と口にしただけで、案外素っ気なかった。まだひとり残っているから、あまり浮かれないように、ということだったのかもしれない。

「迫田のばあさんも紹介しなきゃな。あれこれ注文は多いけど、気のいいばあさんだ。旅にでるまで頻繁に会って、気心しれるくらいの仲になっておいたほうがいいかもな」

「ちょっと待って。まだあたし、いくと決めたわけじゃないからね」

「どういうことだ。さっきいくって言ったじゃないか」

隣に座るグループがけたたましい笑い声を響かせたので、思わずそちらを睨みつけた。すぐに亜樹に目を戻す。

「旅にでたいって気はするけど、そう簡単には決められない。ずっと住んでたところを離れるわけだし、伯父さんたちもいるし」

「伯父さんたちが反対しているのか」

電話をしたとき、亜樹なんていないと嘘をつかれたことを友幸は思いだした。

「まだ話してない。伯父さんたちは、あたしがいくって強く言えば反対しないと思うけど」

亜樹はグラスを手に取り、ごくごくっとカクテルを喉に流した。

「この間、花畑ハーレムについてあたしに教えてくれた作家さんがいるって話したでしょ。中谷さん、覚えてる?」

「ああ覚えてるよ。俺たちのうちを、へんな宗教団体みたいに言ったひとだろ」

亜樹はなぜか一瞬笑みを浮かべ、すぐに真面目な表情に戻した。

「中谷さんがこの間言ってた。あたしのお母さん、殺された可能性があるって。岐阜にいたときお母さんはうちをでたことになってるけど、誰も見たひとがいないんだって。だからあのうちで殺されたんじゃないかと噂になったったって」

「ばからしい。そんな噂なんてなかったよ」

友幸は表情を悟られないよう、大きく首を振った。

「友幸さんだってまだ小さかったでしょ。噂があっても耳に入ってこない可能性のほうが高いじゃない」

「だけど、あそこの生活は覚えてる。ひとを殺すような、雰囲気じゃなかった」

それは本当の話だ。

「中谷さんが調べてみるって。あのひと元新聞記者だから、昔のつてを頼ればいろいろ情報が入ってくるらしいの。とにかく、いくかどうかは、その結果がでてからじゃないと決められない。中谷さんも、よく考えろって」

「じゃあ、結果、ただの噂だとわかったらいくんだな」

「そうだなあ、他にも考えなきゃならないことはあるけど、そのへんで、思い切って決めちゃおうかな。うん、ただの噂だったらいく」

その明るさにほっとする。亜樹は噂を、さほど深刻には考えていないようだ。

友幸はテーブルを挟んだ亜樹に手を差しだした。

「何、握手？　まだ早いでしょ。いくと決まったら――」

「握手じゃない。手を触りたいだけだ」

口にすると、ひどく怪しく聞こえるものだった。亜樹はあからさまに嫌な顔をした。

「別にへんな意味はない。頼むよ」

まだ亜樹には一度も触れていない。触ってみたかった。

子供のころは、手を繋いだり、頭をなでたり、つねったり、互いに触れ合った。言葉が拙い分、そうやってひととしての繋がりを築いたのだろう。

言葉で関係が作れるようになったからといって、それを必要としなくなったわけではないはずだ。

亜樹は眉をひそめて睨みつけるような目をしながらも、手を伸ばしてきた。

体の割には大きな手だった。握ると少しひんやりしていた。感触を確かめることなく、友幸は強く握った。

亜樹を女と意識することはあまりなかった。目の前にすると、同志という感覚もぼやける。ただ、自分にとって特別な存在だという意識は確実にあった。

もしかしたら、それは後ろめたさからくるものかもしれない。

何もわかっていなかった幼い亜樹と一緒に、亜樹の母親を殺した。殺すこと自体はしかたなかったかもしれないが、亜樹に自分の母親を殺させたことを、強く後悔している。

だから、亜樹を黄金の里に連れていってやりたいと思う。幸せに生きてきたとも思えない亜樹に、心安らかになる場所で新たな人生を歩んで欲しかった。まずは一緒に旅をしてそこを探す。そのためにはなんでもしよう。どんな障害も取り除いてやろうと友幸は自分に誓った。

ひんやりしていた亜樹の手に、温かさを感じた。友幸は満足して手を離した。

## 16

「商売繁盛」

原稿を書き終えた中谷は、威勢よく独り言を発した。

夏休みで他の作家はみんなサボっているのか、また突発的に入ったエッセイだった。馴染みの編集者から泣きつかれ、翌日締め切りの仕事を快く引き受けた。暇であることを誇らしく思ったのは今回が初めてだ。

そんなことだから、亜樹の母親探しは何も進んでいない。小島に協力依頼をしたぐらいだった。当の亜樹が非協力的なことも進まない原因だ。伯父さんに話を聞きにいこうと誘っても、いまは忙しいからいけないと断る。歩いていける距離に住んでいるのに、忙しいも何もあったものではない。その件とは別に、一昨日の晩、お気に入りの仙川のパン屋でパンを買ったから食べにこないかと誘ったら、夜にパンはないでしょ、一度寝たからって勘違いしないで、と無惨にも断られた。勘違いしているのは亜樹のほうだが、面倒だから言い訳はしなかった。それが、しつこく誘えない原因となっていた。

原稿をメールに添付し、送信終了。時刻は午後三時を過ぎた。

仕事場の向いのカフェにいき、中谷は遅い昼食を摂った。ランチタイムは終わっていたが、近所のよしみで無理を言った。

具が少なめのハヤシライスを食べ終わり、コーヒーを飲みながら新聞をのんびり読んだ。社会面で空き巣を捕まえた、お手柄空手少女の記事を読んでいたとき、携帯電話が着信を知らせた。着信表示を確認すると文子からだった。

「ねえ、あなた大変、どうしよう」

電話にでると、文子はいきなり言った。

めったに聞くことのない取り乱した声に、中谷は肌が粟立つのを感じた。

「佳奈か」

「ええ、佳奈よ。今日、あの子とららぽーとに買い物にいったの、ちょっと目を離していたら、いなくなっちゃったのよ」

いなくなったという言葉が中谷の胸を突き刺した。

「落ち着いて話せ。状況がよく見えない」

「だから、どこ捜してもいないのよ」

少し間を置いてからいなくなった状況を説明させた。

相変わらず佳奈は部屋にこもっていたが、今日は珍しく文子の誘いにのってでかけたそうだ。いなくなったのは、ららぽーとのなかの雑貨屋で別々に店内を見ていたときだった。文子は用を足したくなったが近くに佳奈がいなかったので黙ってトイレにいった。戻ってきて他の店に移ろうと佳奈を捜したら店におらず、他の店も捜したし、館内放送もしてもらったが佳奈はでてこないと言う。家へも帰っていないようだ。

「トイレから戻って、いないと気づいたのは何時なんだ」

「だいたい二時ごろ」

中谷は店内の壁掛け時計を見上げた。四時半だ。

「携帯電話はどうしたんだ。もってるだろ」

「もってないのよ。変な電話がかかってくるからって、電源切って使ってないの」

「変な電話ってなんだ」

「北見さんの自殺がらみの、いたずら電話らしい」

中谷はふーっと溜息をついた。

「佳奈はお金はもってるんだな」

「財布はもってる」

「とにかく、俺もそっちへいく。お前は家と連絡を取りながらそこにいてくれ」

「警察へは？」

「まだ早い。この状況じゃ動かないだろうから、こっちで捜すしかない」

着いたら電話すると言って、通話を切った。

佳奈が消えた。中谷は心のなかで呟き、手が震えた。コーヒーをすってから、立ち上がった。

まだ姿が見えなくなって、二時間半。状況からいえば、子供の迷子の典型のようなものだし、何より外はまだ明るい。

レジの前に立ち、ポケットに突っ込んでいた金を取りだした。千円札で食事代を払ったら、あとは小銭だけ。家に財布を取りに戻らなければならない。中谷はずぼらな自分に苛立ちを感じた。

釣り銭を待っているとき、店のドアが開いた。マスターのいらっしゃいませの声と同時に、中谷は顔を振り向けた。入ってきた客を見て驚いた。先日駅前のコーヒーショップで会った若い男だった。

男は中谷以上に驚いた様子だ。口をぽかんと開け、惚けたような顔だ。

「また会ったね。ここで会うとは驚きだ」

「この店好きなんです。前にきて気に入って」

「俺の仕事場はすぐ近くなんだ」

釣り銭を受け取り、ポケットにしまった。

「もう帰るんですか」

「ああ、用があっていかなければならない」

「この間の宿題、どうなりました」

「なんだっけ」

男は拗ねたように口を歪めた。

「家族は必要か問い直すってやつです。その答え」

「ああ、そんなのは簡単だ。必要だよ」

自分を殺そうとした娘のことが、これだけ心配になるのだから、必要に決まっている。

「ついでに言えば、家族の代わりになるものなんてない。家庭が崩壊して、その代償行為に、宗教に入ったり、何らかのコミュニティーに属したりする人間は昔からいたが、そんなのはたいていおままごとみたいなもんで、家族の上っ面を擬似化させたくだらないもんだ」

「何言ってんです、急に」

男は怒ったような、怯えたような、しかめ面をした。ぼーっとした感じが消え、いい顔になった。

「何言ってるか俺もわからないよ。ちょっと急いでる。続きはまた今度話そう」

男の肩を軽く叩き、入れ替わるようにドアに向かった。ドアに手をかけ、中谷は振り返った。ふと、先日会う以前に男に会ったことがあるような気がしたのだ。

真っ赤なTシャツに先日と同じ色褪せたジーンズ。その姿に見覚えがある気がした。


十分で家に戻った。空はまだ明るい。早いところ船橋に向かおうと、ダイニングルームに駆け込んだ。

テーブルの上に財布は置きっぱなしにしてあった。中身を確認すると、一万円札が一枚入っていたから安心した。

肩がびくっと震えた。背筋に寒気が走った。

玄関のほうでもの音がした。中谷はダイニングの戸口に目を向けた。

耳をすますとやはり音がする。見にいってみようと足を踏みだしたが、すぐに止まった。

足音。こちらに向かってくる。

とっさに声がでなかった。棒立ちになって何かを待ち受けた。

戸口にひとの姿が現れ、また震えた。

「お前、なんでここに」

中谷は思わず大声をだした。

佳奈だった。手を泥だらけにして何かをもっている。その姿にも驚いた。

「だって、あたしのうちだから」

ちょっとふて腐れた言い方だった。

「お母さん心配してたぞ」

「だって、いなくなっちゃうんだもん。捜したけど、見つからないから、どこかいこうって考えてたら、うちに帰りたくなった」

佳奈は近くにやってきて言った。手にもっているのはペンケースだとわかった。

「とにかくお母さんに電話しろ」

手を洗わせ、自分で電話させた。佳奈は小さい声で謝っていた。

中谷はそれを聞きながら、テーブルの上に置かれた泥のついたペンケースを見ていた。金属製のいわゆる缶ペンは、まだ佳奈と一緒に暮らしていたとき、佳奈にせがまれ中谷が買ってやったものだ。黄色と水色の市松模様が小学生にしてはセンスがいいと思った。

佳奈に携帯を差しだされ、中谷が替わった。船橋まで送るから安心しろと伝えた。

「懐かしいな、これ」電話を終えた中谷は、缶ペンを指して言った。

「これ、タイムカプセル。親が離婚して引っ越さなければならなくなった、かわいそうなあたしを埋めたの」

椅子に腰を下ろして、佳奈は缶ペンのふたを開けた。なかに入っていた手紙のようなものを取ると、隠すようにショートパンツのポケットにしまった。他にもまだ何か入っている。中谷は首を伸ばし覗き込んだ。

「これお父さんからもらったやつ」

佳奈が取りだし、テーブルに置いた。包んでいたアルミホイルを取ると、なかからミニチュアの食器セットがでてきた。佳奈は小さいものが大好きだった。

「あのころ大事にしてたものを埋めたの。またここに住めるように。そのときは掘り返そうって」

「すまなかったな。辛い思いをさせて」

悔やみの言葉と同じ。うまく情感をもって響いてくれない。

「ねえお父さん」

佳奈がそう言ったのは、一分近く沈黙が続いたあとだった。

「お父さん、あたしに話したいことない?」

「そりゃあ、色々あるけど——」

佳奈の声が少し震えているのに気づいた。中谷も顔を強ばらせながら言った。

「お父さん、どうして何も訊かないの。あたしがレイちゃんに、仕事場の住所を教えたこと知ってるんでしょ。レイちゃんのお父さんから聞いてすぐ、どういうことなのかあたしに訊けばいいじゃない」

感情を剝きだしにした佳奈の声を耳にするのは久し振りだった。中谷は唾を飲み込み口を開いた。「どうしてそれを知ってるんだ」

「レイちゃんのお母さんから携帯に電話があった。お父さんにも訊いたけど、どういうことなのかって」

中谷は、チキショウ、と思わず声にだして言った。子供に直接電話する常識のなさに怒りが湧いた。

「お父さん、あたしが怖いの？　レイちゃんにお父さんを殺すように頼んだと思ってるでしょ」

「思ってない」

中谷は大人の義務として嘘をついた。

「お父さん、作家でしょ。そんな想像力もないの。あたし、ほんとにお父さんを殺して欲しいと頼んだんだから」

黙っていたら北見レイが本当にお母さんを殺しそうな気がしたから、お父さんを指名した、と佳奈は説明した。仕事場の住所を教えたのは、大好きな自宅で、おぞましい事件が起きてほしくなかったから。女の子らしい配慮は、微笑ましくもあり、恐ろしくもあった。

その後佳奈は、父親を殺すのもやめてくれと、中止を申し入れた。殺してもレイの両親殺害は手伝わないし、警察に通報するから、と言ってレイと喧嘩になった。それから学校を休むようになったそうだ。

お母さんではなく、なぜお父さんを選んだのか中谷は訊ねなかった。どちらかを選ぶとしたら、その選択で正解だ、と格好よく思うことにした。

しかし娘は容赦なく、理由を語りだした。

「お母さんがいなくなったら、誰もあたしと暮らしてくれない。お祖父ちゃん、お祖母ちゃんはいるけど、親じゃないから」

「そのときはお父さんがいるだろ」

「お父さんは絶対にあたしを引き取らない。あたしのこと厄介者だと思ってるから」

「誰がそんなこと言ったんだ」

佳奈は怒りを含んだ、拗ねた表情を見せた。

「お父さんが言った。あたし聞いたもん」

「言うわけない。思っていないんだから」

「離婚する前、夜、お母さんに話してるのを聞いた。男の子が生まれたらよかったって」

　中谷は大きく首を振った。思い当たることがあった。しかし、あれは違うのだ。

「佳奈を厄介に思ったんじゃない。女の子の父親になって厄介なことになったと言ったんだ。男の子がよかったんじゃなく、男の子なら問題なかったというだけだ」

　微妙なニュアンスの違いを説明しきれていなかった。

「お父さんには、姉がいたって話は聞いたことがあるだろ。その姉が昔、事件の被害者になったんだ」

　中谷は姉の事件の話を始めた。ここのところ、これで三人目だ。自ら話すことは、同情を買うようでこれまで自己嫌悪を感じたが、いまは感じない。どうか同情してくれと思った。お父さんの気持ちをわかってくれと。

「だから、お父さんは心配だった。いつかお前も夜に溶けてしまうんじゃないかと。その気持ちが厄介なんだ。お前を厄介に思ってたら、心配なんてしない」

　佳奈はテーブルの上に手をのせ、背を丸めていた。うなだれていた頭が上がった。

「でもお父さん、ひとりになっても寂しそうに見えない」

「それは……、しかたがない。職業病なんだ。作家ほど孤独に強い人種はいない」

　だからといって孤独を感じないわけではない。

「もしかして、佳奈」中谷は急に思いついて声を上げた。

「お前、自分のせいで、お父さんとお母さんが離婚したと思っていたのか」

佳奈はまたうなだれた。

「そうなんだな」

佳奈はうなだれたまま、涙をこぼす。テーブルの上に置いた手に落ちた。

「そんなはずないだろ。お前は何も関係ない」

自分が家庭を壊したと思っていたのだ。ずっとそう思っていたのか。

涙が手の甲を濡らす。爪ほどの大きさもないミニチュアのお皿が、親指と人差し指の間に挟まっているのが見えた。

中谷は手を伸ばし、佳奈の手を包んだ。

「お前のせいじゃない」

佳奈に触れることなどまずなかった。手を繋いだり、肩を組んだのは小学生までで、離婚したこともあり中学生になってからは、ほとんど触れない——触れてはいけない気がしていた。

「わかっただろ。お前のせいじゃない。離婚の原因はお前とは関係ないんだ。いいな」

佳奈はしゃくりあげて、頷いた。何度も何度も頷いた。

中谷の手に、涙がいくつも落ちてくる。温かかった。

17

七時に、中谷は仕事場にやってきた。

明りをつけ、回転椅子に腰を下ろした。パソコンは立ち上げたまま。窓も開けっ放しだった。

今晩は佳奈をうちに泊まらせることにした。急遽、文子もやってきた。

宅配のピザを注文し、届くまで大掃除をするからと、中谷は文子に家を追いだされた。何か意図があって追いだしたのかわからないが、文子の指示は的確だ。今日は泊まっていくにしても、家族がこれで元にもどるような甘い期待を佳奈に抱かせないため、家族の団欒は最低限に抑えたほうがよかった。

中谷は携帯を取りだし、小島の番号に発信した。

「まだ仕事してるか」

いつもどおり、軽い調子ででた小島に訊ねた。

「残念ながら、まだ会社におりました」

「仕事を増やしてしまって悪いんだが、飛行船の資料を集めて欲しいんだ。構造とか操縦方法とか」

「いいですけど、飛行船の会社に取材にいっちゃったほうが早くないですか」

「だったら、その手配も頼むよ」

「なんの資料なんですかね」

なんの期待も混じらない言い方だった。

「前から書いてみたい話があるんだ。それの資料だ」

「えっ、小説を書くんですか」

「当たり前だ、小説家なんだから」

「――ありがとうございます」と耳を塞ぎたくなるような大声が聞こえた。

「こちらこそ、ありがとう。ずいぶん待たせたな。よろしくお願いします」

「よしてくださいよ。涙でそうです」

そういう声だった。

「はっきり言っていいか。――気持ち悪い」

同僚たちにも、おかしな目で見られていると小島は報告してきた。

「とにかく、まず打ち合わせしましょう」

「俺はいつでもいいよ。空いてるから」

そのとき、玄関の呼び鈴が鳴った。

「悪い、誰かきたみたいだ」

「それじゃあ、明後日でもいいですか」

「いいよ、場所と時間をメールで入れといてくれ」

再度小島は、ありがとうございますと声を響かせた。中谷は通話を切り、立ち上がった。

はい、とドアの前で声を上げたが、返事はなかった。ドアスコープを覗いた。端のほうに男の姿。像が歪んでいる。

ドアを開くと、男はお辞儀をした。

「ああ、きみ」

先ほどカフェですれ違った、真っ赤なTシャツの若者だった。

「すみません、あそこのカフェにいたら、入っていくのが見えたもんだから」

「そうか、まあいいけど」

コーヒーショップとかで声をかけられるのはいいが、仕事場まで押しかけられるのは、あまりいい気分ではなかった。

「悪いけど、またすぐでなきゃならない。汚い作家の仕事場を見学していくか」

「いいんですか。じゃあ、ちょっとお邪魔します」

男はなかに入ってきた。

「別にかわったものは何もないけどな」

中谷はキッチンになっている短い廊下を進んだ。歩きながら、ふと気づいた。あのカフェから、この部屋に入るところは見えない。表札もだしていなかった。どうしてわかったんだ。

「ねえ、きみ」

部屋に入り、振り返った。

男が廊下を早足でくる。手にあるものに気づき、目を見張った。ごついナイフが握られていた。

「なんだ」

男がナイフを突きだしてくる。中谷は咄嗟に床に倒れ込んで、ナイフを避けた。腹ばいになった中谷は転がった。

いったい何が——。

積んであった本を倒し、デスクにぶつかり中谷は仰向けで止まった。目を剝いた男が見下ろしていた。

「死んでくれ」

男が飛びかかってきた。中谷は反射的に腕で顔を覆った。腹に衝撃がきた。息が詰まった。目を開けると、ナイフが脇腹に刺さっていた。ナイフが抜かれた。今度は腹に刺さる。

「やめろ！」

中谷は胸のあたりにある男の顔を横殴りにした。体を捻ると男は床に落ちた。

中谷は腹ばいで、廊下に向かう。叫びながら、足で男の顔を蹴りつけた。

ドアを見た。手をつき、膝をつき、起き上がる。駆ければすぐそこだ。

背中に痛み。刺された。中谷は体を反転させながら、拳を振る。空を切った。

顔面をまともに蹴られ、中谷は仰向けに倒れた。男が上に乗ってきたのがわかった。腹に痛み。

中谷は目を開けた。悪い夢を見ているようだった。自分の腹に何度もナイフがつきたてられる。

「やめろ！」と叫んだ。

これは夢だ。でなければ、もう手遅れ。そんなのはありえない。

やめてくれ、と叫ぼうとしたが声にならなかった。体も動かない。

うちに帰らせてくれ。うちに……

# 第三章　ハーレムの親子

## 1

岩田元彦は村瀬のためにドアを開けてやった。

村瀬は、灰皿があるにもかかわらず飲みかけの缶コーヒーに吸っていた煙草を捨てた。仕立てのいいスーツを着込んでいるのに、わざとお里が知れるような粗野なまねをときどきする。強面(こわもて)だが、一分の隙もなく整えられた身だしなみ。黙っていれば有能なビジネスマンに見えた。

だからあいつも、騙されたのだろう。気取った感じで段ボール箱の上に缶を置く村瀬を見つめながら、岩田は思った。

「取り込み中、邪魔したな」

ドアの前で村瀬は言った。これからが勝負だぜ、と頑丈そうな黄色い歯を見せて笑った。

頑張りましょうと応じた岩田は、自分より二十歳は若い男に、力のない笑みを向けた。

村瀬がでていくと、岩田は真新しいソファーに腰を下ろした。テーブルの上にはワインのボトルが置いてある。ヴィンテージだというそれは、村瀬の贈りもの。テーブルの中央で、威圧的な光を放っていた。

昨年岩田は、目黒区に豪邸を建てた。事務所も引っ越した。六十五歳を過ぎて、最後の大事業とばかりに気合いをいれたのだが、それが災いして会社の資金繰りが一時的にショートしてしまった。そのとき救いの手を差し伸べたのが村瀬だった。

村瀬は投資家で、岩田のところと似た怪しげな健康関連の会社専門に出資しているらしい。健康愛気の研究会の専務が健康フェアで知り合いになり、その縁で金を貸してもらうことになった。

資金がショートしたのは、単に支払いと入金のタイムラグのせいだったので、借入金はすぐに返済できた。村瀬はその着実な集金力に興味をもったようで、出資するので事業を拡大しないかと申し出た。

この仕事を長く続けるコツは、目立たぬよう自分の目の届く範囲でこつこつやることだと肝に銘じ、無理に事業を広げることはせず、どこからも金を借りずにこれまでやってきた。どのみち、怪しげなこの商売にまともな銀行が融資してくれるはずもなかったし。だから最初岩田は、村瀬の申し出を断るつもりでいた。しかし、専務にこんないい機会はない、勝負にでようと説得された。いつまでも自分が天道陽之介として会社を引っぱっていけるものではないし、そろそろ次の世代に任せてみようかと考えていた岩田は、その説得を受け、最終的には村瀬の申し出を受けることにした。

村瀬の資金を得て、営業部隊となる社員を雇い入れたし、商品のパッケージもデザイナーに発注して一新した。商品のパンフレットも現在新しいものに変更している最中だ。事業を拡大していくのだから、気を取り込める水などという明らかにでたらめな謳い文句は徐々に引っ込めていくものと岩田は考えていた。そうしないまま手を広げれば、各方面から圧力をかけられ早々に潰されるのは目に見えている。しかし、村瀬の考えは違った。せっかく顧客をつかんでいるのだから商品コンセプトは変えずに、天道陽之介の気のパワーを前面に打ち出したまま品種を増やして売り込む。同時に新規顧客も開拓していけば確実に利益は増えていくと最近になって主張しだした。

ここへきて村瀬の腹づもりがようやく見えた。村瀬は健康愛気の研究会が将来有望な会社だと思い投資しようと考えたわけではない。資金を投入して会社を育てていき、のちに大きな利益を得る、などという発想はなく、現在カモになっている客のリストを手に入れ、その客にこれまで以上にあこぎに商品を売りつけて短期間に稼げるだけ稼ぐつもりなのだ。ある程度利益を得たら、リストをもってさっさと手を引く。あとは世間に叩かれようが警察に摘発されようが村瀬の知ったことではない。

とてもじゃないが、この男とは一緒に仕事はできないと思った。うちの会社は食い物にされる。きっとこれまで投資してきた会社でもそうやってきたのだろう。ただ、自分のように分別のある者ばかりではないから、後先を考えず、村瀬と一緒になって荒稼ぎを試みる経営者は多かったろうが。

あなたとは一緒に仕事はできないと、一度はっきりと村瀬に宣言している。考え方の違いは、おいおい埋めていけばいいから、と村瀬は鷹揚に受け流した。どうしてもだめならそのときにまた話し合えばいいとも言ったが、そんな機会がこないことは岩田にもわかっていた。村瀬は食いついたら放さない男だ。一度資金を入れてしまったら、どうやっても縁を断ち切ることはできない。別に脅し文句を言われたわけではないが、村瀬から立ち昇る暴力の臭いがそう思わせた。

こんな事業に投資するぐらいだから、まともな商売をしてきた男ではないと最初からわかっていたが、いまでは堅気の人間ではないと確信していた。まともな生き方をしてこなかった岩田にしても、そういう男を相手に、うまく立ち回る術などもち合わせていなかった。

結局、いつもそうなのだ。最後には自分でコントロールが利かなくなる。二十年前もそうだった。あの集団のなかで、自分の思い通りになるものがどれほどあったか。
岩田は煙草に火を点け、ソファーに深くもたれた。

　自分が嘘つきであることは認めよう。しかしそれは決して悪意からでたものではないと岩田は思っていた。

　花畑の小さな貸し家で整体治療院を開いていた。あたりは公営住宅が建ち並ぶ貧しい地域で、岩田の患者も働きづめで腰や膝を痛めた貧しい人たちが多かった。

　岩田はそんな街で特別の使命感をもって仕事にあたっていたわけではないけれど、やってくる患者たちには本当に元気になってもらいたいと思った。だから手技を施し(ほどこ)ながら、元気づけるような言葉もかけた。しかし自分が何を言おうと現実は変わらない。虚(むな)しく響くそんな言葉に少しでも力を与えようと、私は占いもできるんですよと口にすることもあった。あなたは運の強いひとですね、ほら、ここところにホクロが――、などと言ってやると、ああ、やっぱりねと口にしながら安心した顔を見せる患者は多くいた。そのうち、私の未来を見てくださいと、整体もそこそこにあらたまって頼む者もでてきた。そんなこと言われても――、と思いながらも求められるまま、岩田は占いのまねごとをした。相手の身の上を聞きながら、適当なことを口にした。元来岩田は口がうまく、それらしいことはいくらでも言えた。核心はうまくぼやかし、あくまでも元気づけるような言葉を並べるうち、なぜかよく当たるという評判がたち、それを目当てにくる患者も増えだした。

おかしなことになったなと思ったが、結局本業の整体とやっていることはあまり変わりない。岩田は学校に通って本格的に整体を学んだことはなかった。親戚が整体師をやっていて、若いころにそこで受付など雑用の仕事をしていたことがあり、そのとき見よう見まねで覚えただけだった。もともと筋はいいのだと自分では信じているが、それでもまともに修業をしていない男の施術で体調がよくなったと喜ぶ患者がいるのは、結局のところ自分の物腰や言動が、いかにも腕のよさそうな整体師と錯覚させただけ、その安心感で効いた気がしただけだと自覚していた。

私と暮らせばあなたの運が開ける。占いを頼まれ、そういう回答をしたのは、もちろん善意からではない。けれど、最初にその言葉を口にしたとき、ハーレムを作ろうと思っていたわけではないし、悪意のようなものはいっさいなかった。

花畑（はなばたけ）ハーレムだと騒がれる三年ほど前、岩田は患者のひとりに恋をした。駄菓子（だがし）の製造工場に勤める由美子（ゆみこ）は離婚経験のある女だった。美人というわけではないが、真面目そうではかなげな顔が岩田の好みだった。一回りほど年の離れた由美子に交際を申しでても、まともに相手にしてくれない気がして、岩田は思わず自分と暮らせば――、と口にしたのだ。とくに騙しているという後ろめたさはなかった。それでもし一緒に暮らすことになったら、一生懸命愛して幸せにしてやればなんの問題もないわけだし、そんな言葉にのってくる女がいると本気で考えていたわけでもなかったのだ。

由美子は怪訝な顔をして何も答えなかった。やはりだめかとすっぱり諦めたが、数日して、ぱんぱんに膨らんだボストンバッグをもって、由美子が家にやってきた。それがハーレムの始まりとなった。

ふたり目は、向こうから転がり込んできた。由美子の噂を聞き、不幸を断ち切りたいから、自分もここに置いてくれと懇願された。岩田はもちろん断った。しかし、由美子がかわいそうだから置いてあげなさいよと言うものだから、由美子に冷たい人間と思われたくなくて、女の願いを聞き入れた。

しかし、それから三ヵ月もたたないうちに由美子が家をでていった。理由はよくわからない。岩田は、好きでもない女とふたりで家にいるのをばからしく思い、好みの患者がくれば由美子のときと同じ言葉で片っ端から誘っていった。ふたりがほぼ同時期に住み着くようになって四人の生活が始まった。

そのあとは、岩田が誘うこともあったが、女たちが情にほだされ勝手に住まわせることのほうが多かった。悪い噂がたち、患者が寄りつかなくなってからは、女たちが勝手に受け入れたケースがほとんどだ。だから、ハーレムが形成されたのは、岩田の意思ではなく、成りゆきみたいなもの。男がひとりだけだから、集団の中心にいるように思われがちだが、決してそういうわけではない。最初から岩田は女たちをコントロールできていなかったのだ。マスコミの餌食になったとき、東京を離れようと言いだしたのも、女たちのほうだった。

集団生活のなかで女たちは明るかった。バブルの華やかな時代から取り残された女たちは、居場所を見つけたような気がしたのかもしれない。明確な目標があったわけでもないのに、女たちの結束は固く、マスコミに追われるようになってそれはますます強固になった。岩田は、自分の存在が忘れられているのではないかと思うときがあったが、そんなことはなかった。岩田の存在は、集団生活の象徴として女たちに意識はされていたようだ。その象徴性が崩れたとき、ひとりの女が死んだ。あのとき岩田は、まったくコントロールする術を失っていた。

結局自分がコントロールできたのは、子供たちだけだった。スパイ学校——子供たちを大人しく従わせるために考えだした遊び。思いの外これはうまくいった。驚くべきは、そのうちのひとりが、いまでも自分のコントロール下にあるということだ。

岩田は友幸のことを思った。黄金の里を見つけにいこうなどと本気で口にするのは、二十八歳にしては幼稚な気がする。それだけ子供のころの影響が強いとも言えるのだろう。かわいそうなことをしたなと岩田も人並みに感じることはできる。しかし、だからといってあの男に何かしてやろうとは思わなかった。岩田にとって友幸は邪魔者でしかなかった。岩田には守るべき大事なものが他にあった。

せっかちそうなノックの音が小刻みに響き、岩田はドアのほうに顔を向けた。返答する間もなくドアが開いた。

「会長、村瀬さんがきてたんですって」

入ってくるなり専務が言った。

外出から戻り、ここへ直行したようで、ブリーフケースを提げたままだった。

「入れ違いだな。ほんのちょっと前に帰った」

「なんだ、残念だな。新商品の相談をしたかったのに」

岩田の向かいのソファーにブリーフケースを置き、腰を下ろした。ポロシャツの上に羽織(はお)ったコットンのジャケットは着たままだ。眼鏡をかけた生真面目(きまじめ)そうな顔は体温が低そうな印象で、暑苦しくは見えない。

「なんか言ってた?」

「いや。ただ、陣中見舞いにきただけだ」

岩田は顎をしゃくって、テーブルの上のワインボトルを指し示した。

専務はボトルを手に取り、ラベルを見ていた。二十七歳の若造がワインに詳しいわけもなく、読み取るのをすぐに諦めテーブルに戻した。

「村瀬さんだったら、水晶のブレスレットと翡翠(ひすい)の亀、どっちがいいと言うかな」

「どっちだっていいって言うだろう。あるいは、両方売れればいいって言うさ」

どうせ無理矢理売りつけるのだから、どちらが売れ筋かなどと考える必要はない。専務はなるほどという顔で頷いた。

世間の二十七歳というのは、こんなものだろうか。しっかりしているところもあるが、素直というか、ひとを疑うことを知らない。自分は騙す側にいるという驕り(おご)があるのだろうか。

こいつはまだ村瀬の思惑に気づいていない。岩田は誰にも話していなかった。

「ねえ、中谷洋が殺されたんだって」突然、声のテンションを上げて専務が言った。

「メッタ刺しにされてたって。昨日、仕事場で死体が見つかったらしい」

「誰なんだ、中谷洋って」

知り合いかとも思ったが、その名で浮かぶ者はいない。

「作家だよ。ちょっと暗いミステリー書いてて、けっこうはまって何冊か読んだな。一般的には知られてないのかな」

「俺は知らない」岩田はむっつりと答えた。

知っていたとしてもどうでもいいことだ。そんなことを嬉々として語る余裕などありはしないのに。

岩田は専務の張りのある若い頬を見ていた。ふっと崩れ落ちたくなるような脱力感を覚えたが、大きく息を吸い込み、気力をもち直した。

このまま終わるわけにはいかない。村瀬にいいようにはさせない。自分はひとりではない。家族がいるのだから。

## 2

眠りから覚めた友幸は、眩い陽差しに目が眩んだ。

朝、という感覚がなかった。陽が降り注いでいるにもかかわらず、夢のなかで見る朝のように、夜の闇と冷たさが風景に塗り込められている感じがした。

鼻歌が聞こえていた。枕の上で頭を巡らし目を向けると、迫田千枝がベランダで洗濯物を干していた。鼻歌はいつもの『ヤングマン』だった。

千枝はものぐさで、家事の多くを友幸にやらせようとするが、洗濯干しだけは自分でやった。それが唯一好きな家事なのだそうだ。ぱんぱんと皺を伸ばし、鼻歌まじりで干していく。取り込むのはどうでもいいらしく、友幸にさせることが多かった。

タオルケットを剝ぎ取り、布団の上に立ち上がる。膝の震えが止まっていることを友幸は確認した。

昨晩、中谷の部屋をでてからのことはよく覚えていない。とにかく、早くその場を離れようと気が急いていたことだけは記憶にある。どこをどう通ったのか、気がついたら川崎の駅に戻っていた。

　ほっとして気が抜けたからか、膝が震えだした。友幸は落着こうと、深夜営業をしているハンバーガーショップに入り時間を潰した。しかしいつまでたっても膝の震えは止まらず、夜中の三時ごろになって、千枝の部屋に帰った。

「ようやく起きたのかい。もう、お昼近くだよ」

　千枝が網戸を開けて入ってきた。突きでた腹に載せるように、空っぽの洗濯かごを抱えている。

「ほんとにぐっすり寝てたよ。どんなにもの音たてても起きないいんだから。死んでるんじゃないかと心配になったよ」

　死んでいたのかもしれない。あるいは、魂（たましい）を昨日の夜に置き忘れてきたのか。そう考えた友幸は空腹感がないことに気づき、なかば本気で、なるほどと思った。

　布団を片付け、部屋の隅に寄せられていたテーブルを中央にセットした。

　千枝が朝食にそばをゆでてくれた。千枝にとっては昼食。ざるに盛ったそばをふたりでつついた。相変わらず食欲は感じなかったが、そばの味はちゃんとわかった。

　昼のバラエティー番組を見ながら千枝は笑っている。友幸は画面をぼんやり見ながら、他のチャンネルで何をやっているかが、無性に気になっていた。

中谷の死体はもう見つかっただろうか。あの男は家族がいると言っていたから、見つかっている可能性は高い。ニュースやワイドショウで確かめたい気もするが、ひとがいる前でそれをする勇気がでなかった。

中谷の部屋に入るとき、ドアには触らなかった。でるときも、Tシャツを当ててノブを摑んだのを覚えているから、そこに指紋はついていないはずだ。しかし、あの男を襲っているとき、どこをどう触ったか、あるいはどこも触っていないのかまったく覚えていない。早い段階で容疑者として警察に目星をつけられるのは覚悟しておいたほうがいいだろう。

しかしそれでも、ここにいることは誰も知らないはずだ。母親にも言っていない。だから、警察がやってくるまでまだ時間はあると予想がつくのだが、友幸は尻のあたりがそわつくような感覚を拭えなかった。

「千枝さん、ちょっと大変なんだけど、すごく出発が早まるかもしれない」

ざるに張りついた最後の一本を、なんとか箸でつまもうと奮闘する千枝に言った。

「早まるって、どれくらい」

千枝はそばを食べ終えてから訊ねた。

「今日の夜とか、明日とか。そのつもりで準備しててよ」

「何言ってんの。ちょっと旅行にいくわけじゃないんだよ。そんな簡単にできるわけないじゃない」

　呆れた顔で言った。

「まず出発して、落着いてからまたやればいいよ」

「なんでそんな早く出発する必要があんの」

「やっぱり、こういうのは、思い立ったら早いうちに行動しないとだめなんだよ。鉄は熱いうちに――、って言うから」

「何、それだけのこと。おっちゃんも、いくつって言ってるのかい」

「もちろんだよ」

　これから説得しなければならないが、なんとかなると思っていた。

「で、どこに住むんだい。それぐらいは、だいたい決めてあるんだろ」

「いや、これからだよ。まずは旅館にでも泊まって、それから探す」

　千枝は口を大きく開け、息を吸った。テーブルにあったリモコンを取り、テレビを消した。

「あたしはいかないよ」テレビのほうに顔を向けたまま、千枝は言った。

「マスコミに追われていた二十年前でさえ、ちゃんと次の住む場所を決めて、家をでたんだよ。この年になって、あてもなく旅立つなんていやだよ」

「最初だけだ。次からはちゃんと準備をして移動するから」

横座りの千枝は、ぐにゃりと背を丸め、テーブルに肘をついた。首を横に振った。

「あたしは、トモちゃんの熱意に感動したっていうかね、トモちゃんをそんなに熱くさせる黄金の里っていうものを一緒に見てみたくなった。でも、また集団生活に入ろうと思ったのはそれだけじゃないよ。この年で一人暮らしっていうのは寂しいし、何かと不安なんだよ。だからね、はっきり言って、あんたたち若いのがあたしの面倒をみてくれるなら、そんないいことはないと思ったんだ」

「なんだよそれ。老人ホームにでも入る気分かよ」

「まあ、そんなとこだよ。二十年前は、あたしたちが一生懸命に働いて、あんたたち子供を育てたんだから、今度はあんたたちが面倒みてくれたっていいだろ」

「俺や亜樹が働いて、その上、家に帰っても居候みたいにこき使おうってつもりだったのか」

自分が思い描いていたのとは全然違う。昼はみんなで力を合わせて働き、夜は食卓を囲んでその日の出来事を話しながら一日の疲れを癒す。二十年前の生活はそんな感じだったろうに。

「あたしは年だから。働き口なんてそう見つからないよ。もともと若いころから痛かった膝も、ますます痛くなってくるし。とにかくさ、そんな不便な生活したくないし、お荷物になるなら、あたしはいかないほうがいいんだよ」

お荷物になるなら——、などと言っても、謙虚な気持ちがあるわけではないだろう。結局、自分のことしか考えていないのだ。

「わかったよ。無理には誘わない」友幸は静かに言った。「とにかく俺は、早いうちにここをでる。この先、生活が安定したとき、もし千枝さんが俺たちに合流したくなったら、いつでもきていいよ。どこまで世話できるか、わかんないけど」

本気で言っているのか、自分でもわからない。ただ、現実を見ていなかった自分に少し腹が立ち、そんな言葉を言ってみたくなった。きっと現実の家族のなかでは、千枝のような考え方のほうが普通である気もした。

「ありがとう、トモちゃん。——ごめんね、なんにもできなくてさ」

「いいんだよ。泊めてくれたし、話し相手になってくれたから。——俺、ここにいる間だけで、中学、高校時代に口をきいた時間よりも長く話をしてるよ」

仕事上の会話をのぞけば、社会にでてからを含めても、千枝と話した時間のほうがきっと長い。学校でも家でも職場でも刑務所でも、友幸が口を開くことはなく、いつもひとりだった。

千枝は何も言わず、うんうんと頷いた。特別な表情は見られなかったけれど、自分も同じだよと語りかけているような気がした。

荷物を置いたまま部屋をでた。

万が一のことを考え、もってでたかったが、でがけに黙っていなくなったりしないよねと千枝が心配げな顔を見せるものだから、スポーツバッグはそのままにした。なかに、血のついたTシャツを丸めて入れてあった。それをどこかで捨てるつもりだったがしかたなく、またの機会にすることにした。

友幸はまっすぐ健康愛気の研究会に向かった。電車を乗り継ぎ、神田にでた。研究会が入るビルは、駅から五分ほど歩いたところにある古ぼけた建物だった。

エントランスを入るとすぐに管理人室がある。いかにも年寄り好みな縞模様のポロシャツを着たじいさんが、新聞を広げて座っていた。友幸が前を通るとき、いつも警戒するような目を向ける。いまも、新聞から顔を上げ、じろっと睨みを利かせた。

なんでこんな感じの悪い年寄りを雇うのだろうと、ここを通る度に思ったが、このじいさんがビルのオーナーなのではないかといま初めて思いいたった。そう考えると、古ぼけたビルとじいさんはどこか似ている気がした。しぶとく立ち続けることだけが取り柄で、素っ気なく古ぼけている。

友幸は学校の階段を思わせる、無駄に幅の広い階段を上がっていった。

二階に上がり、廊下を進む。曇りガラスの窓があるドアの前に立って友幸はおやっと思った。なかが暗い。ノブを捻ってドアを開けた。友幸はその場で固まったように立ち尽くした。

部屋のなかは窓から陽が差し込むだけで薄暗かった。先日きたときよりもだだっ広く感じるのは、何もないからだ。女のスタッフもいないし、デスクも何もない。もぬけの殻だった。

友幸は後退し、ドアを閉めた。部屋を間違ったかと廊下を見渡してみるが、この階に、他にドアなどないことは最初からわかっている。

狐につままれたような感じだった。階を間違えるはずはないが、念のため上の階を確認してみた。やはり、他の会社があるだけで、教授の会社はない。

友幸は階段を下り、管理人室に向かった。

ガラス窓の前に立つと、じいさんは怪訝な表情を浮かべガラス窓を横に引いた。

「二階の健康愛気の研究会って、どこいっちゃったの」

「あそこだったら、昨日引っ越していったよ。遅くまでやってた」

頑固そうな顔に似合わず、甲高い中学生みたいな声だった。

「引っ越し先を教えてよ。連絡取りたいんだ」

「どういう関係」

声は柔らかいが、上目遣いの嫌な目で見る。

「知り合いだよ。あそこの会長と知り合いなんだ」

「知り合いだったら、連絡取れるんじゃないの」

座ったままのじいさんは、上目遣いが過ぎて、友幸の頭より高いところに視線がぶれた。

「知り合いだって色々あるんだよ」

苛々(いらいら)してきて声が大きくなった。相手の態度を硬化させるだけだとわかっていても、抑えられなかった。

「なんでもいいから、教えろよ。会社って公のものだろ。調べりゃわかるんだから、秘密にする意味がない」

「だったら、自分で調べりゃいいんだ」

友幸を上回る大声で言った。

またじいさんは上のほうを見た。視線を友幸に戻して、口をすぼめた。

皺の寄った年寄りの口を見ていた友幸は、ふと思いついて動いた。

ガラス窓の前を離れて横にあるドアに飛びついた。ドアを開けて管理人室のなかに入った。

「勝手に入ってくるな」

立ち上がったじいさんは、腹から声を発した。手を突きだし友幸を押しだそうとするが、たいして力はない。友幸は押し返しながら、ガラス窓の上の壁に目をやった。

やはりあった。レポート用紙のような紙に大きく書かれたメモが貼られていた。気の研究会と略されているが間違いないだろう。友幸は、渋谷区の住所とビルの名前を頭に刻んだ。

「教えたくないなら、こんなもの貼っておくな」

友幸は手を伸ばして紙を引きはがした。ドアに向かいながら、丸めて捨てた。

恵比寿の駅から五分ほどの距離なのだろうが、迷ったため二十分ほど歩いてエステイーアイビルに辿り着いた。時刻は四時過ぎになっていた。

神田のビルとは大違いで、白い近代的なオフィスビルだった。管理人室の前を通ることなく、エントランスからエレベーター前までいけた。狭いながらも、エレベーター脇に花が生けられており、感じのいいエントランスホールだった。

教授は昨年神田のビルに引っ越したばかりだと言っていた。しかも、会社を大きくする気はない、目立ったらおしまいだとも言っていたのに、なんで立地もよく、こんな見映えのいいビルに越したりしたのかわからなかった。何より不思議なのは、数日前に会っているのに、なぜ引っ越しのことを教えてくれなかったのか。友幸のなかで教授への不信感が膨らんでいく。同時に後ろめたさみたいな気持ちも漂っていた。

すぐに旅立つために、最後のひとり、高野智子が見つかったと教授に嘘の報告をするつもりだった。これまで刀根恵や亜樹が見つかったと報告したとき、友幸が会うにいたった経緯を簡単に説明するとそれで満足していた。とくに話の真偽を問うようなことはなかったから、バレる心配はない。

ただ、教授を騙すようなことをするのは、胸が痛む。自分に内緒で引っ越したのは、その罰ではないかと思えてくるのだった。

エレベーターが上階から下りてきて扉が開いた。乗り込もうとしたら、なかから男がでてくる。友幸は足を止め、後退して進路を空けた。

眼鏡をかけた同年代の男が、不快げな目をちらっとこちらに向けた。見返してやりたかったが、すーっといってしまったから、背中を睨むことしかできなかった。

エレベーターに乗り込んだ友幸は、いまの男を見たことがあると思いだした。初めて神田のオフィスにいったとき、教授の部屋に入ってきた社員だ。

三階にある健康愛気の研究会で、応対にでた女性社員に会長に面会したい旨を告げたが、今日はもう退社していると言われた。じゃあ連絡をとってくれと頼んだら、連絡先を教えていただければ、折り返し連絡させるの一点張りでとりつく島もなかった。愛想は悪くないが、融通が利かない。諦めることにした。

もういなくなる心配はないのだから、出直せばいいだけのこと。ただ自分がいつまで自由に動き回れるかはわからなかった。

3

「この間話した、作家の中谷さんが亡くなった。仕事場で殺されているのを昨日発見されたの」

腫(は)れぼったい目。憔悴(しょうすい)しきった顔の亜樹が言った。

友幸は作り物でない驚きの表情を見せ、「殺されたの」と呟いた。

恵比寿から八王子にくるまでの間に、友幸は夕刊を買って読んでいたので、中谷の死体が発見されていることは知っていた。亜樹が中谷の死を知ったなら、待ち合わせには現れないだろうと思っていたから意外だった。

「あたしが関わるひと、みんな死ぬ」

亜樹は吐き捨てるように言うと、顔をうつむけた。長い髪が顔を覆った。

「亜樹ちゃんのせいじゃないよ」

「あたりまえよ。あたしが悪いんじゃない」

顔を上げた亜樹は、いっそう甲高い声を発した。

そうは言っても、たぶん亜樹は自分を責めている。頼むからそういう風に考えないでくれ、と友幸は願った。

八王子の駅からほど近いファミリーレストランで、注文もせずにふたりで向かい合ってうなだれていた。

なんで亜樹はやってきたのだろうとやはり思う。普通、ショックで外にでる気分ではないだろう。誰かと一緒にいたかったとしても、付き合いの浅い自分ではなく、他の誰かを選びそうなものだった。

亜樹と中谷の関係は知っている。

初めて道ですれ違った日、自転車でいってしまった亜樹を友幸は追いかけた。姿を見かけぬまま八王子駅のあたりまできたとき、駅のほうへ歩いていく亜樹を運良く見つけた。それからずっとあとをついて歩いたのだ。

深夜に近くなって、コンビニの前でビールを飲み始めた亜樹。友幸は店内の雑誌コーナーで立ち読みをしながら、ずっとその様子を見ていた。中谷が現れたときもそこにいた。

ふたりとも途方に暮れたような表情で、何か話していた。中谷は亜樹の体に腕を回したが、どこかぎこちなく見えた。

ふたりが中谷のアパートに入っていったあと、しばらくして、友幸は部屋の前までいった。ドアに耳を押し当てなくても、なかから声が聞こえた。たぶん中谷に貫かれ、快感に悶(もだ)える亜樹の声。興奮はしなかった。なんだか腹が立ってきて、友幸は一晩中、近所をぐるぐる歩いて回った。

コンビニの前で向き合っていたふたりは、けっして深い関係には見えなかった。少なくとも一度は寝た男が殺されたのだから、ショックは受けるだろうが、きっと早いうちに立ち直ると友幸は考えていた。

通りかかった店員にコーヒーを注文した。亜樹は口を開かなかったので、勝手に同じものを頼んだ。

「なあ、旅にでよう。できるだけ早く黄金の里を探しにいこう」

コーヒーが運ばれてきてから、友幸は語りかけた。

亜樹は反応した。うなだれていた頭を上げ、驚いたように目を見開いた。

「なんで……。どうして早くいかなきゃならないの」

「自分でもわかんないけど、じっとしていられないんだ。早くいきたくてしょうがない」

「教授は？」

「まだ話してない。これから説得するよ」

「あたしは？」

「えっ」

どういう答えをもとめているのかわからなかった。

亜樹が顔にかかる髪を振り払った。左右のバランスが著しく崩れた笑みを浮かべ、真っ直ぐこちらを見た。

「ねえ、中谷さんが殺されて喜んでる？　あたしのお母さんの件で、出発を待たなくてよくなったんだもんね」

「何言ってんだ。そんなわけないだろ」

慌てて否定する大きな声。自分の耳に言い訳がましく響いた。

しかし、言っていることは本心だった。喜んでなどいない。喜べればいいのにと思っていた。

「ごめん、言い過ぎた」

「いや、こっちも亜樹ちゃんの気持ちを考えていなかった」

友幸は、ごめんと頭を下げた。

「でも、それでも誘わなきゃならないんだ。明日とか、明後日とか、出発したい。一緒にいって欲しい」

亜樹が顔を上げた。怒った顔でも、憔悴した顔でもなかった。不思議そうな顔で友幸を見つめた。

「どうしてそんなに、昔の仲間と旅をしたいの。なんで黄金の里を見つけようとそこまで必死なのか、よくわかんない」

「それは前に話したよ」

「ううん、最初に会ったとき話してくれたのは、黄金の里がすばらしいところらしいってことだけ。イメージだけで、具体的な話はひとつもないし、正直、黄金の里なんて胡散臭い呼び名だし、どうして、そんなことに必死になれるのかよくわからなくて」

　ばかにしているような気もしたが、不思議と腹は立たなかった。

「胡散臭いのはしかたないよ。教授は作家や哲学者じゃないんだから、気の利いた呼び名なんてつけられない」

　亜樹はまた驚いた顔をした。

「黄金の里って、教授が創作したものだと、友幸さん、わかってたんだ」

「ああ、わかってるよ」

「てっきり、そういう伝説の里があると信じて、本気でそれを探すつもりなのかと思ってた」

「俺をばかだと思ってるのか。確かに子供のころは、そういう名前の里がひっそりと山奥にあって、それを探しにいくんだと信じていたさ。だけど、大人になって、そんなものがこの日本にあるとはさすがに思わない」

　そういう風に見られていたのかと、友幸は軽いショックを受けた。しかし、自分の説明のしかたがうまくなかったのだろうとも思う。

「教授の言う黄金の里っていうのは、もしかしたら心のなかにあるものなんじゃないかと思ってる。そういう境地っていうのか、うまく説明できないけど、どんな困難にあっても、ふっと心が安らげる境地みたいなものを身につけよう、ということだったんじゃないかって。旅が始まったら、まずそこから聞いてみようと思ってた」

「で、なんでそういう境地を手に入れたいと必死なの」

「またそれか」

友幸はうんざりした顔をして、温くなったコーヒーを一口飲んだ。

「言わなかったけど、俺、刑務所からでてきたばかりなんだ。子供を誘拐して二年半の懲役だった」

ひゅっと息を吸い込む音が聞こえた。亜樹の眉間に深い皺が刻まれた。

「たいしたことじゃない。くだらない話だ」友幸は、ふんと鼻で笑って言った。

「二年前の冬、失業してやることもないから、旅にでた。金もないから公園のトイレで仮眠しようと思っていったら、先客がいたんだ。家出してきた小学生の男の子で、親に虐待を受けているようだった。かわいそうだし、ひとりにはしておけないから、しばらく一緒に旅をすることにしたんだ。一週間ほどたったとき、警察に職務質問を受けて、親子じゃないことがわかり、逮捕された」

「子供はいやがってなかったんでしょ」

「まったくね。だけど、親の承諾なしに未成年者を連れ歩くと、未成年者誘拐になるんだって。虐待されて親から逃げてきた子でもだ」

家出少年を見つけたら警察に届けるのが大人として正しい態度だというのだろう。けれど、家のなかでずっと窮屈な思いをしてきた子なのだから、しばらく自由にさせてやるのも大人の役目なのではないかと友幸は思う。

「自分は悪いことをしたと思っていないと、裁判ではっきり言ってやった。そうしたら、実刑をくらった。刑務所生活が始まっても、罪の意識はないから、周りにいる犯罪者たちと自分は違うと思ってほとんど口をきかなかった。だけど、周りの受刑者を見たり、聞こえてくる話に耳を傾けるうち、なんだか自分と似たやつがけっこういることがわかったんだ。なんにももってないやつ。どこにも居場所がないやつ。たぶんそいつらも俺と同じで、心に重しがないんだと思う。すぐにぐらぐら揺れて、ちょっと突けば転げ落ちる。踏ん張りがきかないんだ。真っ当に生きてるひとは、みんな重しがある。それは家族だったり、プライドだったりするのかもしれない。踏ん張りがきくから転げ落ちないんだ」

亜樹は重しをもっているだろうか。ふとそう考えたとき友幸の頭に浮かんだのは、コンビニの前で中谷と出会ったときに見せた、途方に暮れたような亜樹の顔だった。

「派遣切りで仕事を失ったとき、やばいなとは思ったけど、怒りとかは感じなかった。世間ではあれこれ言ってる。不況だ労働形態の変化だ、派遣社員は団結しようって。だけど俺は、全然関心がなかった。不況で社会が派遣労働にシフトして、まともに生活できないひとが増えた。そのひとたちをどうにかしましょうっていうのは、大学をでて本来中流にいるはずのひとが下流に落ちてきたから、なんとか中流に戻してあげようって話だ。俺は親も貧しいし、じいさんばあさんも貧しい。不況がなくても労働形態が変化しなくても、きっと貧しかった。そういう人間のことは考えてないんだ。別に、それに怒りを感じているわけじゃない。ただ、派遣労働のそういう運動からも俺は弾(はじ)かれているっていうことさ」

亜樹はコーヒーカップを両の掌で包むようにもっていた。うつむき、カップの表面を指でさする。話を聞いているのかどうかわからなかった。

「刑務所に入って思ったのは、どこからも弾きだされた、心に重しがないやつのいき場はここしかないのか、ってことだ。そう考えたら無性に腹がたった。それまで人生はこんなものだと諦めていた。あがいてもしょうがないと思っていたけど、どうにかしなきゃと初めて思えたんだ。そんなとき、教授の黄金の里のことを思いだした。俺が考えるように、黄金の里が心のなかにできるものなら、それは心の重しになるんじゃないかって。それを探す仲間たちの存在も、やはり重しになるかもしれないし」

あの集団生活が続いていれば、きっと自分も心に重しのある大人になっていただろう。たとえ貧しくても、それがあればもう少しまともに生きていけたはずだ。

まだ遅くはない。だから、いまからやり直す。

亜樹はカップをもって、うつむいたままだった。やはり聞いていなかったのか。

友幸はカップを取り、コーヒーをすすった。ソーサーに戻したとき、亜樹が顔を上げた。鼻から息を吸って頬を膨らませた。

「あたし、いくよ」

宣言するような、伸びやかな声だった。

「あたしも何ももっていない。だから気兼ねすることなく、いつでも出発できる。なんならいまからだっていいよ」

4

「おお、よくここがわかったな」

友幸は、女子社員に案内され会長室に通された。ソファーに腰を下ろす教授が、大袈裟に手を振って迎えた。

神田のオフィスより部屋が広くて綺麗なのは、この建物を見れば予想がつくことで驚きはしないが、真新しい革のソファーや重厚な木製のデスクには目を見張る。とても近々引退を考えている会長の部屋とは思えない。

「どうして引っ越すことを教えてくれなかったんですか」

女子社員がドアを閉めると、友幸は訊ねた。

「まあ座りなさいよ」

教授の目は笑っている。悪びれた風もなく、向かいのソファーを指し示した。

「悪かったね。なんだか忙しくて言いそびれた」

友幸が腰を下ろすと、教授は言った。

「だけどこの前、岩田さんは――」

「ああ、ごめん、ごめん」教授は手を振りながら、友幸の言葉を遮った。

「本当のことを言うと、俺はこの引っ越しには気が進まなかったんだ。事業を拡大させる気はないし、綺麗なビルにオフィスを構えて目立つようなこともしたくない。しかし、下の者から突き上げられて仕方なくな。自分の意に反することだから、自ら進んでその話をしたくはなかったんだ」

「なんだ、そういうことだったんですか」

友幸は納得した。

「すまなかったな。びっくりしただろ。オフィスががらんどうで」

「いいんです、そんなのは。それより岩田さん、最後のひとり、高野智子さんが見つかりました」

「ほんとか」

教授は刀根恵や亜樹の報告をしたときと違い、本当に驚いた顔を見せた。

「またうちの母親が思いだしたんです。かなり前に転居のしらせをもらってたんです。いまもそこに住んでいたので楽だった」

「どこに住んでたんだ」

「埼玉のほうに」

「どうだった」

教授は少し前に乗りだし、覗き込むように友幸の目を見た。

「どうっていうと？」

「体のほうはどうだった。元気だったか」

「ああ、それはもう元気でしたよ」

教授は深く腰かけ、にやりと笑った。

「友幸君、本当は高野智子に会ってないんだろ」

「……どうして」

友幸はすっかり心が覗かれているような恐怖を感じた。

「友幸君は嘘がへただな」

ははははと声にだして笑った。

「彼女は埼玉には住んでいないはずだよ。それに健康体でもないはずだ」

「なんでそんなことがわかるんです」

「何年か前に一度会っているんだ」

友幸は眉をひそめた。なんでそれを話してくれなかったんだ。目の前を黒い影がさっと横切った気がした。

「すみません。どうしても手がかりがつかめなかったから」

「だけど嘘はいけないよ」

三日月形の目をしていた。けれど、怒りは伝わる。昔と一緒だ。

「教授、お願いします。一緒にいってください。すぐに出発したいんです。今日、明日には旅立たないと」

「それはあまりにも無茶だろ。俺は仕事をしてるんだ。予定もあるし、引き継ぎもしなきゃならない。それに高野智子も見つかっていない」

「そこをなんとかお願いします。携帯もあるしパソコンもあるから、外でも仕事はできますよ。早く黄金の里を見つけなきゃなんないんです。見つかったら教授はここに戻ってもいいんですから。どうか、お願いします」

友幸は背中を丸め、テーブルに頭がつくくらい深く頭を下げた。

見つけたそのあとなら警察に捕まってもいい。友幸はそう思えた。

教授の声は聞こえてこない。友幸は頭を下げ続ける。

ふーっ、と大量の息を吐く音が聞こえた。

「ほんとに若いっていうのは、ばかでどうしようもねえな。その熱意にはどうやっても勝てないよ」

教授の明るい怒り口調に、友幸は顔を上げた。三日月形の目と視線がぶつかった。

「わかった、一緒にいくよ。今日、明日は無理だが、数日中にはなんとかする」

「ほんとですか。ありがとうございます」

友幸の胸に広がるのは喜びではなく、安堵だった。これで間に合うかもしれない。

「ただね、俺のほうからもひとつ頼みがあるんだ」

なんですかと、友幸は問いかける目を向けた。

教授は口を開かず友幸を見ていた。相変わらず三日月の目をしている。その表情に変化はないのに、ふっと、いまにも泣きだすのではないかと思える瞬間があった。

「友幸君、前に俺のためならなんでもすると言ってくれたね。あれはかわりないか」

「もちろん。なんでもやります」

前屈みになった教授は、呼び寄せるように手招きをした。

友幸も前屈みで顔を近づける。教授の喉仏がごくりと動くのが目に留まった。

「頼みはな、ひとをひとり殺して欲しいんだ。できるな」

5

縮れた短髪。色の悪い唇。斜めに傷痕が横切る左の眉。

何かパンフレットのようなものから切り抜いたらしい村瀬の写真に、補足して説明された教授の言葉。友幸は忘れないように、エレベーターのなかで思い返した。

いつも仕立てのよいスーツを着ているとも言っていたが、仕立てのよさなど自分にわかるわけがない。要は、この写真のようにいつもスーツ姿だということだ。

村瀬のオフィスの住所が書かれたメモも渡された。ミッションの伝達は終了。あとはこちらで準備をし、実行に移すだけだ。

教授からの殺しの依頼。友幸は早急に実行すると約束した。

ひとり殺すのもふたり殺すのもかわりはしないと、割り切れているわけではなかった。教授は村瀬を殺す理由について何も語らなかったし、元々自分とはなんの因果もない相手だから、殺すことについて感情の昂ぶりはまるでなく、億劫だった。何より心に引っかかっているのは殺しを依頼したときの教授の態度だ。

頼むよ、できるよな、すまないね、と教授は変な気遣いを口にし、まるでおもねるようだった。教授のなかにある後ろめたさのようなものを感じてしまう。もうスパイ学校など信じてはいなくても、二十年前のように、殺せと一言(いちごん)の下に命令されたなら、それが使命と、あれこれ考えずに引き受けただろうに。

気は進まなくてもやるしかなかった。これをやり遂げれば、教授はすぐにも旅立ってくれる。残された時間はあまりない。

壁にもたれていた友幸は、ふいにエレベーターが三階から動いていないことに気がついた。クローズのボタンを押しただけで、階数ボタンを押し忘れていた。壁から背を離し、一階のボタンに手を伸ばした。大きな作動音もなく、スムーズに足下から沈み込んでいく感じは、いつになく気持ちが悪かった。

中谷の件で警察に捕まる覚悟は、ある程度できていた。しかし、これから行なう殺人でも捕まっていいとは思っていない。二件の殺人容疑に問われれば死刑も考えられるし、友幸はそこまで捨て鉢になっていなかった。

いきつく場所は刑務所。そんな人生がいやで黄金の里を見つけようと乗りだしたはずなのに、動けば動くほど自分がいちばん望まない方向に進んでいく。そういう状態を表わした諺(ことわざ)があったような気がするが、思いつかない。おそらく、人生とはそういう皮肉な巡り合わせが折り重なってできているものなのだと、友幸は直観的に悟った。縦横に張り巡らされた人生の皮肉に抗ってみても仕方がない。何かを望むとき、そこに向かう近道も正しい道もないというのはそういうことなのだろう。求める気持ちの強さが、結局は成否を分ける。黄金の里を見つける。心に重しをつける。これまでになく、それを強く望んでいる自分を友幸は意識した。

エレベーターのドアが開いたとき、デフレスパイラルという言葉が浮かんだ。諺ではないけれど、現状を表わす言葉を見つけ、友幸は気をよくしてロビーを進んだ。

とにかく、慎重にことを運ばなければならない。現場に自分の痕跡さえ残さなければ、村瀬との接点などほとんどないのだから、警察が自分に辿り着くことはない。村瀬に対してなんの感情ももたない分、冷静に実行できるだろうことが強みだ。

エントランスをでた。すれ違った人間に何か言われた気がしたが、友幸はかまわず足を進めた。このまま下見にいくつもりだった。村瀬のオフィスは、ここから近いところ、目黒区にあるという。

恵比寿という土地には馴染みがなく、何があるのかもわからないが、駅周辺にはとにかくひとが多い。改札前の錯綜したひとの流れをどうにかかわして券売機に辿り着いた。料金表を見上げたとき、背後から肩を摑まれ、はっと体をすくませた。

とうとうきたか、というような脱力感が全身を覆った。意思とは関係なしに、背後に目がいく。

「すみません」

眼鏡をかけた男が高めの声で言った。顔に戸惑いの表情を見つけて友幸は意外に感じた。

違う。この男は警官ではない。

前に見たことがある男だった。ほっとするのと同時に怒りが湧いてきた。

「あの、さっき会社の前ですれ違って……。声もかけたんですけど」

以前、教授のオフィスで見かけた社員だ。昨日も恵比寿のビルですれ違っている。

「僕は健康愛気の研究会の者で、以前会長室でお見かけしたことがあります。今日も会長のところへ――、ですか」

「そうだけど、それがどうかした」友幸はぶっきらぼうに答えた。

警察でなくてほっとはしたが、友幸はかまえていた。あの研究会に出入りしていたことをひとに覚えられるのも、望ましいことではない。いったいどんな理由があって、駅まで追いかけてきたのかが気になった。

意外なことに、男の顔にうっすらと笑みが浮かんだ。開いた口からでた言葉は、さらに意外なものだった。

「トモちゃん、だよね」と男は訊ねた。

いったん見開いた目を凝らして、男をじっと見た。小学校の同級生だろうか。偶然、研究会で働いていたという巡り合わせも、あり得ないことではない。

「やっぱり、そうだよね」男は顔いっぱいに笑みを広げて言った。「工藤友幸君。全然思いだしたことなかったけど、意外とすんなりでてくるもんだね」

「誰？」

嬉しそうに話す男に、友幸は訊ねた。

「僕、昇だよ。覚えてるかな」

「昇？」

友幸は眉根を寄せて、さらに目を凝らした。

頭に浮かんだ昇と目の前に立つ男が瞬時には結びつかなかった。外見の問題ではない。あの昇は死んだはずだ。そう信じていたから。

「みんなで、しばらく一緒に暮らしてたでしょ。子供はもうひとり女の子がいた。なんていったかな。——そうだ、亜樹ちゃん」

「坂内昇」

友幸は、溢れだす言葉を遮るように言った。

「そうだよ。その昇だよ」

男は高い声で言うと、大きく首を振った。

「さっきすれ違ったとき、もしかしたらと思ったんだ。トモちゃん、子供のころの面影がずいぶん残ってるから」

友幸はやはり目の前の男と子供のころの昇が結びつかなかった。眼鏡をかけているせいだろうか。紺色のブレザーが板についているからだろうか。

それにしても教授は、なぜ坂内昇は死んだなどと嘘をついたのだろう。どうして昇は教授の下で働いているんだ。再会の喜びなどなかった。教授に対する不信感が心にうずまいた。

「懐かしいな。最初に会長室で見たときから、どこかで会ったことがあるような気がしてたんだ。それにしても、父さん、どうしてトモちゃんをあのとき紹介してくれなかったんだろう」

「父さん？」

友幸は大きな声をだした。

昇は眉を上げ、驚いた顔をしたが、すぐに笑みに戻した。

「ああそうか。トモちゃんは知らないのか」

友幸は思わず後ずさりした。昇の高めの声が、教授の声と重なって聞こえた。

昇の顔が子供のころと結びつかなかったわけがわかった。口元か、眼鏡の奥の目か、どこかしら教授の面影を見つけてそれ以上イメージが広がらなかったのだ。

友幸は踵を返した。昇が何か言っていたが、耳に入らない。

人波をかきわけるように進んだ。できるだけ早く、昇から遠ざかりたかった。

## 6

小島英介は地下鉄東西線を落合駅で降りた。地上に上がると、日は傾いているものの、まだ街には夕べの翳りは見えなかった。

こんな早い時間に帰ってきたのは、出版社に勤めるようになって初めてのことだろう。もっとも、まだ就業時間であるのだから、当然といえば当然だった。

早稲田通りを中野方向にしばらく進み、住宅街にそれてすぐのマンションに入っていった。オートロックを解錠してエントランスを潜る。エレベーターからでてきた、カートを引いた子連れの女性に軽く頭を下げて、心のこもらない挨拶を交わした。

このマンションは会社に入って六年目に越してきたものだが、小島は学生時代からずっと落合で暮らしてきた。この土地に愛着があるというより、大学へ通うのも会社へ通うのもたまたま便利だったというだけのことで、近所に知り合いもいなかった。

小島の部屋は五階。ひとりで暮らすには充分すぎる二DKの間取りだが、慣れてしまえば広さは感じなくなる。ものが増えてきて手狭にさえ感じることもあった。特に書籍類はどの部屋にも侵食してきて、日々足の踏み場を狭めている。

捨てることなどできないし、仕事柄、古本屋に売ることにも躊躇いがある。二次流通させて新刊の売れ行きを鈍らせないよう小さな抵抗を試みていた。

小島は子供のころから小説が好きだった。読むのはもちろん、高校生のころから自分でも書くようになった。大学は文学部の文芸創作を専攻し、作家になろうと本気で考え創作に励んだ。ただそれは、好きという以上の行為ではないと自覚していた。自分のなかから溢れでるようなものがあるわけではなかったし、絶対的な自信があるわけでもなかった。大学四年のとき、就職せずに芽がでるまで創作中心の生活を続ける決意の同級生もいたが、小島にそんな胆力はなく、就職活動に勤しみ、運良く希望の出版社から内定を得た。その時点で、作家になることはほぼ諦めていたが、それでも時間があれば創作は続けていくつもりだった。実際に仕事を始めてみてそんな時間などありはしないとすぐにわかった。しかし、作家になることを完全に諦めたのは時間の問題ではなく、作家と直に接してみて、彼らと自分の間には大きな隔たりがあることをはっきりと知らされたからだった。

作家の多くは身の内に何かをもっている。それは業と呼べるものかもしれない。あるいは狂気だったり、欠落感だったりするかもしれない。根掘り葉掘り訊くわけにもいかず、はっきりしたことはわからないものの、おそらくそれは、彼らの育った家庭環境からきたものだと思う。必ずしも本人がそれを意識しているわけではないだろうし、小説を書く原動力になっているわけでもないだろうが、身の内にある何かが彼らの書くものを小説たらしめている。ただ頭で考えて書いた小説にはない輝きを与えているのだと小島は考えていた。

すべての作家がそうだというわけではない。小島は、できるだけ何かをもつ作家と仕事がしたいと思っていた。文芸編集者として、より輝きを放つ作品を一緒に作りたいという思いもあるが、作品と関わりながら、自分がもち得ない何かを覗き見たいという個人的興味が強かった。

中谷洋の作品を読んだとき、黒い塊が胸に飛び込んできた。主人公の孤独が行間にまで漂っていた。狂おしいまでの欲望の裏側に、ぽっかりと開いた空虚な裂け目が見えた。そのなかから作者の呻き声が聞こえるようだった。この作家は何かもっている、と直感した。

小島はすぐに挨拶にいった。ぜひうちで小説を書いてくださいと頼んだら、あっさりいいよと返ってきた。二年書いていないけど、そろそろ書き始めようと思っていたんだ、と言った。しかしそれから折に触れ中谷の下に通ったが、一向に書き始める気配はなく、本当にこのひとは書けなくなっているのだとわかった。書けないということは、頭で小説を書いていない証拠。やはりこのひとの内には何かある。いまは逆にそれが障害となって筆をとれないが、書き始めることができたら、ダムが決壊するようにとてつもない破壊力をもった作品になるのではないかと思えた。小島は何年でも待とうと決めた。

　先日、初めて中谷の姉の身に起きたことと、中谷が小説を書く動機を知った。それから幾日もたたないうちに、小説を書くと、吹っ切れたような声で電話があった。あれからまだ二日しかたっていないのが嘘のようだった。やっと一緒に仕事ができると知った喜びと安堵の気持ちは、すでに遠い記憶のようにぼんやりしていた。

　今日、会社に小島を訪ねて刑事がやってきた。昨日電話で話をしていたが、あらためて話が聞きたいと昼ごろ来社し、一時間ほど事情聴取を行なった。

　通話記録から、小島が、殺害前、最後に会話をした相手だと推測されるため、そのときの会話内容や様子を昨日に引き続きしつこく訊かれた。小島にとっては辛いことだった。通話を終える前に、中谷の部屋で呼び鈴が鳴った。時間的にいって、それは犯人が鳴らしたものである可能性が高く、犯人の痕跡を耳に留めている小島は、最後の会話を思いだすとその後起きたことを生々しく想像できてしまうのだった。それでも中谷のために、細かいことを訊いてくる刑事に辛抱強く答えた。普段の中谷の生活や交友を知っているわけではなかったので、たぶん役にはたたなかったと思う。とくに事件とは関係ないだろうから、亜樹のことは話さなかった。

　刑事からの質問でひとつ気になるものがあった。二十代なかばぐらいの若い男と中谷は付き合いがなかったか、と帰り際に訊ねた。

マスコミの報道を見る限り、犯人の人物像や目撃談などはでていなかったが、警察はすでに具体的な犯人像をつかんでいるのかもしれない。

いずれにしても、小島は心当たりがなかったのでそう答えた。

刑事が帰ったあと、同僚たちから刑事とどんな話をしたか訊かれるのが鬱陶しかった。内線で小島の古巣、週刊誌の編集部からも連絡があった。やはり刑事とどんな話をしたか知りたがった。

たぶん自分が逆の立場だったら同じことをするだろうとは思いながらも、記者の厚かましさに苛だった。手が空いたらこちらから連絡すると告げ、そのまま会社をでてきた。部内の連絡ボードには、打ち合わせ・直帰と適当に記入しておいた。

平日の夕刻に部屋にいるのは不思議な感じがした。なんとはなしにひとの気配を感じてしまい、各部屋を覗き、窓を開けて回った。

テレビをつけると夕方のニュースショウの時間になっていた。各局をチェックしてみたが、グルメや芸能情報ばかりで、しかたなくメガ盛りグルメの特集にチャンネルを合わせて、ひとり掛けのソファーに腰を下ろした。

明日は中谷の通夜だ。中谷がコラムを書いていた週刊誌の編集部が仕切るらしい。中谷が以前に勤務した新聞社系列の週刊誌だから、実質的にはかつての同僚たちが家族の手助けをするのだろう。家族といっても離婚した奥さんと娘さんだけのはずで、いったい誰が喪主になるのだろうかと小島は気になっていた。

できれば自分も何か手伝いたいと思った。四年ぶりに小説を書くと言った作家と編集者なのだから、亡くなった時点において、中谷との結びつきは、自分がいちばん強かったはずなのだ。なのに一般の参列者として並ぶのでは寂しすぎる。そう思って週刊誌の編集部に昨日電話を入れたら、ひと手は足りているのでと、新聞社系列らしい融通のきかなさで断られた。小島はせめてもと思い、中谷と最後に話したときの様子をもし聞きたいのであれば、落着いてからでも話しに伺うと家族に伝えてくれるよう頼んだ。さすがにそれは断らなかったどころか、そのときは同席させてくれないかと、逆に頼んできた。いらっとはきたものの、家族が同意するならばかまわないと伝えて電話を切った。

小島は、まだわずかに日が残る窓の外に目を向けた。夕日に黄ばんだ雲を見ていたら、飛行船が頭に浮かんだ。

中谷は最後の電話で飛行船の資料を用意してくれと言った。書いてくれるはずだった小説のなかにどう登場させるつもりだったのか、あれからずっと考えていた。

そのヒントとなるような話をかつて、中谷の口から聞いたことがある。

埼玉の団地に暮らしていた子供のころ、部屋の窓から何日も飛行船が浮いているのが見えたそうだ。かなり遠くのほうにあって、いったいどんなところに繋留されているのか、見にいってみようと思っているうちに消えてしまったのだという。

その体験がモチーフとなるなら、窓に浮かんで見える飛行船に苛ついた主人公が、飛行船の乗っ取りを企てる、というような話になるのではないか。

小島はそう考えながら、浅はかな編集者の予想を大きく裏切って欲しいと、詮ないことを願った。

窓に目を向け続けていた小島は、ふと、子供のころ窓からロケットを見たと言っていた亜樹のことを思いだした。

中谷が殺害されてから、亜樹とは話をしていなかった。葬儀の前に一度連絡をとっておいたほうがいいかもしれないと思いついた小島は、部屋のなかをさっと見渡した。ダイニングにあるローボードの上に携帯電話を見つけた。

向かう途中、着信音が鳴りだした。小島は身がすくむような不安感を覚えた。それは特別なものではなく、昨日の朝、中谷の死の知らせを携帯で受け取って以来、ほぼ常態化したものだ。

携帯を取り上げ着信画面を見ると、先輩の舟山からだった。再度不吉な思いが胸に湧き上がる。

昨日の朝早く、寝ていた小島をしつこい着信音で起こし、中谷の死を教えてくれたのは舟山だった。

「いまどこにいるんだ」

電話にでると舟山が訊いてきた。

「いま自宅にいます」

「なんだ、おサボりか」

新人のころから知る大先輩は、鼻で笑って言った。

「別に電話で話してもかまわないんだがな、例の件で核心を突く話を、ちょっと耳にしてね」

「例の件って、花畑ハーレムですか」

「そうだ。あのとき中谷さんと話した、原澄江の話だ。なんだかな、噂話とはいえ、殺されたかもしれないなんて悪いこと言ってしまったな」舟山はのんびりした声で言った。

「原澄江は生きているよ。あそこから消えたのは、本当に自らハーレムを抜けただけだったんだ」

## 7

「それじゃあ十時に新宿で」

友幸は最後に念押しして、公衆電話の受話器を戻した。

亜樹の携帯番号が書かれたメモをポケットにしまい、駅の出口に向かった。

少し不安げだったなと、耳に残る亜樹の声を思い返した。今晩、これから、黄金の里を探す旅にでる。教授はどうなるかわからないと言ったら、それじゃあ意味がないじゃないと亜樹に反論されたが、強引に説き伏せ、待ち合わせをした。旅にでるといっても、別にどこへいこうとも考えていなかった。亜樹が言うとおり意味はなく、ただ黄金の里を探す緒についたという事実を無理矢理でも作りださなければ友幸の気が収まらないだけだった。

川崎駅の西口をでた。八時を過ぎ、空はすっかり暗くなっている。昼間は晴れていたが、いつの間にか灰色の雲が空を覆っていた。少し肌寒く感じる風もでてきた。

昇から逃げるように恵比寿駅をでてから、かれこれ六時間がたつ。あのあと徒歩で渋谷までいったが、特別何をしたわけでもない。歩いたり、立ち止まったり、座り込んだり。恵比寿に引き返し、教授を問い詰めるべきだとはわかっていた。しかしどうしても足が向かなかった。

昇は教授の息子だった。

教授は昇が死んだと嘘をついた。なぜ昇の存在を自分に知られたくなかったのか、自分が昇に近づくとどんな不都合があるのか、友幸にはよくわからなかった。

結局のところ、教授ははなから一緒に旅にでるつもりなどなかったのではないかと思える。昇に近寄らせたくないということは、自分にも近づいて欲しくないはずだ。であれば、最初からそう言って、雅代みたいに固く拒否をすればいいのに、昔のメンバーを探してこい、などと時間稼ぎのようなことを言ったのはなぜだ。

疑問は尽きないが、そんなものは本当はどうでもいい。疑問を頭に巡らせ、辛い事実から考えをそらそうとしているだけだと自分自身、気づいていた。

友幸がいちばんショックであったのは、あの集団生活のなかに本当の家族が存在したということだった。

中谷は疑似(ぎじ)家族をばかにした。そういう言葉であの集団を捉えたことはなかったが、あれは教授という父親を頂点とした、疑似家族だったのだ。ばかにされるいわれはなく、完璧とはいわないまでも、本当の家族よりもずっと居心地がよく、強い絆で結ばれていた。子供である自分の目で見たものでしかないのだとしても、間違いなく自分のなかではそういうものとしてあの集団は存在した。けれど、あのなかに教授の家族がいたとなると話が違ってくる。自分の記憶のなかに存在した、あの集団生活は消えてしまう。それは、論理的なものではなく、感覚的なものだった。昇への嫉妬が噴きだし、集団生活の存在が薄れてゆくのだ。さらに怖いのは、あの生活が幻となれば、黄金の里もやはり幻ということになる。ひとの命を奪ってまで求めたのに、それが幻であったなんて信じたくもなかった。

だから友幸は恵比寿に足が向かなかった。教授を問い詰め、本当のことを聞く勇気が湧かなかった。そしてせめて形だけでも、黄金の里を探す旅を始めたかった。

ひとけの少ない駅の裏側の道から、多摩川沿いの道にでた。風が強く吹きつけるその道をしばらく進み、三叉路で住宅街に折れていった。

駅から迫田千枝が住む市営団地までの道。もう歩き慣れたものだった。千枝が住む部屋に帰る。それがいまの自分の現実だ。昇は教授と暮らしているのだろう。その差を思うと、敗北感のようなものが上からのしかかってくる。

公園沿いを回りこむように歩き、団地の敷地に入った。住民たちが勝手に植えた夏の花が乱雑に咲き誇っていた。けっして綺麗とはいえないものの、生命力だけは感じられる花。夜見ると不気味に感じる。

開け放たれた窓から、テレビの音が聞こえてくる。車のドアが閉まる音もどこかから聞こえた。友幸は高校と隣接する、いちばん奥の棟を目指して歩いた。

棟が見えてきた。明りがついた三階の部屋にひとの姿が見えた。あれは千枝の部屋だ。珍しく千枝がベランダで、洗濯ものを取り込んでいるようだった。

棟の脇にひとが立っているのが見えた。半袖のワイシャツを着た男は、携帯電話を耳に当てている。頭の半分が青白く闇に浮かんでいた。

ふいに気配がして、友幸は顔を横に向けた。横に延びる道からスーツ姿の男がこちらに歩いてくる。もうすぐそこだ。

「どうも、今晩は」

四十半ばぐらいの男が、明るい声で言った。

友幸は軽く頭を下げそのまま歩く。男も横に並んでついてくる。

「工藤友幸さんですね」

男の声は間延びしているだけで明るいわけではないと気づいた。顔は無表情だ。

友幸は頷いた。胸の鼓動が痛いくらいに速まっている。

「警察の者なんですが、ちょっとお話を聞かせてもらいたいことがありまして」

警察手帳をちらっと見せ、ポケットにしまった。

棟の脇にいた男も正面からこちらに向かってくる。友幸は足を止めて言った。

「なんですか」

「中谷洋さんを知っていますか」

「はい」

「殺されたのもご存じですね」

「ええ」

半袖シャツの男もやってきて、友幸をはさむように並んだ。コットンパンツがはち切れそうなほど下半身ががっしりした、若い刑事だった。

「そのことで話を伺いたいんです。できれば署のほうまできていただきたいんですけど、よろしいですか」

最後の言葉に力がこもった。

友幸は一呼吸おいて「いいですよ」と答えた。

よけいなことを言うつもりはなかった。表情を取り繕ったりもしない。どうせうまい演技などできはしないのだから。友幸は、できるだけ力を抜いて無表情を心がけた。はたから見たら、ぼーっとした顔に見えることだろう。

「部屋に置いてある荷物をとってきていいですか。ここ、自分のうちじゃないから」

もちろん刑事は知っているはずだ。郡山の雅代が友幸は千枝のところにいったと話したのだろう。雅代のことを話したのは、母親だ。

やはりあの母親は、警察に訊かれても子供を庇うことはせず、なんでも話してしまう。一緒に逃げようと懇願したのを義父に話してしまったときと同じだ。

ふたりの刑事が一瞬目を合わせたのがわかった。スーツを着たほうが「いいですよ、いきましょう」と答え、歩きだした。

棟の脇を回りこみ正面にでた。左右に部屋を振り分けた階段が、一棟につき三列並んでいる。いちばん奥にある階段の入り口前にも、男がひとり立っていた。千枝の部屋に上がる階段だ。

友幸は鼻から静かに、息を深く吸って吐いた。それを繰り返し、膝が震えるのをなんとか抑えた。

これで終わりかと半分は諦めている。どうせ教授は最初から黄金の里を見つけにいく気などなかったのだし。しかし、心に重しがないまま捕まるのは本当に悔しかった。結局、重しがないやつがいくところは刑務所しかないのか。

千枝の部屋に上がる階段の入り口まできた。スーツの刑事が、そこで待っていた男に「荷物をとってくる」と言った。

友幸は刑事に前後を挟まれ、階段を上がった。切れかけの蛍光灯がちかちかと点滅した。不揃いに響く靴音がコンクリートの壁に反響する。誰も口を開かなかった。

三階の左側が千枝の部屋だった。ドアの前に立ち、呼び鈴を押そうとしたとき、何かもの音が聞こえた。

いきなりドアが開いた。なかから勢いよく千枝がでてきた。友幸を押しやるようにしながら前に進みでる。

「ちょっと、トモちゃん、どこほっつき歩いていたのよ。もう大変なのよ」

いきなりわめき始めた。脇に退いた刑事たちが目を丸めて見ている。

「お慶から電話があってね、モモちゃんが屋根から落ちて大変なことになってるって言うのよ。だから、あんたがいって慰めてやらないとダメでしょ」

何を言ってるのかわからなかった。

千枝は突きでた腹にのせるように友幸のスポーツバッグを抱え、友幸をじりじりと押しやる。友幸の右の踵が階段のへりからはみだした。

皺が放射状に延びる千枝の口が開いた。ゆっくりと大きく動く。声にはださない。けれど何を言おうとしているのかわかった。

逃げて。

目を見開いた友幸の胸にどんとバッグが押しつけられた。千枝も目を見開き、頷く。

見たのだ。千枝はバッグのなかのTシャツを見た。

「いって」

千枝の声が階段室に響いた。スイッチが入ったように友幸の体は動いた。踵を返す。階段を駆け下りた。

待て、どけっ、と刑事たちの怒声が響き渡る。踊り場で折り返すとき、床に突き倒される千枝の姿が見えた。

すぐに上から乱れた足音が聞こえ始めた。友幸は思いついて、コンクリートの手すりにまたがった。角度は急で、勢いよく滑り降りる。駆け下りるより速い。

二階と一階の踊り場を折り返し、滑り降りているとき、「捕まえろ」という叫び声が上から降ってきた。その言葉で外にも刑事がいることを思いだした。友幸は咄嗟に手すりから飛び降りた。階段を駆け下り、一階の玄関前を手すりを摑みながら勢いよく折り返す。

――いた。

階段口に、半袖のブルゾンを着た中年の刑事が立ち塞がっていた。友幸は階段を二段下りて飛び上がった。足を前に突きだし、刑事の胸を蹴りつける。刑事は無様な叫び声を上げて勢いよく後ろに倒れた。

着地した友幸は、ふいに背後の足音が止んでいることに気づいた。振り返って見た。下半身ががっちりした若いほうが、一階と二階の間の踊り場で、手すりを乗り越え、外に飛び降りようとしている。友幸はすぐさま駆けだした。

絶対に捕まらない。千枝が助けてくれたのだ。友幸の心に、みんなで暮らした懐かしい生活が戻っていた。

背後に足音が聞こえる。前方に階段が迫っていた。そこを上がると国道だ。その先はどっちへいくか――。

一段飛ばしに階段を駆け上がった。すぐに国道沿いの歩道に達した。右、左――、何も考えず、友幸は右へ向かった。多摩川を渡る橋に続いている。

「待て！」と聞こえた怒鳴り声が、意外なほど近くて驚いた。思わず振り返った友幸の目に、わずか四、五メートル後ろを走る若い刑事の姿が映った。その背後にスーツの刑事――。友幸は脇に抱えていたスポーツバッグを手に摑み、腕を振り回して車道へ投げ捨てた。

血染めのTシャツが警察に渡ることになるだろうが、いまさら気にすることではない。腕を振り、スピードを上げた。やってきた車にバッグが踏みつぶされる音を聞いた。刑事たちの気がそれ、少しでも差が開くことを祈った。

オレンジのライトに照らされた橋に差しかかった。向かってくる車のライトが眩しくて、やや右に顔を向けて走る。何も考えず、橋のほうにやってきたことを友幸は後悔し始めていた。橋の上は強い風が吹いていた。横から、前から吹きつける風で、真っ直ぐ走るのも難儀した。スピードが自然に落ちてくる。条件は一緒だろうが、体重がありそうな刑事のほうが影響は少ないはずだ。体力もありそうに見える。

振り返った。間違いなく距離が縮まっている。すぐに顔を戻すが、いまの動作でまた少し距離が縮まっただろう。後悔が胸に広がった。それ以上に問題なのが、腿に感じる張りと痛み。このまま走っているだけでは、いつか捕まる。しかし、一直線に歩道が延びるだけの橋の上では何もやりようがなかった。

前からライトを点けた自転車がやってくる。欄干とガードレールに挟まれた狭い歩道では、スピードを落とさなければすれ違えない。友幸は奥歯を噛みしめた。

自転車のライトが消えた。止まってくれたようだが、それでもなお、このままでは通れない。友幸はスピードを緩めた。ひたひたと迫る不気味な足音。自転車にまたがる中年女が眉をひそめる。友幸は体を斜めにして自転車とガードレールの隙間へ——。刑事がすぐ後ろに迫っていた。

通り過ぎざま、友幸は女の肩を強く押した。女の体が自転車ごと欄干のほうへ傾く。

背後で悲鳴が聞こえた。金属のぶつかる音。振り返ると、刑事たちが、道を塞ぐ女と自転車を助け起こしている。これで少し時間稼ぎができる。しかし、それだけのこと。まだ半分も渡っていない。

欄干のほうへ視線を向けた。黒々とした流れが見える。河川敷を過ぎて、川の上にでたようだ。腿の痛みが激しくなっていた。体の動きが意思とは関係なしにぎくしゃくしてきた。

友幸はスピードを緩めた。欄干に近づき、手すりに抱きつくようにしてぴたりと足を止めた。十メートルほど離れていた刑事たちが、みるみる近づいてくる。

友幸はそのまま、手すりをまたぎ越し、欄干の外側に立った。

「止まれ。止まらないと飛び降りるぞ」

友幸は叫んだ。喘ぎながら発した声は、吹きつける風にさらわれる。それでも声は届いたようだ。刑事たちは、ばたばたと大きな足音をたてて止まった。手を伸ばせば届きそうな距離まで近づいていた。

「動くな！」

「わかってる。だから、ばかなことは考えるな」

若い刑事が肩で息をしながら言った。

スーツのほうは膝に手を置き、喘いでいる。

友幸は足を横に移動させ、刑事から離れていく。歩くよりもかなり遅い。

「よせ、危ない」

友幸が足をのせているのは、欄干を支えるコンクリートの土台で、欄干の外側は二十センチほどしか幅がなく、友幸の踵は宙に飛びだしていた。土台は歩道より高いため、腰を曲げなければ手すりを摑めない。手を放せばすぐにバランスを崩し、真っ逆さまだ。

「おい、動くな」友幸は叫んだ。

じりじりとこちらににじり寄ってきた、若い刑事が足を止めた。

無理に飛びかかって捕まえようとはしないはずだ。そんなことをしたら、こちらにその気がなくても、もみ合ううち、落下するだろう。

しばらく進むうちに慣れてきて、横歩きでもだいぶ速くなってきた。それでも、時折ヒヤッとすることはあった。

東京との境を示す、東京都・大田区と記された看板が立っていた。これでようやく半分を渡ったことになる。看板のポールは欄干の外側に設置されているため、友幸はポールを摑んで、またぎ越すようにして、東京都に入った。

刑事たちのほうに目をやると、ふたりは立ち止まってこちらを見ていた。いつの間にか近づいてきているが、それでも顔がはっきりとはわからないくらいに距離は開いている。体を休めることもできたし、もう少し距離を開ければ逃げ切ることができるかもしれない。そう考えたとき、友幸ははたと気がついた。もうひとりの刑事はどうしたのだ。

跳び蹴りをくらってけがでもしたのか。いかつい顔をした刑事だったが、転び方が悪ければ、どこか骨折することはあるかもしれない。

——いや、そうじゃない。

あいつらは電車でやってきたわけじゃないはずだ。もうひとりは、別の手段で追いかけてきている。

友幸は東京側の橋のたもとに目を向けた。先回りして待伏せされたら、終わりだ。

友幸の視界の端に、車道をやってくる車が映っていた。ハザードランプを点滅させ、いやに遅い。

友幸は車道のほうに視線を振った。ハザードランプを点滅させた黒いワゴン車が、友幸の正面に停車した。すぐに運転席側からひとが降りてきた。叩きつけるようなドアの音。半袖のブルゾンを着た、いかつい顔の刑事が向かってきた。

「お前、何やってんだ！」

刑事は怒鳴り声を上げながら、ガードレールをまたぎ越す。

「よせっ！」

ふたりの刑事が、こちらに向かって走ってくる。

友幸は、見ないようにしていた足下に目をやった。オレンジ色の明りが波形に反射していた。黒い大量の水がゆっくりと動いていく。

海辺の町で育った友幸だけれど、足のすくむ光景だった。

両腕を摑まれた。鬼のように顔を歪めた刑事が腕を引っぱる。手すりから手が放れた。刑事の手を振り払おうと、右腕を強く引く。

どうしたらいい。捕まりたくはない。けれど、川に落ちるのはさらに恐怖だった。刑事の手が右腕から外れた。後ろに重心がいってバランスを崩した。刑事が左腕を引っぱる。友幸も左腕を引きつけ、バランスを取り戻そうとした。

刑事の手が、ずるずると友幸の手首のほうへ滑っていく。それはまるでスローモーションのようだった。友幸がじっと見つめるなか、刑事の手は友幸の手首を通り過ぎ、手の甲をへて指まできたとき、すっぽりと抜けた。

刑事の見開いた目と視線が交わった。ぽかんと開いた口の奥が見えた気がした。

友幸は腕を伸ばした。刑事も腕を伸ばす。しかし、まったく接点をもつことなく、急速に距離を開ける。

友幸は頭から落下した。そのスピードについていけず、恐怖も感じない。魂を置き忘れたように放心した。

絶対に死ぬはずはないと思った。こんな状態で死ねるわけがない。

後頭部と肩を強く打った。水の冷たさに包まれた。

強い力に押し流されていく。上から見た感じとはまるで違って、恐ろしく速く、荒い。体が捻れるように回転した。

友幸は閉じていた目を開いた。真っ暗で何も見えなかった。とにかく浮き上がろうともがいてみたが、もはや上下の感覚がなかった。

息苦しさのなか、友幸はなぜか昇のことを思った。
昇はもう家に帰ったのだろうか。

# 第四章　黄金の里

## 1

悲しい夢を見た。父親が死ぬ夢だった。

実際の父親は何十年も前に死んでいる。酒に酔った帰り道、神社の踏み段から転げ落ちた。見つかった遺体の周りには小銭がいっぱい散らばっていた。ポケットのなかにも――。賽銭箱から盗ったものだと言われた。

夢のなかの父親は、病院のベッドで老いさらばえて死んでいった。その何が悲しかったのかわからない。もしかしたら、まだ生きていたことが悲しかったのかもしれない。

電車のなかでうとうとしている間に見た夢。岩田元彦は、恵比寿の駅で降りても、まだなんとはなしにその夢のことがひっかかっていた。

朝の七時過ぎ。乗降客は多くなかった。改札をでて、オフィスに向かう道も人影はまばらだった。まだ慣れない道だ。迷うことはないが、夜など初めて通るような感覚になる。もう年なのだと思う。

この時間がいつもの岩田の出勤時間だった。当然、誰よりも早い出社になる。社員のプレッシャーになるからやめなよ、と昇は言うが、プレッシャーを感じて極端に早く出社する者もいないのだから、かまうことはない。早くオフィスに入っても、とくに仕事に励むわけではなかった。オフィスのなかを掃き掃除したり、雑巾(ぞうきん)がけをしたりするのが日課だ。

人間、どこかでバランスをとらなければならない。後ろ暗い商売をしているのだから、せめて早起きしてオフィスを綺麗にする——真っ当な人間の営みをしておきたかった。昇を施設から引き取り、ひとりで育て上げたのも、岩田にとってはそういう意味合いだった。それでバランスがとれているのかは自信がないが。

信号を渡り、古い商店と若者が好みそうな洒落た店が混在する通りに入っていくと、すぐに白い壁面のエスティーアイビルが見えてくる。このビルを見るたび、村瀬のことが頭に浮かび、嫌な気分になる。とくに今日は格別だった。昨日、村瀬をうまく排除できるかもしれないとぬか喜びした反動に違いない。

昇から、友幸と話をしたと聞いた。友幸に昇が生きていた上、自分の息子であることまで知られてしまった。コントロールできていると思っていたが、これでどうなるかわからない。なぜ昇から遠ざけようとしたか、こちらの意図に友幸が気づいたら、逆にこちらが友幸の意のままに操られる可能性もある。友幸にその気があるなら。

とはいえ友幸はまだ若い。村瀬のような狡猾さをもち合わせているわけもなく、岩田にとってさほど怖い存在ではなかった。

エントランス前で立ち止まった岩田は、麻のスーツの埃を払ってから、自動ドアを潜った。この時間にしては珍しく上階でエレベーターが止まっていたので、ボタンを押して降りてくるのを待った。

自動ドアが開く音が背後に聞こえた。またもや、この時間にしては珍しいことだと思った。

岩田は、はっと息を呑んだ。キュッキュッとゴム底の靴音がした。駆けてくる足音だった。背後を振り返ろうとしたとき、後ろから腕が首に巻きついてきた。刃物のようなものが、顔の前に現れた。

「いったい、なんなんだ」

岩田は無駄な抵抗はせず、抑えた声で言った。

「乗れ」

ひどく冷たい男の声。エレベーターの扉が開いていた。

岩田が素直に足を踏みだすと、背中を強く押された。つんのめった岩田は、エレベーターの壁に激突した。

背中に蹴りを入れられ岩田は呻き声を上げた。扉が閉まり、エレベーターは上昇していく。

「立て」

岩田は壁に手をついて立ち上がる。また何かされるのではと、体が強ばる。

「こっちを向けよ」

男の声に感情が交ざった。岩田は聞き覚えのあるその声にはっとなって、振り返った。

やはり、そうだ。冷たい目でこちらを睨んでいるのは友幸だった。

「なんだ、友幸君じゃないか。何もこんなことしなくても――」

「こんなことでもしなければ、本当のことを話さないだろ」

友幸はそう言うと腕を突きだした。

その手に握られている刃物のようなものが、壊れた鋏(はさみ)だとわかった。裁(た)ち鋏(ばさみ)の刃の片割れで、全体を茶色く錆(さび)が覆っている。それでも先が尖っているから凶器にはなる。

「昨日、昇に会ったんだってな。そのことについてはちゃんと、説明しなければならないな」

「話はオフィスで聞く。——でろ」

三階に到着し、扉が開いた。岩田は促されて先にエレベーターを降りた。友幸は横に立ち、脇腹に鋏を突きつけた。

「いいか、何も言うなよ。そのまま会長室に入るんだ」

「大丈夫だよ。オフィスには誰もいない」

そう言っても友幸は鋏を下ろさなかった。岩田は鍵を開けて、なかに入った。

「ほらな、誰もいないだろ」

岩田は明りのスイッチを入れ、会長室に向かった。

友幸はこれまでと雰囲気が違う。もう自分の言いなりにはなりそうもなかった。

会長室に入ると友幸は錠をかけた。つかつかとこちらにやってきて、正面に立った。また蹴るか殴るかすると思ったら、ただじっと睨むだけ。やがて口を開いた。

「ソファーにでも座ってろ」

岩田は言われるまま、ソファーに腰を下ろした。

「なんで、昇は死んだ、なんて嘘をついた」

「こうなることがわかっていたからだよ。友幸君にとっては許せないことじゃないかと思ったんだ」

それもひとつの理由で嘘ではなかった。二十年前のあのときもそうだ。同じ理由で悲劇が起きた。

「だったら最初から俺を拒絶すれば、よかったんだ。仕事を世話してやるとか旅にでるとか言わないで、もうくるなと言えばすむ話だ。なのに、なんで俺を受け容れているふりをしたんだ」

岩田は、錆びついた鋏の片割れを握りしめて佇む、若者を見上げた。この男はそれほどばかではないんだな、と意外に思っていた。

「それは、俺がひとがいいからだよ。やってくる人間を拒絶できない。その気もないのに、旅にでるなんて言ってしまったから、無理そうな条件をだしてみたんだ」

岩田はひとのよさそうな笑みを作り、口にした。

友幸は大きく首を横に振った。「拒絶できないのは本当だろう。だけどそれはひとがいいからじゃない。俺が怖いからだ」

岩田はすーっと息を吸った。身構えるように肩に力が入った。

「俺にひとを殺させたからだ。それを息子に知られたくなかったんだ」

「それについてはなんともコメントできない。ただ、その話は二十年前のことなんだろ。もう時効が成立してる」

「そう。だから、他の人間に知られてもかまわないのかもしれない。だけど、息子には知られたくないだろ、そんなことは」

岩田は曖昧な笑みを浮かべ、首を横に振った。せいぜいできるのはそれくらい。友幸に心の内をすべて読まれていた。

「亜樹はどうなんだ、知られてもかまわないのか」

「どうして彼女に？」

岩田は意味がわからなかった。

「母親を殺されたと知れば、たとえ時効になっていても、復讐を考えるかもしれないだろ」

岩田は取り繕うことも忘れ、目を剝いた。

そうだったのか。友幸はずっと勘違いしていたのか。

だったらなにも恐れることはなかったのだ。最初から黄金の里を探す旅なんてものは、笑い飛ばして、拒絶してやればよかったのだ。

いや、いまからでも遅くはないか。岩田は、笑いだしたくなっていた。

2

「亜樹はどうなんだ、知られてもかまわないのか」

友幸は亜樹に知らせる気など毛頭ないが、訊ねた。

岩田は「どうして彼女に？」と怪訝な表情を見せた。親が殺されたら時効など関係ないだろう。気の強い亜樹なら、復讐を考えるかもしれない。そう岩田に話す。

岩田は目を剝いて驚いた顔をした。

「もしかして、彼女にその話をしたのか」

「言うわけないだろ。俺が殺したんだから」

心配げな顔をする岩田にそう言った。

友幸はソファーに近づき、岩田の隣に腰を下ろした。

「そんな話はどうでもいいんだ。あんたが息子に嫌われようが嫌われまいが知ったことじゃない」

昨日の晩、川のなかで、生きたいと思った。パニック状態になっていたが、そう思ったら冷静になれた。もがくのをやめたら、自然に水面に浮かび上がった。その後も何度も沈みかけたが、へたにもがいたり、泳ごうとしなければ、また浮かび上がってくる。橋から少し下流にいったところが大きくカーブしていて、その流れでうまく岸に漂着して助かった。

そのあと夜明け近くまで河原(かわら)に隠れた。その間、なぜ岩田は昇が死んだと嘘をついたのか、なぜ最初から自分を拒絶しなかったのか、ずっと考えていた。そこで見つけた答えを、ただ本人にぶつけてみたかっただけだ。

「なあ、黄金の里って本当にあるのか」

友幸は前屈みになり、岩田に顔を向けた。

「ああ、あるよ」

岩田は正面を向いたまま、どこか楽しげな表情で言った。

「どうせ、また適当なことを言うんだろ」

友幸は背を伸ばし、岩田の顔を鷲摑みにした。

「いいか、俺は旅にでるためにひとを殺したんだ。黄金の里なんて嘘っぽい言葉を唱えながら、家族のいる人間を刺したんだ」

「まさか、もうやったのか」岩田はくぐもった声で言った。

「違う、村瀬じゃない。俺は別の人間をすでに殺している」

友幸は岩田の顔から手を放した。

がっかりした表情をしているかと思ったら、岩田は口を半開きにし、惚けたような顔をしていた。

「あんたのために殺したんじゃない」

「ああ、そうだろうな」

年寄り臭いゆっくりとした口調だった。

「黄金の里はあるよ」

打って変わって、岩田はきっぱりと言った。

「いいかげんなことは言うな」

友幸は岩田のネクタイを掴み、ねじり上げた。

「放してくれ。苦しい……」

岩田の爪が友幸の手に食い込んだ。友幸は手を放した。

「二十年前に話したときは確かに適当だった。みんなに元気になってもらおうと、黄金の里なんて適当に作ったんだ」

顔を紅潮させた岩田は、首をさすった。

「だがな、その後に見つけたんだ。本当に見つけたんだ」

「それは場所なのか」友幸は半信半疑で訊ねた。

「いや、そういうわけじゃない」

岩田は妙に自信なさそうに答えた。岩田なら適当な話でも、自信たっぷりに言いそうなもの。不思議だった。

「じゃあ、なんなんだ」

「高野智子に会うんだ。会えばわかる」

最後まで見つけられなかった女。会ったらどうなるというんだ。

岩田は友幸のほうに顔を向けてきっぱり言った。

「高野智子が黄金の里なんだ」

3

友幸はエスティーアイビルをでた。まだ八時にもならない時間で、誰ともすれ違わなかった。

高野智子がなぜ黄金の里なのか、岩田は言わず仕舞いだった。会えばわかるの一点張りで、智子が住むという長野県にある村の名前を教えただけ。

また適当なことを言って自分を追い払おうとしているのかもしれなかったが、友幸は厳しく問い詰めたりはしなかった。

自分に残されたものは、もうそれしかない。岩田の話がでまかせだったり、自分が求める黄金の里とは別物だったりしたら、もはやなんの目標もなくなる。行き場もなく、刑務所に落ちるのを待つばかりだ。だから、あえて聞かなかった。高野智子に会って確かめようと思った。

恵比寿で山手線に乗り、一駅で降りた。初めてきた目黒駅周辺に戸惑いながら、目指していた下り坂の幹線道路を見つけて下りていった。

生乾きのジーンズがざらっと足にまとわりつき、不快だった。昨晩に引き続き薄曇りの天気では、当分乾きそうにない。友幸はジーンズの尻ポケットに手をもっていった。壊れた鋏の片割れがそこにあることを確認し、ひと通りの少ない歩道を進んだ。コンビニのある角を曲がり、マンションやオフィスビルが立て込む路地に入っていった。友幸はしばらく進み、古いマンションのエントランスを潜った。エレベーターで五階に上がり、外廊下を進んで五〇二号室の前に立つ。この部屋はオフィスとして使われているはずだが、なんの看板もでていなかった。それでも躊躇うことなく、インターフォンのボタンを押した。

二度押してみた。応答がないのは予想どおり。友幸はマンションをでて表通りに戻り、角のコンビニに入っていった。

雑誌の棚に張りつき、漫画雑誌を手にしながら、窓から見える通りに目を向けた。ひと通りが少ないから、つい漫画に目がいきがちだ。それでも、店員の目も気にせず立ち続けた。

三十分もすると、駅に向かうひと、駅からやってくるひと、どちらも増えてきた。次々に通り過ぎる歩行者の顔をチェックする。さらに三十分ほどが過ぎ、雑誌のグラビアに目を落としていた友幸はふいと視線を上げた。窓の向こうをゆくスーツ姿の男に視線が止まった。

いかつい顔だった。幅が広く、赤みがかった日焼けした顔には妙な艶があって、目を引いた。

自分にはスーツの仕立ての良さなどわからないと思っていたが、実際に目にしてみるとなんとなくわかるものだった。がっちりした体のラインにぴったり沿うように作られたスーツは、そのへんのサラリーマンが着ているものとは違って見えた。

村瀬だ。

岩田が死んで欲しいと望んだ男は、コンビニの角を曲がって路地に入った。

友幸は雑誌を棚に戻し、コンビニをでた。りゅうとしたスーツの背を見つめながら、あとを追う。

オフィスビルを二棟通りすぎ、村瀬は古びたマンションのエントランスを潜る。先ほど友幸が訪ねたマンションだ。

「村瀬さん」

友幸は声をかけながら、小走りに村瀬に向かった。

足を止め、振り返った村瀬の眉間に深い縦皺が寄った。

「そんなわけないじゃないですか。あの騒動のあとに、手紙はきているし、電話でも話してるんだから」

原拓郎は呆れたような顔をし、頭を小刻みに振った。所在なげな手が、テーブルの上でぱたぱたと上下する。

小島は理解を示すように、ゆっくりと頷いた。

「いまでは私もそんなことはなかったとわかっています。ただ亜樹さんは、お母さんが殺されたと、おそらく信じてしまっている」

亜樹の伯父は、今度は大きくかぶりを振り、隣に座る妻のほうに目を向けた。

亜樹の伯母は驚いたように顔を上げると、再びうつむいた。

## 4

昨日、舟山から聞いた話では、花畑ハーレムが解散してから二年ほど後に、原澄江が山梨（やまなし）のスナックで働いているのを当時の記者仲間が見かけたそうだ。その記者は原の名前を覚えていなかったが、そのとき娘を置いてハーレムから去ったという話をした記憶があるから、会った女が原澄江であるのは間違いなさそうだった。

たとえそれが別の女だったとしても、亜樹の伯父は原澄江と電話で話をしている。

実の妹の声を間違えるわけはないし、殺されていないのは確実だった。

「どうして亜樹さんに、その話をしてあげなかったんでしょう。何かご事情がおありなんですか」

　小島は批判的に響かないよう、気をつけて口にした。しかし、どういう言い方をしようと、言われたほうはいい気はしない。伯父は鼻の頭に皺を寄せ、怒りの目を向けてきた。

「話しましたよ。電話や手紙がきたときにすぐにあの子に話してる。ただ、澄江が戻ってこないとわかると、暗い顔をして塞ぎ込むものだから、一度話したきりで、それ以上は口にしなかったですが」

　亜樹は伯父夫妻が自分を監視するスパイの仲間かもしれないと考えていたから、その話をはなから本気にしなかった可能性がある。それでも、ある程度年齢がいってから何度か話してきかせれば、亜樹も納得したかもしれない。実の母親を殺した、などといういたましい妄想に取り憑かれずにすんだのではないかと考えると、小島は気が塞いだ。

「あの子は母親に捨てられたという事実を、どうしても信じたくなかったんだと思います」伯母がうつむいたまま言った。「だから、殺されたんじゃないかというような想像をして、捨てられた事実を消し去ろうとしたんじゃないかと思うんです」

「なるほど」と小島が口にしたのは、ただの相づちではなかった。伯母の言葉は、亜樹の間違った記憶が出現したメカニズムをうまく説明しているような気がした。

亜樹は母親に捨てられた事実を封印するため、無意識にスパイ学校に預けられていたという、ありそうもない記憶を出現させ、それを信じた。その記憶が中谷によって誤りだと認定されると、今度は母親を殺したという記憶が現れ、捨てられた事実を封印したのではないだろうか。ただ、スパイ学校の記憶には、花畑ハーレムという実際の体験がベースにあった。母親を殺した記憶にも、何かベースになるような実体験があるのだろうか。小島は麦茶を口に含み、飲み込んだ。

「亜樹さんとは連絡が取れていますか。実は、この件で連絡しようと思ったら、携帯電話がつながらなかったものですから」

小島の質問に、原拓郎は乾いた笑い声を発した。半袖から伸びる、体毛の薄い腕は、肌がかさついていた。白髪が大半を占める髪の毛も脂っ気がなく、全体的に干涸らびた感じのするひとだなと小島は思った。

「心配いりませんよ。あの子は気まぐれですから。昨日も夕飯の時間に突然やってきて、食事も食べずに、少しだけ話をして帰っていった。いったい、何しにきたんだか――」

咎めているような口調だったが、喜んでいるようにも感じられた。

「今度きたら、お母さんが生きている話をしてあげてください。私のほうも、連絡をしてみます」

伯父がわかりましたと口にした。伯母は、ふーっとかすかな溜息を漏らした。

小島はグラスを取り、麦茶を飲んだ。いとまを告げようとしたとき、伯母が口を開いた。

「なんでですかね」

うつむけていた顔を天井に向け、ぽつりと口にした。

「どうして母親なんでしょう。育てたあたしたちより、自分を捨てた母親のほうが、あの子の心の中では大きな位置を占めている。もう、二十年も会っていないのに」

「それは亜樹さんに限ったことではないと思いますよ」

伯母はとくに答えを望んでいる風ではなかったが、小島は言った。

「以前に、里親に育てられた若者にインタビューをしたことがあります。元々母子家庭で、男と暮らすために子供を捨てた母親だったんですけど、捨てられた男の子は、母親を恨むことはなく、とても美化して考えているんです。自分にすまないという気持ちがあるから会いにこられないいんだとか、まだ若かったからひとりで育てるのはすごく大変だったと思うとか、母親を庇う言葉ばかり口にしていました」

はにかむように語った若者の優しげな横顔を小島は思いだしていた。

「彼は里親に対してはとても反抗的だった。鬱陶しく思っていたようです。里親は、本当の親以上にしっかり育てなきゃと気負って、しつけには厳しかった。そんなことだから、よけいにほとんど記憶がない母親に気持ちがいっていたのだと思います」

亜樹の伯母は薄い笑みを浮かべて、頷いていた。

「その後、児童福祉施設にも取材しましたが、そういうことはよくあるようです。親の記憶がほとんどない子は、親を美化しがちだと言っていました。そのほうが心が安まりますから、当然だとは思います。まあ、年頃になれば、子供は親に反抗的になるもので、そういう意味では、その里親は本当の親に近づくことができたとも言える。ただ、美化された幻の母親がいるために、里親も何かしら割り切れず、辛いものを心に抱えていたようです」

「そうですよ、反抗してくれるならまだいいんですよ」伯母は力を込めて言った。

贅沢な悩みだ、と中谷なら言うだろうか。そう考えた小島は、自分は家族のことで悩んだことはないなとふと思った。家族というものをことさら意識したこともない。

それは特別珍しいことでもないだろう。逆に家族に囚われている者も少なくはないはずだ。中谷もそうだった。小説家としてライフワークにするくらいに囚われていた。それが死に繋がったとする根拠などいまのところないのだが、小島はあの死はそういうことだったのではないかと急に思えてきた。中谷の姉が消えたときに一緒にいた同僚と同じ運命を辿ったのではないかと。

編集者として、家族に囚われる気持ちを否定はできない。作家が生涯をかけるのに相応しい題材であると思うし、そういう小説を待ち望む読者もいる。しかし、ひとりの人間として、中谷の知人として、家族というものがそれほど価値があるものなのか疑問がある。はたして、中谷がそのために命を落とすほどの価値があるものなのか。家族にはこの上もない価値があるという幻想により囚われてしまったのだと考えると、憤りのようなものが湧き上がる。

小島はこのあと中谷の通夜に参列する予定だった。遺影の前で、静かに冥福を祈ることはできない気がした。なぜ、どうしてと、たぶん中谷本人にもわからないことを、問いかけてしまうに違いない。

原夫妻にいとまを告げて家をあとにした。門をでてから振り返った小島は、古い造りが自分が育った家となんとなく似ていると感じた。

いや、これは誰の家であってもおかしくない。大袈裟な愛などない家。

きっと亜樹はそれを知らないのだと小島は思った。

## 5

カーステレオから軽快な音楽が流れた。

小刻みにリズムをとる電子音は軽薄とも言えたが、戦いと愛がテーマの歌詞だけがいやに重い。たぶんアニメの主題歌なのだろうと友幸は推測した。

ヘッドレストから飛びだして見える大きな頭が揺れていた。それは腹立たしくなるくらい、みごとにリズムと合っていて、運転に集中しろと言ってやりたくなる。友幸は窓の外を見た。大型トラックがかなりの速度差で追い越していく。

助手席に座る亜樹が運転席のほうを向いた。口が開く。よせっ、と友幸は身を乗りだしたが、遅かった。

「あんた、ほんとに音楽の趣味悪いね」

亜樹が言った。

とたん、はははは と大きな笑い声が響き渡った。腹の底から湧き上がったような野太い声は鼓膜が痙攣(けいれん)するほどだ。何度も聞かされるうち、頭が痛くなってくる。話しかければ、条件反射のように笑うものだから、おいそれと注意もできなかった。

「だけど趣味に統一感があっていいでしょ。これで僕がおしゃれなラウンジ系とか聴いてたら、原ちゃん、むかつくでしょ」

「絶対だめ。ヨリナガがラウンジ系聴きながら、スタバのキャラメルラテとか飲んでるの想像しただけで、鳥肌が立つ」

また笑い声が、後部に座る友幸を襲った。

白いベンツが隣の車線を恐ろしいスピードで駆け抜ける。高速道路を走っているというのに、こちらはおそらく、時速八十キロを下回っている。

岩田から高野智子の話を聞いたのは昨日のこと。友幸は亜樹に連絡をとった。前の晩のすっぽかしを詫び、岩田から聞いた話をして、高野智子に会いにいこうと誘った。亜樹は、細かいことはあまり気にしなかった。待ち合わせをすっぽかした理由も深く突っ込まなかったし、教授は同行できなくなったと聞いても、そう、と簡単に受け容れた。いよいよ黄金の里だね、と少しだけ明るい声で言い、とにかく一緒に会いにいってくれることにはなった。

今朝の八時に調布で落ち合った。犯行現場に近い調布の駅で降りるのは危険な気がして、ひとつ手前の駅で降りた友幸は、徒歩で待ち合わせの国道沿いに向かった。そこで待っていたのは亜樹だけでなく、大柄というか、太った男も一緒だった。

亜樹と同じ病院に通うというヨリナガは、車できていた。聞いたこともない田舎の村にいくなら、車でいったほうがいいだろうと、ヨリナガを誘ったのだそうだ。黄金の里を探しにいくのに、部外者を連れていくのは抵抗があったが、確かに車のほうが便はいい。それに、電車を乗り継いでいくとなると、人目は避けられない。たぶん、昨晩あたりから、中谷事件の容疑者として友幸の名はニュースなどで盛んに報道されているはずだ。顔写真が公開されている可能性もある。

亜樹もそれを見て車でいったほうがいいと考えたような気もする。ヨリナガがいるからかもしれないが、亜樹はあまり友幸には話しかけてこず、なんとなくよそよそしかった。友幸もそんな亜樹に積極的に話しかけなかったし、ニュースを見たかなどと問いかけることもしなかった。

車は中央自動車道を進んでいた。向かうのは長野県の赤木村で、長野と静岡の県境あたりにある村らしい。飯田インターチェンジで下りる、と聞いてもさっぱりどのあたりにあるのか見当がつかない。それは運転するヨリナガも同様のようだが、カーナビがあるから全然大丈夫と言った声は、陽気で迷惑なほど大きく、自信を感じさせるものではあった。

ただ、道に迷わなくても、このスピードでは、到着がいつになるのか心配だった。早く早くと心は急いていた。黄金の里、心の重し。警察の手から逃げ延びられると考えていない友幸は、その前になんとか、それらを手に入れたいと願った。

「なあ、もう少し速く走れないのか」

鼻歌を歌うヨリナガに友幸は言った。

「ああっ、こんな遅くなってる。メーター見てないとスピード落ちちゃうんだよな。でも、ずっとメーター見てたら、ぶつかっちゃうでしょ」

ははははは、と笑い声を響かせた。

あらかじめ耳を塞いでいた友幸は、どうにか難を逃れた。


赤木村に到着したのは四時前だった。高速を下りてから道を間違えたりしたが、どうにか日が暮れる前に間に合った。

しかし、これからまだ大仕事が残っている。岩田から聞いていたのは村の名前までで、それだけでは高野智子の家には辿り着けない。山間(やまあい)の村とはいえ、数千人規模の人口はあるだろうから、ひとに訊いてすぐにわかるものでもないだろう。

川沿いに少し開けた街があった。カーナビを見ていたヨリナガが、このへんが村役場や学校がある赤木村の中心地のようだと説明した。

住宅や商店が混在していた。緩い坂の上に村役場らしい、薄汚れたコンクリートの建物が見えた。

「ひとが少なそうだから、かたっぱしから訊いて歩きましょう」

そう言って真っ先に車から降りたのは亜樹だ。道中、黄金の里の話はほとんどしなかった亜樹だが、意外にやる気はありそうだった。

友幸も外にでた。途中のサービスエリアで買った、大きな鱒のワッペンがついた野球帽を目深に被った。

「車で待ってて」という亜樹の指示を無視して、ヨリナガも車を降りた。両手を大きく上げて、背筋を伸ばす。谺を呼びそうなほど大きな呻き声を発した。

友幸も亜樹も運転免許をもっていないから、ヨリナガがずっと運転してきた。昼食と一度のトイレ休憩を除けば、六時間ほど運転していたことになるが、愚痴のひとつもこぼさず、見かけによらずタフなやつだと、友幸は感心した。

このへんを散歩しているから、と言うヨリナガを置いて、バス停の前にある食料品店に入っていった。

「確かに小さい村だけど、三千人からの住民がいるからね。名前だけ言われてもわからんよね。今日は土曜だから、役場もしまってるし――」

高野智子という五十代半ばの女性を知らないかと訊ねると、店の主人らしき老人は、なぜかとても楽しそうにそう答えた。

少し坂を上がった美容院でも同じような答えだった。次の店にいこうと坂を上っていくと、部活帰りらしい、日に焼けた中学生の集団が自転車で坂道を下りてきた。子供じゃ顔も広くないだろうと友幸はスルーしようとしたが、亜樹が声をかけた。

男子中学生四人組は止まってくれたが、質問に首を捻っただけでいってしまった。予想していたことだけれど、友幸は早くも焦りを感じた。すでに太陽は山陰に消えていた。すっかり闇に包まれる前になんとかしたいが、望みは薄い。明日また訊ね歩くにしても、宿などこのあたりにあるとは思えなかった。

坂道をそれ、斜面に横に延びる道に入っていった。宅配便ののぼりが立つ米屋は高校生くらいの女の子が店番で、やはり首を横に振った。ひとも通らないし、次に訊ねる店もなかなか見つからず、うろうろと歩いていると、民家の前に小型のトラックが止まっていた。

老人ふたりが、トラックの荷台に古いベッドを積んでいた。ふたりとも白い肌着姿で、容貌もそっくりだった。声をかければふたり同時にはいと返事をしそうな気がした。ちょうど積み終わったところに近づき、亜樹が「すみません」と声をかけた。

「はあ」

予想とは違い、返事をしたのはひとりだけ。もうひとりは荷台のテールゲートを黙々と閉めていた。

「この村に住む高野智子という女性をご存じないですか。五十代半ばくらいのかたなんですけど」

「高野智子っていうのは聞いたことねえな。――どうだ？」

返事をした老人は、相棒に振った。

テールゲートを閉め終えた老人は、くわえたたばこに火を点け、口を開いた。

「俺も聞いたことないけど、高野って言うんだから、堀山地区じゃねえのか。けっこう年いってるから、たぶんそうだろう」

「確かにそうだな」

相棒の答えに納得した老人は、こちらに目を向けた。

「堀山地区っていうのはここから、ちょっといったところにあってね、そこに住んどるやつは、だいたい高野か脇山って名字なんだ。二十軒くらいの集落だから、そこで訊けばわかるよ」

老人は堀山地区へのいきかたも教えてくれた。ふたりで声を揃えて礼を言うと、急いで車のほうへ引き返した。

「黄金の里って、いったいなんなんだろうね。もうすぐわかるかもしれないと思ったら、ちょっとどきどきしてきた」

相変わらず無口だった亜樹が、弾んだ声で言った。

「俺もだよ」

早足でついてくる亜樹を振り返って言った。

実際はどきどきするほどの期待感は湧かない。ただ、早く結果を知りたかった。

　車に戻るとヨリナガは消えていた。呼び戻そうと亜樹が携帯をかけようとしたとき、ふいにヨリナガの声がした。

「もう戻ってたの」

　振り返って見ると、ヨリナガが河原のほうから階段を上がってくる。

「さあ、出発よ。高野さんの住んでる場所がわかったの」

「ええ、そうなの。——ねえ、川、きもちいいよ。原ちゃんもいってみない」

「そんなの、あとまわし。早く、出発よ」

　ヨリナガはふて腐れた顔で駆けてきた。太っている割には機敏だ。

　この男はどこまで知っているのだろう。友幸はふと思った。高野智子をなぜ捜しているのか。亜樹と友幸はどういう関係なのか。亜樹がヨリナガにどういう説明をしているのか、友幸は知らなかった。

　車に乗り込み出発した。

　堀山地区は、川沿いをしばらく進み、最初に現れる橋を渡ったあたり一帯を呼ぶそうだ。車で五分くらいの距離らしい。

　相変わらずヨリナガの運転はゆっくりだった。時折川のほうに顔を向けてよそ見運転をするのは、誘いを断られた腹いせのつもりなのかもしれない。

　友幸はもう焦っていなかった。むしろゆっくり走ってくれるほうがありがたい。いって、橋を通り過ぎて、このまま川沿いをドライブしてもかまわないと思っていた。高野智子に近づくにつれ、期待が高まっていく。同時に、期待が裏切られることへの恐怖も高まる。もし黄金の里の意味がたいしたものでなかったら。

友幸はサイドウィンドウを下ろし、風を受けながら外を眺めた。川の向こう側は道もなく、深い緑に覆われた山の斜面が川岸近くまで迫っていた。ひとの気配がしない、ひとの手が加えられたあとがまったく見えない自然な姿だった。そういうなかで暮らすなら、心の重しは必要ないのだろうか。

川は大きくカーブを描き、対岸の山陰に消えている。友幸たちが進む道も川に沿ってカーブしていた。カーブを抜けると、前方に橋があった。山の斜面は川岸から急激に後退し、開けた土地が広がる。まるで、山を掘ってできたような土地。堀山の名の由来はそんなところからきているのかもしれない。ぽつぽつと民家の屋根が見えた。

「ヨリナガ、あの橋だからね。ちゃんと渡ってよ」

「大丈夫。橋ぐらいわかりますよ、僕だって」

けたたましい笑い声が押し寄せ、窓から抜けていった。

いったん停止し、対向車をやり過ごしてから右折して橋に入った。

亜樹が、いよいよだね、という顔をして、後部座席の友幸に目を向ける。けっして明るい表情ではなかった。

「もう半分渡っちゃいましたよ。もうあっちの世界には戻れないかも。橋の向こうは黄泉の国」

ヨリナガは歌でもうたうような、へんな節回しで言った。

他の地区とは隔絶された、橋だけで繋がる土地。だからといって特別不気味なものを感じることはなかった。道中あまり見かけることがなかった畑も広がり、どちらかといえば生を感じる土地だ。

「あっ、黄金の里だ」

突然ヨリナガが叫んだ。

友幸は、えっと驚き、シートにもたれていた背を伸ばした。

亜樹がこの男にそこまで話していたとは思わなかった。これまでヨリナガの口からその言葉がでたことはない。

「ちょっと、ヨリナガ」助手席から亜樹が、きつい口調で言った。

「なんで、あんたがそれ知ってんのよ。あたし、黄金の里の話なんて、一度もしてないよね」

亜樹は運転席のほうに向けていた顔を、こちらに振った。怒ったような、しかし、怯えがまざったような顔。

いったい、どういうことだ。友幸はシートの中央に移動し、前部座席の間から、ヨリナガの横顔を覗いた。

「もう、やめてよー、そんな怖い顔するのは」

ヨリナガはあくまでのんびりした口調で言った。

「なんだかよくわかんないけど、僕はあれを読んだだけだよ」

ヨリナガは片手をハンドルから放し、前方を指さした。

亜樹がフロントガラスに顔を向けた。友幸も、シートの間から乗りだすようにして見る。

集落の奥のほうに白っぽい建物があった。その上にある看板。

そこに書かれていたのは紛れもなく、「黄金の里」の四文字だった。

6

怒ればいいのか、泣けばいいのかわからなかった。

だから友幸は笑った。大きな口を開け、ふたりが驚くくらいの大声を車内に響かせた。もしかしたら、ヨリナガも、いつもこんな気持ちで笑っているのではないかと、ふと思えた。

橋を渡りきり、畑を分断するように延びる道を通り、疎(まば)らに家が建ち並ぶ集落に入った。目指しているのは、もちろん「黄金の里」だ。

また、騙された。いや、からかわれたと言ったほうが正しいのだろう。本当に黄金の里はあると言った岩田の言葉に嘘はない。看板まででているのだから、間違いなかった。

あの建物にいって、心が安まることなど、万が一もないだろう。ましてや、心に重しができるはずはない。

「あれ、案外コガネって読むのかもしれないよ」

がっくりした空気が読めたのか、ヨリナガの言葉は慰めるようだった。

「どんな読み方をしようと関係ないよ」

亜樹は気が抜けたように、静かに言った。

橋から真っ直ぐ延びている道をそれ、未舗装の道に入った。土地は緩い斜面になっていて、多くの家は高低差を埋める石垣の上に立っていた。黄金の里の看板がある建物は、道のいちばん奥にあった。胸の高さぐらいの石垣の上に立ち、道から建物のほうにスロープが延びている。

道の突き当たりに車を停めて、友幸と亜樹は車を降りた。ヨリナガは「お留守番」と自ら言って、車に残った。

スロープを上がっていくと、賑やかな音楽が聞こえてきた。ずいぶん前にヒットした、女性アイドルグループの曲のようだった。他に、ウーワ、ウーワと呪文(じゅもん)のように繰り返す、複数の人間の声も聞こえる。

黄金の里は白いプレハブ造りの平屋建てだった。民家の敷地に建てられたもので、奥には古い木造の家屋があった。

「正直言って、ここ気味が悪い。なんでだかわかる?」

スロープを上がりきると、亜樹は足を止めて言った。

「さあね」

気味が悪いと言われれば気味が悪い。けれど、それはなんとなくで、どこがと答えられるものではなかった。

「森が家のすぐ後ろまで迫ってる。家が呑み込まれそうに見える」

この家は集落でもいちばん奥まったところにあった。家のすぐ裏から木々が立ち並ぶ山の斜面になっている。ただそれだけのことで、夜でもないから、友幸には気味が悪いとは思えなかった。かつて集団生活をしていたとき、こんな場所に暮らした経験もある。

音楽が漏れ聞こえる白い建物に近づいた。入り口のある正面から、奥に向かって長く延びている。側面に回ってみると、窓がふたつあった。建物から少し離れて、なかを覗いてみた。

最初、何が行なわれているのかわからなかった。老人の集団が、ウーア、ウーアと唱えながら、体を前後にぎくしゃくと動かしている。同時に、腕を横に大きく開いたり閉じたりして、拍手をした。

「宗教儀式とかかな」友幸は言った。

みんな何かに憑かれたような顔をしているから、そんな風にも思えた。

亜樹は笑みを浮かべ、噴きだした。「違うでしょ」

友幸の腕を摑み、自分のほうへ引き寄せた。

その角度から見ると、友幸にもわかった。老人たちの正面に、トレーニングウェアを着た若い女がいた。怖いくらい大袈裟な笑顔。数倍キレがあるが、老人たちと同じ動きをしていた。

「エアロビクスとか、そういうやつか」

「おじいちゃん、おばあちゃんだけ見てたら、確かにわからないかも」

Tシャツにトレパン姿もいるが、ポロシャツに普通のスラックスをはいたじいさんもいた。たぶん、もう終盤のほうなのだろう。顔にも動きにも疲れが見えた。

ドアの閉まる音が聞こえた。正面のほうに戻ってみると、トレパンをはいたじいさんがひとり玄関のステップに腰を下ろしていた。

「疲れたから、先にでてきたわ」

友幸たちに関心を向けることもなく、ひとりごとのように言うとたばこをくわえた。

「この黄金の里っていうのは、なんなんですか」友幸は訊ねた。

「見てのとおり、体操をするところだよ。週に二回、若いおねえちゃんがやってきて、指導してくれるの」

にやりとした笑みが若々しく、目的は体操ではなくおねえちゃんではないかと疑った。

「じゃあここは、この地区の集会所とかそういうもの？」

「まあ、そんなとこだけど、公のもんじゃない。確かに集会とかもするけどなあ、個人が建てたものだから」

「じゃあ、スポーツクラブに近いのかな」

「いや、商業施設ではないしな。地区の人間しか使わんし。うん、まあ、集会所ってことでいいかな」

じいさんは、たばこをくわえ、ぷかーっと煙を吐きだした。

「これは高野智子さんが建てたものなんですか」

亜樹が腰をかがめて訊ねた。

「ああ、そうだ。ここは智子さんのうちだからね。建てる資金はどっかからでてるって話だったが、よく覚えてないな。おねえちゃんたちは、智子さんの知り合いかい」

「ええ。子供のころ、会ったきりなんですけど」

じいさんは、なるほどよくわかったとでもいうように、大きく頷いた。

「確かに、ややこしいといえば、ややこしい話でね。智子さんに聞いたらいいよ。このことは、いちばんよく知ってるから」

「いまは、なかですか」

友幸は建物のほうに目をやった。

じいさんは、ははっと軽い笑い声を上げ、首を振った。

「智子さんはやらんよ。この地区で、あのひとだけはここを使わないの」

何がおかしかったのかわからない。じいさんの顔に薄い笑みが張りついた。

「さっき、家のほうも訪ねたが、おらんかった。たぶん、山に上がったんだろ。表の道を山に向かって進むと、あのひと専用の道があるんだ。——別に誰が通ってもかまわないんだが」

集会所を造り、自分専用の道をもっている。高野智子はこの地区の中心人物的存在なのかもしれない、と友幸は考えた。

「おじいさんも、高野さんなんですか」亜樹が訊いた。

「俺は島田(しまだ)だ。確かにこのあたりは高野と脇山って姓が多いが、田中(たなか)も石橋(いしばし)もいるんだよ」

亜樹が「すみません」と言うと、「別に、いいんだ」と笑った。

「さあ、そろそろ戻るか。最後のストレッチはやらないと」

じいさんはたばこをもみ消して立ち上がった。「智子さんに会ったら、月謝は郵便受けに入れておいたと伝えておいてな」そう言うと、黄金の里に戻っていった。

「年寄りが集まって体操するところか。感動も何もないな。黄金の里なんて、結局こんなもんだ」

はなからこの建物に期待などしていなかったが、友幸は気落ちした。

「諦めるのはまだ早いと思う。なんかへんだもん、ここ」

亜樹は、先ほど気味が悪いと言ったときと同じ顔をしていた。

「個人で集会所を建てるっていうのもよくわからないし、その本人はここを使わないっていうのもなんか意味深。ややこしい話だとおじいさんも言ってたから、ここを造ったのには、何か深い理由があるんだと思う」

「だとしても、この建物が俺たちに何かを与えてくれるとは思えない」

「ううん、そうじゃない。教授が言った黄金の里はこの建物のことじゃないんじゃないかって気がする。だって教授は、高野智子が黄金の里だって言ったんでしょ。場所とかを指すなら、そんな言い方しないはずだし」

適当なことを口走っただけなら、どんな言い方にもなるだろうという気はした。だからといって、すっかり諦め、投げだす必要もないと友幸は考え直した。他にやることなどないのだから。

「いずれにしても、ここまできたんだから、高野さんには会っていくでしょ」

「ああ、山のほうにいってみよう」

日がかげり、緑が濃さを増していたが、日没まではまだ時間がありそうだった。

スロープを下り、ヨリナガには何も言わずに、歩いて表の道路に向かった。

集落の中央を走る道を上っていくと、すぐに舗装は途切れ、干涸らびた土が剝きだしになった。車が転回できるようにか、道路より広めに整地されている。原付バイクが一台停めてあった。

正面の山の斜面に、木材を埋め込み、階段状に造られた道らしきものが見える。これがさっきのじいさんが言っていた道だろうか。

「これを上がっていけばいいのかな」

亜樹が小高い山を見上げて言った。

「いや、どうだろう。あっちにも道が延びている」

右手のほうにも、雑草を抜き、踏み固めただけのような頼りない道が延びていた。緩い勾配で斜面を横切り、張りだした山裾の向こうに消えている。

「五十代の女性専用の道といったら、やっぱりあっちかな」

亜樹は右手の緩やかな道を指さした。

どこかで、ひとの話し声がした。

友幸は集落のほうを振り返り、右手に顔を戻した。

張りだした山裾の向こうから、回りこむようにひとの姿が現れ、友幸は驚いた。

いや、ひとの姿に驚いたのではなく、未舗装の山道に、車のようなものが突然現れたので、一瞬友幸は目を疑ったのだ。

それは車ではなく、電動車椅子だった。しっかりとした四輪のタイヤをそなえていて、車体の下の部分だけを見れば、四輪バギーに似ているが、その上に座れるのはひとりだけで、間違いなく車椅子だった。しかし、そうわかっても、驚きにかわりはない。がたがたと左右に車体を揺らしながら、山道を車椅子でやってくる。

乗っているのは年配の女性だった。髪は染めていないようで、白さが目立つ。

「高野さんかな」

「たぶん、そうだろう」

集会所で体操をしないのも当然だった。専用の道というのは、車椅子でも上れる道という意味だったのだろう。

車椅子の少し後ろから、少年がついてきていた。坊主頭のTシャツ姿。車椅子が山道から未舗装の広いスペースにでると、早足で追い越し、こちらのほうにやってきた。

日に焼けた高校生くらいの少年だった。通り過ぎざま、睨みつけるような視線を友幸たちに飛ばし、原付バイクに向かった。

「ちゃんとヘルメットかぶりなさいよ」

車椅子の女が、よく通る声で言った。

「うるせー、クソばばあ」

バイクにまたがった少年は、ヘルメットをハンドルにぶら下げたまま、エンジンをかけた。甲高いノイズを響かせ、走り去った。

「子供すら産んでないのに、ばばあだなんて、――ねえ」

かたかたと石ころを踏みしめこちらにやってきた。キュウーというモーターの音がなぜか爽やかに感じられる。原付の音を聞いたあとだからかもしれない。

「高野智子さんですか」

亜樹に目配せされ、友幸は訊ねた。

「ええそうですけど」と答えを聞く前に、友幸は思いだしていた。これまで名前と顔が一致しなかったが、目の前にいる女が、あの集団生活をともにしたひとりであると、はっきりわかった。

髪の毛は白いものが大半をしめていたが、顔はばばあというにはまだ若い。鼻筋の通った綺麗な顔立ち。優しげな、少し垂れた目。記憶にあるものとかわらなかった。

高野智子は優しかった。遊んだ記憶はないが、他の大人たちがいないところで、時々お菓子をくれた。智子の「早くたべちゃいなさい」という言葉が友幸は好きだった。優しさと、秘密を共有する甘酸っぱい感情がその言葉の記憶にある。

しげしげと見つめる友幸に、智子は戸惑いの表情を向けた。友幸は視線を外した。智子の膝の上、摘んできたばかりと思われる、青い花の束に視線を落とした。

「あの、あたしたち、昔、高野さんと一緒に暮らしてたんです。岩田さんたちと――」

亜樹の言葉に智子は目を見開いた。

「じゃあ、あなた亜樹ちゃんね。――そんな、あんなちいちゃかったのに」

喘ぐように、口を半開きにした。ふと何か思いだしたように、友幸のほうに顔を向ける。

「じゃあ、あなたはトモちゃんでしょ。――わかるわ。だって、ずいぶん面影があるもの」

友幸は頷いた。

智子は背筋を伸ばし、前屈みになった。立ち上がるのではないかと思ったが、手を伸ばし、友幸の手を包んだ。

「元気だった？　とにかく立派に大きくなったのね」

智子の目が潤んでいた。これまでの再会で、いちばんの歓迎ぶりだった。

友幸の心は温まった。けれど、まだ黄金の里ではない。

7

智子の歓迎は続いた。

夕飯をぜひ食べていってくれと言われ、それを受け入れた時点で泊まっていくことも、ほぼ決定した。もちろんヨリナガも一緒だ。

そうは言っても智子はひとり暮らしで、突然三人の客をもてなすだけの食材をストックしているようには思えなかった。車で買い物にいきましょうかと亜樹が申し出たが、智子は大丈夫と言って何件か電話をかけた。しばらくすると、集落のひとたちがやってきて、たぶん、あまりものであろうおかずを置いていき、たちまち食卓が賑やかになった。

智子は、ハーレムの子供たちがどんなふうに育ってきたか、知りたがったが、友幸の歩んできた道程は食卓を囲んで気楽に話せるようなものは少なく、簡単に終わってしまった。亜樹も同様で、面白みなどまるでない、素っ気ない話だった。それでも智子は、うんうんと頷きながら聞いていた。その話しぶりから、抜け落ちた部分の暗さを感じ取ったのだろう。突っ込んで訊ねるようなことはしなかった。

その代わりに、智子は自分の話をよくした。十年ほど前に、ひとり暮らしだった母親の介護のためにこの村に戻ってきたこと。結局三年ほどで母親を亡くし、そのままここに残り働いていたが、六年前に交通事故で下半身不随になったこと。多くは苦労話だったが、あっけらかんと笑いも交えて語った。友幸たちにくらべて遥かに情報量は多かったが、集団生活を解消してから村に戻るまでの話がすっかり抜けていることに友幸は気づいていた。もちろん、訊ねたりはしなかった。

話を聞いていていちばん喜んだのは、部外者のヨリナガかもしれない。亜樹と友幸が、有名な花畑ハーレムにいたことを知り、興奮していた。興味本位の質問を繰り返し、亜樹から何度も黙るように注意を受けた。

岩田から、高野智子が黄金の里だと聞いて訪ねてきたと、そこは本当の話をした。

「確かに、四年前に一度会っているけど、なんでだろう。おっちゃん、どうしてそんなことを言ったんだろうね」

智子は心当たりはないと言った。

集会所についても、かつて岩田がそんなことを言っていたのを思いだし、なんとなく「黄金の里」と名づけたのだと説明した。

どちらも、はぐらかしているような印象があったが、また明日、訊く機会があるだろうと問い詰めるようなことはしなかった。

もともと家族で住んでいた家で、寝るところには困らなかった。亜樹は智子の母親が使っていた部屋にひとりで床をとった。友幸は客間で、ヨリナガと一緒だ。もうひと部屋ぐらい空いていそうな気がしたが、言いだせず、結局後悔することになった。

体型から想像がつくとおり、ヨリナガはひどいいびきをかいた。虫の音も耳についたが、なかなか寝つけないのは間違いなくいびきのせいで、腹が立ってきた友幸は、横から蹴りを入れてやった。たいてい、刺激を与えてやれば、いったんいびきはやむものなのに、ヨリナガだけは例外のようだった。

なかなか寝つけなかったのに、朝は早くに目が醒めた。時計を見ると、まだ五時前。友幸はもう一度眠りにつこうと試み、いったんはまどろんだが、外のもの音を聞きつけ、また覚醒してしまった。

鳥のさえずりに混じって、キュウー、キュウーと聞き覚えのある音。友幸は布団を抜けだし、障子を少しばかり開いた。

思ったとおりだ。電動車椅子に乗った智子が、庭を横切っていく。

友幸はジーパンをはいて、部屋をでた。

モーター音が移動する感じから、庭をいったりきたりしている様子だった。何か手伝えることがあるならと思い、いってみることにした。

庭にでてみたら、智子の姿はなかった。しかし、微かにモーター音は聞こえている。石垣のへりに立って、表の道を見通した。そこにも姿はない。

友幸は石垣の上を進み、家の裏手に回ってみた。

いた。まだ青みがかった早朝の景色のなか、がたがたと車体を揺らしながら、電動車椅子に乗った智子が進んでいく。

その先には森が広がっていた。家屋を前に置き、庭のほうから望むと、すぐ後ろに迫って見えたが、実際はいくらか距離があった。道があるわけでもない荒れ地。蛇行しながら走りやすいところをえらんでいるようだ。スピード感はなくても、力強さがある。確実に前へ進み、濃い緑のアーチを潜った。森の中へ。

気味が悪い。昨日亜樹が言った言葉を思いだしていた。

木々の間にすっかり姿が消えてしまうと、友幸は引き返した。

「おはよう。早いわね」

集落のメイン通りから智子の家に続く道に曲がろうとしたら、電動車椅子に乗った智子とでくわした。

友幸は智子が森に消えるのを見届けてから家には戻らず、近所を散歩してきたところだった。

「目が醒めちゃったんで、散歩してたんです」

「山には登った？」

「いや、そのへんをぶらぶらしただけだから」

「このへんは、見るものが何もなくてね。ただ、山に上がるとね、何もなさが実感できていいのよ。なるほど、そういうところかって」

友幸は頷いた。なんだか、よそ者みたいな感じ方だなと思った。

智子は昨晩わけてもらったおかずの食器を返しにいくところだった。友幸は帰ってもやることはないので、智子についていくことにした。智子の膝の上にあった、鍋と皿をもって、坂道を下った。

「トモちゃんはどうしてそんなに黄金の里を見つけたいの」

その話題をどう切りだそうか、考えていたところだったので、好都合だった。

「……俺、ちょっと前まで刑務所に入ってた。くだらないことで、二年も」

智子がこちらを見上げた。とくに驚いた表情ではなかった。

友幸は以前亜樹に話したようなことを聞かせた。心に重しが欲しい。それで黄金の里を探す旅にでようとしたと、おおむね、正直に話した。

「教授は、二十年前に黄金の里を目指そうと言ったのは適当だったと認めた。でも、その後見つけたって。高野さんが黄金の里だって、はっきり言ったんだ。だから俺も、見つけたい。高野さんのどこが黄金の里なのか」

友幸は歩調を早めた。いつの間にか、車椅子に遅れていた。

「どこなんだろう。おっちゃんが感じたことだからね。私には、わからないねえ」

「四年前に、教授と会ったとき、どんな話をしたの」

そのときに岩田は黄金の里だと感じたわけだから、間違いなく、話した内容のなかに岩田の心を動かした何かがある。岩田が適当なことを言っているのでなければ。

「あのときは、こんな体になった原因や、生活ぶりを主に話したんだと思う。車椅子生活でも、諦めないでしっかり生活しているって。そういうところに、何か感じるものがあったのかしら」

まず違うだろう。岩田のような男が、その程度のことで心を動かすとは思えなかった。

「黄金の里についても話さなかった？」

智子は首を横に振った。

「話さなかった」

「じゃあ、どうして、あの建物に黄金の里と名前をつけたんだい」

「あそこを、みんなが寛げる場所にしたいと考えていてね、そうしたら、たまたま思いだしたの。昔、おっちゃんが心の安らげる場所があるって言っていたのを」

友幸はそもそも、ああいう集会所にわざわざ名前をつけるのを不思議に思っていたが、そういう場所にしたいと願いを込めてつけるのなら、あるかもしれないと、考えをあらためた。

建物に名前をつける。ふと、友幸は思い浮かんだ。どういうときに建物に名前をつけ、どういう風に名前をつけるか。

友幸はすっかり理解した気がした。なぜ智子が黄金の里と名前をつけたか。なぜ、それを自分に隠す必要があるのかはよくわからなかったが。

「高野さん、あの集会所はいつ建てたの」

そう訊ねたが、智子は聞いていなかったかもしれない。背筋をすっと伸ばし、前方に視線を据えている。口を開く気配はない。

智子の視線の先に老人の姿があった。道の反対側をこちらへ向かってくる。

七十代ぐらいの痩せたじいさんだった。こちらを見るので、友幸は顔をうつむけた。家をでるとき、起き抜けで、帽子をかぶるのをすっかり忘れていた。

「何、見てんだよ、じじい。さっさと消えろ！」

すぐ近くで、怒声が弾けた。友幸の背筋に寒気が走った。

声の近さからいって、智子が発したのは間違いない。しかし、信じられなかった。いつも穏やかに話す智子の、どこからあんな声がでるのだ。完全にキレた人間の声だった。

道の向こう側を歩くじいさんは、もうこちらを見ていなかった。やや早歩きになったが、表情はとくにかわりがない。あんな怒鳴(どな)られかたをして、どうして平気でいられるのだ。

「さあ、いきましょう」

足を止めていた友幸に、智子は言った。何ごともなかったように、すっかり穏やかな声音に戻っていた。

8

吹きつける風が汗を乾かした。

爽やかと感じたのは最初のうちだけで、ひっきりなしの風に肌寒さを感じるようになった。

本当に何もないなと、下界を見下ろし友幸は思った。そもそも、隣の山が視界を塞ぎ、左右の見通しはあまりよくなかった。見えるのは、堀山の集落と畑、その向こうの川と橋、正面の山だけ。五分もたたないうちに、この眺めに飽きてしまった。

友幸は高野智子専用の道を辿って、山に登ってきた。道は祠のある中腹までで、そこに腰を下ろし、風に吹かれた。

亜樹は朝食を食べ終わると、ちょっとヨリナガとドライブにいってくると言ってでかけてしまった。たぶん、部外者のヨリナガを遠ざけ、気兼ねなく智子から話を聞きだせるようにという配慮だったのだろう。しかし智子もひとに会う約束があるとでかけてしまったので、何もやりようがなく、暇潰しに山に向かった。

あのあと、なんとなく智子と話しづらくなり、結局、集会所の名前の件は宙ぶらりんだった。しかし、それは宙ぶらりんのままでもいいのかもしれない。黄金の里という名前のことばかり気にして、それよりも根本的な疑問を脇においやっていた。

なぜ智子は、あの集会所を建てたのだろう。自分が使えはしない、体操教室のための施設を家の敷地に建てたのは、どういう気持ちからだったのか。

通りすがりの老人を怒鳴りつけた智子。それを気にした風もないじいさん。なんだかこの集落はおかしい。わからないことばかりだった。

友幸は野球帽をとり、額の汗を拭ってまた被った。立ち上がって伸びをした。たいした暇潰しにはならなかった。智子は昼前に帰ると言っていたから、まだ時間はだいぶある。ゆっくり下山しようと考えていたとき、ひとの気配を感じた。

山道に目を向けると、ひとが登ってきていた。向こうもこちらに気づいたようだ。驚いた顔をしたのは、くわえたばこだったからかもしれない。やってきたのは、昨日智子と一緒に山を下りてきた少年だった。

たばこをくわえたまま、祠のほうにやってきた。何かスポーツをやっているのだろう、坊主頭で体格のいい少年だった。眉が薄いのは、たぶん生まれつき。友幸をひと睨みして、祠の前に腰を下ろした。

「高校生がたばこかよ」

べつに誰がたばこを吸おうとかまわない。ただ、少年の目つきが気に入らなくて口にした言葉だ。

少年はそっぽを向き、煙を吐きだした。無視かよ、と思ったが、もうどうでもいい。友幸は足を踏みだした。

「おい、いつまでいんだよ」

少年の声が背後に聞こえた。友幸は振り返らずに答えた。

「もう、下りるとこだよ」

足を止めず、山道に向かった。

「違うよ！　いつまで村にいるんだ。高野のばあさんのとこにいるんだ」

声が大きくなった。

友幸は足を止め、振り返った。

「あんた、人殺しだろ。指名手配されてんだろ」

必死な少年と目が合った。友幸は少年のほうに足を向けた。

9

「男のひとって、家族を恐れているように見えます」

文子は抑えた声で言った。

日曜の午前中、繁華街の喫茶店は、寂しさを覚えるくらい閑散としていた。

「自分が生まれ育った家族もだし、自分が築いた家族も。なんででしょう」

小島は自分に向けられた質問を真剣に考えた。しかし、いい答えは浮かばない。

「家族を築いたことはまだありませんので、そのへんはなんとも……。想像で言うと、家庭のことをよく知りもしないのに、家長などと祭り上げられてしまった不安だったりするんでしょうかね」

生まれ育ったほうの家族に対する恐れについては、考察を省いた。やはり、「男のひと」と普遍的に語るより、「中谷は」と個人的に捉えたほうがいいような気がした。小島はあえて口にはしなかった。

中谷の元妻、吉岡文子は、小島の気遣いを察したように薄い笑みを浮かべ、コーヒーカップを口へと運んだ。

小島は彼女の爪に目がいった。小指の爪のつけ根のあたりにネイルカラーが落としきれずに残っていた。通夜の前の晩にでも慌てて落とそうとしたのだろう。小島はその姿を想像しそうになり、頭から振り払った。

昨日、中谷の葬儀の席で、中谷がコラムを書いていた週刊誌の編集者から、文子が話を聞きたがっていると打診を受けた。その場で、翌日、ふたりで会う段取りがついた。文子は週刊誌の編集者が同席することを望まなかったようだ。

現れた文子はベージュのワンピースを着ていた。話すと主婦のべたつきはなかった。働く女性がもつドライな感じは、普段小島が接する業界の女性たちと変わらず、話しやすい。つまり、あまり悲しみが表にでていなかった。

中谷との最後の会話、四年ぶりに小説を書くと約束してくれた話をしても、それを無念と悲劇的に捉えたりせず、「ならよかった」と、死を迎える前に中谷がやる気を取り戻していたことを、喜んでいるようだった。

中谷の姉のことについても少し触れた。最近になって姉の事件について打ち明けてくれたのだと話すと、「中谷がその話をするのは珍しい」と驚きつつ、初めて暗い表情を見せた。姉の事件は、中谷が思っていた以上に中谷の家庭に暗い影を落としていたのではないかと、その表情から想像した。

「とにかく中谷は家族を恐れていました」カップをテーブルに戻すと、文子は言った。「お姉さんのこともあって、娘が突然消えてしまうのではないかと恐れていたようですが、それとは別に、家族に対して、漠然とした恐れも抱いていた。いつか自分に向かってきて傷つけるのではないかというような
「別」ではないような気がした。男たちに連れ去られた姉も、子供に無関心だった母も、顔も知らない父も、みんな中谷の心を傷つける存在であったような気がする。

「中谷はこんなことも言っていました。家族の愛情や絆というものを、現代では当たり前の存在のように語るが、それらは文学が作りだした産物だと。近代以前の家族は生活のための機能的集団であることが普通だったと」

小島は頷きながら、カップに口をつけた。

「昔は家の中心に愛情があるのはまれだったそうです。それを、文学が愛情のある家族の物語を創造し、人々を教化していったのだとか。とくに戦後、メディアの発展のなかで、急速に家族の愛情や絆といったものが絶対的価値をもつようになった、というようなことを、あのひと、私に真剣に語ったんです」

「それを語ることも文学なのではないでしょうか。中谷さんは作家ですから」

史実や真理を脇に置き、愛情のない家族が本来の家族ではないかと仮定してみるこ

とで、現実を炙りだすことも文学には可能だ。

「私に、文学ですか」文子は乾いた笑みを見せた。「あのひと、そんな堅苦しいひとではなかったです」

文子は両手でカップを取り囲んだ。左手の中指に、小さなダイヤをちりばめたリングをはめていた。小島はふと、離婚後結婚指輪はどうするものなのか気になった。

「家族の愛情は幻想で、愛のない家族が本来の姿だと言っているような気がして、私、怖かったです。その話をしたあと、中谷は仕事場を外にもちました。もともと家族を必要としていないところがありましたが、仕事場にこもることが多くなって、ますます離れていくような気がしました」

「何もわからないのに、生意気言って申し訳ありませんが、それはきっと、いき違いだったんでしょう。本当の思いとは違う……」

夫婦のことはわからないが、この二年の間、中谷の下に何度も通い、雑談を重ねながら中谷という人物を理解したつもりだ。中谷が家族と距離をおいたのは、愛情がなかったからではなく、やはり恐れたからだろう。それと家族に愛情をもつこととは矛盾しない。いや、恐れたことが、愛情をもっていた証左になると小島には思えた。

「さすが編集者ですね。いき違いというのですね。すれ違いだと思っていました」文子は屈託のない笑みを見せた。「とにかく、そんなことも、離婚の原因ではあったんです」

　小島は理解を示すように頷いた。

「実は、小島さんのあと、中谷は私の携帯にも電話をかけているんです」

「そうだったんですか？」小島は素直に驚きを表わした。初めて聞く事実だった。

「私、そのとき掃除機をかけていたので、着信音に気づかず、でられませんでした」

　表情を変えるのを忘れたように、文子の顔に笑みが残っていた。

「発信記録だと、小島さんの電話のあと、十分ほどたってから。襲われたあとだったのでしょう。たぶん、私がでても、もう話せる状態ではなかったはずです。中谷は、助けを呼ぼうとしたのではなく、ことされる前に、家族の声を聞きたかったのだと思います。あのひとが最後の力を振り絞って、求めたものは家族だった。編集者ではありません」

　文子の顔にはまだ笑みがあった。それ以外の表情ができないというように。

　小島は言葉を忘れた。ただ何度も頷いた。

　昼前には店をでた。

　犯人に関することを、文子はほとんど口にしなかった。小島のほうからその話題をもちだすことも控えていた。別れ際になって、「犯人を早く捕まえてほしい」とぽつりと言った。

昨日の午前中、警察は容疑者が特定されたことを発表した。二十八歳の若い男。中谷との接点はまだわかっていない。その二日前に警察は任意で事情を訊こうと訪ね、男に逃げられている。残された所持品から血の付着したTシャツが見つかり、付着した血が中谷のものと特定されたため発表したと説明しているが、その間大慌てで探し回り、隠しておける限界がきたから公表しただけだろう。

ひとつ気になるのは、容疑者の所持品のなかから、中谷の本が見つかったことだ。中谷の作品が、変な注目のされかたをしなければいいと思う。

小島は文子と別れて新宿へ向かった。中央本線のホームで舟山と落ち合い、ふたりで、甲府(こうふ)にいくことになっていた。日帰りの旅になるが、そこで原亜樹の母親を捜すつもりだった。

10

日に焼けた少年が立ち上がった。怯えの混ざった目で、近づく友幸を凝視する。後(あと)退(ずさ)りし始めた。

友幸は足を止めて、鼻で笑った。

度胸がないやつ。おそらく、自分より少年のほうが体力は上だろうに。そう思いながらも、少年を無闇に怯えさせる自分を、気持ち悪くも感じていた。

「何もしない。すぐに山を下りる。ここからもでていくよ」

だから警察に知らせるな、とは釘をささない。通報するつもりなら、何も言わずにそうするだろう。

「ばあさんはいてもいいって言うかもしれない。だけど、何かあったら、ばあさんに迷惑がかかるから――」

「だから、でていくと言ってんだろ」

昨日は、クソばばあと悪態をついていたくせに、意外に年寄り思いの少年だった。

友幸は少年に背を向けた。山道のほうへ足を踏みだしたとき、「あのー」と窺うような声が聞こえた。

「高野のばあさんとは昔からの知り合いなんだろ」

振り返った友幸に訊ねた。

実際の関係とはニュアンスが異なるが、友幸はそうだと答えた。

「ばあさんが、この地区のひとを怒鳴りちらすのを見た？」

「見たよ」

少年は手の汗を拭うように、二回ズボンの生地を摑んだ。

「昔からの知り合いに、悪く思われるのはかわいそうだから教える。あれ、本気で怒ってるんじゃないんだ。悪く思われようと、わざとやってるんだ」

「なんだ、それ」

そんな演技をする意味がわからない。あまりにばあさん思いの少年も気持ちが悪い。

「この地区は高野と脇山って家が多いんだ。前はすごく仲が悪くて、互いの悪口言ってた。それで、脇山の子供が高野のばあさんの車に石を投げた。フロントガラスが割れて、車は畑に落っこちた。ばあさん、一生歩けないようになったんだ」

なぜか焦りだした少年は、突然舌足らずになったように、変な喋りかたをした。

「その石投げたの、俺なんだ」

少年は杉田海渡（すぎたかいと）という名で、母親が脇山の人間らしい。この地区の外で生まれたが、祖父母を訪ねて小さいころからここらによく遊びにきていた。

脇山と高野の仲は、もともといいとはいえなかった。高野は畑もちが多く、比較的裕福だったため、脇山はひがんでいた。それでも、表だっていがみ合うほどではなかったそうだ。それが、ある事件によって関係が崩れた。

七年ほど前、高野家の男子高校生が、脇山家の女子中学生を襲うという事件が起きた。警察沙汰（ざた）になり、少年は鑑別所に送られた。もともと高野を快く思っていなかった脇山は、事件をきっかけに、高野を目の敵にするようになった。高野のほうも、事件を穏便に解決しなかった脇山に対してわだかまりをもった。しかし、両家がいちばん心を傷めたのは、被害者、加害者、双方の家族が、事件の後、地区の外に越してしまったことだ。被害者の中学生、加害者の高校生、その兄弟も含めて、彼らは両家にとって最後の若者だった。彼らが外にでたことにより、この地区がいずれ消滅することが、ほぼ確実となってしまった。そのやるせない気持ちが拍車を掛け、いがみ合うようになった。道で会っても挨拶せず、いたるところで小競り合いが起きたそうだ。

「うちのじいちゃんは、高野のばあさんの悪口をよく言ってた。ばあさんを嫌っていたというより、ずっと外にでてたから、言いやすかったんだ。それに、昔、変な宗教みたいなのに入っていたみたいで、その印象が強いらしくて……」

変な宗教か。

こんな田舎の人間には、そうとしか考えられないのだろう。

「そういう話を聞いているうち、子供だから、高野のばあさんは、悪い人間だって思うようになった。六年前、じいちゃんのところに遊びにきたとき、道を歩いていたら、前から高野のばあさんの車が向かってきた。俺、いつもやってたんだけど、石を投げて脅かそうと思ったんだ。足下見たら、大きめの石しかなくて、どうしようかと思ったけど、結局拾った。そして投げたら、車は畑に落ちて、ひっくり返って――。

俺、慌てて逃げた」

杉田海渡はそのままうちに逃げ帰り、部屋に隠れた。警察がやってきて捕まると震えていたそうだ。ところが、警察はやってこなかったし、一週間たっても、二週間たっても、誰も何も言ってこない。智子の意識は当初からはっきりしていたにもかかわらず、事故と海渡の関連は誰にも知られていないようだった。石を投げるところを智子は見ていなかった。海渡はそう結論づけて安心したが、それも智子が退院してくるまでのことだった。

智子は家に戻ると、高野と脇山の人間を家に集めた。そこで智子は、海渡が石を投げたために事故が起きたのだと、初めて明らかにした。

智子は警察に海渡のことを話す気はないと言った。ただし、条件をつけた。脇山と高野がいがみ合いをやめること。脇山はその条件を呑み、和解を申し入れた。高野のほうにしても、そもそもの発端は高野の高校生に問題があったわけで、受け容れざるを得なかった。

それとは別に、海渡の親は、智子の治療費や家の改装費用、電動車椅子の費用などを負担した。海渡はいまだに親から恨み言を言われるそうだ。

「和解はしたけど、高野のばあさんは、脇山の人間を見かけると時々罵声を浴びせるんだ。俺も週に一、二回、ばあさんの手伝いにくるけど、けっこう怒鳴られる。でも、あるときばあさんが言ったんだ。あたし疲れたって。怒るのも大変なんだって。ばあさんは、歩けない自分の姿を見て、脇山の人間が罪悪感をもたないよう、わざといやな人間を演じているんだって打ち明けてくれた。罪悪感なんてあったら、対等に付き合えないだろうからって。ばあさん、そういうひとなんだ」

友幸と目が合うと、海渡は照れたようにうつむいた。

「あの体操をする集会所は、みんなが仲良くするために建てたものなのか」

「そうだよ。高野と脇山の人間は、通うのがほとんど義務みたいになってる」

「いつ、建てたんだ」

「四年前。いや、完成したのは三年前か」

その答えを聞いて、友幸はやはりな——、と思った。

「話はそれだけか」

「ああ、あの罵声は思いやりからきているとわかってくれればいいよ」

友幸は、智子がどんなつもりで怒鳴っていようが、かまいはしなかった。それよりも、どうしてそこまでして、ふたつの一族を仲直りさせたかったのかが気になった。

海渡にすぐにでていくことを再び約束して、友幸は山を下りた。

すぐにでていくとは言っても、もう一度智子に会ってからだ。最後の悪あがきで、話を聞きたかった。

た。

智子の家に寄ったが、智子も亜樹たちもまだ戻ってはおらず、友幸は暇潰しを続けた。

川のほうまで下りていき、集落を迂回するようにして山のほうへ続く、アスファルトの道を歩いてみた。山に入ると舗装は途切れた。それでも整地はされており、車が通れるだけの幅がある。山の奥深くまで続いていそうな林道はなだらかで、歩きやすかった。

二十分ほど歩くと、視界が開けた。稜線を越え、道は少し下りになっていた。足を止めた友幸は、野球帽のつばを上げ、額の汗を拭った。

二、三十メートルほど先に車が止まっていた。大きな杉の木の陰に半分隠れている。近づいていくと、ヨリナガの車だとわかった。車がすれ違えるよう、そこだけ道幅が広がっており、路肩の斜面に乗り上げるようにして車は止まっていた。

車はこちら向き。さらに近づくと、杉の木に隠れていた助手席側が見えた。友幸は足を止めた。

亜樹らしき姿が見えた。はっきりしないのは、フロントガラスに背を向けているからだ。ロングヘアーが背中を覆っている。

足を進め、車のすぐ近くまできて、また足を止めた。友幸は息を呑んだ。

亜樹の体の下に、ヨリナガの姿があった。助手席に座るヨリナガは、Tシャツをたくし上げ、露わになった亜樹の胸をもみしだいている。細い目は開いているのか閉じているのかわからない。惚けたように、口が半開き。亜樹の背中が後ろに反った。

友幸は悲鳴を上げたくなった。おぞましいものを見せつけられた気分だった。

11

河原に下りて石を投げた。

その行為に何か意味があるわけではない。河原で何もすることがなければ、自然に手は石を摑む。それを止める理由もない。

友幸は一ダースの石ころを川に沈め、智子の家に戻った。

十一時半。もう戻っているころかと期待しながらスロープを上がっていくと、玄関からでてくる智子が見えた。電動車椅子ではなく、簡易な折りたたみの車椅子に乗っていた。

「まあ、ずいぶん汗かいて」

黒い帽子をすっぽり被った智子は、白髪が隠れて若々しく感じられた。

友幸は額の汗を拭った。

「実はもう帰ろうと思うんだ。だから高野さんを待ってた」

「どうして。今日は、ばたばたしてあまり話もできそうにないから、もう一晩泊まってってもらおうと思ってたのよ」

「色々、やることがあるんだ。いく前に少し話せればと思ったんだけど」

智子は顔をしかめた。

「困ったわね。またでかけなきゃなんないの。そんなに時間はかからないけど。――ほんとに今日、帰らなきゃなんないの？」

「ああ」

「警察に追われているから？」

友幸は目を剝き、智子を見た。

「そんなに驚くことないでしょ」智子はからかうような笑みを浮かべた。「こんな田舎ですけど、テレビも新聞もあるんだから」

友幸はふーっと呼吸を整え、口を開いた。

「俺、ひとを殺した。いつかは捕まると思ってるけど、もう少し自由でいたい」

「だったらここにいればいいのよ。年寄りばかりだから、何を見たってトモちゃんだと気づかないわ」

「さっき、杉田って子と話をした。あいつも俺が指名手配犯だと気づいていた。ばあさんに迷惑がかかるから、でてけって――。俺もそのとおりだと思う」

智子は呆れたように、ぐるっと首を回した。

「まあ、あの子、いつからそんないい子になったのかしら。海渡は気にしなくていいわ。あの子は私の言うことはなんでもきくから」

ばあちゃんの言うことをなんでもきく高校生。ある意味、怖いなと友幸は思った。

「ほんとに気にしなくていいのよ。ひとを殺したのは、あなただけじゃない。私もね、昔、ひとを殺している」

友幸は、笑みを浮かべる智子の顔をまじまじと見た。

「それは、たとえ話とかだろ」

優しい顔をした智子が、ひとを殺すとは信じられない。

「私はこの手でひとを殺してるの」

小さな黄色い掌を友幸に向けて言った。

昨晩、集団生活を解消してからこれまでの話を智子がしたとき、この村に帰ってくるまでがすっぽり抜けていたことを思いだした。

「ここにいなさい。そうしたら、私がトモちゃんの罪を背負ってあげるから」

「どういう意味」

智子は何も答えず、車輪を手で回し、玄関前を離れた。友幸はついていった。智子はスロープの前までくると、車椅子を止めた。

「私が事故に遭って歩けなくなったのは六年前。それは私が犯した殺人が、ちょうど時効を迎えたあとだった。早く過ぎてくれと待ち望んだ時効が成立して、ひと月もたないうちに、私は一生歩けなくなった」

智子は表の通りのほうに目を向けている。誰か迎えにくるのかもしれない。

「これは、間違いなく罰よ。ひとを殺した罰が下ったの。タイミング的に偶然とは思えないもの。——海渡から事故の話は聞いた？」

友幸は智子を見下ろし頷いた。

「あの子、がっちりしてるけど、運動はまるでだめなの。そんな海渡の投げた石が当たったんですから、ある意味奇跡。天罰だったと証明してる」智子はなぜか嬉しそうに笑った。

「私ね、不妊症なの。それがきっかけで離婚して、みんなと暮らすようになったんだけど、やはりそれも罰だと思う。なんの罪に対してかはわからないけど、罰として子供の産めない体になったんだって」

車のドアが閉まる音がした。智子が音のでどころを探るように首を巡らす。ヨリナガの笑い声が、遠いところで聞こえた気がした。

「事故のあと、私は罪をひとりで背負っていこうと決めた。結局誰が咎めなくても、自分には罰が降ってくる体質なんだと、受け止めることにした。だからね、事故のことで海渡を恨んではいないのよ」

「脇山家と高野家を仲直りさせたのも、そういうことと関係あるの？」

「私にはそれができると思ったからやっただけ。こんな小さな集落でいがみ合いなんてばからしいもの」言葉を強めて言った智子は、友幸を見上げた。

「ねえ、ここに住みなさいよ。私のそばにいれば、私のほうに罰がくるから、トモちゃんは安心して暮らしていける」

ひとを殺した罰で歩けなくなったというのがもし本当だとしても、ひとの罪まで背負えるとどうして考えるのか、これまでの話からは見えてこなかった。

「高野さん、俺の罪はひとつだけじゃないんだ。俺は二十年ぐらい前にもひとを殺してる。みんなで暮らしていたときに」

「何言ってるの。あのとき、あなたはまだ子供だったじゃないの」

智子は車椅子の向きを変え、正面から友幸を見上げた。

「女のひとが毛布にくるまれ、寝ていた。教授がスパイ学校の卒業試験だから、殺してみせろと言ったんだ。俺と亜樹で、そこにあったテーブルを運び、頭の上に落とした。殺したのは、亜樹のお母さんだった」

ひゅっと息を吸う音を聞いた。目を向けると、智子は萎(しぼ)んでいくように、長々と息を吐きだした。

た。

あれは、岐阜の山のなかにある家に住んでいたときだ。大人たちが仕事にでかけたあと、亜樹と昇の三人で外に遊びにでかけようとしたら、玄関で原澄江とでくわした。

澄江はその一週間ほど前に、突然家からいなくなった。子供を置いて逃げたと、大人たちはみんな怒っていた。だから友幸も、澄江を見て敵意が湧いた。

澄江は腰に抱きつく亜樹を引き離し、「ちょっと忘れ物を取りにきただけなの。今度迎えにくるから、それまでいい子にしてて」と言った。迎えにくることなどないと友幸にはわかっていた。かわいそうな亜樹の手を引いて、三人で外に向かった。

お腹(なか)が空(す)いて帰ろうと言ったとき、昇は蟻(あり)の巣を松葉で突くのに夢中で、動こうとしなかった。しかたなく、友幸は亜樹とふたりで帰った。家には教授と昇の母親がいるはずだった。何かを取りにきた澄江はもう消えているだろうと思っていた。

食事をとる部屋に入ったら、誰もいなかった。ふたつある寝室のうち広いほうを覗いてみたら、いた。毛布にくるまれた女がうつぶせで寝ていた。傍らで教授があぐらをかいて座っていた。

友幸はひと目見て、女は澄江だと思った。教授に見つかり、仕置きを受けたのだと理解した。教授は珍しく笑っていなかった。顔の肉が強く下に引っぱられたような表情だった。上目遣いでこちらを睨む。いまにも怪談話を始めそうな感じがした。

　にっと突然教授は笑った。「さあ、これから卒業試験を始めます」と快活な声を上げた。

「終わったあとは、パンをもたされ、また外に遊びにいかされた。もちろん、誰にもこのことは話さないよう口止めされたんだ」

「これまで、誰にも話さなかったの？」

「ああ」

　実際は、子供のころひとを殺したと、何人かに話している。誰も信じはしなかったが。これだけ詳しく話したのは初めてだった。

　右手を掴まれた。見ると智子の両の手が、友幸の手を包んでいた。

「大変だったね。もう大丈夫よ」

　友幸の手の甲をさする。夏の陽の下でも、べたつきのない乾いた手をしていた。

「トモちゃんは罪の意識をもつ必要はないのよ。これは本当に私の罪。あそこで一緒に暮らしていたんだから」

　友幸は智子の手から自分の手を抜いた。

　生温(なまぬる)い気持ちになっていた。ずっとそこに浸(ひた)っていたくなるような。智子が自分の代わりに罰を受けてくれるわけはないし、それで自分の罪がなくなるはずもないとわかっているのに、もしかしたら、と小さな可能性の灯が、やけに明るく見えた。

しかし、そんなものに浸るよりも前に、まず訊いておかなければならないことがある。

「高野さん、この黄金の里を建てる資金をだしてくれたのは、教授でしょ」

智子は驚いた顔をした。

「そうよ。こんな体になっても頑張っている私に、感動したみたい」

やはりだ。黄金の里と名前をつけたのは単純なこと。資金をだしてくれたひとにちなんだ名前をつけるのは、よくあることだ。

しかし、そんなことをなぜ智子は隠していたのだ。

車がバックでスロープを上がってくるのが見えた。ワンボックスカーだ。

「きたわ。近所のひとが送ってくれるので、ちょっと買い物にいってくる。そんなに時間はかからないから、待ってて。ここに住むことを真剣に考えてちょうだい」

ワンボックスカーはスロープを上がりきり、停車した。運転席から降りてきたのは、智子と同じくらいの年の男。たぶんこの集落では若いほうだろう。

友幸も手伝い智子を車に乗せた。スライドドアを閉めようとしたとき、智子が言った。「うちの裏手の森には入らないでね。あそこだけはよそ者をうけつけないから」

よそ者という表現は、まさに自分に相応しいと思った。友幸は大きく智子に頷きかけた。

## 12

ワンボックスカーが見えなくなると、友幸は玄関の前を通り過ぎ、家の裏手に回った。

昨日は気づかなかったが、智子が入っていった森とは反対側、右手のほうに、集落の中央を走る道の、広くなった末端が見えていた。山の斜面で行き止まりになったその場所に、車が一台止まっている。友幸は荒れた地面を踏みしめ、ゆっくりと車のほうに向かった。

思ったとおり、ヨリナガの車だ。友幸は緊張していることに、腹立ちを覚えながら、後ろから近づく。後部には誰もいない。体を伸ばし、前を覗く。ひとの姿はなかった。タイヤを爪先で蹴飛ばしてから、友幸は引き返した。

すぐに森の入り口に着いた。杉の木が立ち並ぶ薄暗い森に、道らしきものがあった。踏み固められただけの小道は、奥のほうまで続いている。

よそ者をうけつけない森。そんなものがあるわけがなかった。友幸は一度背後を窺い、森のなかに足を踏み入れた。

智子はなぜこの森に近づかせたくなかったのだろう。ひとを殺したというのは本当なのか。なぜ岩田に資金をだしてもらったことを隠そうとしたのか。友幸はまだ悪あがきを続けていた。智子の言葉から、黄金の里の正解を導きだそうと、頭を回転させていた。思考というよりは、ただ言葉を浮かべて、何か直感が働かないか、期待しているだけではあった。

さくっさくっと葉を踏む音が耳につく。人殺しの罰、六年前、と言葉を浮かべたとき、初めて直感が働いた気がした。友幸は足を止め、単純な足し算を試みた。頭のなかで何度も繰り返す。

十五年。それはニュースなどでなじみの数字で確実だ。

そこから思考が広がっていった。

あれがまずかったのだ。智子が集団生活を解消してからこの村に戻るまでの道程を語らなかったため、智子の殺人はその間のできごとと考えてしまった。しかし、智子の罰は六年前に下った。それは時効成立直後のこと。殺人事件の時効は十五年だから、智子が殺人を犯したのは二十一年前。友幸が原澄江を殺したのと同じ年のできごとだったのだ。

智子が罪を引き受けることができると言ったとき、意味がよくわからなかった。自分が犯した罪に罰が下っただけで、ひとの罪までひっかぶる能力があるとなぜ考えるのか。

智子はひとりで、ひとを殺したのではないからだ。誰か共犯者がいる。罰が下ったのは自分だけで、共犯者には何も悪いことは起きなかった。確か智子は、ひとりで罪を背負っていこうと決めている、というようなことを口にした。それは、共犯者の分も含めて自分が罰を受け容れる、という意味にとれる。

共犯者は岩田だ。四年前に智子と会った岩田は、岩田の分まで自分が罪を背負うという智子の言葉を信じ、代わりに「黄金の里」を建てる資金をだしてやったのではないか。

岩田が指す黄金の里というのも、このことなのだろう。自分の代わりにすべて罪を引き受けてくれる。たとえ時効が成立したあとでも、ひとを殺した人間にとっては、魅力的な言葉であるはずだ。信じてもいない友幸でさえ、智子に言われ、心が温まったのだから。

それが黄金の里か。友幸は思わず噴きだした。

刑務所にいくしかないような人生がいやで黄金の里を見つけたいと思ったのに、岩田が見つけた黄金の里は、犯罪者のための黄金の里だった。

人生はどうしてこうも皮肉にできているのだろう。だから人間は笑いというものを発明したのだろうか。

友幸は耳を澄ましてあたりを窺った。笑い声が聞こえた気がした。

木々のざわめきより少し大きい程度の笑い声が確かに聞こえる。ヨリナガのものだ。

森のなかを縫って走り、届いた音は、どちらのほうから聞こえてくるのか特定しにくい。森の奥のほうにいるようではあった。

すでによそ者が森に侵入していた。

笑い声が聞こえなくなって、友幸は歩きだした。智子が森に近づかせないようにした理由を探しに、奥へと進む。

二十一年前。岩田と高野智子のふたりが殺したのは誰だ。歩きながら友幸は考えていた。

考え続けていると、いつも同じ考えにいきつく。岩田と智子が殺したのは友幸が殺したのと同一人物。原澄江ではないかと。

澄江は毛布にくるまれ横たわっていた。岩田が薬で眠らせていると言った言葉を、友幸は疑いもしなかった。

あのとき澄江はすでに殺されていた。自分は死んだ人間を殺したのではと、友幸は思い始めていた。

七歳でひとを殺した。自分は普通とは違うと、子供のころ友幸は周囲に優越感をもっていた。同時に、誰とも違うよそ者であるような疎外感もあった。周囲にとけこむことができず、いつもひとり。それは大人になっても変わりなかった。

本当は誰も殺していなかった。その可能性がでてきても、喜びはわかない。そう思わされていたことに対する怒りもなかった。ひとを殺した記憶がすっかり自分の一部となり、工藤友幸という人間を作り上げている。

また笑い声が聞こえた。先ほどよりもずっと近い。野太い声がこだまのように反響した。

友幸は足を止め、あたりを見回した。人影もなかった。

歩きだそうと、ふと足下を見て、目を凝らした。落ち葉を踏みつぶしてできた轍が、道からそれるように延びていた。緩い斜面を登っている。友幸は道からそれ、轍を辿っていった。

木の間を縫うように進んでいくと、智子が目指したと思われるものはすぐに見つかった。

一本の杉の木の根元に、小さな石碑のようなものが設置されていた。高さ三十センチほどの長方形で、台座の上にのっている。さほど古いものではなく、ミニチュアの墓石といった感じだ。

石碑の前には青い花の束が供えられている。昨日、山から下りてきた智子の膝の上にのっていた花だ。今朝、森に入ったときに供えたのだろう。

石には碑文のようなものが彫られているが、小さいし、崩した書体で友幸には読めない。裏側に回ってしゃがみこんだ。

そこにはさらに小さな文字でひとの名前が刻まれていた。それは友幸の知った名だった。またこれも、資金をだしてもらって造ったものかと思ったとき、その文字が目に入った。

「没年」と読めた。その下に日付も入っている。これは石碑ではない。墓だ。

なぜ、これが——。このひとは死んでいたのか。友幸の頭は混乱した。何も考えず、ぼんやり目にしていた日付が頭に入ってきた。

それは二十一年前の日付だ。

「友幸さん、そんなところで何してんの」

大きな声が森の空気を震わせた。

目を向けると、小道に立つ、ヨリナガの大きな体が見えた。

友幸は立ち上がった。ヨリナガのほうへは向かわず、森の出口に足を向けた。

「ちょっと、待ってよ」

ヨリナガは小道をそれ、友幸のほうにやってくる。太った体に似合わず俊敏な動きで不整地を進む。手にはコンビニ袋のようなものを提げていた。

「ねえ、原ちゃんがあっちのほうで面白いもの見つけたんだ。いってみようよ」追いついたヨリナガが、森の奥を指さした。

「ふたりで遊んでろ。俺は帰る」

強い力で肩を摑まれた。友幸は足を止めて振り返った。

「ねえ、いこうよ」

ヨリナガは指の第一関節までを鼻の穴に埋め、ほじっていた。本気で誘っているとは思えない。友幸は背を向ける。

また肩を摑まれた。友幸は振り向きざま、ヨリナガの顔面に拳を繰りだした。

友幸の拳は空を切った。腹に鉄球でも打ち込まれたような衝撃。友幸は体をくの字に折り曲げ、後ろに倒れ込んだ。

地面に横たわる友幸に、野太い笑い声が降ってきた。痛みが増した。

「僕さ、すごいいじめられっ子だったんだ。それで、空手を習って見返してやろうって、すごい練習に励んだもんだから、見かけによらず、強かったりして」

痛みもさることながら、負けるはずがないと思った相手に打ちのめされ、友幸はショックを受けていた。

「さあ、原ちゃんのところにいこう」

言うやいなや、友幸の脇腹を蹴りが襲う。

肋骨（ろっこつ）が折れる音を聞いた。

地面に足が着くたび、脇腹が痛んだ。背後から時折響く笑い声も恐怖だった。

「原ちゃんは天使だよ。ちょっと前までは、悪魔か女王様みたいだったけど、いまなら、原ちゃんのために、なんでもできる」

くる、とかまえただけで痛みがきた。野太い笑い声が響き、痺れるような痛みが加わった。

「止まるな！」

小突かれる前に、友幸は歩きだす。額ににじむ脂汗が止まらない。

踏み固められてできた小道が途切れても、まだ進んだ。じめっとした臭い。腐葉土（ふようど）に足が沈み込む。しばらく進むと、地べたに座る亜樹の姿が見えた。

亜樹が顔を上げて、友幸たちのほうを見た。友幸の姿をはっきり目で捉えているはずだが、表情に変化はなかった。

友幸の口には粘着テープが貼られていた。両手も後ろに回され、テープで拘束されている。ふたりはいったいどんな遊びを用意しているのか、友幸は想像しないようにしていた。

「早かったね」亜樹は黄色いロープを手にしながら言った。

「このひとも森のなかにいたんだ。家まで戻らずにすんだ」

「何してたの」

「さあ、わかんないよ。散歩？」

ヨリナガに腕を掴まれ、足を止めた。亜樹のすぐ手前。

亜樹が詰問するようなきつい目でこちらを見た。口のテープを剥がしてくれるので
は、と思ったが、すぐに亜樹は顔を下に向けた。

亜樹はロープを結び、サッカーボール大の輪を作っていた。

「原ちゃん、よく枝にひっかかったね」

「三回でかかった」亜樹は真顔でVサインをした。

ロープは亜樹の傍らにある杉の木の枝にひっかかっていた。いちばん地面に近い枝
だが、それでも三メートルほどの高さがあった。

友幸は状況がだいぶ呑み込めてきたが、現実感がわかない。何か悪い冗談でも見せ
られている気分だった。

「さあ、できた」

亜樹はロープを地面に置き、立ち上がった。

座れとヨリナガに脇を小突かれ、友幸は痛みにしゃがみ込んだ。

「あたしが何をしようとしているかわかる？」

亜樹は平静な顔で友幸を見下ろした。

「これは復讐とかじゃないからね」

復讐という言葉を友幸は胸で唱えた。それは罰よりずっと強い響きがあった。

「あなたは中谷さんを殺した」

亜樹の声が震えた。友幸は目を伏せた。

「でもそれはあたしのせいでもある。だから復讐はしない」

亜樹は腰を屈めてロープを取った。輪を両手でもつと、それを友幸の首にかけた。

冗談だろと友幸は思った。ただの脅かしだ、と笑って見せた。

「あなたは、あたしのお母さんも殺した。もちろん覚えているでしょ」

友幸は目を剝いた。テープで塞がれた口を開こうとした。何かを叫ぼうとしたのだが、自分でもよくわからない。

亜樹は覚えていたのだ。いや、もしかしたら、はっきり覚えていたわけではないのかもしれない。中谷を殺したことで、確信した。

「あれは子供のころのこと。だから、復讐は考えない」

違う、殺していない。あのときは、岩田と智子にすでに殺されたあとだったんだ。いや、それだけじゃない。あそこに横たわっていたのは、亜樹の母親でもない。さっき森で見つけた墓石。二十一年前の日付だった。

そこに彫られていた名は坂内美奈子。昇の母親だった。

## 13

二十一年前のあの日、遊びにでかける前に、亜樹を置いていなくなっていた澄江に会った。それが印象深くて、横たわる女を見たとき澄江だと思った。みんなが澄江に怒りを感じていることを知っていたし、自分自身も悪い感情をもっていたから、これが澄江であってほしいという潜在的な願望もあったのだろう。

坂内美奈子は街に買い物にでかけたと、岩田は言っていた。その日帰らず、逃げたとみんなが言いだしても、死んだのは澄江だと思っていた友幸は、昼間のできごとと美奈子の失踪を結びつけて考えることはなかった。

亜樹の手が伸びてきた。ロープの結び目を絞り、首にかかった輪を小さくした。

違うんだ。友幸は首を振った。

おかしい、と友幸が思ったのは、亜樹の蔑むような目を見たときだった。

どうして亜樹は、自分の母親を殺したと思ったのだ。うつぶせで毛布をかけられ、誰だかわからなかった。友幸とは違い、これから殺す人間が澄江であってほしいという潜在的な願望もないはずだ。なのに、亜樹は自分と同じ勘違いをしている。

「これは復讐じゃない」亜樹はまた言った。

「あたしが深く関わるひとはみんな死んでいく。彼も友達も中谷さんも。始まりはお母さんだった。そうでしょ」

友幸は首を横に振った。亜樹はまた蔑むような目をした。

そうじゃない。テープを外してくれ。亜樹の本気を見て、友幸は焦った。

「もう終わりにしたい。もう誰にも死んで欲しくない。だから最初に始めたあなたに死んでもらう。あたしが深く関わったひとで死ぬのはあなたが最後。始まりと最後が一緒で、きっとピリオドが打てると思う」

始まりはそこじゃない。お前の母親はきっと生きている。友幸は口を開こうと虚しい努力を試みた。

「ねえ原ちゃん、ほうっておくと、僕も死んじゃうのかな?」

「死なないよ。――ヨリナガ、悪いけど、あんたとは深く関わってないんだ」

「そうか」と聞こえた声は寂しげだった。

「ヨリナガ、ほんとに引っぱり上げられる?」

「ふたりでやれば、絶対に上がるって。このひと、そんなに重そうじゃないから」

背後にいたヨリナガの姿が視界に入った。杉の木の下にいき、枝から垂れ下がるロープを掴む。友幸は首を振った。やめろ、殺すな。お前たちは間違っている。そう言ったけれど、うーうーとしか響かなかった。

ヨリナガがロープを引いた。友幸の顎の下にロープが当たり、皮膚を圧迫する。友幸は立ち上がった。またロープが引かれ、顎の下に当たる。しかしそれだけだった。体がもち上がるような、力が加わることはない。

どうやら、ロープのたるみをとりたかっただけのようだ。ヨリナガは隣の木まで移動し、地表に露出した根にロープを通して、しっかりと結びつけた。

「あとは簡単。地面からちょっと足を浮かせればいいだけだから」

ヨリナガが近づいてきた。人懐っこい笑みを浮かべている。いったん背後に消えてまたすぐに現れる。友幸の前に立った。

「バイバーイ」と明るく言うと、粘着テープで友幸の目を塞いだ。

だめだ。殺すな。

友幸は焦る気持ちを抑え、お母さんは生きていると一音ずつゆっくり発音した。しかし、口を塞がれたままでは、唸り声にしかならなかった。

「見苦しい。ふたりも殺しているのに往生際（おうじょうぎわ）が悪いわよ」

亜樹の吐き捨てるような声。友幸は声が聞こえたほうに顔を向け、首を振った。

そうじゃない。自分の命はどうでもいい。

死にたいとは思っていないが、友幸が焦っているのは自分の命の問題ではなかった。

亜樹にひと殺しをさせたくなかった。犯罪者にさせたくない。自分と同じで、亜樹もきっと何ももっていない。心に重しがないのだ。けれど、それでも転げ落ちずにどうにか真っ直ぐ歩くことは可能なはずだ。それを証明して欲しかった。胸糞(むなくそ)悪い運命に逆らって欲しかった。しかも、間違った記憶をもとに殺そうとしている。それではあまりに亜樹の人生がかわいそうだ。

だから、殺すな。口のテープを剝がしてくれ。友幸はうめいた。首を振り、体を揺する。

落ち葉を踏む音が聞こえた。風が木々を鳴らす。鳥の声は聞こえなかった。

一瞬すべての音が消えた。喉のロープに力が加わるのがわかった。友幸は体がふわっと浮くような錯覚を起こした。

「あーっ。原ちゃん、ごめん」離れたところでヨリナガの声が上がった。「忘れ物しちゃった。すぐにとってくるから待ってて」

「早くして」やはり離れたところから。

小走りの足音が小さくなっていく。

なんの根拠もないが、ヨリナガはカメラを取りにいったのだと友幸は思った。車までいって戻ってくるまで、早足なら十分ほど。それほど余裕はない。

友幸は声をだすのをやめた。口のなかに溜まった唾を舌で押しだすようにしてテープにつけた。口をもぐもぐと動かしてみる。しばらく続けるとまた唾をつける。そんなことを繰り返した。

　亜樹は何も話しかけてこなかった。動き回るような足音は聞こえていたが、五分もするとそんな音も聞こえなくなった。ヨリナガはなかなか戻ってこなかった。十分以上は確実にたっている。一時間も過ぎたような気もするが、時間の感覚に自信はない。とにかく、戻ってくるまでにテープを剝がさなければ。

　口がだいぶ開くようになった。たぶんこのままでも、なんとか言葉を伝えることはできそうだが、もっとはっきりと――。開いた口から唾を吐きだす。口を閉じたり開いたりしているうち、顎が限界まで下がった。

　足を伸ばすと木の幹に当たった。友幸はロープが喉に食い込むのもかまわず、木に近づいた。幹に顔をこすりつけると、ぬるっとテープが剝がれた。口が完全に自由になった。

「亜樹ちゃん、お前のお母さんは生きている！　俺たちが殺したと思ったのは、昇の母親なんだ」

　声が木々の間を縫って走っていくのが、見える気がした。

　森はなにごともなかったように静まり返った。亜樹は何も反応しない。

「いいか、お前のお母さんは生きている。あのとき俺たちは誰も殺していないんだ」

友幸は見えもしないのに、きょろきょろと首を巡らした。気配を探ろうと耳を澄ます。ひとの動く気配はまるでなかった。

「亜樹ちゃん、いないのか」

返事はない。

かすかな音を捉え、振り返った。たぶん、葉の落ちる音。

「いないんだな」

友幸はふいに、ヨリナガの野太い笑い声が湧き上がるような気がして、身構えた。しかし森は相変わらず静かだった。きいきいと鳥の鳴き声が頭上を通り過ぎただけ。思い切り笑い声を上げたかったが、忘れていた脇腹の痛みがぶり返し、果たせなかった。首にロープが巻かれているため、座り込むこともできない。

騙された。復讐ではないと何度も言ったが、やはり復讐だったのだろう。殺すことはできないが、せめて死の恐怖を味わわせたかった。亜樹は、警察に電話し、この場所に殺人犯がいると通報しているような気がする。

友幸は拘束されている手を動かし始めた。そのうちテープは緩んでくるはずだ。問題は警察がくるまでに間に合うか。

テープは案外簡単に緩み、くっついていた左右の手首がずいぶん離れるようになった。屈むことができれば、足を抜いて手を前にもってこられるのだが、首のロープがそれを阻む。

友幸は木に背を向け近づいた。腕を後ろに引き、テープを木の幹にこすりつけようとした。そのとき友幸の耳が音を捉えた。

みしみしと落ち葉を踏みしめる音。キュウーと機械的な音も聞こえる。警察がやってきたと瞬間的に思った。

しかし聞き覚えのある機械音の正体に気づき、友幸はほっと息をついた。

「高野さん」音のほうに向かって叫んだ。

返事は聞こえなかった。みしみし、キュウーと音が近づいてくる。

「高野さん？」近くで電動車椅子の音が止まると、友幸は窺うように言った。

「トモちゃん、いったいどうしたの」

智子が場違いに冷静な声で訊ねた。

「助かった。悪い冗談に巻き込まれて、身動きとれなかった。手首のテープだけ取ってもらえると助かる」

車椅子の智子でも、それならできるだろう。

「悪い冗談じゃないわ。これは罰よ。約束を破って、この森に入ったから」

「悪いと思ってる。一緒にきたふたりが入っちゃったから、あとを追ったんだ」

「ねえ、お墓を見たでしょ。あのへん、踏み荒らされていたから。あれ見てどう思った?」

智子は甘えるような声で言った。

「まず、このテープを取ってくれないか」友幸は声が聞こえるほうに背中を向けた。

「答えないってことは、わかったのね。あのとき、本当は誰が殺されたか」

「あのときって、なんのことだ」

「とぼけなくてもいいわ」低くなった声は、落胆しているような感じだった。

「どっちにしても、あの日ひとが殺されたことは知ってるんだものね、トモちゃん。警察に捕まったりしたら、まずいわね」

溜息が聞こえた。

「あれはもう時効になってるんだろ」

「それでも警察は一応調べる。そうなると、彼女が殺されたことが、色んなひとの耳に入ることになる。それはまずいわ」

誰の耳に入るとまずいというんだ。

「海渡、できるわね」

「ああ」ぽそりと低い男の声。

友幸は気配を探ろうと首を振った。ひとりではなかったのか。あの少年も一緒か。

「大丈夫よ。罪は私がすべて背負うからね」

「ああ」暗く沈んだ声だった。

あの子は私の言うことはなんでもきくから。智子の言葉が友幸の耳に甦った。

「なあ、警察に捕まっても俺は何も言わない」

答えは返ってこなかった。

キュウーッとモーターの音が聞こえた。速いスピードで離れていくのがわかる。

さくっさくっと落ち葉を踏む音がする。荒い息づかいも。

足音が友幸の背後で止まった。

## 14

テーブルの上に新聞を広げた。岩田は老眼鏡をかけ、社会面に視線を走らせた。

友幸を取り逃がした警察の失態を追及する記事が大きくでている。

多摩川に飛び込んだため、死亡している可能性にも触れられていた。友幸にとっては追い風になる報道だ。死んだかもしれないとみんなが考えれば、逃げ切れる確率が高くなる。

友幸は高野智子に会えただろうか。智子をどう思うだろう。自分が感じたように、智子に黄金の里を見るだろうか。

私ひとりですべて罰を引き受けますからと智子が言ったとき、岩田は得も言われぬ安堵を感じた。時効は成立していたが、人間はどこかでバランスをとらなければならないと考える岩田は、いつかしっぺがえしがくるのではと不安をもっていた。

すべての罰が智子に向かうと信じ切れたわけでもないが、車椅子に乗った女の言葉には説得力があった。いや、しっかり足で立っていたときも、説得力はあった。

二十一年前のあの日、子供たちが遊びにいくと、岩田は昼間から坂内美奈子と肌を合わせた。美奈子とは籍は入れなかったが、三年ほど一緒に暮らし、子供までもうけていた。昇の認知はしていた。

ことが終わって、ふたりで布団にくるまっていたとき、突然智子が部屋に入ってきた。智子は体調が悪く、仕事を早退してきたようだった。ふたりの姿を見て智子は怒った。美奈子は、元夫婦なんだからかまわないでしょと、ふたりの関係をばらしてしまった。昇が岩田の子供であることも。

子供を産めない智子にとって、それはどうにも許せないことだった。岩田を父親に見立て、みんなで子供を育てる擬似家族と捉えていた智子は、そこに本当の家族がいたことでキレてしまった。美奈子と摑み合いの喧嘩になった。

いまでも、なぜあそこに原澄江が現れたかよくわからないが、ふたりの摑み合いを止めようと、澄江が入ってきた。美奈子は自分に向けられた怒りをかわそうと、子供を置いてでていった澄江を罵り始めた。それで三つ巴の摑み合いとなった。

最初に花瓶を摑んだのは美奈子だったと岩田は記憶している。これはまずいと、岩田も止めに入った。四人でもみ合っているうち、智子が花瓶を取り上げた。智子がその花瓶で誰かに何かをするようには見えなかった。しかし、美奈子は言ってしまった。

「子供も産めないくせに、やる気」

智子はいきなり花瓶を振り上げ、数回美奈子の頭部に打ちつけた。血はさほどでなかった。しかし、ぐにゃりと床に崩れ落ち、二度と起き上がることはなかった。

原澄江は、私関係ないからと、すぐに消えた。岩田は放心状態で床に座り続けた。

智子は言った。これが表沙汰になったら、これまで以上にマスコミの餌食になる。みんなを守るために死体を隠すのよ、と。岩田は了解の印に頷いた。

智子は死体の隠し場所を探すため、裏山に入っていった。その間に子供たちが帰ってきた。死体を見られてしまい、岩田はパニックになりそうだった。子供たちの口を封じるため、スパイの卒業試験を考えだしたのだ。岩田は、そのことを智子に話さなかった。

まさか友幸が、倒れていたのが原澄江だと勘違いしているとは思わなかった。昇の母親だと気づいていないと知り、先日ほっとしたものだが、あそこで殺人が行なわれたことだけでも昇に知られるのはまずいとあとになって思った。

智子はどう思うだろうか。もし友幸があの日のことを智子に打ち明けたなら、友幸を危険な存在と捉えないだろうか。智子は昇から母親を奪ってしまった責任を感じ、自分が母親の代わりにならなければと考えている。まだ昇が小学生だったころ、どうやってうちを調べたのか、美奈子の名で昇に誕生日のプレゼントを贈ってきたことがあった。智子なら昇を悲しませないため、美奈子の死が表沙汰になるのをなんとしてでも阻止するだろう。すべての罰を受け容れるとはそういうことも含めてのはずだ。あのとき友幸が殺人まで犯して黄金の里を探そうとしていると知り、不憫に思って智子のことを話したのだが、悪い結果にならなければいいと岩田は願った。もっとも、そうなったとしても、責任を感じるわけではないが。

会長室のドアがノックされた。

まだ八時前。月曜の朝、いったい誰がこんな早くに出社してきたのだろう。

「どうぞ」と岩田は答えた。

ドアが開き、入ってきたのは村瀬だった。

「どうしたんですか、こんな時間に」

早朝が得意そうではないが、ベージュの麻のスーツをきっちり着こなしていた。

「たまには朝のいい空気も吸わないとな。生きてる喜びを感じられるから」

村瀬は黄色い歯を見せて笑った。

「実はな、あまりいい話じゃない。俺なあ、先週の金曜、命を狙われたんだ」

えっ、と岩田は本気で驚き、ソファーから腰を浮かした。

「そんな、驚くことないだろ。会長、あんたが差し向けたんだから」

そんな。先週の金曜といえば、友幸に高野智子が黄金の里だと教えた日。もう一緒に旅にでることはないとわかっているのだから、友幸には村瀬を襲う理由はなくなっていたはずだ。なぜ友幸はいったんだ。

「変な若造だった。つかつかと俺のところにやってきて、いきなりあなたを殺すように頼まれたと言ってきたんだ。なんだか服がよれよれで、半分濡れたような感じがひどく怪しくてな、それだけに信じたよ。いまのあんたの表情を見て、本当の話だと確信した」

岩田はソファーに腰を落とした。頭のなかが真っ白になった。

「まあ、気にするな。仕事をしていれば、色々と感情のいき違いはある。末永く、一緒に仕事をしようじゃないか」

ポケットに手をつっこみ、顔を覗き込むように腰を曲げた。

バランスだ。バランスをとらなければならなかったのだ。それがわかっていたのに、友幸には何も与えなかった。

村瀬はポケットから手を抜き、岩田のほうに右手を差しだしてきた。

岩田はおずおずと手を伸ばした。もう村瀬から逃れることはできない。

いきなり村瀬の左手が伸びてきて、岩田の手首を摑んだ。右手で岩田の人差し指を摑む。思い切り力を加えて甲のほうへ捻った。

「よろしくな」

15

あれは小学校二年生のときだったと思う。図工の時間に、『私の家』という課題で絵を描くことになった。

私は手を挙げて先生に質問をした。

私は伯父さんの家に住んでいて私の家を知らないんだけど、どうしたらいいかと。たぶん当時三十代前半だっただろう女性の担任は、「原さん、いま住んでいるところが自分のおうちなのよ。そこを描けばいいの」と答えた。

私は、母親が待つ本来自分が住むべき家がどこかにあると信じていた。それを描きたいのに、見たことがないからどうしたらいいかと訊いているのに、理解してもらえず、もどかしかった。

「旅館に泊まっているときは、そこが自分の家なんですか。夏休みにおじいちゃんちに泊まったら、そのときはおじいちゃんちが自分の家になるんですか」

かわいげのない反論をしたが、担任はいやな顔をせず、大きく頷いた。

「そうね、じゃあ、『私の家』はやめて、『私の好きな家』を描きましょう。自分の家を描いてもいいし、おじいちゃんの家を描いてもいいし、いつか住みたい家を想像して描いてもいい。それなら、みんな何かひとつは描けるでしょ」

私は話をすり替えられたようで不満だったが、確かにそれなら描けると思ったので、もう反論はしなかった。

結局、同級生の多くは「私の家」を描いた。それ以外のものを描いたのは私を含めて三、四人だけだった。

完成したものを、担任は紙芝居のように一枚一枚繰り、みんなに発表していった。みんなの絵は当然ながら、画用紙いっぱいに建物が描いてある。私のだけが違った。お父さん、お母さん、お姉ちゃん、妹の四人が庭で手をつなぎ、その後ろに建物の一部が描かれていた。空気の読めなさをばかにするように、くすくすと忍び笑いがいくつか聞こえた。私は恥ずかしくて顔を火照らせた。

「これは何を描いたものなのかなー」担任が私に訊ねた。

私はしばらく考えてから、大きな声で答えた。

「美しい家です」

一瞬の静けさのあと、教室中が笑いの渦に巻き込まれた。

私が描いたものは、本当は同級生の志村ちゃんの家族だった。志村ちゃん自体はとくに好きではなかったけれど、四歳下の妹は本当にかわいいし、お母さんも綺麗で優しくて大好きだった。お父さんは会ったことがなかったが、広い庭がある煉瓦造り風の家を建てるひとだから、きっとかっこいいのだろうと想像して描いた。

だから、何を描いたかと訊かれたら、志村ちゃんの家と答えればよかったのだろうけど、好きな家が同級生の家というのはなんだかかっこ悪い気がした。それと、絵のなかの四人のうち、お姉ちゃんは、志村ちゃんではなく、自分を描いたものだった。その絵を見て私だとわかる者などいないにしても、描いた本人のこだわりとして、志村ちゃんの家とは呼びたくなかったのだ。

それじゃあ代わりになんと呼ぼうか。短い時間でめまぐるしく頭を働かせ、ちょっとかっこつけたつもりの言葉が、美しい家だった。

あとから考えれば、巻き起こった笑いは、ばかにしたものではなかったとわかる。それまでみんな、何を描いたか訊かれ、私の家とか、将来住む家とか、近所にある家とか答えていたのに、突然ニュアンスの違う言葉がでてきたので、冗談を言っていると勘違いをしたのだろう。しかしあのとき私は、クラスのみんなからばかにされたのだと感じた。

好きな家を描いたはずなのに、完成した絵も気に入っていたのに、その一瞬で「美しい家」は、大嫌いなものに変わった。

私は公園のベンチに腰かけながら、そんな昔のことを思いだしていた。

視線の先にあるのは、ブロックみたいな外壁の、よくあるプレハブ住宅だった。庭もあり、そこそこに大きいが、志村ちゃんの家とは比べものにならない、つまらない家だった。

もうここに二時間座っている。その間ずっと子供と遊び続けている母親からは、要注意人物としてマークされているかもしれない。そのせいか、このベンチのあたりに子供はやってこない。私はさらに印象を悪くしてやれと、脇に置いたコンビニ袋から缶ビールを取りだした。しかも、ロング缶だし、と自ら突っ込みを入れながら、プルトップを引いた。

プレハブの家の玄関を睨みながら、生温いビールをごくごくと流し込んだ。

時間は四時を少し回った。平日だから、そろそろ買い物にでかけるか、帰ってくるかするだろう。自ら玄関のチャイムを鳴らしにいく気はない。

私はベンチの上に胡座をかいた。ロングスカートの裾を整え、露わになった膝小僧を隠した。

った。

ごつ、ごつ、と重い靴音が聞こえてきた。玄関から視線を外し、駅の方角に首を振
ごつい編み上げブーツを履いた女の子が、家の前の道をこちらへ向かってくる。赤いチェックのミニスカートをはいていなければ男の子とまちがえたかもしれない。ショートヘアーでボーイッシュな感じだった。タイトな黒のロンTは、もちろん、所々破れていた。「もちろん」つながりでいえば、ミニスカートにはもちろん安全ピンが刺さっている。

田舎は、東京に比べてずいぶん流行が遅れてやってくるものだと、人気コミックから抜けでてきたような子を肴に、ロング缶を傾けた。

口につけていた缶を思わず離してしまった。ビールがスカートに降りかかった。ブーツの女の子がプレハブの家の前で立ち止まり、門を開いた。なかに入るとこちらを向き、しっかり門を閉める。右の小鼻にピアスがはまっているのが見えた。

女の子は玄関でチャイムを鳴らした。私は胡座を解いた。立ち上がって植え込みの柵まで移動する。玄関までの距離は十メートルもない。胸の鼓動が速まりだした。

女の子はドアを引くと、「ただいま」と気怠い声で言った。やはり、この家の子だ。

私は開いたドアの隙間に目を凝らしていた。薄暗く見える室内に、明るい髪の女性を見つけて、足を一歩踏みだした。

女の子がなかに入った。ドアの隙間が狭まっていく。ぴたりと閉じても、しばらくは目を凝らし続けた。

手にもっていた缶を、無意識に口へ運んでいた。意識的に顔を上にあげ、呷るようにゴクゴクと流し込んだ。

ふーっと息をつく。胸の鼓動は速いテンポを保っていた。室内にいた女性の像が、はっきりと脳裏に張りついていた。

私を捨てた母親。見てもどうってことはなかった。心の底に堆積していた怒りが、噴きだしたりするのかとも思っていたが、何も起きない。涙もでなかった。

それよりも、自分に妹がいることが驚きだった。その存在を想像したことすらなかった血を半分わけた妹。

ここを教えてくれた、編集者の小島さんも、何も言っていなかった。知らなかったのか、黙っていただけか。

聞いていなくてよかった。ここへきたことが、無駄ではなかったような気がする。

——それにしても、あたしの妹がパンク？　あり得ない。

笑みを漏らした。大きなげっぷがでた。

残りのビールを飲み干し、缶を袋に入れた。

さあ帰ろう。よくもまあ、ここで二時間も頑張った。最初から、ひとの敷地に潜り込んだような居心地の悪さを感じていた。

そうだ、パンを買って帰ろう。くる途中、田舎にしては洒落た感じのパン屋を見つけた。ビールのあとにパンというのもなんだけど、思いついたら無性に食べたくなった。

手軽に幸せを感じられる食べもの。そう言っていたのは中谷のおっさんだ。

小石を踏みならして公園の出口に向かった。道路にでて駅のほうに向かい、私は振り返った。

夕日に染まった、プレハブ造りの建物を見た。

そこに住む家族と手をつないでいる自分の姿が、ほんの一瞬頭に浮かんだ。なぜか、クラスのみんなの笑い声がはっきりと聞こえた。

やはり私は、美しい家が大嫌いだ。

# 解説――新野剛志入魂の一冊

村上貴史（文芸評論家）

## ■八月に始まり

引退したお笑い芸人が相方の失踪と記者の死の謎を追う『八月のマルクス』で、江戸川乱歩賞を受賞した作家として新野剛志を知っている方もいるだろう。あるいは、ＴＶドラマ化された『あぽやん』の軽快な魅力で新野剛志を知った方もいるだろう。

あるいは、書店でたまたまこの文庫本を手に取り、そして新野剛志の名を知った方もいるだろう。

そうした様々な方にお伝えしたいのは、とにかくこの『美しい家』は、新野剛志入魂の一冊であるということだ。

## ■美しい家で過ごし

そろそろ午前二時になろうかというころ。

小説家でありながらも小説を書けない状態が四年も続いている作家・中谷洋は、自宅近くのコンビニエンス・ストアの前で一人の若い女性を見つけた。

濃いブルーの長いスカート、黒いTシャツ、長い黒髪。整った顔立ちだが化粧っけはない。二十代前半。よからぬ気配の若者たちも彼女に注目している。

中谷は彼女に話しかけ、結果として自宅に連れて帰ることになった。妻と娘と別れ、一人で暮らす部屋に。

「あたしが、関わるひと、みんな死んでいく」

「子供のころ、あたしスパイ学校に入れられてたんです」

そんなセリフを残して、翌朝、彼女は姿を消した……。

かくして中谷の調査行が始まる。中谷の小説に惚れ込み、彼を再起させようともくろむ編集者の小島に背中を押されたことも理由の一つだが、中谷の大切なものを彼女がどうやら持ち去ったらしいことも、理由の一つだった。中谷は彼女と出会ったコンビニに赴いて店員に質問し、そこで得られたヒントをもとに別の店を訪ね、さらに質問を重ねる。また、小島も彼女が語ったスパイ学校の模様を手掛かりとする調査で中谷を支援する。彼等の調査が、作家であること、編集者であることを活かして徐々に進んでいく流れが自然で心地よく、読み手を実になめらかに物語のなかに引きずり込んでくれる。

だが、この小説は、中谷の調査の進展を追うだけの代物ではない。中谷そのものを、もっと多面的に描き出している。まずは十四歳になる娘の不登校という問題が中谷に降りかかる。その問題が中谷の心に刺さる問題として深みを増してくると同時に、中谷の小説家としての心にも変化が生じる。彼は消えた女性を探し、父親として娘の問題に向き合い、書けない作家として己を見つめる。こうした中谷の物語が、別れた妻や、消えた女性の関係者との会話における素直さと強がりと微妙なワイズクラックに彩られて進んでいくのだ。しかもその進展の過程で、四十五歳になる中谷の過去も徐々に明かされていく。例えば、何故中谷は離婚したのか、何故中谷はコンビニ前の女性を自分の部屋に連れて行ったのか、何故彼の小説はああいう小説になったのか。そうした行動や判断の理由が、まあ実に手際よく、かつタイミングよく、効果的に明かされていくのだ。この物語の転がし方、とにかく絶妙である。

本書にはもう一人、中心となる視点人物が登場する。工藤友幸だ。二十八歳の彼は、子供のころから様々な経験を重ね、そして今、〝黄金の里〟を探す旅にもう一度出て行こうと決意した。その想いを現実のものとするために、友幸は、かつての知り合いを訪ね歩いている。そんな彼の長い旅路を描くなかで、友幸の目的が次第に明らかになり、また、彼の過去が少しずつ見えてくる。こちらはこちらでまた深いドラマなのだ。

そして中谷と友幸の道が交差し、絡み合う。絡み合って物語は弾ける。実に衝撃的に。彼等二人の歴史や想いをきっちりと丁寧に読者に示したからこそ到達しうる衝撃なのである。この衝撃を、読者はおそらく一生忘れることはあるまい。

また、中谷と友幸の道が交差し、絡み合うなかで、冒頭で中谷が連れ帰った女性の素性も次第に明らかになってくる。彼女が背負っているものもまた、中谷や友幸と同様に、本書ではしっかりと語られているのだ。視点人物となることはほとんどないため、語り部となる中谷や友幸と比べてその内面は直接は描かれないが、だが、それでも彼女の想いは読者に刺さってくる。彼女の個性も読者に伝わってくる。その危なっかしさも全部引っくるめて惚れ込んでしまうような魅力の女性として、存在感を放つのである。こうした人物を得たからこそ——こうした人物を新野剛志が生み出したからこそ——本書の読み応えは格別のものとなったのであろう。
いずれも個性的で存在感に満ちたこの三人の中心人物に引っ張られ、読者は結末まで読み進むことになる。この先の読めない小説を。後述するが、読み手の人生に深く刺さる、この一冊を。

## ■優しい街を放浪しながら

冒頭に記したように、新野剛志は『八月のマルクス』で江戸川乱歩賞を受賞してデビューした。一九九九年、第四十五回でのことだ。この作品は元芸人を主人公としつつ、表舞台での活躍から想起されるユーモアを前面に押し出すのではなく、苦みを魅力とするハードボイルドであった。

一方で、真面目のなかにユーモアを交えているのが、同じく冒頭に記した『あぽやん』だ。『あぽやん』は空港で働く空港係員たち（彼等が〝あぽやん〟と呼ばれるのである）の奮闘と成長を描いた短篇集である。この作品は二〇〇八年に第一三九回の直木賞候補となり、一〇年に続篇『恋する空港　あぽやん2』が刊行され、一三年にTVドラマ化された。さらに一四年には第三弾の『あぽわずらい　あぽやん3』も発表されている。この〈あぽやん〉シリーズは、新野剛志が作家デビューする前に旅行会社の社員として〝あぽやん〟を務めていた経験を活かして書かれた。とはいえ経験に頼っただけの情報小説ではなく、経験を土台として、しっかりと小説としての肉付け、味付けを施した作品である。だからこそ、これほどの人気シリーズになったのだろう。ちなみに旅行会社に勤めた経験は、組長に命じられて武闘派極道が旅行代理店のオーナーを務める羽目になる『中野トリップスター』（一一年）や、旅行会社の男にミャンマー行きチケットの代金を騙し取られて旅行に行けなくなった大学生の夏休みを描く『パブリック・ブラザース』（一二年）でも活かされている。

そして本書もまた、新野剛志の経験が活かされた一作といえよう。というのも、友幸の設定と新野剛志の過去が重なるように思えるからだ。友幸は子供の頃、〝教授〟という人物に引き連れられ、小規模なグループで様々な土地を移動しながら生活していた。一方の新野剛志は、様々な要因が重なって会社との折り合いが悪くなり、失踪した過去を持つ。そのままホームレス生活に入り、江戸川乱歩賞を射止めるまでの三年半、それを続けたのだ。その体験は、単身での放浪か否かという相違こそあるものの、友幸や教授たち十人の一団が、東京から静岡、さらに岐阜と山口を経て北九州へと流れていった一年半あまりの暮らしを描く上で有用であっただろう。

余談だが、新野剛志は、会社から失踪した時点では明確に作家を志望していたわけではなく、放浪生活中に作家となる意思を固め、そしてデビューに漕ぎ着けたのだ。失踪して数日後、新野剛志は、書店で偶然手に取った藤原伊織の『テロリストのパラソル』によってサラリーマンでも作家になれると気付き、そして作家を目指すようになった（藤原伊織にもサラリーマン経験あり）。そして放浪を続けながら江戸川乱歩賞には三回応募し、他のエンターテインメント系の長篇の賞にも三度ばかり応募した。短篇の賞に応募したこともあれば、純文学の賞に応募したこともあった。そうして投稿を繰り返していた放浪の日々が江戸川乱歩賞受賞によって終止符を打たれたときには、失踪から三年半が過ぎていたのである。

ちなみに〝教授〟たちの一団については、イエスの方舟事件を想起される方もいらっしゃるだろう。一九七八年から八〇年にかけて、千石イエスと呼ばれる男性が、一緒に暮らす信者たち（主に若い女性が中心で、その家族が奪還しようとしてもめ事となった）とともに、東京から関西を経て九州や熱海へと居場所を移していった事件である。集団の構成や行動はたしかに〝教授〟のそれと類似しており、新野剛志がこの事件を意識して本書を書いた可能性は十分にあるだろうが、著者が重視したのは、イエスの方舟の内面を描くことではなかっただろう。

では何を描こうとしたのか——家族である。様々な家族像だ。中谷の家族であり、友幸の家族である。あるいは、コンビニ前にいた彼女の家族であり、〝教授〟と女性たちとの疑似家族である。家族という繋がりや、そこで生じる変化のなかで人がどう生きていくかを、新野剛志はこの小説で描いたのだ。

　このテーマを、新野剛志は最近も形を変えて扱っている。二〇一六年に刊行された『優しい街』という、どことなく本書と似た雰囲気のタイトルの一冊でのことだ。『優しい街』の主人公は、三十代半ばの私立探偵である市ノ瀬。家出した娘を捜して欲しいという両親からの依頼を受けた彼は、ツイッターによって繋がる人々の世界に足を踏み入れることになる。それも、裏垢と呼ばれる別の顔を用いて——一人が複数の裏垢を使うこともある——コミュニケーションする世界に。

　同書で描かれる人間関係は、本書の〝教授〟による疑似家族より、さらにいっそう細いつながりであり、しかしながらほぼリアルタイムでつながり続けている関係だ。その現代ならではの人間関係を、新野剛志はこの新作できっちりと浮き彫りにしている。本書とあわせて是非とも読んでみて戴きたい作品だ。

## ■考え続け、生き続ける

本書の親本が二〇一三年に刊行された際、私は帯に「なにが人と人を家族にするのか」という言葉を寄せた。

今回の解説を書くために、改めて読み直したが、やはりこの問いが胸に浮かぶ。単純な問いではない。本書を読了しているが故に、家族という関係を単純にとらえることが出来なくなってしまっているのだ。

本書を通じて、婚姻によって生じる家族や血縁により生じる家族、何かから逃れるために身を寄せ合うことで生まれる家族など、様々な家族の姿を目の当たりにしており、さらにそれらの家族が、暴力を内に抱え込んでしまったり、他の家族を信頼できなくなったり、殺してしまったりする姿を見てしまっているので、なおさら明快な答えが見つからないのだ。

本書も答えを押しつけてはこない。

だからこそ、読者自身もなんらかの家族の一員として考え続け、そして生き続けるしかないのだ。

この『美しい家』は、それほどの影響力を読み手に及ぼすのである。

本書は、二〇一三年二月に小社より刊行されたものです。

|著者| 新野剛志　作家。1965年東京都生まれ。立教大学社会学部卒。1999年『八月のマルクス』で第45回江戸川乱歩賞を受賞。2008年『あぽやん』で第139回直木賞候補となる。ほかの著書に『カクメイ』『明日の色』『キングダム』『溺れる月』『戦うハニー』『優しい街』など多数。

美(うつく)しい家(いえ)
新野剛志(しんのたけし)


2017年1月13日第1刷発行

発行者――鈴木　哲
発行所――株式会社　講談社
東京都文京区音羽2-12-21　〒112-8001
電話　出版（03）5395-3510
　　　販売（03）5395-5817
　　　業務（03）5395-3615
Printed in Japan

講談社文庫
定価はカバーに
表示してあります

デザイン―菊地信義
本文データ制作―講談社デジタル製作
印刷―――豊国印刷株式会社
製本―――株式会社国宝社



ISBN978-4-06-293581-4

# 講談社文庫刊行の辞

二十一世紀の到来を目睫に望みながら、われわれはいま、人類史上かつて例を見ない巨大な転換期をむかえようとしている。

世界も、日本も、激動の予兆に対する期待とおののきを内に蔵して、未知の時代に歩み入ろうとしている。このときにあたり、創業の人野間清治の「ナショナル・エデュケイター」への志を現代に甦らせようと意図して、われわれはここに古今の文芸作品はいうまでもなく、ひろく人文・社会・自然の諸科学から東西の名著を網羅する、新しい綜合文庫の発刊を決意した。

激動の転換期はまた断絶の時代である。われわれは戦後二十五年間の出版文化のありかたへの深い反省をこめて、この断絶の時代にあえて人間的な持続を求めようとする。いたずらに浮薄な商業主義のあだ花を追い求めることなく、長期にわたって良書に生命をあたえようとつとめるところにしか、今後の出版文化の真の繁栄はあり得ないと信じるからである。

同時にわれわれはこの綜合文庫の刊行を通じて、人文・社会・自然の諸科学が、結局人間の学にほかならないことを立証しようと願っている。かつて知識とは、「汝自身を知る」ことにつきていた。現代社会の瑣末な情報の氾濫のなかから、力強い知識の源泉を掘り起し、技術文明のただなかに、生きた人間の姿を復活させること。それこそわれわれの切なる希求である。

われわれは権威に盲従せず、俗流に媚びることなく、渾然一体となって日本の「草の根」をかたちづくる若く新しい世代の人々に、心をこめてこの新しい綜合文庫をおくり届けたい。それは知識の泉であるとともに感受性のふるさとであり、もっとも有機的に組織され、社会に開かれた万人のための大学をめざしている。大方の支援と協力を衷心より切望してやまない。

一九七一年七月

野間省一

講談社文芸文庫

松浦寿輝
## 幽　花腐し
初めての小説「シャンチーの宵」、芥川賞候補作「幽」、同受賞作「花腐し」他全六篇。悲哀と官能が薫る文体の魔力で、読む者の心を鷲摑みにする秀逸な初期作品集。
解説＝三浦雅士、年譜＝著者
まJ2
978-4-06-290335-6

辻　邦生
## 黄金の時刻(とき)の滴り
東西の文豪たちを創作へと突き動かしてきた思いの根源に迫る十二の物語。永遠の美の探求者が研き上げた典雅な文体で紡ぎ出す、瑞々しい詩情あふれる傑作小説集。
解説＝中条省平、年譜＝井上明久
つC2
978-4-06-290334-9

三木　清　大澤　聡　編
## 三木清教養論集
ファシズムが台頭する昭和初期、のびやかに思考し時代と共に息づく教養の重要性を説いた孤高の哲学者。その思想に、読書論・教養論・知性論の三部構成で迫る。
解説＝大澤　聡、年譜＝柿谷浩一
みL2
978-4-06-290336-3

講談社
文芸文庫
ワイド

不朽の名作を
一回り大きい
活字と判型で

永井荷風
## 日和下駄　一名　東京散策記
消えゆく東京の町を記し、江戸の往時を偲ぶ荷風随筆の名作。
解説＝川本三郎、年譜＝竹盛天雄
(ワ)なA1
978-4-06-295511-9

篠田真由美　未明の家〈建築探偵桜井京介の事件簿〉
篠田真由美　玄い女神〈建築探偵桜井京介の事件簿〉
篠田真由美　翡翠の城〈建築探偵桜井京介の事件簿〉
篠田真由美　灰色の砦〈建築探偵桜井京介の事件簿〉
篠田真由美　原罪の庭〈建築探偵桜井京介の事件簿〉
篠田真由美　美貌の帳〈建築探偵桜井京介の事件簿〉
篠田真由美　桜闇〈建築探偵桜井京介の事件簿〉
篠田真由美　仮面の島〈建築探偵桜井京介の事件簿〉
篠田真由美　センティメンタル・ブルー〈蒼の四つの冒険〉
篠田真由美　月蝕の窓〈建築探偵桜井京介の事件簿〉
篠田真由美　綺羅の柩〈建築探偵桜井京介の事件簿〉
篠田真由美　失楽の街〈建築探偵桜井京介の事件簿〉
篠田真由美　胡蝶の鏡〈建築探偵桜井京介の事件簿〉
篠田真由美　聖女の塔〈建築探偵桜井京介の事件簿〉
篠田真由美　一角獣の繭〈建築探偵桜井京介の事件簿〉
篠田真由美　黒影の館〈建築探偵桜井京介の事件簿〉
篠田真由美　燔祭の丘〈建築探偵桜井京介の事件簿〉
篠田真由美　angels―天使たちの長い夜

篠田真由美　Ave Maria
篠田真由美　加藤俊章 絵　レディMの物語
重松　清　定年ゴジラ
重松　清　半パン・デイズ
重松　清　世紀末の隣人
重松　清　流星ワゴン
重松　清　ニッポンの単身赴任
重松　清　ニッポンの課長
重松　清　愛妻日記
重松　清　オヤジの細道
重松　清　青春夜明け前
重松　清　カシオペアの丘で(上)(下)
重松　清　永遠を旅する者〈ロストオデッセイ 千年の夢〉
重松　清　かあちゃん
重松　清　星をつくった男〈阿久悠と、その時代〉
重松　清　十字架
重松　清　あすなろ三三七拍子(上)(下)
重松　清　峠うどん物語(上)(下)
重松　清　希望ヶ丘の人びと(上)(下)

重松　清　赤ヘル1975
重松　清・渡辺　考　最後の言葉〈戦場に遺された二十四万字の届かなかった手紙〉
新堂冬樹　血塗られた神話
新堂冬樹　闇の貴族
柴田よしき　フォー・ディア・ライフ
柴田よしき　フォー・ユア・プレジャー
柴田よしき　シーセッド・ヒーセッド
柴田よしき　ア・ソング・フォー・ユー
柴田よしき　ドント・ストップ・ザ・ダンス
新野剛志　八月のマルクス
新野剛志　もう君を探さない
新野剛志　どしゃ降りでダンス
殊能将之　ハサミ男
殊能将之　美濃牛
殊能将之　黒い仏
殊能将之　鏡の中は日曜日
殊能将之　キマイラの新しい城
殊能将之　子どもの王様
嶋田昭浩　解剖・石原慎太郎

首藤瓜於　脳男
首藤瓜於　指し手の顔(上)(下)〈脳男II〉
首藤瓜於　事故係生稲昇太の多感
首藤瓜於　刑事の墓場
首藤瓜於　刑事のはらわた
首藤瓜於　大幽霊烏賊(上)(下)〈名探偵 面鏡真澄〉
島村洋子　家族善哉
島村洋子　恋って恥ずかしい〈家族善哉2〉
島本理生　シルエット
島本理生　リトル・バイ・リトル
島本理生　生まれる森
島本理生　七緒のために
白川　道　十二月のひまわり
子母澤　寛　新装版 父子鷹(上)(下)
不知火京介　マッチメイク
不知火京介　女形
小路幸也　空を見上げる古い歌を口ずさむ
小路幸也　高く遠く空へ歌ううた
小路幸也　空へ向かう花
原案 山田洋次 平松恵美子　小路幸也　家族はつらいよ
島村英紀　私はなぜ逮捕され、そこで何を見たか。
島村英紀　「地震予知」はウソだらけ
島田律子　私はもう逃げない〈自閉症の弟から教えられたこと〉
荘司雅彦　小説 離婚裁判〈モラル・ハラスメントからの脱出〉
志村季世恵　いのちのバトン
志村季世恵　さよならの先
辛酸なめ子　女修行
辛酸なめ子　妙齢美容修業
島谷泰彦　人間 井深大
清水康之 上田紀行　「自殺社会」から「生き心地の良い社会」へ
柴崎友香　主題歌
柴崎友香　ドリーマーズ
清水保俊　最後のフライト〈ジャンボ機JA8162号機の場合〉
翔田　寛　誘拐児
翔田　寛　逃亡戦犯
翔田　寛　築地ファントムホテル
白石一文　この胸に深々と突き刺さる矢を抜け(上)(下)
白石一文　神秘(上)(下)
島村菜津　エクソシストとの対話
小説現代編 石田衣良他著　10分間の官能小説集
小説現代編 勝目梓他著　10分間の官能小説集2
小説現代編 乾くるみ他著　10分間の官能小説集3
下川　博　弩
原案 山田洋次 平松恵美子　白石まみ　東京家族
白河三兎　プールの底に眠る
白河三兎　ケシゴムは嘘を消せない
朱川湊人　オルゴォル
朱川湊人　満月ケチャップライス
柴村　仁　夜宵
柴村　仁　プシュケの涙
柴村　仁　ノクチルカ笑う
篠原勝之　走れUMI
柴田哲孝　異聞 太平洋戦記
柴田哲孝　チャイナ インベイジョン〈中国日本侵蝕〉
塩田武士　盤上のアルファ
塩田武士　女神のタクト
芝村涼也　鬼溜まりの闇〈素浪人半四郎百鬼夜行(一)〉

芝村凉也　鬼心の刺客〈素浪人半四郎百鬼夜行(二)〉
芝村凉也　蛇変化の淫〈素浪人半四郎百鬼夜行(三)〉
芝村凉也　狐嫁の列〈素浪人半四郎百鬼夜行(零)〉
芝村凉也　怨(おん)鬼(き)の執(しゅう)〈素浪人半四郎百鬼夜行(四)〉
芝村凉也　夢告の訣れ〈素浪人半四郎百鬼夜行(五)〉
芝村凉也　孤(こ)闘(とう)の寂(せき)〈素浪人半四郎百鬼夜行(六)〉
芝村凉也　邂逅の紅蓮〈素浪人半四郎百鬼夜行(七)〉
芝村凉也　終焉の百鬼行〈素浪人半四郎百鬼夜行(八)〉
真藤順丈　畦と銃
芝　豪　朝鮮戦争(上)(下)
信濃毎日新聞取材班　不妊治療と出生前診断〈温かな手で〉
柴崎竜人　三軒茶屋星座館1〈冬のオリオン〉
柴崎竜人　三軒茶屋星座館2〈夏のキグナス〉
城平　京　虚構推理
周木　律　眼球堂の殺人～The Book～
周木　律　双孔堂の殺人～Double Torus～
下村敦史　闇に香る嘘
杉本苑子　孤愁の岸(上)(下)
杉本苑子　引越し大名の笑い

杉本苑子　汚名
杉本苑子　女人古寺巡礼
杉本苑子　利休破調の悲劇
杉本苑子　江戸を生きる
杉田　望　金融夜光虫
杉田　望　特別検査〈金融アベンジャー〉
杉田　望　破産執行人
杉田　望　不正会計
杉浦日向子　新装版　東京イワシ頭
杉浦日向子　新装版　呑々草子
杉浦日向子　新装版　入浴の女王
鈴木輝一郎　美男忠臣蔵
鈴木輝一郎　お市の方　戦国の凰(おおとり)
鈴木光司　神々のプロムナード
鈴木英治　闇の目〈下っ引夏兵衛〉
鈴木英治　関所破り〈下っ引夏兵衛〉
鈴木英治　かどわかし〈下っ引夏兵衛〉
鈴木敦秋　小児救急
鈴木敦秋　明香ちゃんの心臓〈東京女子医大病院事件〉

杉本章子　お狂言師歌吉うきよ暦
杉本章子　大奥二人道成寺〈お狂言師歌吉うきよ暦〉
杉本章子　精姫(あきひめ)様一条〈お狂言師歌吉うきよ暦〉
杉本章子　東京影同心
鈴木陽子／金澤治　発達障害〈うちの子が"ヘン"と言われたら〉
杉山文野　ダブルハッピネス
諏訪哲史　アサッテの人
諏訪哲史　りすん
諏訪哲史　ロンバルディア遠景
菅　洋志　ぷらりニッポンの島旅
末浦広海　訣別の森
末浦広海　捜査官
須藤靖貴　抱きしめたい
須藤靖貴　池波正太郎を歩く
須藤靖貴　どまんなか(1)
須藤靖貴　どまんなか(2)
須藤靖貴　どまんなか(3)
須藤靖貴　おれ、力士になる
鈴木仁志　司法占領

須藤元気　レボリューション
菅野雪虫　天山の巫女ソニン(1)　黄金の燕
菅野雪虫　天山の巫女ソニン(2)　海の孔雀
菅野雪虫　天山の巫女ソニン(3)　朱烏の星
菅野雪虫　天山の巫女ソニン(4)　夢の白鷺
菅野雪虫　天山の巫女ソニン(5)　大地の翼
鈴木大介　ギャングース・ファイル〈家のない少年たち〉
鈴木みき　日帰り登山のススメ〈あした、山へ行こう！〉
瀬戸内晴美　かの子撩乱
瀬戸内晴美　京まんだら(上)(下)
瀬戸内晴美　彼女の夫たち(上)(下)
瀬戸内晴美　蜜と毒
瀬戸内寂聴　新寂庵説法 愛なくば
瀬戸内晴美　家族物語(上)(下)
瀬戸内寂聴　生きるよろこび〈寂聴随想〉
瀬戸内寂聴　寂聴 天台寺好日
瀬戸内寂聴　人が好き［私の履歴書］
瀬戸内寂聴　渇く
瀬戸内寂聴　白道

瀬戸内寂聴　いのち発見
瀬戸内寂聴　無常を生きる〈寂聴随想〉
瀬戸内寂聴　わかれば『源氏』はおもしろい〈寂聴対談集〉
瀬戸内寂聴　寂聴相談室 人生道しるべ
瀬戸内寂聴　花芯
瀬戸内寂聴　瀬戸内寂聴の源氏物語
瀬戸内寂聴　愛する能力
瀬戸内寂聴　藤壺
瀬戸内寂聴　生きることは愛すること
瀬戸内寂聴　寂聴と読む源氏物語
瀬戸内寂聴　月の輪草子
瀬戸内寂聴　新装版 寂庵説法
瀬戸内晴美編　人類愛に捧げた生涯〈人物近代女性史〉
瀬戸内寂聴・訳　源氏物語 巻一
瀬戸内寂聴・訳　源氏物語 巻二
瀬戸内寂聴・訳　源氏物語 巻三
瀬戸内寂聴・訳　源氏物語 巻四
瀬戸内寂聴・訳　源氏物語 巻五
瀬戸内寂聴・訳　源氏物語 巻六

瀬戸内寂聴・訳　源氏物語 巻七
瀬戸内寂聴・訳　源氏物語 巻八
瀬戸内寂聴・訳　源氏物語 巻九
瀬戸内寂聴・訳　源氏物語 巻十
梅原猛／瀬戸内寂聴　寂聴・猛の強く生きる心
関川夏央　よい病院とはなにか〈病むことと老いること〉
関川夏央　水の中の八月
関川夏央　やむにやまれず
関川夏央　子規、最後の八年
先崎学　フフフの歩
先崎学　先崎学の実況！ 盤外戦
妹尾河童　少年H(上)(下)
妹尾河童　河童が覗いたインド
妹尾河童　河童が覗いたヨーロッパ
妹尾河童　河童が覗いたニッポン
妹尾河童　河童の手のうち幕の内
妹尾河童／野坂昭如　少年Hと少年A
清涼院流水　コズミック流
清涼院流水　ジョーカー清

清涼院流水 ジョーカー涼
清涼院流水 コズミック水
清涼院流水 カーニバル一輪の花
清涼院流水 カーニバル二輪の草
清涼院流水 カーニバル三輪の層
清涼院流水 カーニバル四輪の牛
清涼院流水 カーニバル五輪の書
清涼院流水 秘密屋文庫 知ってる怪
清涼院流水 秘密室ボン〈QUIZ SHOW〉
清涼院流水 彩紋家事件(I)(II)(III)
瀬尾まいこ 幸福な食卓
関原健夫 がん六回 人生全快
瀬川晶司 泣き虫しょったんの奇跡 完全版〈サラリーマンから将棋のプロへ〉
瀬名秀明 月と太陽
曽野綾子 幸福という名の不幸(上)(下)
曽野綾子 私を変えた聖書の言葉
曽野綾子 自分の顔、相手の顔〈自分流を貫く生き方のすすめ〉
曽野綾子 それぞれの山頂物語 今こそ主体性のある生き方をしたい
曽野綾子 安逸と危険の魅力
曽野綾子 至福の境地
曽野綾子 なぜ人は恐ろしいことをするのか
曽野綾子 透明な歳月の光
曽野綾子 新装版 無名碑(上)(下)
蘇部健一 六枚のとんかつ
蘇部健一 六とん2
蘇部健一 長野・上越新幹線四時間三十分の壁
蘇部健一 動かぬ証拠
蘇部健一 木乃伊男（ミイラ）
蘇部健一 届かぬ想い
瀬木慎一 名画はなぜ心を打つか
宗田理 13歳の黙示録
宗田理 天路TENRO
曽我部司 北海道警察の冷たい夏
曽根圭介 沈底魚
曽根圭介 本ボシ
曽根圭介 藁（わら）にもすがる獣たち
曽根圭介 TATSUMAKI〈特命捜査対策室7係〉
zopp ソングス・アンド・リリックス
田辺聖子 女が愛に生きるとき
田辺聖子 古川柳おちぼひろい
田辺聖子 川柳でんでん太鼓
田辺聖子 おかあさん疲れたよ(上)(下)
田辺聖子 ひねくれ一茶
田辺聖子 「おくのほそ道」を旅しよう〈古典を歩く11〉
田辺聖子 薄荷草の恋（ペパーミント・ラヴ）
田辺聖子 愛の幻滅(上)(下)
田辺聖子 うたかた
田辺聖子 春情蛸の足
田辺聖子 不倫は家庭の常備薬 新装版
田辺聖子 蝶花嬉遊図
田辺聖子 言い寄る
田辺聖子 私的生活
田辺聖子 苺をつぶしながら
田辺聖子 不機嫌な恋人
田辺聖子 どんぐりのリボン
田辺聖子 女の日時計
立原正秋 春のいそぎ

## 講談社文庫　目録

立原正秋　雪のなか
谷川俊太郎訳 和田誠絵　マザー・グース 全四冊
立花隆　中核VS革マル (上)(下)
立花隆　日本共産党の研究 全三冊
立花隆　青春漂流
立花隆　同時代を撃つ I〜III 〈情報ウォッチング〉
立花隆　生、死、神秘体験
滝口康彦　一命
滝口康彦　粟田口の狂女 〈レジェンド歴史時代小説〉
高杉良　労働貴族
高杉良　広報室沈黙す (上)(下)
高杉良　会社蘇生
高杉良　炎の経営者 (上)(下)
高杉良　小説日本興業銀行 全五冊
高杉良　社長の器
高杉良　祖国へ、熱き心を 〈東京にオリンピックを呼んだ男〉
高杉良　その人事に異議あり 〈女性広報主任のジレンマ〉
高杉良　人事権！
高杉良　小説消費者金融 〈クレジット社会の罠〉

高杉良　小説 新巨大証券 (上)(下)
高杉良　局長罷免 小説通産省
高杉良　首魁の宴 〈政官財腐敗の構図〉
高杉良　指名解雇
高杉良　燃ゆるとき
高杉良　挑戦つきることなし 〈小説ヤマト運輸〉
高杉良　辞表撤回
高杉良　銀行大合併 〈短編小説全集(上)〉
高杉良　エリートの反乱 〈短編小説全集(中)〉
高杉良　金融腐蝕列島 (上)(下)
高杉良　小説ザ・外資
高杉良　銀行大統合 〈小説みずほFG〉
高杉良　勇気凜々
高杉良　混沌 新・金融腐蝕列島 (上)(下)
高杉良　乱気流 (上)(下)
高杉良　小説会社再建
高杉良　小説ザ・ゼネコン
高杉良　新装版 懲戒解雇
高杉良　新装版 虚構の城

高杉良　新装版 大逆転！ 〈小説 三菱・第一銀行合併事件〉
高杉良　新装版 バンダルの塔
高杉良　新・燃ゆるとき
高杉良　管理職の本分
高杉良　挑戦巨大外資 (上)(下)
高杉良　破戒者たち 〈小説・新銀行崩壊〉
高杉良　第四権力 〈巨大メディアの罪〉
竹本健治　新装版 匣の中の失楽
高橋源一郎　日本文学盛衰史
高橋源一郎 山田詠美　顰蹙文学カフェ
高橋克彦　写楽殺人事件
高橋克彦　悪魔のトリル
高橋克彦　総門谷
高橋克彦　北斎殺人事件
高橋克彦　歌麿殺贋事件
高橋克彦　バンドネオンの豹
高橋克彦　蒼夜叉
高橋克彦　広重殺人事件
高橋克彦　北斎の罪

講談社文庫　目録


高橋克彦　総門谷R　阿黒篇
高橋克彦　総門谷R　鵺（ぬえ）篇
高橋克彦　総門谷R　小町変妖篇
高橋克彦　総門谷R　白骨篇
高橋克彦　1999年〈対談集〉
高橋克彦　星封陣
高橋克彦　炎立つ（ほむらたつ）　壱　北の埋み火
高橋克彦　炎立つ　弐　燃える北天
高橋克彦　炎立つ　参　空への炎
高橋克彦　炎立つ　四　冥き稲妻
高橋克彦　炎立つ　伍　光彩楽土〈全五巻〉
高橋克彦　白妖鬼
高橋克彦　書斎からの空飛ぶ円盤
高橋克彦　降魔王
高橋克彦　鬼
高橋克彦　火怨〈北の燿星アテルイ〉(上)(下)
高橋克彦　時宗　壱　乱星
高橋克彦　時宗　弐　連星
高橋克彦　時宗　参　震星
高橋克彦　時宗　四　戦星〈全四巻〉
高橋克彦　京伝怪異帖　巻の上　巻の下
高橋克彦　天を衝く　(1)〜(3)
高橋克彦　ゴッホ殺人事件(上)(下)
高橋克彦　竜の柩　(1)〜(6)
高橋克彦　刻謎宮　(1)〜(4)
高橋克彦　高橋克彦自選短編集〈1　ミステリー編〉
高橋克彦　高橋克彦自選短編集〈2　恐怖小説編〉
高橋克彦　高橋克彦自選短編集〈3　時代小説編〉
高橋　治　男波女波(上)(下)〈放浪一本釣り〉
高橋　治　星の衣
高樹のぶ子　妖しい風景
高樹のぶ子　エフェソス白恋
高樹のぶ子　満水子(上)(下)
高樹のぶ子　飛水
田中芳樹　創竜伝1〈超能力四兄弟（ドラゴン）〉
田中芳樹　創竜伝2〈摩天楼の四兄弟（ドラゴン）〉
田中芳樹　創竜伝3〈逆襲の四兄弟（ドラゴン）〉
田中芳樹　創竜伝4〈四兄弟（ドラゴン）脱出行〉
田中芳樹　創竜伝5〈蜃気楼都市（ミラージュ・シティ）〉
田中芳樹　創竜伝6〈染血の夢（ブラッディ・ドリーム）〉
田中芳樹　創竜伝7〈黄土のドラゴン〉
田中芳樹　創竜伝8〈仙境のドラゴン〉
田中芳樹　創竜伝9〈妖世紀のドラゴン〉
田中芳樹　創竜伝10〈大英帝国最後の日〉
田中芳樹　創竜伝11〈銀月王伝奇〉
田中芳樹　創竜伝12〈竜王風雲録〉
田中芳樹　創竜伝13〈噴火列島〉
田中芳樹　魔天楼〈薬師寺涼子の怪奇事件簿〉
田中芳樹　東京ナイトメア〈薬師寺涼子の怪奇事件簿〉
田中芳樹　巴里（パリ）・妖都変〈薬師寺涼子の怪奇事件簿〉
田中芳樹　クレオパトラの葬送〈薬師寺涼子の怪奇事件簿〉
田中芳樹　黒蜘蛛島（ブラックスパイダー・アイランド）〈薬師寺涼子の怪奇事件簿〉
田中芳樹　夜光曲〈薬師寺涼子の怪奇事件簿〉
田中芳樹　霧の訪問者〈薬師寺涼子の怪奇事件簿〉
田中芳樹　水妖日にご用心〈薬師寺涼子の怪奇事件簿〉
田中芳樹　魔境の女王陛下〈薬師寺涼子の怪奇事件簿〉
田中芳樹　西風（ゼピュロシア・サーガ）の戦記

## 講談社文庫　目録

田中芳樹　夏の魔術
田中芳樹　窓辺には夜の歌
田中芳樹　書物の森でつまずいて……
田中芳樹　白い迷宮
田中芳樹　春の魔術
田中芳樹　タイタニア1〈疾風篇〉
田中芳樹　タイタニア2〈暴風篇〉
田中芳樹　タイタニア3〈旋風篇〉
田中芳樹　幸田露伴 原作　運命〈二人の皇帝〉
田中芳樹　土屋守　「イギリス病」のすすめ
田中芳樹ほか文　皇名月 画・文　中国帝王図
田中芳樹　赤城毅　中欧怪奇紀行
田中芳樹 編訳　岳飛伝(一)〈青雲篇〉
田中芳樹 編訳　岳飛伝(二)〈烽火篇〉
田中芳樹 編訳　岳飛伝(三)〈風塵篇〉
田中芳樹 編訳　岳飛伝(四)〈悲曲篇〉
田中芳樹 編訳　岳飛伝(五)〈凱歌篇〉
高任和夫　架空取引
高任和夫　粉飾決算

高任和夫　告発倒産
高任和夫　商社審査部25時〈知られざる戦士たち〉
高任和夫　起業前夜(上)(下)
高任和夫　燃える氷(上)(下)
高任和夫　債権奪還
高任和夫　生き方の流儀〈28人の達人たちに訊く〉
高任和夫　敗者復活戦
高任和夫　江戸幕府 最後の改革
高任和夫　貨幣の鬼〈勘定奉行 荻原重秀〉
谷村志穂　十四歳のエンゲージ
谷村志穂　十六歳たちの夜
谷村志穂　レッスンズ
谷村志穂　黒髪
高村薫　李歐（りおう）
高村薫　マークスの山(上)(下)
高村薫　照柿(上)(下)
多和田葉子　犬婿入り
多和田葉子　旅をする裸の眼
多和田葉子　尼僧とキューピッドの弓

岳宏一郎　蓮如夏の嵐(上)(下)
岳宏一郎　御家の狗
武豊　この馬に聞いた！ フランス激闘編
武豊　この馬に聞いた！ 炎の復活凱旋編
武豊　この馬に聞いた！ 大外強襲編
武田圭　南海楽園〈タヒチ、バリ、モルジブ……サーフィン一人旅〉
武田圭　波を求めて世界の海へ〈南海楽園2〉
高橋直樹　湖賊の風
橘蓮二　監修・高田文夫　大増補版おあとがよろしいようで〈東京寄席往来〉
多田容子　柳影
多田容子　女剣士・一子相伝の影
田島優子　女検事ほど面白い仕事はない
高田崇史　QED〈百人一首の呪〉
高田崇史　QED〈六歌仙の暗号〉
高田崇史　QED〈ベイカー街の問題〉
高田崇史　QED〈東照宮の怨〉
高田崇史　QED〈式の密室〉
高田崇史　QED〈竹取伝説〉
高田崇史　QED〈龍馬暗殺〉

## 講談社文庫 目録

- 高田崇史　QED ~ventus~〈鎌倉の闇〉
- 高田崇史　QED〈鬼の城伝説〉
- 高田崇史　QED ~ventus~〈熊野の残照〉
- 高田崇史　QED〈神器封殺〉
- 高田崇史　QED ~ventus~〈御霊将門〉
- 高田崇史　QED〈河童伝説〉
- 高田崇史　QED ~flumen~〈九段坂の春〉
- 高田崇史　QED〈諏訪の神霊〉
- 高田崇史　QED〈出雲神伝説〉
- 高田崇史　QED〈伊勢の曙光〉
- 高田崇史　QED ~flumen~〈ホームズの真実〉
- 高田崇史　毒草師〈QED Another Story〉
- 高田崇史　試験に出るパズル〈千葉千波の事件日記〉
- 高田崇史　試験に敗けない密室〈千葉千波の事件日記〉
- 高田崇史　試験に出ないパズル〈千葉千波の事件日記〉
- 高田崇史　パズル自由自在〈千葉千波の事件日記〉
- 高田崇史　麿の酩酊事件簿〈花に舞〉
- 高田崇史　麿の酩酊事件簿〈月に酔〉
- 高田崇史　クリスマス緊急指令〈~きよしこの夜、事件は起こる!~〉
- 高田崇史　カンナ　飛鳥の光臨
- 高田崇史　カンナ　天草の神兵
- 高田崇史　カンナ　吉野の暗闘
- 高田崇史　カンナ　奥州の覇者
- 高田崇史　カンナ　戸隠の殺皆
- 高田崇史　カンナ　鎌倉の血陣
- 高田崇史　カンナ　天満の葬列
- 高田崇史　カンナ　出雲の顕在
- 高田崇史　カンナ　京都の霊前
- 高田崇史　鬼神伝　鬼の巻
- 高田崇史　鬼神伝　神の巻
- 高田崇史　鬼神伝　龍の巻
- 高田崇史　軍神の血脈〈楠木正成秘伝〉
- 竹内玲子　笑うニューヨーク DELUXE
- 竹内玲子　笑うニューヨーク DYNAMITES
- 竹内玲子　笑うニューヨーク DANGER
- 竹内玲子　踊るニューヨーク Beauty Quest
- 竹内玲子　爆笑ニューヨーク POWERFUL〈アホで使える最新情報てんこ盛り!〉
- 竹内玲子　永遠に生きる犬〈ニューヨーク チョビ物語〉
- 団　鬼六　外道の女
- 団　鬼六　悦楽王〈鬼プロ繁盛記〉
- 立石勝規　国税査察官
- 立石勝規　論説室の叛乱
- 高野和明　13階段
- 高野和明　グレイヴディッガー
- 高野和明　K・Nの悲劇
- 高野和明　6時間後に君は死ぬ
- 高里椎奈　銀の檻を溶かして〈薬屋探偵妖綺談〉
- 高里椎奈　黄色い目をした猫の幸せ〈薬屋探偵妖綺談〉
- 高里椎奈　悪魔と詐欺師〈薬屋探偵妖綺談〉
- 高里椎奈　金糸雀が啼く夜〈薬屋探偵妖綺談〉
- 高里椎奈　緑陰の雨 灼けた月〈薬屋探偵妖綺談〉
- 高里椎奈　白兎が歌った蜃気楼〈薬屋探偵妖綺談〉
- 高里椎奈　本当は知らない〈薬屋探偵妖綺談〉
- 高里椎奈　蒼い千鳥 花霞に泳ぐ〈薬屋探偵妖綺談〉
- 高里椎奈　双樹に赤 鴉の暗〈薬屋探偵妖綺談〉
- 高里椎奈　蟬の羽〈薬屋探偵妖綺談〉
- 高里椎奈　ユルユルカ〈薬屋探偵妖綺談〉

2016年12月15日現在